Harriet Tyce

Harriet Tyce a grandi à Édimbourg et a étudié l'anglais à l'université d'Oxford, avant de se reconvertir dans le droit. Elle a travaillé en tant qu'avocate pénaliste à Londres pendant presque dix ans, avant de se consacrer à l'écriture. Elle vit à Londres. *Mon premier meurtre*, paru sous le titre *Blood Orange* chez Robert Laffont en 2019, est son premier roman.

MON PREMIER MEURTRE

HARRIET TYCE

MON PREMIER MEURTRE

Traduit de l'anglais par
Johan-Frédérik Hel Guedj

Robert
Laffont

Titre original :
BLOOD ORANGE

Cet ouvrage a précédemment paru
aux Éditions Robert Laffont sous le titre
Blood Orange

FSC
www.fsc.org
MIXTE
Papier issu de
sources responsables
FSC® C003309

Pocket, une marque d'Univers Poche,
est un éditeur qui s'engage pour la préservation
de l'environnement et qui utilise du papier fabriqué
à partir de bois provenant de forêts gérées
de manière responsable.

ISBN : 978-2-266-29549-9
Dépôt légal : novembre 2020

À ma famille

Prologue

D'abord, tu allumes une cigarette. La fumée s'enroule et se déroule en volutes qui s'élèvent vers le plafond. Dès la première taffe, elle te prend la gorge, avant de s'infiltrer dans tes poumons et de doucement pénétrer dans ton sang. Les choses sérieuses peuvent commencer.

Agenouillé sur le canapé, tu noues la corde à la bibliothèque située derrière toi. Le filet de fumée remonte, t'effleure le visage, te pique les yeux.

Tu poses ta clope dans le cendrier.

Ensuite, tu entoures la corde d'un foulard en soie, pour atténuer la rugosité, et tu tires dessus, une fois, deux fois, pour vérifier que ça tienne bien. Tu as déjà effectué ce rituel auparavant. Tu as tout vérifié. Tu as tout mesuré, calibré à la perfection. Pas question d'aller trop loin. Une petite mort, rien de plus.

Et la touche finale, l'orange que tu as disposée sur une assiette. Tu prends le couteau bien aiguisé, avec un manche en bois et une lame d'acier moucheté, et tu l'enfonces dans le fruit. Un demi, un quart, un huitième. La pelure de l'orange, la peau blanche, la chair saignante, rouge ; une vraie palette de coucher de soleil.

Ce sont là tous les ingrédients dont tu as besoin. Le picotement de la fumée dans l'air. L'enveloppe de soie autour de la corde râpeuse. Les silhouettes qui dansent devant tes yeux. Le bourdonnement du sang dans tes oreilles quand tu te rapproches de ce que tu désires, de plus en plus près, l'agrume sucré sur ta langue qui te ramène en arrière, avant le point de non-retour.

Tu sais que tu es en sécurité ici, que personne ne viendra te déranger. Rien que toi et le sommet éclatant que tu es sur le point d'atteindre.

Plus que quelques battements de cœur.

1

Sous la grisaille du ciel d'octobre, j'attends le bus, mon sac à roulettes calé contre mes pieds. Mais en réalité je m'estime plutôt chanceuse : le procès est terminé, expédié à la mi-temps pour manque de preuves. Outre le plaisir d'avoir le dessus sur l'accusation, mon client est aux anges et, cerise sur le gâteau, on est vendredi. Le week-end, la maison.

J'ai pris mes bonnes résolutions pour ce soir : un verre avec les collègues, deux au maximum, et je m'en vais. Le bus s'arrête et je retraverse la Tamise.

Dès mon arrivée au cabinet, je me rends tout droit en salle des clercs et, dans le brouhaha des téléphones qui sonnent et des ronflements des photocopieurs, j'attends que Mark remarque ma présence. Il finit par lever le nez.

— Bonsoir, miss. Le conseil juridique[1] a appelé… Il est plutôt content de ton boulot dans cette affaire de cambriolage.

---

1. En *common law*, il existe deux sortes d'avocats : le *barrister*, celui qui plaide au tribunal, et le *solicitor*, celui qui étudie les dossiers, ici appelé « conseil juridique ». Il n'y a pas d'équivalents en France. *(N.d.T.)*

— Merci, Mark, dis-je. Les pièces à conviction étaient pourries. Enfin, je suis contente que ce soit fini.

— Surtout avec un si bon résultat pour nous. T'as rien pour lundi, mais il y a ça qui est arrivé pour toi.

D'un geste, il désigne une petite liasse de papiers sur son bureau, attachée avec un bandeau rose.

— Super, merci. C'est quoi ?

— Un meurtre. Et c'est toi qui es en charge du dossier, confie-t-il en me tendant les papiers avec un clin d'œil. Bien joué, miss.

Il sort de la salle avant que j'aie pu répondre quoi que ce soit. Je reste plantée là, documents en main. Des clercs et des stagiaires passent devant moi, la bousculade habituelle d'un vendredi soir.

Mon premier meurtre ! Ce que je vise depuis le début de ma carrière.

— Alison ! Alison !

Je dois faire un effort pour me concentrer sur les voix qui m'appellent.

— Tu viens boire un verre ? On part, là ! (Sankar et Robert, tous deux avocats, la trentaine, avec une ribambelle de stagiaires en remorque.) On retrouve Patrick au Dock.

Ces derniers mots finissent par faire mouche.

— Patrick ? Quel Patrick ? Bryars ?

— Non, Saunders. Eddie vient de conclure un dossier en tandem avec lui, tu sais, l'affaire de détournement de fonds. On va fêter ça.

— D'accord. Je vais juste ranger ces documents et je vous rejoins là-bas.

Serrant ma serviette contre moi, la tête baissée, je me dirige rapidement vers mon bureau. J'ai le cou écarlate et je n'ai pas envie que quelqu'un le remarque.

Une fois à l'abri derrière la porte, je jette un œil à mon visage dans mon miroir de poche. Un raccord de rouge à lèvres, un peu de poudre pour atténuer la rougeur de mes joues. Mes mains tremblent trop pour appliquer de l'eye-liner, mais je me recoiffe et me parfume – pour chasser la puanteur des cellules de garde à vue.

Je fourre les documents qu'on vient de me donner dans un coin de mon bureau, je redresse le cadre photo que j'ai décalé sans faire exprès.

L'afterwork du vendredi. Je me répète mon mantra.

Ce soir, je me limite à un seul verre.

Ce soir, tout va se dérouler comme prévu.

Notre groupe remplit la moitié du sous-sol du bar, un local miteux en majorité fréquenté par des avocats pénalistes et leurs assistants juridiques. Quand je descends les marches, Robert me fait un signe avec son verre et je vais m'asseoir à côté de lui.

— Du vin ? propose-t-il.

— Absolument. Juste un verre, par contre. Je veux rentrer tôt chez moi.

Personne ne fait de commentaires. Patrick ne m'a même pas dit bonsoir. Il est assis de l'autre côté de la table, en grande conversation avec l'une des stagiaires – *Alexia*. Il tient un verre de vin rouge. Distingué, séduisant. Je m'oblige à détourner le regard.

— Tu es super belle aujourd'hui, Alison. Tu sors de chez le coiffeur ? (Sankar est guilleret.) Vous ne trouvez pas qu'elle est ravissante, hein, Robert, Patrick ? Patrick ?

Patrick ne lève même pas les yeux. Robert, quant à lui, interrompt sa conversation avec l'un des assistants juridiques, se tourne vers moi, acquiesce et lève sa chope à mon intention.

— Au fait, bravo pour l'affaire de meurtre, fait-il remarquer. Et c'est toi qui gères le dossier, en plus ! Tu vas passer avocate de la Couronne en un rien de temps. Je te l'avais dit que tu irais loin, non ? Après ta brillante prestation devant l'Appeal Court l'an dernier ?

— Ne nous emballons pas, je réponds. Mais merci. T'as l'air de bonne humeur, dis donc.

Ma voix est enjouée. Je me moque complètement de savoir si Patrick a remarqué mon arrivée ou non.

— Je pars une semaine dans le Suffolk, reprend Robert, tout sourire. Toi aussi tu devrais essayer de prendre des vacances un de ces jours.

Je souris et fais oui de la tête. Bien sûr que je devrais. Une semaine sur la côte, par exemple. Sur le moment, je m'imagine bondissant dans les vagues comme sur ces joyeux portraits de famille qu'on trouve placardés dans certaines maisons de vacances. Après j'irais manger une assiette de fish and chips sur la plage, emmitouflée dans mon manteau pour me protéger du vent froid d'octobre, avant d'allumer un feu dans le poêle à bois de ma maison de location parfaitement aménagée. Et puis je me rappelle tous les dossiers qui m'attendent, entassés sur mon bureau. Le fantasme s'évanouit. Ce n'est vraiment pas le moment de prendre des congés.

Robert remplit à nouveau mon verre de vin. Je le bois presque d'une traite. Le flot de la conversation s'écoule tout autour de moi, les mauvaises blagues et les rires s'enchaînent, Robert qui parle fort à Sankar, à Patrick, avant de revenir vers moi. Encore du vin. Encore un verre. D'autres avocats nous rejoignent, tendent un paquet de cigarettes autour de la table. Nous sortons fumer une clope, puis une autre, *non, non, je vais en acheter, je te pique tout le temps les tiennes*, ensuite chercher de la monnaie, monter l'escalier en titubant pour m'acheter un paquet au bar, *ah... pas de Marlboro Light, uniquement des Camel, mais pour ce soir rien à foutre, oui allez, on reprend un peu de vin*, encore un verre, puis un autre, et ensuite quelques shots d'un liquide épais et noir. La pièce, les conversations, les plaisanteries qui tourbillonnent de plus en plus vite autour de moi.

— Je croyais que tu comptais rentrer tôt. (Là, je me concentre. Patrick, juste en face de moi. Il a un faux air de Clive Owen, avec des cheveux argentés, sous certains angles. Je cherche ces angles-là, en penchant la tête d'un côté, de l'autre.) Eh ben, tu es bien pintée, toi.

Je tends la main pour prendre la sienne, mais il s'écarte aussitôt, en regardant brièvement autour de lui. Je me redresse contre le dossier de ma chaise, je dégage les cheveux de mon visage.

Tous les autres sont partis. Comment ne m'en suis-je pas aperçue ?

— Où est-ce qu'ils sont tous ?

— Au club. Le Swish, je crois. Ça te dit ?

— Je croyais que tu ne causais qu'à Alexia.

— Alors tu m'as quand même remarqué, quand tu es arrivée. Je me suis posé la question…

— C'est toi qui m'as ignorée. Tu n'as même pas levé les yeux pour me saluer.

J'essaie de masquer mon indignation, en vain.

— Hé, pas la peine de paniquer. Je donnais juste quelques conseils à Alexia pour sa carrière.

— Des conseils, mon cul.

Trop tard, toute ma jalousie se déverse. Pourquoi me fait-il toujours cet effet-là ?

Nous marchons ensemble vers le club. Deux fois, j'essaie de lui prendre le bras, deux fois il s'écarte. Mais avant que nous n'arrivions devant l'entrée, il me pousse dans une ruelle sombre entre deux immeubles, m'empoignant le menton pour bien marquer le coup.

— Quand on est dehors, évite de me toucher.

— Je ne te touche jamais.

— Ça, c'est des conneries, Alison. La dernière fois qu'on a fini au Swish, tu n'as pas arrêté d'essayer de me tripoter. C'était tellement flagrant. J'essaie juste de te protéger.

— De *te* protéger, tu veux dire. Tu n'as pas envie qu'on nous voie ensemble. Je suis trop vieille…

Ces derniers mots restent en suspens.

— Si c'est pour me parler comme ça, tu ferais aussi bien de rentrer chez toi. C'est ta réputation que j'essaie de protéger, pas la mienne. Il y a tous tes collègues, dans ce club.

— Tu meurs d'envie de draguer Alexia, et tu veux te débarrasser de moi, avoue-le.

Les larmes me montent aux yeux, j'ai perdu toute dignité depuis longtemps.

— Arrête de me faire une scène. (Sa bouche est tout près de mon oreille, ses mots sont chuchotés.) Si tu me fais une scène, je ne t'adresse plus jamais la parole.

Il me repousse et tourne au coin de la rue. Je titube sur mes hauts talons, je m'appuie contre le mur pour me maintenir debout. Au lieu de la texture rugueuse du ciment et de la brique, je sens une substance poisseuse sous la paume de ma main. Je la renifle et j'en ai un haut-le-cœur. De la merde. Un petit malin a étalé de la merde sur le mur. L'odeur me dessoûle plus encore que tout ce que Patrick vient de me balancer.

Devrais-je prendre ça comme le signe qu'il est temps de rentrer ? Sans doute. Mais pas question de laisser Patrick seul, avec toutes ces jeunes femmes en manque désireuses de se faire remarquer par l'un des conseils juridiques les plus éminents de la ville. Je racle le plus gros de la merde sur une portion de mur propre et me dirige d'un pas sûr vers le Swish, en adressant un sourire au videur. Si je me lave les mains suffisamment longtemps, je réussirai à effacer la puanteur. Personne n'en saura jamais rien.

Tequila ? Oui, tequila. Encore un shot. Oui, un troisième. La musique cogne dans mes oreilles. Je danse avec Robert et Sankar, avec les assistants juridiques, j'en fous plein la vue aux stagiaires, je les prends par la main, souriante, je tourne sur moi-même, et ensuite je danse seule, les bras ondoyant au-dessus de la tête, j'ai de nouveau vingt ans et tout va bien. Encore un verre, un gin tonic, ma tête se renverse en arrière sous les pulsations rythmiques, les cheveux me retombent dans la figure.

Patrick est là, quelque part, mais je m'en moque, je ne le cherche pas du regard, je n'ai sûrement pas remarqué qu'il danse avec Alexia, collé contre elle avec un sourire, un sourire qui devrait m'être réservé. Moi aussi je peux jouer à ce petit jeu. Je me dirige vers le bar, en roulant des hanches. J'ai de l'allure. Encore bien foutue pour mes presque quarante ans – rien à envier à n'importe quelle fille de cette boîte, avec leurs vingt ans et des poussières. Même à Alexia. *Surtout* à Alexia. Ah il va regretter, Patrick, il va amèrement regretter d'avoir raté sa chance, d'avoir foiré ce coup-là…

Début d'un nouveau morceau, la musique s'accélère, deux hommes me bousculent pour entrer sur la piste de danse. J'oscille sur mes jambes et je bascule, incapable de freiner le mouvement, mon téléphone jaillit de ma poche, s'écrase au sol. Je me heurte à une femme, elle a un verre de vin rouge à la main, elle en renverse partout, sur sa robe jaune et sur mes escarpins. Elle me jette un regard plein de dégoût et se détourne. J'ai les genoux trempés dans une flaque d'alcool, j'essaie de reprendre un peu mes esprits avant de me relever.

— Debout.

Je lève les yeux, les baisse à nouveau.

— Laisse-moi tranquille.

— Pas quand tu es dans cet état. Allez, viens.

Patrick. J'ai envie de pleurer.

— Te fous pas de ma gueule.

— Je ne me fous pas de ta gueule. Je veux juste que tu te lèves et que tu t'en ailles. Ça suffit pour ce soir.

— Pourquoi est-ce que tu veux m'aider ?

— Il faut bien que quelqu'un se dévoue. Tout le reste de ton cabinet a trouvé une table et carbure au prosecco. Ils ne remarqueront même pas qu'on s'en va.

— Tu viens avec moi ?

— Si tu es d'accord. (Il me tend la main et me redresse.) Allez, va m'attendre dehors. J'arrive.

— Mon téléphone…

Je regarde par terre autour de moi.

— Quoi ?

— Je l'ai fait tomber.

Je remarque l'appareil sous une table au bord de la piste de danse. L'écran est fêlé et tout collant de bière. Je l'essuie avec ma jupe et je sors du club d'un pas traînant.

On se dirige vers mon cabinet. Il ne me touche pas une seule fois. Nous ne prononçons pas un mot. Je m'y reprends à trois fois pour taper le bon code d'entrée. Il me suit dans mon bureau, arrache mes vêtements sans m'embrasser, avant de me plaquer à plat ventre sur la table. Je me redresse et le dévisage.

— On ne devrait pas faire ça.

— C'est ce que tu dis à chaque fois.

— Je suis sérieuse.

— Ça aussi, tu me le dis à chaque fois.

Il rit, m'attire à lui et m'embrasse. Je détourne la tête mais d'un geste de la main, il ramène mon visage face au sien. Je garde les lèvres serrées contre les siennes, mais ça ne dure pas, je cède à son odeur, au goût de sa bouche.

Plus fort. Plus vite. Il m'enfile par-derrière, me pilonne, ma tête heurte une pile de dossiers, il s'immobilise un instant, change de position.

— Je n'ai pas dit que…, je commence à protester.

Il rit à nouveau, me fait signe de me taire. D'une main, il me tire les cheveux, de l'autre, il me maintient fermement et mes mots se transforment en sanglots. Mon souffle est court. Il me rentre encore dedans, contre le bureau, encore, encore, les dossiers glissent et tombent, dans leur chute ils accrochent le cadre, la photo de Matilda, qui bascule à son tour, le verre se casse, tout ça va trop loin, oui, mais je suis incapable de l'arrêter, je n'en ai aucune envie, et en même temps si, je veux qu'il arrête, mais il continue, il continue, il continue, et *non ne t'arrête pas, ne t'arrête pas, arrête, ça fait mal*, il ne s'arrête pas, jusqu'au dernier gémissement et puis il a fini, il se relève, s'essuie.

— Il faut qu'on arrête, Patrick.

Je descends du meuble, je remonte ma culotte, mon collant, je rabaisse ma jupe, la lisse sur mes genoux. Il rajuste son pantalon, rentre sa chemise. J'essaie de reboutonner mon chemisier.

— Tu m'as arraché un bouton, je m'indigne, les doigts encore tremblants.

— Tu peux toujours le recoudre.

— Je ne peux pas le recoudre, là, tout de suite.

— Personne ne va rien remarquer. Il n'y a personne de toute façon. Tout le monde dort. Il est presque trois heures du matin.

J'inspecte le sol autour de moi, retrouve le bouton. J'enfile mes chaussures, bute contre le bureau. Toute la pièce tourne, j'ai de nouveau la tête dans le brouillard.

— Je suis sérieuse. Il faut qu'on arrête.

Je me retiens de fondre en larmes.

— Comme je viens de te le dire, j'ai déjà entendu cette rengaine.

Il remet sa veste sans me regarder.

— J'en ai assez. C'est au-dessus de mes forces.

Cette fois, je pleure pour de bon.

Il vient vers moi, prend mon visage entre ses mains.

— Alison, tu es bourrée. Tu es fatiguée. Tu n'as aucune envie que ça s'arrête, et tu le sais. Et moi non plus.

— Cette fois, je le pense vraiment.

Je m'écarte de lui, j'essaie d'avoir l'air déterminée.

— On verra bien. (Il se penche vers moi et m'embrasse sur le front.) J'y vais. On se reparle la semaine prochaine.

Patrick sort avant que je puisse continuer à protester. Je m'affale dans le fauteuil d'angle. Si seulement je ne m'étais pas autant saoulée… Avec la manche de mon tailleur, j'essuie mon nez qui coule et les larmes sur mon visage, jusqu'à ce que ma tête retombe contre mon épaule et que je sombre dans l'oubli.

2

— Maman, maman, maman !

J'ai les yeux fermés, allongée dans mon lit, au chaud. J'aime quand Matilda vient me réveiller de cette manière.

— Maman ! Tu t'es endormie dans ton fauteuil. Pourquoi tu t'es endormie dans ton fauteuil ?

Mon fauteuil. Pas mon lit, mon fauteuil.

— Réveille-toi, maman. Dis bonjour à moi et à papa.

Ce n'est pas un rêve non plus. J'ouvre un œil, le referme aussitôt.

— La lumière. Il y a trop de lumière. S'il vous plaît, éteignez les lumières.

— Les lumières ne sont pas allumées, tu es bête maman. C'est juste le matin.

J'ouvre les yeux pour de bon. Au lieu de mon lit, je réalise que je suis dans mon fauteuil à mon cabinet, dans mon bureau plein de dossiers de plaidoiries, de recueils de jurisprudence, des restes de la soirée d'hier. Ma fille ne devrait pas se trouver là, devant moi, une main sur mon genou. Elle devrait être bordée dans son propre lit, à la maison, ou assise à la table de la cuisine en train de manger son petit déjeuner. Et pourtant, elle est ici. Avant même d'essayer de m'arranger un peu, je pose ma main sur la sienne.

Je me suis recroquevillée dans un coin du fauteuil pour dormir et, lorsque je me redresse, je découvre que mon pied gauche est tout engourdi. Je remue les jambes, grimace quand le sang se remet à circuler dans mes extrémités. Des flashs de la nuit précédente traversent mon crâne douloureux. Matilda se penche vers moi et me serre dans ses bras, j'entrevois le bureau au-dessus de sa tête, l'ombre de Patrick qui me pénètre. Je referme les bras autour de ma fille et hume le parfum de ses cheveux. Cela suffit un peu à calmer les battements de mon cœur. Aucune raison de m'inquiéter. Je me suis juste endormie au boulot après avoir un peu trop bu, c'est tout. Il ne s'est rien passé d'autre. Et avec Patrick, c'est terminé. Tout ira bien. Enfin, j'espère.

Finalement, je me sens assez de force pour croiser le regard de Carl, que je sais tout proche. Il est appuyé contre l'encadrement de la porte, la déception se lit sur son visage. Il est en jeans et en sweat à capuche, comme d'habitude, mais avec ses cheveux poivre et sel et la gravité de son expression, il a l'air d'avoir dix ans de plus.

Je me racle la gorge, la bouche sèche, je cherche les mots susceptibles de dissiper les malentendus.

— Je suis revenue du club chercher mon nouveau dossier pour bosser ce week-end, j'ai eu envie de m'asseoir un petit moment et puis, sans m'en rendre compte…

Carl ne sourit pas.

— Je m'en doutais.

— Je suis désolée. J'avais vraiment l'intention de rentrer à la maison plus tôt.

— Alison, je te connais. Enfin, j'espérais juste que tu te conduirais en adulte pour une fois.

— Je suis désolée, je ne voulais pas…

— Je me suis dit que je te trouverais ici, alors on est venus te chercher pour te ramener à la maison.

Pendant ce temps, Matilda se promène dans la pièce. Avant que je comprenne ce qui se passe, elle se met à ramper sous le bureau. Soudain, elle pousse un cri, et se précipite vers moi.

— Maman regarde, maman ma main, ma main, ça fait mal…

Les sanglots noient ses paroles. Carl m'écarte et essuie sa main avec un mouchoir en papier, qu'il brandit ensuite sous mon nez comme un reproche. Il y a du sang dessus.

— Pourquoi y a-t-il du verre brisé par terre ?

Son ton est ferme, alors même qu'il console Matilda en lui caressant le dos.

Je me lève lentement, m'agenouille sous le meuble et en ressors le cadre renversé la nuit précédente. Sous les éclats de verre, le portrait de Matilda me sourit.

— Ma photo était par terre. Pourquoi elle était par terre ? pleure-t-elle encore plus fort.

— J'ai dû la faire tomber sans faire exprès… Je suis désolée, mon cœur.

— Tu devrais faire plus attention, me reproche Carl.

Il est en colère.

— Je ne savais pas que vous alliez passer.

Il a un mouvement de tête incrédule.

— Je devrais pouvoir être en mesure d'amener notre fille à ton travail, tu ne crois pas ? (Il observe un temps de silence.) Et là n'est pas la question. Je n'aurais pas dû être obligé de venir tout court. Tu aurais dû être à la maison hier soir. Comme une mère normale.

Je n'ai rien à répondre à ça. Je ramasse le verre brisé et l'enveloppe dans un vieux journal avant de jeter le tout dans la corbeille. La photographie de Matilda n'est pas abîmée, heureusement, et je la retire du cadre cassé, la dépose contre mon écran d'ordinateur. Je glisse ma chemise dans ma jupe. Carl a l'air de plus en plus furieux, les sourcils froncés, et puis sa colère se mue en une expression de profonde tristesse. J'ai la gorge nouée par un sentiment aigu de culpabilité et de remords, assez fort pour masquer le goût âcre de ma gueule de bois.

— Je suis désolée.

Il reste muet un long moment, la fatigue creuse ses traits.

— Tu as l'air épuisé. Je suis vraiment désolée, Carl, je répète une énième fois.

— Je *suis* épuisé. J'ai veillé beaucoup trop tard la nuit dernière, à t'attendre. J'aurais dû me douter que tu ne rentrerais pas.

— Tu aurais dû m'appeler.

— Je t'ai appelée. Tu n'as pas décroché.

Piquée au vif par le ton de sa voix, je sors mon téléphone de mon sac. Douze appels manqués. Quinze SMS. J'appuie sur « Supprimer ».

Trop tard.

— Je regrette sincèrement. Je ne le referai plus, promis.

Il prend une profonde inspiration.

— Ne nous disputons pas devant Tilly. Tu es là. On est là, ensemble, cela suffit.

Il vient vers moi, pose une main sur mon épaule. Je mets la mienne au-dessus, juste un instant, avant qu'il ne raffermisse son emprise.

— Rentrons à la maison.

Là-dessus, il voit mon portable cassé. Il le prend, examine la fêlure.

— Franchement, Alison. On l'a déjà fait réparer il y a à peine quelques mois. (Il soupire.) J'imagine que je vais encore devoir m'en occuper.

Je ne proteste pas, je me contente de le suivre, penaude, hors de l'immeuble.

Le trajet jusqu'à Archway est rapide, les voitures et les bus filent dans les rues désertes. J'appuie la tête contre la vitre, je regarde les vestiges de la nuit précédente. Emballages de hamburgers, cadavres de bouteilles, et par endroits une petite balayeuse qui avance lentement, brosses tournoyantes, pour effacer les traces du vendredi soir.

Grey's Inn Road. Des grilles en fer forgé barrent la vue sur les étendues de gazon. Rosebery Avenue, Sadler's Wells. Des livres que j'ai lus il y a longtemps me viennent à l'esprit. *Irène à l'Opéra*, *Irène joue des castagnettes*. Comment s'intitulait l'autre déjà ? Ah oui. *Irène se déguise*. Je connais bien cela, les masques, le dédoublement. Mes mains se contractent. J'essaie de ne pas penser à ce que Patrick a fait après m'avoir quittée. M'a-t-il crue quand je lui ai annoncé que c'était fini ? Est-il rentré chez lui, déçu, ou est-il ressorti aussitôt, en quête de ma remplaçante ? La main gauche de Carl lâche le volant et se pose sur ma cuisse.

— Tu as l'air tendue, me dit-il. On est bientôt à la maison.

— Je suis juste vraiment embêtée pour hier soir, Carl. Et fatiguée. Même si on est tous fatigués, je sais.

Je me détourne un peu plus de lui, je tente de refouler ma culpabilité, sans cesser de regarder par la fenêtre. Nous dépassons Angel Avenue, les très bons restaurants d'Upper Street, mais qui finissent par une minable enseigne Wetherspoons à hauteur de Highsbury Corner. Les paniers de fleurs suspendus dans Holloway Road, les chambres d'étudiants au-dessus des bouis-bouis de cuisine indienne et la bizarre rangée de boutiques de vêtements en latex qui sont là pour assouvir le genre de fantasmes sans doute susceptibles de plaire à Patrick.

— Le procès s'est bien passé ? me demande Carl, rompant le silence alors que nous entamons la montée vers les hauteurs qui mènent à la maison.

Je suis un peu décontenancée, il a l'air plus aimable qu'avant. Sa colère lui est peut-être passée.

— Le procès ?

— Celui que tu bouclais cette semaine. Le cambriolage.

— Oui, j'ai obtenu la nullité…

Ces mots-là me viennent de très loin, comme à travers des mètres cubes d'eau, j'ai la tête lourde et l'impression de flotter. Un reste de ma gueule de bois.

— Alors tu es libre la semaine prochaine ? Ce serait sympa si tu pouvais passer un peu plus de temps avec Tilly.

Et soudain, je ne suis plus sous l'eau. J'ai crevé la surface d'un coup et je tousse, je me débats pour respirer. Il est encore en colère.

— Tu essaies de me faire passer un message ?

— Tu as été très occupée ces derniers temps.

— Tu sais à quel point le boulot est important pour moi. Pour nous. Alors s'il te plaît, ne commence pas.

— Je ne commence rien, Alison. J'ai juste dit que ce serait sympa. C'est tout.

En haut de Holloway Road, la circulation ralentit, ensuite c'est la bifurcation avant Archway. La maison. Je plonge la main dans ma poche pour m'assurer que mon téléphone est bien là, mais je me retiens de regarder si Patrick m'a envoyé un SMS. Je sors de la voiture, me retourne vers Matilda et lui souris bravement. Elle me prend la main.

Je me douche, pour enlever toutes les traces de Patrick sur mon corps. J'essaie de ne pas penser à ma tête repoussée contre le bureau, à son insistance, au-dessus de moi, à son poids, à la dureté de sa chair contre mes tendresses secrètes. Je croque dans le sandwich au bacon que Carl a laissé pour moi sur le plan de travail de la cuisine, en me concentrant sur les bruits que fait Matilda en jouant dans le jardin. Elle donne des coups de pied dans les feuilles mortes et trottine sur la pelouse, en avant, en arrière, en avant, en arrière. Elle est comme un pendule qui marque le mouvement entre cette réalité, celle où je profite d'un moment en famille, et l'autre, celle qui ne m'envoie toujours pas de SMS, même si je me répète cent fois de ne pas vérifier.

J'ouvre le dossier de meurtre, le referme. La tentation de m'enfouir dans ces conclusions, de me retirer derrière ces dépositions, au lieu de me confronter au foutoir que je persiste à faire de ma propre vie, à toutes les contrariétés que j'inflige à Carl et Tilly, est quasi irrésistible. Mais je sais que si je me mets au travail maintenant, cela ne fera qu'envenimer les choses.

On attend des gens pour le déjeuner et c'est mon mari qui cuisine – rien que le meilleur pour ses amis, qu'il connaît depuis l'université : un gigot d'agneau crépite dans le four, le fumet entêtant du romarin flotte dans l'air. Il a déjà dressé la table, les serviettes impeccablement pliées sont disposées sur les petites assiettes, à gauche des grandes, qui empiètent sur les couteaux et les fourchettes alignés côte à côte. Les activités de la semaine ont été effacées du tableau noir accroché dans l'angle du mur – disparue la litanie des séances de natation, de shopping et des horaires des thérapies de groupe pour hommes qu'organise Carl, pour laisser place à une simple phrase : « *J'adore le week-end !* » inscrite par Matilda en majuscules appliquées, avec un dessin de deux bonshommes bâtons qui se tiennent par la main, un grand et un petit. La cuisine a été briquée, les plans de travail sont vides et propres, les portes des placards fermées, on dirait un cadre qui attend sa photo.

Je tente d'arranger un bouquet de lis blancs que Carl a mis dans un vase, mais de grosses éclaboussures de pollen jaune retombent sur la table. Je les essuie aussitôt avec ma manche et m'éloigne en vitesse.

Désœuvrée, je rejoins Matilda dans le jardin, j'admire avec elle la toile d'araignée tendue sur le buisson de cassis et la collection de brindilles dans le houx qui évoque franchement un nid. *Maman, tu as vu ? Ça se pourrait qu'un merle habite dedans ?*

Ça se pourrait.

— Il faudra qu'on lui apporte à manger, maman. Pour qu'elle puisse nourrir ses petits.

— Très bien, mon cœur. Dans ce cas, on ira lui acheter des cacahuètes.

— Non, pas des cacahuètes. On nous l'a expliqué à l'école. Les oiseaux, s'ils mangent ça, ils deviennent comme des boules de graisse et qui ont plein de trucs coincés dans leur ventre.

— Ça a l'air affreux, en effet. Quel genre de nourriture on va lui trouver, alors ?

— Je ne sais pas, des graines, des vers peut-être ?

— On posera la question à papa, mon cœur. Peut-être qu'il saura, lui. Sinon on se renseignera.

Carl nous appelle à l'intérieur : les invités sont arrivés. Il sort le gigot du four. J'admire son plat et m'approche du frigo pour choisir des boissons, nous reprenons naturellement l'un et l'autre les rôles que nous tenons chaque fois que Dave et Louisa viennent chez nous. Nous déjeunions déjà avec eux presque tous les week-ends avant même la naissance de nos enfants respectifs, des journées entières à rester attablés jusqu'à ce que la lumière décline, à boire bouteille après bouteille, gavés des bons plats de Carl. Je tends un verre de jus d'orange à Flora, leur fille, et je débouche le vin.

— Dave conduit, m'informe Louisa. Mais moi j'en veux bien un peu.

Elle tend la main pour prendre le verre que je viens de lui servir.

— Et toi, Alison, tu bois ?

Mon mari verse des chips dans un bol, après avoir recouvert le gigot d'une feuille d'alu.

— Oui. Pourquoi pas ? On est samedi après tout.

— J'aurais juste pensé, commence Carl, après la soirée d'hier…

Il n'a pas besoin de finir sa phrase.

— Après la soirée d'hier, quoi ?

— Que tu aurais assez bu comme ça, non ? Enfin, bon, laisse tomber.

— Oui, je laisse tomber.

Je me verse un verre, mais je le remplis trop, un peu de sauvignon déborde. Louisa penche la tête de côté, visiblement intriguée.

— Que s'est-il passé, hier soir ? demande-t-elle.

Je scrute son visage, son ton de voix me paraît inquisiteur, mais peut-être que je me fais des idées.

— Rien, c'était un vendredi, c'est tout. Enfin, tu sais ce que c'est…

— Maman était tellement fatiguée qu'elle s'est endormie dans son fauteuil au cabinet ! claironne Matilda. On a dû aller la chercher ce matin et papa m'a dit qu'il fallait bien s'occuper d'elle.

— Maman s'est endormie au cabinet ? Elle devait être vraiment très fatiguée, alors. Pourquoi tu n'apportes pas un peu de chips à Flora ? Je suis sûre qu'elle a faim, fait remarquer Louisa, en lui mettant un bol de chips dans la main.

Oui, maman était fatiguée. Fatiguée jusqu'à l'os.

— Alors ils ont fini par te confier un meurtre ? C'est une super nouvelle, ça. Qu'est-ce que tu as fait à ton clerc pour obtenir un truc pareil ?

Dave sourit, l'air narquois.

— Elle ne le doit qu'à son travail acharné, Dave. Je suis sûre qu'elle le mérite.

Louisa lui lance un regard noir, tout en levant son verre dans ma direction. Je lève le mien en retour et le vide d'un trait.

— Alors, c'est quoi, l'histoire ? reprend son mari. Un truc bien glauque ? Allez, donne-nous quelques détails croustillants.

— Dave, pas devant les enfants…, se plaint Louisa.

— Pour être franche, je n'ai pas encore regardé de quoi traite le dossier. Je m'y attaque demain.

— Je pensais qu'on pourrait sortir un peu, demain, réplique Carl, l'air déçu. Tilly, je ne t'ai pas dit que nous ferions une sortie tous ensemble demain ?

— Oui, j'aimerais bien visiter le château, celui avec un labyrinthe dans le jardin. Tu m'as promis qu'on irait, papa.

Matilda sort la lèvre inférieure, elle voit déjà la perspective de cette jolie promenade s'évaporer.

— J'aurais préféré que tu m'en parles avant…

Je m'arrête au milieu de ma phrase. Je pourrai toujours travailler à notre retour, quand la petite sera couchée.

— Mais bien sûr que nous allons visiter le château ensemble, ma chérie.

Plus nous jouerons les familles heureuses, plus cela finira par devenir une réalité.

Le métier de Dave. Le métier de Lou. Les clients de Carl en thérapie – pas de noms, juste quelques vagues indications à propos de ses nouveaux groupes de parole hebdomadaires pour les hommes accros au sexe, ce qui fait rire nerveusement Dave et Louisa.

J'écoute à moitié – je traite suffisamment de dossiers d'abus sexuels au bureau comme ça. Plus personne ne parle de mon affaire de meurtre. Je tiens mon verre par le pied, je bois une gorgée, puis une autre, en espérant noyer la voix angoissée qui me rappelle le procès à venir et me marmonne à l'oreille le temps qu'il me faudra pour préparer l'audience.

— Et si on se faisait un karaoké ? je propose.

— Prenons d'abord un peu de fromage. J'ai acheté du porto.

Carl, l'hôte parfait en toutes circonstances. Il tient la maison bien mieux que je ne le pourrais jamais.

— Du brie ? je leur offre, en m'en coupant un morceau au passage.

— Alison, regarde ce que tu as fait ! s'exclame Carl. Tu as coupé la pointe.

Mon regard passe du triangle de brie au morceau sur mon couteau. Je repose la pointe du fromage sur la planche, en prenant soin de la recoller au quartier. J'entends Carl soupirer, mais je suis trop fatiguée pour réagir.

— Sérieusement, personne n'a envie de se faire un karaoké ? je lance.

Je vais chanter du Adele, ça me remontera le moral.

— On ne va pas trop tarder. Et puis, il n'est pas un peu tôt pour un karaoké ? demande Dave.

— Merde, vous êtes vraiment trop sages ! Allez-y dans ce cas. Je vais me faire mon karaoké toute seule.

— Ne prends pas la mouche, réplique Louisa, il est déjà presque sept heures. On est restés tout l'après-midi.

Presque sept heures ? C'est vrai que le temps a filé. Je suis incapable de me rappeler ne serait-ce que la moitié de notre conversation. Je m'extrais de mon siège, siffle le reste de mon verre, mais à l'instant où je renverse la tête en arrière, deux filets de vin écarlate ruissellent sur mon haut blanc. Je repose brutalement le verre sur la table et me dirige vers la porte, en tentant de garder un air digne.

— Moi j'ai envie de chanter. Vous n'avez qu'à rester là à vous ennuyer si vous préférez. C'est le week-end, quoi, merde.

Je suis en forme ce soir. Les filles me regardent avec de grands yeux, impressionnées de me voir enfiler toutes les notes les plus aiguës de *Wuthering Heights*. Elles sont sous le charme. Heathcliff en personne m'ouvrirait sa porte, j'en suis sûre. Ensuite je me donne à fond avec *Rolling in the Deep* d'Adele, puis un hommage à Prince et sa *Little Red Corvette* avant d'atteindre mon Everest musical avec Morrissey : *There Is a Light That Never Goes Out*. Quelqu'un m'a dit un jour que je chantais ce morceau avec une voix rocailleuse, et c'est toujours le clou de mon spectacle. Quand je m'y mets, je surclasse le grand Morrissey en personne. Enfin, je crois. Je tiens la dernière note aussi longtemps que possible et m'effondre dans le canapé, vidée de mon énergie. Je suis presque surprise de ne pas recevoir une salve d'applaudissements, tant il est évident dans mon esprit que Carl, David et Louisa ont écouté et admiré ma prestation.

— … pas comment tu peux supporter ça.

C'est la voix de Louisa, se détachant nettement dans le silence soudain qui suit la fin de ma chanson. J'entends des « chut… ». Se pourrait-il qu'ils parlent de moi ? Je n'ai pas été si mauvaise quand même… Je m'enfonce dans le dossier du sofa en cuir crème et je ferme doucement les yeux. La porte claque, je sursaute, mais à peine, avant de me rallonger sur les coussins.

Un peu plus tard, je reviens brusquement à moi. Il n'y a pas un bruit dans la maison. Je vais dans la cuisine et me mets à débarrasser le reste d'assiettes et de verres sales. Carl avait sorti les beaux verres, ceux qui sont lourds et paraissent robustes mais qui s'ébrèchent facilement. J'emporte un premier lot et retourne chercher le second.

La manière dont l'après-midi s'est terminé me laisse perplexe. J'étais persuadée que tout le monde aurait eu envie de se joindre à moi au karaoké. J'ai l'impression de m'y être mal prise, l'esprit embrumé par l'alcool, le jugement déformé. Je n'ai pas toujours été comme ça.

Au moment où je franchis la porte de la cuisine avec mes verres en main, j'entrevois la gravure de Temple Church accrochée dans le couloir – mon mari me l'a offerte quand j'ai eu ma première affectation, j'avais été si touchée de son attention. Je sais que je devrais être plus attentive à son égard. Depuis son licenciement, il n'a jamais vraiment retrouvé sa confiance en lui, même si sa formation de psychologue s'est bien déroulée et que ses consultations de thérapeute à mi-temps ont vraiment décollé. Il ne s'est jamais résigné à devenir un homme au foyer.

— Ne porte pas les verres comme ça, je te l'ai déjà dit, s'agace Carl dans mon dos.

Je tressaille en entendant sa voix, j'en lâche presque les verres en question. Ils s'entrechoquent avec un léger tintement.

— Je voulais juste aider.

— La prochaine fois, abstiens-toi. Je ne supporterai pas que tu en casses un. Va donc t'asseoir.

Cela ne sert à rien de discuter. Je l'observe. Une veine palpite au niveau de sa tempe, il a les joues rouges. Il paraît moins âgé ainsi et, sur le moment, c'est le jeune homme qu'il était que j'ai en face de moi, le cheveu noir et la mèche tombante, les yeux plissés par un sourire. Cette vision se dissipe avec son front dégarni et je suis de nouveau confrontée à celle d'un homme en colère, la quarantaine, le cheveu clairsemé et grisonnant, un visage qui trahit l'impatience. Pourtant, il subsiste assez de ce souvenir pour que le garçon se superpose à l'homme, et une petite pointe d'amour se réveille en moi.

— Je vais aller lire un livre à Matilda, je déclare.

— Je n'ai pas envie que tu la perturbes.

— Je ne vais pas la perturber. Je vais juste lui lire une histoire.

J'essaie d'éviter de prendre un ton plaintif. La lueur d'amour s'est éteinte aussi rapidement qu'elle est arrivée.

— Elle sait que tu es saoule. Elle n'aime pas quand tu es comme ça.

— Je ne suis pas si saoule. Je vais très bien.

— Très bien ? Alors que tu as fait chier mes amis au point qu'ils sont partis plus tôt tant ils étaient gênés ? Alors que j'ai dû te ramasser par terre à ton cabinet ce matin ?

— J'étais dans un fauteuil, pas par terre. Et il n'était pas si tôt que ça.

— Tu as très bien compris ce que je voulais dire.

J'ai compris, oui. Mais je ne suis pas d'accord avec lui.

— Ce n'est pas juste. Ils ne sont pas partis à cause de moi. Rien ne les empêchait de se joindre au karaoké.

— Franchement, Alison… Je ne sais même pas par où commencer.

— Ce n'est pas juste.

— Ne me crie pas dessus. Je refuse de te parler quand tu es comme ça.

— Je sais que je t'ai mis en rogne, et je suis désolée. Enfin, quoi, on s'est toujours bien amusés, tous les quatre. Je ne me suis pas rendu compte que tout le monde en avait marre à ce point. Mais bon, peu importe. Je monte lire un livre à Tilly.

Avant qu'il ait pu ajouter quoi que ce soit, je sors de la cuisine.

Matilda est assise dans son lit, plongée dans un livre de Clarice Bean. Elle a sept ans, mais c'est encore mon bébé. Elle me serre dans ses bras et murmure :

— Bonne nuit, maman, je t'aime.

— Moi aussi je t'aime, ma puce, dis-je, et je la borde sous sa couette à fleurs.

Je suis sur le point d'éteindre la lumière. Carl est monté pointer le bout de son nez et, pendant une seconde, nous restons là, à regarder l'enfant que nous avons conçue ensemble s'endormir.

— Je t'ai préparé une tasse de thé, m'informe-t-il. Elle t'attend dans le salon.

— Merci.

Avant même que j'aie fini de prononcer ces mots, il est ressorti de la chambre. Mais c'est un début. Peut-être va-t-il tenter un rapprochement ? Pourtant, je sais au fond de moi que je ne le mérite pas. Je me souviens de la promesse que je me suis faite il y a seulement vingt-quatre heures, celle de me limiter à un verre. À cet instant, un profond sentiment de désespoir m'envahit. Je ne suis même pas capable de m'en tenir à un seul verre, ou de rentrer tôt du travail pour rejoindre ma famille comme une personne normale. Je fixe le vide un long moment, le remords me tenaille.

Je bois mon thé dans le salon et finis par aller me coucher, submergée d'émotion et d'épuisement. La semaine a été longue. Je sombre dans le sommeil, bercée par les cliquetis et les éclaboussements de la vaisselle dont Carl se charge.

Au moins j'ai proposé de l'aider.

3

Ils sont partis pour le château pendant que je dormais, ce dont m'informe le bref mot laissé par Carl sur ma table de chevet. « *Je n'ai pas réussi à te réveiller. Du coup on est partis sans toi. De toute façon tu devais travailler. Et j'ai fini la vaisselle.* » Pas de bisous à la fin : il est fâché. Mais moi aussi, je le suis… J'avais dit que j'irais avec eux, il aurait pu m'attendre quand même ! J'essaie de l'appeler, mais son téléphone est éteint. Je suis allongée sur mon lit, j'écoute sa voix sur sa messagerie. *Je ne peux pas prendre votre appel. Je ne peux pas prendre votre appel.*

Il ne veut pas, oui.

Enfin, je parviens à le joindre.

— Pourquoi tu ne m'as pas réveillée ? dis-je sans préambule.

— Mais j'ai essayé. Tu as à peine bougé un cil et tu m'as dit d'aller me faire foutre. J'ai pensé qu'il valait mieux te laisser dormir.

Je ne m'en souviens pas du tout.

— Du coup, je ne me suis pas réveillée avant onze heures. Ce n'est pas mon genre de me lever aussi tard.

— Tu étais lessivée à cause de la nuit dernière.

— J'aurais apprécié que tu insistes plus. Ou que vous m'attendiez.

— J'ai vraiment essayé, Alison. Mais tu ne voulais rien entendre. On a décollé à neuf heures. Si on était partis plus tard, ça n'aurait servi à rien.

— D'accord. Bon, je suis désolée. Je peux parler à Matilda ?

— Pour le moment, elle joue. Je n'ai pas envie de l'embêter. Elle était vraiment triste que tu ne sois pas là, mais maintenant ça va mieux. Alors laisse tomber.

— Je ne comprends pas… Je ne dors jamais aussi tard d'habitude. S'il te plaît, dis-lui bien que je suis désolée, au moins.

— C'est comme ça, fait-il. (Un silence, puis il change de sujet, avec une telle fermeté que je ne peux protester.) Tu vas t'avancer un peu dans ton travail ?

— Je suis sur le point de commencer. Je vais préparer un ragoût pour le dîner.

— OK, je te laisse alors.

Il raccroche avant que j'aie pu lui dire au revoir. Je m'apprête à le rappeler, avant de renoncer. On parlera plus tard, devant un bon dîner. Je ferai comprendre à Tilly que je suis désolée, que je n'aurais manqué cette sortie pour rien au monde. Je secoue la tête, pour m'éclaircir les idées. Puis je sors du lit, enfile un pyjama et descends au rez-de-chaussée pour bosser.

Deux cafés plus tard, j'ouvre mon dossier. Je cligne plusieurs fois des yeux pour dissiper la brume migraineuse qui s'est déposée derrière mon orbite droite. « La Reine contre Madeleine Smith. » La Central Criminal Court. Dossier transféré de la Magistrates' Court de

Camberwell Green, le tribunal le plus proche de la scène de crime – une banlieue riche, résidentielle, au sud de Londres.

Mon téléphone bipe. Je bondis dessus, dans l'espoir que ce soit Carl, ouvert à la réconciliation.

Déjà quelques pistes de réflexions sur l'affaire ?

Patrick. L'excitation s'empare de moi, suivie aussitôt par la colère. Comment ose-t-il m'envoyer un SMS le week-end, surtout après que j'ai rompu avec lui ? Mais l'instant d'après, je percute le sens de son message.

Quelle affaire ? je réponds.

Madeleine Smith. Ton premier meurtre, non ?

Il ne me semble pas le lui avoir mentionné. Est-ce qu'il l'a entendu vendredi soir ?

Prise d'une intuition, je me penche sur le dossier. Et l'information est là, au dos, le conseil juridique chargé de l'instruction de mon premier homicide : Saunders & Co. Le cabinet de Patrick. Sur le moment, je me demande ce que j'ai fait au juste pour décrocher cette affaire, jusqu'où je me suis abaissée, et combien de fois. Mais je sais que ce n'est pas la raison. Patrick ne mélange jamais baise et travail. Il n'y a que moi qui mélange tout.

Encore un bip.

Ne me dis pas merci surtout. Il joue les râleurs butés.

J'ai rompu avec toi vendredi. J'ai l'impression d'avoir de nouveau quinze ans.

Je sais, je sais. Mais là c'est le boulot. Réunion semaine proch. Client veut te rencontrer ASAP. Je réserve salle avec assist jurid.

Fin de la conversation. Rien au sujet de vendredi, il n'y a aucune raison de s'inquiéter. S'il en avait sauté une autre, il me l'aurait dit. De toute manière, je m'en moque. Je relis mon SMS : *J'ai rompu avec toi vendredi*. Supprime-le. Supprime tous les messages. Je devrais peut-être refuser de travailler avec Patrick pour préserver mon mariage, mais j'attends ce moment depuis le début de ma carrière. Pas question de passer à côté.

Je fais juste mon boulot, je me rassure intérieurement. Je le chasse de mon esprit et j'entame la lecture du dossier.

Plus tard, je cuisine le dîner. Je hache un oignon, lentement. Les derniers rayons de soleil se reflètent sur la lame du couteau de cuisine. Je l'observe attentivement. C'est l'un des grands couteaux que Sandra, une amie d'école, nous a offerts en cadeau de mariage. Elle avait plaisanté en me le donnant : « Je te rassure, il n'est pas question de trancher l'amour que nous avons l'une pour l'autre, nous nous connaissons depuis trop longtemps. »

Madeleine Smith n'a pas seulement tranché l'amour, elle l'a tailladé, poignardé de plusieurs coups de couteau. Rien de moins que quinze blessures distinctes sur le corps de son mari, assassiné dans leur chambre de Clapham. Plusieurs de ces coups étaient mortels mais, selon le résumé des faits inclus dans le dossier de l'accusation, les conclusions du médecin légiste montrent que c'est la plaie au cou qui a vraisemblablement causé la mort ici, ayant presque sectionné la veine jugulaire. Sur les photos de la scène de crime, les taches rouges ressortent très nettement sur les draps blancs où le corps a été retrouvé.

Je saisis un autre oignon.

À l'heure où Carl et Matilda rentrent à la maison, le ragoût est cuit à la perfection, mais c'est à peine si elle y jette un œil. Elle se plaint d'avoir faim mais ne veut pas manger de viande.

— Tu as mangé de l'agneau, hier, lui ai-je rappelé.

— Quand j'ai parlé à papa aujourd'hui, je lui ai demandé comment on tuait les poulets et il m'a répondu des trucs qui m'ont pas plu du tout.

— Il n'y a pas beaucoup de légumes que tu aimes, non plus.

— Je sais, mais je n'ai pas envie que des animaux meurent à cause de moi.

D'un regard, j'appelle son père à l'aide, mais il hausse les épaules, peu concerné.

— OK, mon cœur, je vais te préparer une omelette. Mais tu devrais peut-être encore y réfléchir. (Elle hoche la tête. Je remue le ragoût et tends une cuillère à Carl.) Tu en veux un peu ?

Il prend la cuillère, l'observe, la renifle, fait la moue et me la rend.

— Non, pas vraiment, merci. J'ai pas très faim.

— Tu ne vas pas devenir végétarien, toi aussi ?

J'essaie de ne pas paraître trop fâchée.

— Non, c'est pas ça, m'assure-t-il. C'est juste que ça sent un peu…

— Un peu quoi ?

J'ai du mal à contenir ma colère.

— Un peu… (Il ne finit pas sa phrase.) Écoute, ne te tracasse pas pour ça. Tu as fait l'effort de cuisiner, c'est ce qui compte. Et pour Tilly, si elle a envie d'être végétarienne, je soutiendrai son choix. Ça peut être rigolo, non ? On va te trouver plein de nouvelles choses à manger que tu vas adorer, tu verras. (Il sourit à notre fille, s'approche de la cuisinière, remue le ragoût.) Tu devrais peut-être me laisser me charger de la cuisine à partir de maintenant, d'accord ? Je sais mieux ce que Matilda préfère. Je vais préparer son omelette.

Je ne réponds pas, je prends le fait-tout par les poignées et le retire du feu, en déplaçant légèrement le couvercle pour que le plat refroidisse, que je puisse le congeler. J'en emporterai pour mon déjeuner de demain, et je garderai les restes au congélateur. Cette odeur écœurante de viande me poursuivra pendant des semaines. Les morceaux de carottes que j'ai si soigneusement découpés en bâtonnets pointent leur tête à la surface de la sauce visqueuse. Ça ressemble à du vomi. J'ai le cœur au bord des lèvres. Mon offrande, qui m'a pris tant de temps à préparer et qui n'est même pas brûlée, vient d'être brutalement rejetée.

Matilda vient vers moi, je m'agenouille pour la serrer dans mes bras.

— Je suis désolée de ne pas être venue avec vous aujourd'hui, mon cœur. (Je lui parle à voix basse, des mots qui ne sont destinés qu'à elle. Je lui caresse la joue. Elle me serre fort à son tour.) Promis, très bientôt, on fera une sortie rien que toi et moi. On ira où tu voudras. Je te le jure. OK ?

Elle hoche la tête.

— Je te le promets, je répète.

Quand je la sens se relâcher dans mes bras, sa tête chaude contre mon épaule, un nœud en moi se dénoue.

Carl me regarde donner le bain à Matilda. Je lui brosse les cheveux et les lui sèche, je lui lis une histoire et lui chante une chanson pour qu'elle s'endorme. Lorsque nous avons refermé la porte de sa chambre, il parle enfin :

— C'est très important de tenir les promesses qu'on fait aux enfants.

— Je ne vais pas rompre ma promesse.

— Tu n'as pas intérêt.

— Pas besoin de me menacer, Carl. Je fais de mon mieux. Tu ne pourrais pas me soutenir un peu plus ?

— Ne me pousse pas à bout, Alison. Tu n'es pas en position de me faire des reproches.

La colère s'allume brièvement en moi, puis retombe.

— Je sais. Je suis désolée, je suis désolée…

Il tend la main, son doigt suit une ligne invisible de ma tempe à ma joue. Je prends sa main dans la mienne et y dépose un baiser, je glisse mon autre main derrière sa nuque pour attirer son visage plus près. Nous sommes sur le point de nous embrasser. Mais brusquement, il s'écarte.

— Désolé. Je ne peux pas.

Il rejoint le salon et ferme la porte derrière lui. J'attends un moment de voir s'il va changer d'avis, puis, dépitée, je retourne dans mon bureau. J'essaie de me plonger dans l'exposé des faits et les textes de loi pour atténuer la morsure du rejet, tandis que l'odeur du ragoût flotte encore lourdement dans l'air.

Plus tard ce soir-là, alors que je transvase à la cuillère le bouillon froid dans de petits Tupperware, mon mari entre dans la cuisine et rabat la porte dans son dos.

— J'y ai réfléchi toute la journée, fait-il, pour décider si je devais ou non te le montrer.

— Me montrer quoi ?

Quelque chose dans le ton de sa voix fait trembler ma main et je renverse un peu de jus de viande.

— J'ai besoin que tu comprennes ce que ça fait, parfois, pourquoi on est si remontés l'un contre l'autre.

— Qu'est-ce que je suis censée comprendre ?

Je remets la grande cuillère dans le fait-tout et j'appuie fort sur le couvercle du Tupperware pour le refermer.

Il ne me répond pas. Il manipule son téléphone. Je range les restes au congélateur, en poussant des sacs à moitié entamés de petits pois. Tandis que je casse la glace qui tapisse les parois, j'entends les premières mesures de *Rolling in the Deep.* Je souris, sur le point de les chantonner dans ma tête. Alors que je prends mentalement ma respiration, je m'entends chanter. Si on peut appeler ça chanter. Je claque la porte du congélo et me tourne vers Carl. Il me tend son portable, sans un mot, avec un regard qui ressemble à de la pitié.

Hier soir, j'étais exceptionnelle, j'ai chanté à fond en oubliant tous mes soucis. J'étais une star, portée par une vague musicale qui m'a transportée loin des querelles mesquines qui avaient dominé la fin de l'après-midi. Et aujourd'hui, je vois ce qu'ils ont vu : une femme bourrée, la bretelle de son soutien-gorge dépassant de sa robe et son maquillage lui coulant sur la figure. Je la contemple, atterrée. Sa voix me déchire les tympans ; les notes que j'avais si bien négociées, cette chanteuse-là les rate d'un kilomètre. Le rythme est faux, la danse, ridicule. Et le pire de tout, c'est l'expression sur le visage des filles quand elle essaie de les entraîner dans sa chanson. Non, en fait le pire, ce sont les voix étouffées derrière, à peine audibles sur l'enregistrement. Il y a même des rires, ceux de Dave, de Louisa – merde, et ça, c'est celui de Carl, non ?

— Enfin, pourquoi tu ne m'as pas arrêtée ?

— J'ai essayé, tu n'as rien voulu écouter.

— Et au lieu de ça, tu as préféré me filmer pendant que je me ridiculisais comme une conne ?

— Je ne l'ai pas fait par méchanceté. J'avais juste besoin que tu voies à quoi ça ressemble, parfois, de vivre avec toi. Pas tout le temps, heureusement. Mais quand tu es comme ça, c'est vraiment dur.

Mon attention se reporte sur le téléphone. La femme à l'écran – cette autre *moi* à l'écran – est manifestement partie pour la nuit. Elle titube vers le canapé, s'y laisse retomber lourdement pour chanter Prince. Ensuite, c'est le grand final, la chanson des Smith que j'étais certaine d'avoir magnifiquement réussie. Le spectacle n'a rien de divin, au contraire. Je serre le portable dans mes mains glacées, tremblantes. Le sang me monte au visage, des convulsions de honte me vrillent le ventre. Je ferme les yeux, mais j'entends encore ma voix perçante qui mange les mots que je pensais avoir chantés si clairement hier soir. J'ai du mal à me maîtriser, j'appuie sur « Pause », et je suis sur le point de presser « Supprimer » quand Carl me reprend le téléphone des mains.

— Je voulais juste m'amuser un peu, je murmure.

— Si ça contrarie tout le monde, ça n'amuse personne, fait-il en baissant les yeux.

— Je ne me suis pas rendu compte que ça les dérangeait.

— C'est le problème, Alison. Tu ne te rends jamais compte.

Il quitte la pièce sur ces mots. Je finis de ranger la cuisine et lance le lave-vaisselle. J'éteins la lumière et je reste debout un long moment dans le noir. J'écoute le bourdonnement de tous les appareils, dans l'espoir que cela me tranquillise l'esprit et noie le son de ma propre voix en train de chanter – on aurait dit du verre brisé.

4

Le lendemain matin, Carl prépare le petit déjeuner de Matilda, puis l'aide à se préparer pour l'école. Comme je ne plaide pas, j'avais prévu de l'emmener, mais il se montre si efficace que je n'ai pas envie de m'en mêler. Je descends à la cuisine me faire un café.

— Si tu me donnes ton téléphone, je peux te le faire réparer, me suggère-t-il, quand il revient dans la cuisine. Il y a une boutique près du centre de thérapie.

J'essaie de garder un air nonchalant, mais je passe mentalement en revue tous les dangers qu'impliquerait le fait de lui confier mon portable. Je suis toujours prudente. *Très* prudente. Messages, e-mails, tout est effacé aussitôt lu. Le tout est que j'avertisse Patrick à temps. Je hausse les épaules.

— Ne t'embête pas pour ça. Ce n'est pas si grave.

— Il vaut mieux réparer la fissure avant que ça n'empire. Tu n'as pas envie d'avoir à t'en racheter un neuf, si ?

Je sais qu'il a raison, mais ce ton de donneur de leçons me tape sur le système. Je ravale ma réplique cinglante – après tout, il me rend un service.

— Pense à faire une sauvegarde. Au cas où, insiste-t-il.

Il s'assoit et attend que je sauvegarde le contenu de mon iPhone via le wifi, avant de tout effacer et de le lui tendre.

— Merci, c'est très gentil de ta part.

Il prend mon téléphone et s'en va. Matilda me serre rapidement dans ses bras avant de sortir en trottinant derrière son papa. Dès qu'ils ont franchi la porte, j'appelle le bureau de Patrick, je veux lui mettre la main dessus avant qu'il n'appelle sur mon portable. C'est son associée, Chloé Sami, qui répond et me le passe. Avant que je puisse prononcer un mot, il m'informe :

— J'ai programmé le rendez-vous avec la cliente pour demain.

— J'ai parcouru le dossier. Il n'y a pas d'autres pièces communiquées par l'accusation pour l'instant ?

Je m'exprime d'une voix détachée, pour lui prouver que moi aussi je suis capable de distinguer le pro du perso.

— Non, pas pour le moment. Mais la cliente a besoin de te rencontrer, pour que tu puisses établir une relation de confiance avec elle.

— OK.

— Tu seras parfaite pour ce dossier, continue-t-il. Tu es douée pour faire voir les choses du point de vue de tes clients… C'est essentiel pour le jury. Si c'est toi qui plaides, je suis sûr qu'ils se sentiront en empathie avec Madeleine. En plus, c'est un dossier compliqué, sur le plan juridique, et tu es très forte sur ce terrain. (Il s'exprime sur un ton professionnel. C'est une évaluation objective, pas des compliments. Je me sens néanmoins parcourue d'un petit frisson de plaisir.) Bien, le rendez-vous est fixé demain à quatorze heures, reprend-il. Madeleine habite chez sa sœur, à Beaconsfield. On se retrouve à la station Marylebone à midi et demi, ça te va ?

— OK. Merci de m'avoir confié l'affaire, même si j'aurais préféré que tu m'en parles quand on s'est vus vendredi.

— J'ai pensé que tu apprécierais la surprise, répond-il. Enfin, bon, je dois filer.

— Une seconde, Patrick. Juste un truc, ne m'appelle pas sur mon portable, pas aujourd'hui, d'accord ? Ne m'envoie pas de message non plus. Je ne l'ai pas sur moi.

— On vient de se parler. Pourquoi j'aurais besoin de te recontacter ?

Il raccroche. Sa dernière réplique était d'une ironie mordante, mais je n'ai pas envie de le rappeler pour lui dire le fond de ma pensée.

Le reste de ce lundi s'écoule lentement, les restes de ma gueule de bois aussi. Enfin, presque. Un point sensible subsiste derrière mon œil droit, un petit rappel de la douleur que je me suis causée, à moi ainsi qu'à Carl et Tilly. Plus jamais, me dis-je, en espérant que ces mots ne soient pas aussi creux qu'ils en ont l'air.

Je relis les documents, je surligne et je prends des notes. Carl se charge de l'école pendant que je traîne en pyjama dans la maison, absorbée dans mon dossier. À la fin de la journée, il me rend mon téléphone, comme neuf.

Mardi matin, j'émerge en bottes et tailleur, avec Matilda qui marche joyeusement à mes côtés. Je l'accompagne à l'école. Un groupe de mères fait barrage, toutes sveltes dans leurs tenues de sport. Je m'efforce de me débarrasser de ma paranoïa, souris à l'une d'elles et fais signe de la main aux autres, je lance même un bonjour à deux papas qui passent devant moi. Les femmes finissent par me sourire à leur tour avant de se remettre à parler entre elles. *Pour une fois que c'est elle qui accompagne sa fille ! C'est toujours son pauvre mari qui s'y colle d'habitude*. Je secoue la tête. Ce n'est pas ce qu'elles se racontent. Pourquoi parleraient-elles de moi ? Matilda me tire par la main et nous descendons l'escalier qui mène à sa salle de classe.

— Bisous, mon cœur, lui dis-je. Passe une bonne journée.

Je me penche et la serre dans mes bras.

— C'est toi qui viens me chercher ce soir ?

— Non, c'est papa. J'ai une réunion.

— OK. Salut !

Elle suspend son manteau à la patère et s'éloigne vers ses copines. Je reste là un moment, à la suivre du regard. Les filles sourient à Matilda et s'écartent pour lui laisser une place dans leur cercle. Je lui fais au revoir de la main, elle me répond d'un signe, puis je traverse la cour en sens inverse, tête baissée.

« Matilda est vraiment heureuse, Alison, c'est ce qui compte. » C'est ce que me répète Carl chaque fois que je m'inquiète au sujet des autres parents, suivi de cette réflexion : « Ils sont toujours charmants avec moi. » Je veux bien parier qu'ils le soient – je n'ai jamais prétendu le contraire –, et finalement, il ajoute systématiquement : « Il faut juste que tu fasses plus d'efforts, c'est tout. » C'étaient ses propos ce matin même, alors qu'il vérifiait le contenu du sac de Matilda et qu'il signait son cahier de lecture. Je n'ai pas discuté, il a sans doute raison. « J'irai la chercher à la sortie d'école. Mon dernier rendez-vous finit à quinze heures », a-t-il conclu. En tout cas, c'est une chose en moins dont je dois me soucier.

J'arrive juste à temps pour prendre le bus et le siège où je m'assois est encadré de poussettes d'enfants. Mon sac noir est tout près de ma jambe, il contient le dossier du meurtre : des pages et des pages de pièces à conviction. Pendant les prochains mois, je vais devoir m'atteler à comprendre les raisons de cette brutalité, jusqu'à finalement maîtriser chaque rouage de l'affaire sur le bout des doigts. Si seulement je pouvais faire de même avec mon esprit, mon mariage ou mes carences en tant que mère.

À mon arrivée au cabinet, je salue les clercs au passage et vide le contenu de mon sac à roulettes sur mon bureau. Je m'assois et regarde par la fenêtre, sans rien voir. Quinze années de travail acharné pour en arriver là, mon premier meurtre. J'ai débuté par les affaires habituelles : chauffards ivres, vol à l'étalage de junkies, cambrioleurs récidivistes, dans l'enfer du tribunal pour mineurs de Balham, avec ses pédophiles qui tordent leurs mains moites devant des images indécentes d'enfants, tout un carrousel du crime, des malchanceux aux malheureux, jusqu'à ceux qu'on ne pourrait jamais aider, dont j'admettais moi-même parfois qu'il valait mieux les enfermer et jeter la clé de leur cellule une bonne fois pour toutes. Ils avaient tous tellement de choses en commun, une enfance de maltraitance conduisant à l'abus d'alcool et de drogue, à la privation et au désespoir qui s'extériorisait souvent sous forme d'exigences violentes : *Je le veux, ce téléphone, tu me le donnes ce putain de téléphone ou je te plante mon couteau dans le ventre/je te bute/je te balance de ce pont juste quand un train arrive.*

Parmi mes préférés, il y aura eu ce procès pour vol, il y a une dizaine d'années. C'était une procédure multiple à Nottingham, où tous les prévenus s'étaient mutuellement accusés avant de finalement écoper de cinq années d'emprisonnement chacun. En tout cas, on formait une bonne équipe à l'époque, on allait boire au pub le plus proche de l'hôtel Travelodge du quartier, jusqu'à leur dernière goutte d'alcool.

Revenons à Madeleine Smith. Je feuillette le dossier jusqu'à trouver les coupures de presse sur l'affaire. L'article le plus important montre une photo de Madeleine, encadrée de deux officiers de police et menottée. C'est une femme mince et blonde, les traits tirés.

Madeleine Smith, quarante-cinq ans, a été arrêtée par la police après la découverte du corps de son mari, Edwin, poignardé à mort dans son lit. Il était associé senior d'une société américaine de gestion de fortune, Minerva Holdings. Le couple résidait à Clapham, à Londres, dans une propriété évaluée à 3,5 millions de livres. C'est la femme de ménage qui a alerté la police. Selon les sources, la suspecte était assise par terre, près du cadavre, et s'est laissé arrêter sans résistance. Des voisins ont exprimé leur stupéfaction face aux événements : « Elle était charmante, et toujours prête à apporter son aide pour la fête de quartier que nous organisons tous les ans. Je n'arrive tout simplement pas à y croire », a déclaré l'un d'eux, qui souhaite rester anonyme.

Je m'interromps dans ma lecture et me prépare un café avec la machine à expresso que j'ai achetée à Carl pour Noël l'année dernière. Il ne s'en est jamais servi, me répétant à quel point utiliser des capsules était du gâchis, du coup je l'ai récupérée au bureau.

Voici les faits, tels qu'ils sont repris dans le résumé du dossier d'accusation : le lundi 15 septembre dernier, la femme de ménage découvre Edwin Smith mort dans son lit, son épouse Madeleine par terre, près de lui. Il est décédé depuis approximativement douze heures, suite aux pertes de sang provoquées par quinze blessures à l'arme blanche au cou et au torse. Il semble qu'il ait été poignardé dans son sommeil car on n'a relevé aucune trace de blessures défensives sur le corps, rien qui atteste qu'il ait essayé de résister. Un couteau de cuisine de trente centimètres de long, dont la lame correspond aux blessures indiquées plus haut, a été retrouvé sur le lit, à côté de son cadavre. L'hémorragie a été si importante que le sang, en plus d'imprégner le lit et le parquet, a suinté à travers le plafond du salon situé en dessous. Les vêtements de Madeleine en sont aussi couverts.

La police et une ambulance arrivent immédiatement sur les lieux, bien que l'état de la victime dépasse tout traitement médical. Madeleine se soumet calmement à son arrestation. Elle ne fait aucun commentaire, ni sur le moment ni ultérieurement. Elle est d'abord placée en détention à la prison de Holloway, mais après une mise en liberté sous caution, demandée avec succès deux semaines auparavant, elle habite désormais au domicile de sa sœur, à Beaconsfield, dans des conditions strictement encadrées.

À première vue, je peux compter sur les dépositions de la femme de ménage, de la police et des ambulanciers, du médecin légiste et d'un voisin qui déclare avoir entendu des hurlements et des cris en provenance de la maison des Smith la nuit présumée du décès d'Edwin. Il ne fait aucun doute que l'accusation trouvera le moyen de les présenter à un moment ou à un autre.

Je repense à ce que je faisais dimanche soir, il y a trois semaines.

Nous rentrions d'un week-end à la mer à peu près réussi, même si Carl et moi nous étions disputés et avions dormi dans un lit davantage conçu pour un week-end de baise que pour des échanges de regards mauvais sur des promesses brisées. Au moins Matilda s'était bien amusée à la plage… Je m'oblige à me concentrer à nouveau sur l'affaire.

Patrick a inclus une note sur les faits et gestes de Madeleine dans les jours précédant le meurtre. Elle affirme que leur fils de quatorze ans, James, était rentré de son pensionnat privé pour le week-end et se trouvait au domicile familial. Elle et Edwin l'avaient déposé au train, à Paddington, le dimanche en fin d'après-midi, afin qu'il soit à l'heure pour le service du soir de l'école, à la chapelle. Le nom du jeune homme figure aussi sur la liste des témoins de l'accusation, bien qu'ils n'aient pas encore produit sa déposition.

Madeleine a transmis une courte déposition à ses avocats concernant son milieu et son parcours. Originaire du Surrey, elle a beaucoup voyagé dans son enfance avec sa famille, son père étant diplomate. Elle est experte-comptable diplômée, mais n'a plus travaillé depuis des années. Elle est devenue mère à l'âge de trente ans. Edwin et elle ont vécu ensemble presque vingt ans, ils étaient heureux, et elle n'a aucun commentaire à ajouter au sujet de la nuit en question. Aucun commentaire du tout.

Quand j'arrive à la gare, j'aperçois Patrick avant qu'il ne me remarque. Il est adossé contre un mur, il consulte son téléphone et, à cette vision, ma poitrine se serre. Il lève les yeux et me sourit, un vrai sourire qui lui éclaire le regard, et je ris, tellement soulagée d'être avec quelqu'un qui a l'air content de me voir que, sur l'instant, j'oublie que j'ai rompu avec lui. Je m'approche. Il m'effleure la joue et je m'apprête à lui parler de l'affaire quand son portable sonne. Il se détourne pour prendre l'appel. Dans le train, nous ne nous parlons pas beaucoup, même s'il relève parfois la tête entre deux mails et me tapote la jambe. Je me force à m'écarter de lui, me rappelant avec fermeté que tout est fini entre nous et qu'à cette minute il a beau être charmant, il ne l'était pas vendredi, et tant d'autres fois avant cela.

Beaconsfield est une jolie banlieue résidentielle, ponctuée de boutiques et de pubs. Nous prenons un taxi de la gare à la maison où réside notre cliente, et attendons devant le portail électrique de la propriété. La maison est si imposante qu'elle éclipse même le jardin, et elle est entourée d'autres demeures tout aussi vastes, cossues et de construction récente.

Une femme passe la tête par la porte et nous dévisage un moment. Apparemment rassurée, elle se retire à l'intérieur de la maison et le portail s'ouvre lentement. Le gravier craque sous nos pieds alors que nous nous dirigeons vers l'entrée. Patrick s'avance et serre la main de la femme.

— Ravi de vous revoir, Francine. Alison, voici Francine, la sœur de Madeleine, me précise-t-il.

Il s'efface et je lui serre la main à mon tour, ses doigts osseux et raides contre les miens. D'un geste, elle nous invite à entrer. Madeleine est dans le salon, assise dans un sofa, les jambes repliées sous elle. Elle se lève pour nous saluer.

C'est une femme grande, mince, les cheveux épais et lisses, même si on commence à voir les racines de ses mèches. Les tendons de son cou sont proéminents et une veine bleutée palpite à sa tempe. Francine, elle, est encore plus svelte que Madeleine, ses cheveux et sa peau possèdent un bel éclat. Mais elle a l'air tendue, elle se balance d'un pied sur l'autre, tire sur les pans de son cardigan. Elles sont toutes deux vêtues dans des tons beiges, en pantalon taupe et tricots moelleux couleur flocons d'avoine, visiblement du cachemire. En les regardant, je me sens plus petite et plus trapue que d'habitude, une jument de trait comparée à leur élégance racée. Madeleine est parée de bijoux discrets, des diamants qui ornent ses oreilles et lui encerclent les doigts – une alliance sertie de pierres précieuses joue autour de l'annulaire de sa main gauche. Je fais pivoter les joncs en or blanc autour du mien, dissimulant à l'intérieur de ma main le minuscule solitaire de ma bague de fiançailles.

— Je n'ai pas envie de penser à Holloway. Cette prison, c'était un cauchemar.

Madeleine ronge la peau autour de ses ongles.

— Nous vous avons sortie de là le plus rapidement possible.

Patrick s'exprime d'un ton posé. Je ne l'avais encore jamais entendu parler comme ça. Il y a chez Madeleine une fragilité qui exige une voix douce et un langage mesuré.

— Je peux vous offrir une tasse de thé ? suggère Francine.

Je hoche la tête.

— Avec du lait et sans sucre. Merci.

J'espère que cette menue tâche parviendra à la calmer un peu, à dissiper la tension qui l'entoure. Sinon cela risque d'être difficile de faire sortir Madeleine de sa coquille.

Francine s'échappe de la pièce, Madeleine déplie un peu les jambes.

— Il y avait tellement de cris. J'essayais de dormir, mais je ne sais pas qui pourrait y parvenir au milieu de tous ces cris… C'était un enfer. Au poste de police, j'arrivais à dormir, mais là-bas, impossible. Cinq nuits de ce régime…

Elle s'interrompt et sourit à sa sœur qui est de retour avec un plateau chargé de mugs de thé, de lait, de sucre et de trois variétés différentes de biscuits.

— Vous désirez autre chose ? s'enquiert Francine.

C'est moi qui lui réponds.

— Non, c'est parfait, merci.

— Parfait pour moi aussi, merci Francine, dit Madeleine. Pourquoi ne nous laisses-tu pas un peu seuls afin que nous puissions bavarder ?

Elle sourit à sa sœur et cette dernière finit par se retirer, en refermant doucement la porte derrière elle.

— Pour commencer, déclare Patrick, en écartant le plateau de thé et posant les dossiers de son sac sur la table basse, permettez-moi de vous présenter Alison Wood, qui vous représentera dans cette procédure.

J'adresse un signe de tête à Madeleine et je sors mon cahier pour prendre des notes.

— Alison exerce depuis plus de quinze ans, continue-t-il. Elle a traité beaucoup d'affaires compliquées devant la Crown Court, des plaidoiries pénales lourdes, mais aussi des recours en appel à l'Appeal Court. Vous pouvez lui faire confiance pour prendre les meilleures décisions possible en ce qui concerne la marche à suivre dans ce procès.

Madeleine baisse les yeux, contemple ses mains.

— Je ne crois pas qu'il y ait quoi que ce soit à décider. Je l'ai tué, ça s'arrête là.

— Ne mettons pas la charrue avant les bœufs. Pour le moment il serait prématuré d'avoir ce type de conversation. Examinons d'abord les éléments préliminaires si vous le voulez bien. (Enfin, il s'exprime comme le juriste que je connais, avec son ton abrupt et corrosif. Et je suis contente qu'il l'ait interrompue… Il n'y a rien de pire qu'un client qui s'exprime trop tôt au sujet du délit qu'il a commis. Il doit attendre que nous lui posions les bonnes questions.) Alison, pourquoi ne tiens-tu pas Madeleine informée de la procédure ?

— Très bien. Alors, Madeleine, voici où nous en sommes. Le dossier a été transféré de la Magistrates' Court à l'Old Bailey, les assises de Londres, et la prochaine comparution se tiendra dans le cadre du PTPH, le « Plea and Trial Preparation Hearing », il s'agit de l'audience où nous déciderons soit de plaider coupable et de négocier un accord, soit d'aller au procès. C'est à ce moment-là que vous introduirez une demande de mise en accusation.

— Mais ce ne sera pas avant quelques semaines, n'est-ce pas ?

— Non, pas avant la fin novembre. Dans quatre semaines. Nous disposons de très peu d'éléments de preuves de la part de l'accusation, mais la partie adverse nous communiquera davantage de pièces d'ici peu. Je l'espère.

Tout en parlant, j'observe Madeleine, mais elle refuse de croiser mon regard, elle garde les yeux baissés sur ses mains. Ses ongles sont rongés jusqu'au sang, c'est la seule fissure dans son apparence parfaitement maîtrisée. Elle hoche la tête, et je continue :

— Nous devons examiner toutes les pièces de l'accusation avant cette audience. Comme je l'ai mentionné, c'est à ce stade que vous devrez adopter une position, et si vous décidez de plaider non coupable, alors une date sera fixée pour le procès.

— Et si je plaide coupable ?

— Dans ce cas, l'affaire sera immédiatement renvoyée pour qu'une sentence soit rendue.

— Eh bien, c'est ce que je veux faire.

À cet instant, elle lève les yeux, soutient enfin mon regard. Elle paraît déterminée, imperturbable. Trop, même. Je me demande ce qu'elle essaie de cacher.

— Madeleine, avant de prendre la moindre décision, je ne saurais trop vous conseiller d'attendre que nous ayons étudié toutes les pièces à conviction. Arrêter trop fermement une position n'est pas nécessairement la bonne démarche, pas au stade où nous en sommes.

Elle a la mâchoire serrée, une expression têtue, mais au moins elle m'écoute.

— Je sais ce que j'ai fait.

— Eh bien moi, non. Et il y a aussi des aspects proprement juridiques qui entrent en ligne de compte. Alors, s'il vous plaît, pouvons-nous procéder par étapes ?

Du coin de l'œil, je vois que Patrick acquiesce d'un mouvement de tête.

Madeleine se lève et se rend à la fenêtre, avant de revenir vers nous. L'espace d'un instant, j'ai l'impression qu'elle va s'asseoir à côté de moi dans le canapé en cuir aux coussins rebondis, mais au dernier moment elle se détourne et repart vers la fenêtre.

— Vous n'auriez pas dû me faire libérer sous caution, dit-elle finalement. Je mérite de rester derrière les barreaux.

Patrick respecte un temps de silence avant de répondre.

— Vous n'avez aucun antécédent. La cour a admis que vous n'étiez pas un danger pour autrui. Et pour préparer votre défense, il est nettement préférable que vous soyez libre.

Elle soupire, mais ne conteste pas. Elle se rassoit dans le sofa.

Je m'éclaircis la gorge pour enchaîner :

— Tout ce que vous nous direz est protégé par le secret professionnel. Cela signifie que nos échanges sont entièrement confidentiels, et que personne ne peut nous imposer de trahir ce que vous nous avez révélé en confidence. Toutefois, il y a quelques bémols à cette règle : notamment si vous nous dites une chose lors de nos réunions et que vous en déclarez une autre devant le tribunal, nous ne pouvons pas mentir au sujet de ce que vous nous avez dit. Cela nous mettrait dans une situation professionnelle compromettante, et signifierait probablement que nous devrions nous retirer de l'affaire. Est-ce que je me fais bien comprendre ?

— Oui, tout à fait, répond Madeleine.

Je saisis mon stylo et mon cahier.

— Alors, pourriez-vous nous expliquer plus en détails ce qui s'est passé ce week-end-là ? Commençons par le samedi.

— James est rentré à la maison pour le week-end. Il est arrivé à Londres par le train, juste avant le déjeuner. J'ai préparé des toasts au fromage fondu et un peu de salade, puis nous sommes sortis dîner tous les trois, dans un restaurant de viande à Clapham Common. James est sorti de son côté, il avait une soirée à Kensington organisée par un ami de son école. Edwin et moi sommes rentrés à la maison en taxi.

Elle s'interrompt, le temps de respirer. Je note ses derniers propos, et d'un signe de tête je l'invite à continuer.

— Nous avons regardé un film et ensuite nous nous sommes mis au lit.

— Quel film ?

— Ça a une importance ? (Elle hausse les épaules.) *Les Affranchis*. Edwin adore ce genre de films.

Aussitôt, elle se reprend :

— Ador*ait*. (Elle s'enfouit la tête dans les mains, une minute, elle inspire à fond, expire.) Après la fin du film, nous sommes allés nous coucher. James est revenu à minuit, je crois. Mais je ne l'ai pas entendu rentrer… J'étais épuisée.

J'ouvre la bouche pour formuler un commentaire sur le fait qu'un enfant de son âge soit autorisé à circuler dans Londres tout seul à minuit, mais je me retiens. Pour autant que je sache, c'est parfaitement normal.

— Il sort souvent ?

— Quand l'occasion se présente. C'est difficile à dire. Parfois, il rentre tard, d'autres fois, non. J'ai du mal à suivre le fil.

Je songe à Matilda. Aucun risque que je la laisse se rendre à des soirées toute seule comme ça quand elle sera plus grande.

Madeleine poursuit :

— Dimanche, nous nous sommes levés tard. J'ai préparé un poulet rôti. Ensuite, nous avons déposé James à Paddington. Après notre retour à la maison, Edwin m'a annoncé qu'il me quittait.

Mon stylo dévie sur la page. Je ne m'attendais pas à ça. J'ouvre la bouche pour poser une question, mais elle continue de parler.

— J'ai bu presque toute la bouteille de gin et ensuite, c'est le trou noir. Je suis revenue à moi quand notre femme de ménage s'est mise à hurler. J'ai levé les yeux, j'ai vu Edwin, mort, et le couteau sur le lit. (Elle parle d'une voix si feutrée que je l'entends à peine.) Je n'avais pas l'intention de le tuer. Je ne me souviens même pas de l'avoir fait. Je suis navrée…

Elle est pâle, mais alors qu'elle arrive à la fin de son récit, ses joues s'empourprent.

— Parlez-moi un peu de James, je lui suggère doucement.

J'imagine que ce sera un moyen plus facile de relancer la discussion, avant d'aborder sa relation avec Edwin.

Sa rougeur se dissipe et son visage se détend.

— Que voulez-vous savoir ?

— Quel genre de jeune homme est-il ? Est-ce qu'il se plaît dans son collège, par exemple ? Depuis combien de temps est-il pensionnaire ?

— C'est sa deuxième année. Il y est entré juste avant ses treize ans. Il dit qu'il aime beaucoup.

— Vous trouvez ça dur, qu'il soit si loin ?

— C'était le cas au début, oui. Mais on s'habitue. Ce serait une telle perte de temps pour lui d'avoir à effectuer le trajet dans les deux sens tous les jours. Cela l'obligerait à rentrer à la maison très tard. Et il fait tellement de sport… Ce n'était pas que je ne voulais pas l'avoir avec nous. Edwin pensait…

La phrase de Madeleine reste en suspens.

— Que pensait Edwin ? j'insiste calmement, en tâchant de ne pas l'effaroucher.

— Edwin pensait que ça lui ferait du bien, de ne pas être constamment dans nos pattes. Il trouvait que je m'occupais trop de James, qu'il avait besoin d'apprendre à être plus autonome.

— Et vous étiez d'accord avec lui ?

À cette question, elle se redresse, dégage les épaules, le menton volontaire.

— Bien sûr que j'étais d'accord. Il avait complètement raison. Il connaît les garçons… Connaissait, corrige-t-elle après coup.

— OK. Vous dites que James adore cet établissement. Qu'est-ce qui lui plaît en particulier ?

— Eh bien, tout ce qui a trait au sport, pour commencer. Et puis il mène une vie très ordonnée, répétitive. James aime tout ce qui est ordonné et répétitif. Les moments où il est le plus heureux, c'est quand nous faisons tout dans les règles, quand je me sens sereine, quand le dîner est prêt à l'heure, ce genre de choses.

— Y avait-il des moments où vous ne vous sentiez pas sereine ?

— Personne n'est serein tout le temps. Et je me laisse parfois un peu dépasser par les événements… (Ses mains s'agrippent l'une à l'autre avec force.) C'était une autre raison pour laquelle Edwin jugeait préférable que James devienne pensionnaire. Cela me ménageait plus de temps pour mener tout de front, de sorte que nous puissions vraiment en profiter quand nous étions réunis tous les trois.

J'écris sa réponse.

— Que ressentiez-vous par rapport à ça ?

— Là encore, Edwin avait probablement raison. Je suis toujours tellement occupée… C'est vraiment compliqué de tout concilier.

Sa voix tremble.

— Qu'est-ce qui vous occupe tant ? Que faites-vous de vos journées ?

Je garde un ton neutre.

— Entre la salle de sport, le Pilates, et tous les événements de collecte de fonds pour la galerie… Je refuse de me laisser aller… Edwin ne voudrait pas…

Une fois encore, elle n'achève pas sa phrase.

Je tire sur la ceinture de ma jupe, je prends conscience non sans gêne qu'elle me serre. Pas assez de temps pour des séances de Pilates… C'est sûrement là que se situe le problème dans mon mariage.

Je relis rapidement mes notes. Il est temps de rentrer dans le vif du sujet.

— Madeleine, que pouvez-vous me dire de votre relation avec Edwin, avant le week-end de sa mort ?

— Comment cela, notre relation ?

— Comment vous entendiez-vous ? Passiez-vous beaucoup de temps ensemble ? Voyageait-il souvent ? Ce genre de choses.

— Bien sûr qu'il voyageait. Il allait à New York toutes les semaines.

— Toutes les semaines. Ça semble beaucoup, en effet, je m'étonne.

— Vous ne connaissez pas beaucoup de gens dans la City, si ? dit-elle d'une voix froide, en se redressant de toute sa stature. Avec un métier comme le sien, c'est très courant.

Je desserre un peu le col de mon tailleur Hobbs. Ce n'est peut-être pas de la haute couture, mais au moins je me le suis payé toute seule. Je viens de percevoir chez Madeleine un premier éclair d'acier, et une image me vient à l'esprit : elle, le couteau à la main, au-dessus du corps sans vie de son mari. Ensuite, elle soupire, ses épaules se voûtent et elle redevient la créature frêle d'avant.

— Que faisiez-vous quand il s'absentait ?

— La même chose. Je vous l'ai déjà dit : j'organisais des dîners pour la galerie… Cela demande beaucoup de travail, me précise-t-elle.

— Quelle galerie ?

— La galerie Fitzherbert, à Chelsea. Les galeristes n'obtiennent plus tellement de subventions de la part du gouvernement, alors ils misent davantage sur les donateurs privés. C'est un travail très important.

Je la vois de nouveau rougir.

— J'en conclus que les œuvres caritatives ne vous intéressent guère ? je réplique, incapable de résister.

Patrick m'interrompt :

— Je ne suis pas certain de la pertinence de cette question.

Je lui souris, puis lance à Madeleine :

— J'essaie juste de me représenter le tableau le plus complet possible, c'est tout. Avant ce week-end, Madeleine, diriez-vous qu'Edwin et vous entreteniez une bonne relation ?

— Je le pensais, oui. C'est pourquoi j'ai été si choquée quand il m'a annoncé qu'il voulait divorcer.

De nouveau, elle observe ses mains, qu'elle tourne et retourne sur ses genoux.

— Selon vous, qu'est-ce qui l'a amené à prendre cette décision ?

— Je ne sais pas.

Ses mains reviennent à son visage, ses épaules se soulèvent. Elle se met à sangloter. J'ai envie de lui demander si Edwin avait une liaison, mais elle continue de pleurer, ses sanglots se font plus forts, irrépressibles, de longues plaintes déchirantes.

— Et maintenant il est mort, et je ne saurai jamais s'il était sérieux ou si j'aurais pu arranger les choses. Tout est ma faute, tout est ma faute, ma faute…

Même Patrick paraît mal à l'aise. J'ai l'impression qu'il va la prendre par l'épaule, au lieu de quoi il réaligne les pages de son dossier, replace des Post-it en gardant la tête résolument baissée sur ses papiers. La sœur de Madeleine surgit alors sans frapper.

— Il faut que vous partiez, maintenant. C'est trop pour elle, s'écrie Francine.

— Nous avons encore quelques questions..., je réplique.

Mais je sais déjà qu'elle va nous mettre à la porte.

— Cela m'est égal. Vous pourrez les lui poser une autre fois. Elle en a eu assez pour aujourd'hui.

Je range mes affaires et me lève. Patrick m'imite. Il toussote.

— Nous allons devoir revenir bientôt… La semaine prochaine, je pense. Il est important pour la défense de Madeleine que nous fassions toute la lumière sur ce qui s'est passé ce soir-là. Et sur ce qui s'est passé avant.

— Très bien. Mais là, ça suffit. Il va me falloir des heures pour la calmer, et je n'ai tout simplement pas le temps… (Elle pose une main sur l'épaule de sa sœur et la secoue doucement.) Madeleine, chuuuut. Les enfants vont bientôt rentrer.

Patrick et moi les laissons tranquilles. Une fois dehors, nous appelons un taxi et le trajet jusqu'à la gare se déroule en silence. Nous attrapons le train de Londres de justesse.

5

— Je vais prendre un verre, dit Patrick. Tu en veux un ? Du gin ?

Je hoche la tête et il part en direction du wagon-bar. Je me sens vidée, les pleurs de Madeleine résonnent encore dans ma tête. Nous n'avons passé qu'une heure et demie avec elle, mais cela m'a paru beaucoup plus long. Tilly aura fini sa journée d'école à présent, elle doit déjà s'apprêter à sortir en courant pour rejoindre Carl qui bavarde sans doute devant la grille avec d'autres parents. Ils iront peut-être dans un café boire un chocolat chaud. Ou alors une de ses amies l'aura invitée à jouer chez elle et son papa la conduira là-bas, il restera boire un thé avec la maman pendant que les filles se déguiseront. Je peux presque sentir le parfum des cheveux de Matilda, tout soyeux contre mon visage, et sa joue chaude contre la mienne. Puis elle disparaît de ma vue et mon cœur fait un bond, saisi de terreur, mais Patrick est de retour avec les gins et je bois une longue gorgée du mien, exorcisant ma peur avec l'alcool. L'après-midi a été difficile, c'est tout. Patrick se penche vers moi, introduit sa main entre mes jambes et me chuchote à l'oreille :

— Il y a des toilettes juste là.

Je sais que je devrais protester, mais je n'en fais rien. Je le regarde un moment, la chaleur de sa main de plus en plus insistante en moi. Je bois le reste de mon verre et je le suis, en attrapant mon sac à main à la dernière seconde.

Il verrouille la porte des toilettes et se tourne vers moi. Je retiens mon souffle, j'attends qu'il m'embrasse, qu'il attire mon visage vers le sien, qu'il effleure peut-être ma joue avec un peu de tendresse, comme il l'a déjà fait plus tôt aujourd'hui. Mes nerfs sont à vif, tendus à craquer après l'émotion de Madeleine, mais ceci devrait me calmer. Nous nous faisons face un instant, mes yeux rivés aux siens et c'est… oui… c'est le moment où il m'embrasse, sa main se faufile sous ma jupe, et la journée s'efface…

Je soupire, il me force gentiment à m'agenouiller et descend sa fermeture Éclair. On est loin de la réciprocité. Essayant d'éviter une flaque de pisse, je me décale vers lui, et je me retiens à ses cuisses, en me rattrapant de mon autre main contre l'évier où il s'appuie, tout près de moi. Il me saisit la tête, m'attire plus près, et je ferme les yeux.

Après qu'il a terminé, je me rince la bouche avec de l'eau. Dans le miroir, j'ai l'air fatiguée, du mascara s'est étalé au coin de mon œil et mon rouge à lèvres s'est effacé depuis longtemps. Le reste d'excitation s'estompe, et la sensation d'épuisement fait son retour. Mon insatisfaction semble se refléter dans le visage de la femme qui attend devant les toilettes – elle tient un bambin par la main. J'entends son silence désapprobateur quand Patrick et moi passons devant elle pour regagner nos sièges. Dans la précipitation, j'ai oublié mon sac à main et elle m'appelle, me le tend d'un bras raide, comme pour minimiser tout risque de contact potentiel entre nous.

Alors que je récupère mon sac, la tête basse pour ne pas croiser le regard de cette inconnue, Patrick se rassoit et se replonge directement dans son Blackberry, le bruit de chaque touche qu'il tape creusant un peu plus la distance entre nous. Je regarde par la fenêtre, j'essaie d'ignorer l'odeur âcre d'urine qui émane de quelque part près de moi. J'étais pourtant certaine d'avoir évité la flaque. Finalement, je prends mon sac, en renifle un coin. Je le touche du bout du doigt, et retire aussitôt ma main. C'est humide. J'ai protégé mes genoux, mais pas le sac Mulberry que je me suis acheté avec les honoraires de mon premier grand procès. Patrick s'aperçoit de mon manège et grimace de dégoût, avant de se replonger dans ses e-mails.

Mon téléphone sonne alors que j'achève de transférer le contenu de mon sac à main souillé dans mon bagage à roulettes. À la seconde où je vois le nom de l'école de Matilda s'inscrire à l'écran, mon cœur se serre. Avant de répondre, je redresse les épaules, m'éloignant mentalement de Patrick pour me consacrer à mes responsabilités de mère. L'institutrice me dit à peine bonjour avant de m'annoncer que je suis en retard pour venir chercher ma fille.

— Aujourd'hui, c'est Carl qui devait la récupérer. C'est ce qu'on avait décidé.

J'essaie de garder mon calme, m'efforçant d'imiter le ton professionnel de l'enseignante à l'autre bout de la ligne.

— Pas d'après lui. Il a dit que c'était vous qui iriez chercher votre fille ce soir.

— Il m'a pourtant dit qu'il recevait son dernier client à deux heures.

Je suis au bord de la panique.

— Pour être franche avec vous, madame Bailey, peu importe qui a dit quoi à qui. Il est quatre heures cinq et personne n'est venu chercher Matilda. Nous pouvons la mettre à la garderie jusqu'à cinq heures moins le quart, mais j'ai besoin de savoir comment vous comptez vous organiser pour venir la chercher.

Je lance un regard par la fenêtre du train. Nous approchons de Marylebone, mais j'ai encore tout le chemin de la gare jusqu'à Highgate.

— Avez-vous pu contacter mon mari ? je demande.

— Son téléphone est éteint.

— J'arrive aussi vite que je peux. Je suis dans le train, là.

— Nous vous attendons pour cinq heures moins le quart.

Ce n'est pas une requête, mais un ordre, et l'appel se termine là-dessus.

Les battements de mon cœur accélèrent, ma gorge se serre encore davantage sous le coup de la panique. Ma pauvre Tilly, forcée d'attendre comme ça. J'étais pourtant certaine… Mais ça ne sert à rien de ruminer, le plus important c'est de me dépêcher.

Patrick finit par lever le nez de son écran.

— Qu'est-ce qui se passe ?

— Je pensais que Carl allait chercher Matilda. Et en fait non. Du coup je vais arriver en retard à l'école.

— Oh, bon, je suis persuadé qu'ils s'en remettront.

Il baisse de nouveau les yeux. Visiblement, le sujet ne l'intéresse pas le moins du monde. Je suis sur le point de répliquer, mais je me ravise…

Subitement, il me jette un regard.

— Ça veut dire qu'on ne pourra pas discuter de l'affaire à notre retour ?

— Eh bien, oui. Je dois aller la chercher.

— Personne d'autre ne peut le faire ?

Il semble avoir perdu patience.

— Non, personne. Ils n'arrivent pas à mettre la main sur son père.

— Tu as essayé de l'appeler ?

Pour la première fois, j'ai toute son attention. Je secoue la tête, j'appelle le numéro de Carl et tombe directement sur sa messagerie.

— Il n'est pas joignable. Ça ne sert à rien de toute façon… Quand il est avec un patient, il ne répond jamais.

— Il faut que nous discutions de l'affaire. C'est plus important que du baby-sitting. C'est à lui de s'en occuper. Rappelle-le.

Je compose une deuxième fois le numéro de Carl. L'appel est tout de suite dévié vers la boîte vocale.

— Tu vois ? Et ce n'est pas du baby-sitting, Patrick, c'est m'occuper de ma fille. Je vais la chercher, point barre.

Je fourre mon sac à main vide sur le porte-bagages au-dessus de ma tête. Si quelqu'un d'autre en veut, qu'il se serve. Le train approche de la gare, j'enfile mon manteau et me dirige vers la porte du wagon, anticipant l'arrivée à Paddington.

— Je t'appelle plus tard, lui dis-je.

Il ne discute pas davantage. Il grimace un peu, et effleure ma main. Je la retire, trop préoccupée par Matilda pour le laisser faire.

— Nous allons devoir vous décompter une pénalité. Ça vous fera une amende de vingt livres.

L'enseignante – Mme Adams, je suis presque sûre qu'elle s'appelle Mme Adams – écrit dans un cahier, qu'elle referme d'un geste sec, ses ongles vernis rouge cliquetant contre la couverture rigide. Je me mords la lèvre et m'excuse platement :

— Je suis désolée. J'avais une importante réunion hors de Londres, et j'étais convaincue que mon mari serait là.

— Il nous a prévenus hier que c'était vous qui veniez la chercher. Matilda était très excitée à l'idée que ce soit vous qui l'attendiez à la sortie de l'école.

Elle n'ajoute pas « pour une fois ». Elle n'en a pas besoin. J'essaie de ne pas en tenir compte.

— J'ai dû me tromper sur notre organisation. Je suis confuse. En tout cas, je suis là, maintenant. Ce sont des choses qui arrivent. Allez, Matilda, on rentre à la maison.

Je tends la main, pour débarrasser ma fille de son sac.

— Il va falloir payer les vingt livres tout de suite, s'il vous plaît.

L'enseignante s'interpose entre Matilda et moi, une barrière en tricot couleur brun grisâtre. Désespérée, j'espère qu'un plaidoyer à la tonalité plus personnelle aura un meilleur effet.

— Madame Adams, je suis vraiment désolée de ce retard. Je regrette, mais je n'ai pas vingt livres sur moi.

J'ai utilisé toute ma monnaie pour payer un taxi de la gare jusqu'ici. Je suis arrivée pile à l'heure, comme vous me l'avez demandé. Nous vous apporterons l'argent demain matin sans faute. J'apprécierais vraiment, madame, que…

— C'est mademoiselle. Pas madame, m'interrompt-elle brusquement.

— Mademoiselle Adams, désolée. Demain. Allez, viens, Matilda.

Avec un pas de côté, je me décale et prends la main à la petite. La barrière de tricot se déplace en miroir, d'une agilité surprenante pour une personne d'un tel embonpoint.

— Anderson. Je m'appelle Anderson. Je suis chargée de la surveillance après la classe et de faire respecter la ponctualité. Si vous ne payez que demain, l'amende sera de trente livres.

Le teint écarlate, elle pointe le menton en avant. Ça doit sûrement être le moment le plus passionnant de toute sa journée.

Je consulte ma montre : cet échange a duré pratiquement dix minutes… Vais-je aussi être facturée pour cela ?

— Je vous apporte vingt livres à la première heure demain matin. En espèces, dans une enveloppe. Et avec votre nom dessus, mademoiselle Anderson. Je m'excuse de toute la gêne que j'ai pu vous causer. Mais maintenant je ramène ma fille à la maison.

D'un geste rapide, j'entraîne Matilda avec moi et elle se faufile, tête baissée, par l'espace libre entre Mlle Anderson et le mur. Quand l'enseignante se déporte latéralement pour l'en empêcher, je la dévisage. Elle soutient mon regard sans fléchir quelques secondes, puis s'efface pour me laisser passer. Elle marmonne je ne sais quoi à mi-mot au sujet de demain, mais j'en ai assez entendu. Je marche aussi vite que possible, et franchis le portail de l'école avant que cette femme ne puisse déployer un champ de force afin de me ramener d'un coup sous son regard hostile. Je ne m'arrête que lorsque nous avons tourné au coin de la rue.

J'attire Matilda contre moi, la serre fort.

— Désolée, ma chérie. J'ai cru qu'on ne sortirait jamais de là.

— Elle était drôlement fâchée, souffle-t-elle au creux de mon épaule, mi-excitée, mi-horrifiée.

— Je sais. Allons chercher des bonbons. Après un tel choc, il nous faut un petit remontant.

Matilda éclate de rire et nous entrons dans la première boutique que nous voyons, où je lui achète deux paquets de Dragibus et une Chupa Chups.

Nous descendons lentement la colline en direction d'Archway, et l'horizon des édifices londoniens se brouille devant moi, la tour du Shard pointant à travers une brume dont je ne veux pas admettre que c'est celle de mes larmes. Au moins, Matilda mange ses bonbons tranquillement. Je m'essuie les yeux d'un revers de manche. J'en ai assez de manœuvrer mon bagage à roulettes et je réprime une envie impulsive de le balancer dans la première poubelle venue, de le fourrer bien au fond, entre les emballages de hamburgers et les sachets où les gens mettent les crottes de leur chien, jusqu'à ce que je ne le voie plus, mon boulet moderne, le stigmate de tout avocat qui hante les cours pénales du sud-est de Londres. Je m'essuie encore une fois le visage, et les larmes se tarissent enfin.

— Je ne recommencerai plus, promis, dis-je à Matilda.

Elle réfléchit une minute et sourit.

— Bon, tu ne l'as pas fait exprès. Alors ça va.

Je lui souris à mon tour. Le reste du trajet se déroule en silence, les roulettes de mon sac qui grincent et Matilda qui mâchouille ses bonbons comme seule bande-son.

— Je n'arrive même plus à être en colère contre toi. Il faut vraiment que ça cesse, tu dois mieux t'organiser.

Carl ne hausse pas la voix. Il n'en a pas besoin.

— J'ai dû me tromper. Je croyais t'avoir entendu dire…

— Tu sais que j'ai toujours un patient tard le mardi.

Il a un mouvement de tête incrédule, puis reporte son attention sur la sauce tomate en train de cuire.

— J'ai dû mal comprendre.

Je ne peux rien dire d'autre.

— Oui, tu as dû. Et en plus tu l'as bourrée de sucreries. Elle ne va rien manger pour le dîner, maintenant.

J'attends de voir s'il a autre chose à ajouter, mais il se contente de verser l'eau chaude de la bouilloire dans une grande casserole et d'ajouter deux poignées de spaghettis. Il commence à gratter du parmesan, et je sors de la cuisine à reculons, discrètement. Son silence pèse plus lourd sur moi que n'importe quel reproche.

6

Une semaine plus tard, nous sommes en octobre et en plein procès à la Crown Court de Basildon, au cours duquel je défends un footballeur de niveau intermédiaire contre des accusations d'abus sexuel sur mineure. Je dois avouer que ça n'a pas été une franche réussite : mon client s'est très mal comporté dans le box des accusés et moi-même, qui suis pourtant sa représentante, je n'arrive pas à déplorer qu'il ait été condamné. Après que le juge a prononcé contre lui une peine de cinq ans de prison, je descends le voir dans sa cellule.

Alors que j'attends à la porte de la salle des gardes à vue, je vérifie mon téléphone. Un spam, un autre spam, diverses informations sur des affaires en cours, Patrick. *Patrick.* J'ouvre tout de suite le mail, le cœur battant. Je ne l'ai croisé qu'une fois la semaine dernière, jeudi en fin d'après-midi, à son appartement. Il m'avait envoyé un SMS pour savoir si j'étais libre et m'avait demandé de passer. À mon arrivée, le jour tombait, et j'ai regardé le ciel noircir derrière les lattes des stores de sa chambre, allongée en silence à côté de lui pendant que Bob Dylan me conseillait d'arrêter de cogiter. *Don't Think Twice It's All Right.* Et à ce moment-là, tout allait vraiment bien.

Prochain rendez-vous avec Madeleine Smith organisé pour vendredi pro, on se voit après tous les 2 pour en discuter. Règle tes histoires de garde d'enfant.

Je grimace à l'écran de mon iPhone. Nous étions apparemment revenus à nos sournoiseries habituelles. C'est comme si cet après-midi n'avait jamais eu lieu. Nous nous étions embrassés en jouissant tous les deux. Il avait humé l'odeur de mes cheveux, nos cœurs avaient ralenti jusqu'à battre à l'unisson. Un après-midi extraordinaire, comme il l'avait qualifié. La perfection. Je n'avais même pas envie de respirer, de peur de tout faire voler en éclats. Mais quand je m'étais rhabillée, il s'était détourné, consultant son portable, et c'était à peine s'il avait levé la tête pour me dire au revoir alors que j'essayais de l'embrasser.

— Mademoiselle. Mademoiselle ! Qui cherchez-vous ?

Une exclamation étouffée dans l'interphone des cellules de garde à vue me ramène au moment présent.

— Peter Royle.

— OK, allez-y.

L'entrevue est aussi déplaisante que j'aurais pu m'y attendre. Royle est furieux de sa condamnation, il fume clope sur clope. En prison, la plupart des types sportifs de son genre entretiennent leur forme physique, mais pas Royle. J'imagine qu'il est trop enfant gâté pour ça. Adulé sur le terrain en tant que buteur vedette du club de Basildon United, il est particulièrement mal armé pour affronter cette réalité toute simple : ce n'est pas parce qu'une jeune fille de quinze ans est partante que la loi l'autorise à faire n'importe quoi avec elle, et encore moins à la draguer à plusieurs reprises, à forcer sa chance pour arriver à coucher avec elle, au point qu'après une tentative particulièrement insistante pour qu'elle lui taille une pipe, elle raconte tout à sa mère, qui a bien sûr dénoncé mon footballeur à la police. Je lui explique qu'à première vue, il n'y a que peu ou pas matière à interjeter appel, que ce soit sur sa condamnation ou sur la durée de la peine, mais je vais examiner la question sérieusement et l'en informerai rapidement. Je lui tends la main, mais il n'esquisse aucun geste pour la serrer. Au final, je suis contente de remonter dans le train pour Londres.

Ce dernier serpente dans l'est de la ville, traverse des sites industriels qui laissent place à des rangées de maisons toutes identiques, avec des jardins qui viennent presque au contact du ballast. Les talus de la voie ferrée sont jonchés de détritus, cannettes vides, vêtements jetés, vieux sacs plastique coincés dans les branches des arbres rabougris. Je me demande s'il n'y a pas des gens qui escaladent ces clôtures pour aller baiser dans l'herbe au passage des trains, un moyen d'échapper à leur existence quotidienne, un rapide moment d'extase au rythme du train de vingt-deux heures huit qui relie Basildon à Fenchurch Street Station. C'est l'une des gares de la version anglaise du Monopoly, je m'en souviens. Au moins, j'ai été libérée de prison, Peter Royle n'aura pas eu cette chance. Je cherche en moi le moindre sentiment de compassion, mais non, pas une miette. Il est exactement là où il mérite d'être, et j'espère que cela procure un peu de réconfort à sa victime et à sa famille.

Cela me fera du bien de me replonger dans le dossier de Madeleine. Je ferme les yeux et m'adosse au tissu rêche du siège. Des réflexions autour de Patrick dansent dans ma tête, le visage de Carl me lance des regards noirs à l'arrière-plan, leurs deux images tourbillonnent ensemble et m'accompagnent dans un sommeil agité, avant que je ne me réveille en sursaut : nous arrivons à Fenchurch Street.

Deux jours plus tard, Patrick et moi nous retrouvons à Marylebone et prenons le train ensemble. Il n'est pas d'humeur loquace et, après deux ou trois tentatives pour alimenter la conversation, je le laisse tranquille.

— Les journalistes ont enfin renoncé, nous annonce Francine quand nous passons la porte d'entrée. J'ai cru qu'ils n'abandonneraient jamais, mais bon, elle ne sort pas de la maison, donc ils ne risquaient pas d'obtenir quoi que ce soit d'elle. (D'un geste, elle désigne Madeleine qui se tient gauchement dans l'encadrement de la porte séparant le hall d'entrée de la cuisine.) Je vais vous laisser. Mais évitez de la perturber comme la dernière fois. Elle est fragile.

Là-dessus, je suis d'accord. Francine est l'originale, pleine d'énergie et d'entrain, et Madeleine une pâle copie délavée. Si elle se ratatine encore, elle va disparaître.

Nous prenons place dans la cuisine de Francine, une pièce bien mieux rangée que la mienne ne l'a jamais été, où les pots et les torchons sont coordonnés dans des tons pastel, couleur eau-de-nil. Madeleine est mieux coiffée que lors de notre première rencontre, ses racines sont maintenant masquées par des mèches blondes dans des nuances miel et caramel. Je me dégage les cheveux du visage, les lisse derrière mes oreilles. Patrick s'assied au bout de la table, nos cahiers bleus ouverts devant nous.

— L'audience préliminaire aura lieu dans deux semaines, dis-je. Normalement, vous êtes tenue de choisir quelle défense vous souhaitez adopter, mais dans le cas présent…

— Je veux plaider coupable. (Madeleine m'interrompt, le visage contracté. Elle s'est forcée à prononcer ces mots-là, mais d'une voix si feutrée que j'ai du mal à l'entendre.) Je veux juste en finir avec tout ceci.

— Je comprends votre position, Madeleine, mais nous devons d'abord nous assurer d'avoir pris en compte toutes les autres options éventuelles.

Comparée à son chuchotement, ma voix semble tonitruante.

— Il n'y a que deux options, coupable ou non coupable, et je vais plaider coupable. Je l'ai poignardé, et cela s'arrête là.

Elle élève enfin la voix et sa main frappe un coup sourd sur la table.

— À ce stade, il existe une troisième option, qui serait de ne rien plaider du tout. Il y a quantité d'aspects qu'il nous faut encore examiner. Et nous ne disposons pour le moment que d'un résumé du dossier de l'accusation. Vous pourriez perdre une partie de votre remise de…

— Qu'est-ce que cela signifie ?

Madeleine m'observe avec attention.

— Il est vrai que vous bénéficiez d'une peine réduite si vous plaidez coupable à la première opportunité. Mais là, je vous conseillerais d'être patiente.

— De toute manière, je vais écoper de la perpétuité. Cela n'a pas d'importance si je plaide maintenant ou plus tard.

— Détrompez-vous. Il existe différents niveaux d'emprisonnement à vie. Et même si vous plaidez coupable, nous allons invoquer des circonstances atténuantes, et pour cela il nous faut plus d'informations. Je pense que vous ne devriez introduire aucune requête devant le PTPH.

— De quoi parlez-vous ? s'enquiert-elle.

— Je l'ai déjà évoqué, il s'agit de l'audience préliminaire de plaider coupable ou d'engagement de procédure, qui aura lieu dans deux semaines. Je vous suggère de n'introduire aucune requête, nous recevrons ensuite davantage de pièces de la part de la partie adverse, les dépositions des témoins, les éléments de preuves médico-légales. Nous pourrons examiner le contexte plus en détail avec vous.

Madeleine hoche la tête.

— Ça paraît logique, j'imagine. Mais bon, je pense que je finirai quand même par plaider coupable, à la fin j'entends.

— Voyons comment nous avançons. Bien, la dernière fois, nous avons brièvement abordé votre relation avec Edwin. Avant de pouvoir vous conseiller davantage, il est important que j'en sache un peu plus sur vous deux.

— Je ne vois vraiment pas ce que ça change. Il est mort et je l'ai tué.

Elle parle les mains devant son visage. Francine ouvre la porte de la cuisine, entre et vient se placer près de sa sœur. Elle regarde dans ma direction comme pour me demander si elle peut rester et j'acquiesce d'un signe de tête. Peut-être sa présence contribuera-t-elle à apaiser Madeleine, finalement.

— J'ai besoin d'avoir une idée précise de comment était votre relation, je continue doucement. C'est mon travail de vous défendre, de m'assurer que vous recevez les meilleurs conseils possible. Et pour cela, j'ai besoin que vous me disiez tout ce que vous savez.

Madeleine lâche un profond soupir, et se redresse. Francine s'assoit à côté d'elle, face à moi, et pose la main sur le bras de sa sœur.

— Voulez-vous que Francine reste avec vous, pendant notre conversation ? je demande.

Elle secoue la tête, se fige, puis elle acquiesce.

— Vous nous avez dit précédemment que le dernier souvenir que vous avez de votre conversation avec votre mari, c'était qu'il vous avait annoncé son intention de vous quitter. Est-ce exact ?

Encore un hochement de tête.

— Et cette nouvelle vous a totalement prise au dépourvu ?

— Oui. Bien sûr, nous avions des hauts et des bas, mais je n'ai jamais pensé que nous nous séparerions. Je n'ai jamais cru qu'il me quitterait.

Elle a cessé de pleurer, maintenant, mais elle s'exprime encore à voix très basse.

— Peut-être devrions-nous remonter un peu dans le passé, au début de votre relation. Où l'aviez-vous rencontré ?

Elle sourit, son regard se perd au-dessus de mon épaule, loin, hors d'atteinte.

— Il était si beau. J'étais belle, moi aussi, croyez-le ou non. Les gens disaient que nous étions le couple idéal. Tout le monde avait envie de se lier d'amitié avec nous, pour voir si un peu de notre charisme ne déteindrait pas sur eux. En tout cas, c'était ce qu'ils disaient. Tu te souviens, Francine ? Ces premières années ?

Sa sœur hoche la tête.

— Oui, bien sûr, approuve-t-elle. Vous étiez si heureux, tous les deux.

Je l'observe, mais son expression reste neutre, sans trahir la moindre trace d'amertume.

— Oui, si heureux. Nous nous étions rencontrés à l'université. J'avais un an de plus que lui, mais ça ne comptait pas. J'étais si contente de rencontrer quelqu'un comme lui. C'est arrivé si vite. Le jour où il est entré dans le bar, entre nous, il y a eu un déclic. J'habitais dans un appartement en colocation, en dehors du campus, et quelques jours après il s'est installé avec moi, et après cela, nous sommes devenus inséparables.

— Cela semble très romantique, tout ça.

Je note ses propos dans mon cahier. Quelqu'un nous a-t-il un jour décrits, Carl et moi, comme le couple idéal ? Je ne crois pas. Mais il fut un temps où nous étions heureux. Nous avions la vingtaine, c'était avant que tout devienne si compliqué, nous pouvions passer nos week-ends au lit, à boire du mauvais vin bon marché. Nous nous retrouvions dans les bars autour de Waterloo Station, après le travail. Un bar cubain avait longtemps été notre repaire préféré, jusqu'à ce qu'on parte faire un voyage à La Havane, où nous avions découvert le vrai Cuba. Pendant ces vacances-là, nous avions baisé tous les jours non-stop, jusqu'au soir où nous nous étions endormis sur la plage et où j'avais tellement été dévorée par les moustiques que chaque caresse était douloureuse au point de nous y faire renoncer. Enfin, on avait bien ri. Maintenant, on n'est même plus capables de se sourire.

— Il avait toutes sortes d'attentions pour moi. Il m'achetait des cadeaux, me répétait tout le temps qu'il m'aimait. Nous nous sommes installés dans un petit appartement, rien que lui et moi. Nous n'avions pas besoin de plus. C'était une époque merveilleuse.

Elle sourit encore.

— Tu as changé de cursus, quand même. Tu te souviens ? l'interrompt Francine.

Madeleine se rembrunit, sa bouche se tord, manifestant une émotion difficile à déchiffrer.

— Oui, enfin, je n'aurais jamais dû me lancer dans le droit. C'était beaucoup trop lourd pour moi. Je n'avais pas envie de passer tout mon temps enfermée à la bibliothèque.

— Vous avez donc changé d'orientation. Pour quoi avez-vous opté finalement ?

Je comprends son point de vue. Je me souviens des étudiants en droit à l'université, d'étranges créatures, comme des taupes qui ressurgissaient chaque matin en clignant des yeux après avoir consacré leur nuit à se plonger dans des volumes de recueils de jurisprudence. Après ma licence d'histoire, j'avais suivi un cours de recyclage en droit… J'affirmais que cela me donnait un avantage sur certains sujets, mais en réalité je redoutais secrètement que les autres ne soient bien meilleurs que moi en la matière.

— La comptabilité. C'était tout de même beaucoup de travail, mais il y avait moins de recherches en bibliothèque. Et Edwin pensait que ce serait plus utile. Une compétence qu'il était bon de maîtriser.

— À l'inverse du droit ?

En lui posant la question, je n'ai pu dissimuler ma surprise.

— Eh bien, Edwin pensait que je n'avais pas l'étoffe pour devenir une bonne avocate. Trop discrète, disait-il. Et je n'aime pas la confrontation. Je n'ai jamais aimé ça.

— La comptabilité vous plaisait ?

— Disons que cela ne me déplaisait pas. Et puis j'étais davantage à la maison. Nous passions tout notre temps ensemble, quand il ne travaillait pas.

— Quel cursus avait-il choisi, lui ?

— Économie. Il était déterminé à trouver un poste dans la finance. La plupart d'entre nous n'avaient pas beaucoup d'idées concernant notre avenir, mais Edwin en avait une vision très claire, lui. C'était l'un des aspects les plus séduisants de sa personnalité.

De nouveau, elle sourit. Je regarde vers Francine, mais son visage reste impassible.

— Comment vous entendiez-vous avec lui, Francine ?

Elle semble décontenancée par ma question et marque un temps de silence avant de répondre.

— Bien. On s'entendait bien. Mon mari et moi vivions à Singapour à cette époque, alors on ne se voyait pas beaucoup. Maddie m'écrivait des lettres, bien sûr, et plus tard des e-mails. Elle m'envoyait des photos.

Plein de photos. C'est comme ça qu'on a fait sa connaissance. Et on voyait à quel point ils étaient bien ensemble.

— Vous avez encore ces photos ?

— Oui, répond-elle, surprise.

— Pensez-vous que nous pourrions y jeter un œil ? je demande.

— Pour quoi faire ? s'étonne Madeleine, d'une voix impatiente.

Je me tourne vers elle.

— Elles pourraient m'aider à vous représenter quand vous étiez plus jeunes. Quand vous êtes-vous mariés ?

— Il y a dix-neuf ans. Cela aurait fait vingt ans cette année.

Subitement, Madeleine paraît affligée, la réalité de sa situation se heurtant à la bulle de mémoire dans laquelle elle s'est temporairement enfermée. Elle baisse la tête. Je prends encore quelques notes, lui accordant un moment avant de continuer.

— Vous étiez déjà mariés depuis quelques années quand vous avez eu votre fils ?

— Oui. Je voulais avoir des enfants immédiatement, et nous avons essayé, mais les deux premières années, ça n'a pas marché. Ensuite, Edwin s'est laissé convaincre et j'ai eu James. J'étais si heureuse.

— Qu'entendez-vous par « Edwin s'est laissé convaincre » ?

— Il pensait que ce n'était pas raisonnable. Il avait sa carrière et il voulait que je travaille, au moins un certain temps, moi aussi. Mais il n'avait pas envie de se disputer. Il savait que je n'accepterais pas de prendre la pilule, parce que je suis vraiment têtue, alors il s'en est chargé lui-même.

Elle raconte ça sur un ton presque monocorde. Francine semble mal à l'aise, elle change de position sur sa chaise, les lèvres pincées.

— Comment s'en est-il chargé, Madeleine ? Qu'a-t-il fait ?

— Il s'est procuré la pilule auprès d'un de ses amis médecins. Il m'apportait une tasse de thé, tous les matins, et il la mélangeait dedans. J'ai toujours été bec sucré, j'aime bien ajouter un peu de sucre dans mon thé, et donc je ne remarquais jamais la différence de goût. Enfin, c'était franchement la meilleure solution. Il aurait été épouvantable d'avoir un bébé plus tôt et de tout gâcher.

J'en reste bouche bée, je la dévisage.

— Cela équivaut à vous administrer une substance nocive sans votre consentement. C'est illégal. Un acte criminel…

Elle m'interrompt brusquement :

— Ce n'était pas comme ça. Pas du tout. Les gens présentent toujours les choses de façon si négative, mais en réalité il me protégeait. Il nous protégeait. J'étais incapable de prendre la bonne décision, donc il l'a prise pour moi, c'est tout.

J'essaie de prendre quelques notes, mais je suis tellement choquée que je n'arrive pas à me concentrer. Je sais ce que c'est que de ne pas tomber enceinte quand on en a envie, les montagnes russes, de l'espoir au désespoir, chaque fois que les règles arrivent. Nous avons eu Matilda assez facilement, mais nous n'avons jamais réussi à avoir un deuxième enfant. J'ai refoulé tout cela, mais il arrive parfois que la souffrance et le manque ressurgissent. Et rien que de penser que pour Madeleine, ces émotions avaient été causées par l'acte abominable de son mari… Ma main se resserre autour de mon stylo. Patrick se racle la gorge et je sursaute. J'ai presque oublié qu'il était là.

— Je pense que nous devrions revenir à notre stratégie de défense, si cela te convient, Alison ?

Sa voix est maîtrisée, mais je perçois bien, à sa bouche crispée, qu'il est tout aussi horrifié que moi par la révélation de Madeleine.

— J'ai juste besoin d'une minute, dit cette dernière. Je vais…

Elle n'achève pas sa phrase, elle se lève et sort de la pièce. Francine fait mine de la suivre, puis se ravise. Elle a un mouvement de tête incrédule.

— Je savais qu'ils avaient des moments difficiles. Mais j'ignorais que… Enfin, il n'empêche…, marmonne-t-elle, parlant presque toute seule.

— Il n'empêche ?

Je tâche de ne pas me montrer trop pressante, car maintenant que Francine se confie, j'entrevois une opportunité.

— Je les croyais si heureux. Au début, j'étais même jalouse d'eux. Mais maintenant… Je vais essayer de vous trouver ces photos.

Sa voix ne cesse de s'étrangler, elle semble au bord des larmes. Je m'apprête à lui poser davantage de questions quand j'entends mon téléphone émettre un bip et, par réflexe, je plonge la main dans mon sac. C'est un message d'un numéro masqué :

Je sais ce ke tu fous salope.

Je cligne des yeux, ouvre le message, espérant trouver un peu plus d'indices sur son auteur. Rien. Je ne comprends pas. Je regarde Patrick. À cet instant, Madeleine revient dans la pièce et je me recentre. J'éteins mon téléphone, les mains tremblantes, le cœur battant, et je l'enfouis tout au fond de mon sac.

Les propos de Madeleine résonnent dans mon esprit, tandis que les lettres du SMS dansent devant mes yeux. Dès qu'elle s'est réinstallée à la table, Patrick m'invite à reprendre la parole d'un geste pressé. Mais les mots qui franchissent mes lèvres sont hachés, incohérents. Finalement, il prend la suite.

— Bien, Madeleine, je voudrais juste vous exposer les fondements du crime dont vous êtes accusée. On considère qu'il y a meurtre quand une personne saine d'esprit et capable de discernement tue volontairement un autre être humain. En d'autres termes, si vous n'êtes pas malade mentale, si vous n'avez pas agi par légitime défense ou suite à une forme ou une autre de perte de contrôle, vous devenez coupable… (Il observe un temps de silence.)… de meurtre.

Elle opine. Je commence à me ressaisir. Les termes juridiques me réconfortent, ils me ramènent dans un monde dont je comprends les règles. Patrick reprend la parole.

— Pour être plus précis, c'est un peu plus compliqué que cela. Il existe un certain nombre de moyens de défense susceptibles d'exonérer un accusé, des clauses d'irresponsabilité pénales qui, selon moi, ne s'appliquent pas à notre cas, ou qu'en l'occurrence aucune preuve ne vient étayer. En l'absence de blessures défensives ou de signes de lutte, je ne crois pas possible d'invoquer la légitime défense. (Madeleine laisse échapper un borborygme, comme si elle allait contester, mais il lève la main et continue son analyse.) Cela nous laisse donc face à la question de savoir si vous êtes saine d'esprit et capable de discernement, c'est-à-dire exempte de toute maladie mentale. (C'est Francine qui tente alors de l'interrompre, mais il persévère.) Ou alors il y a aussi ce que nous appelons des moyens de défense partielle susceptibles de réduire la qualification de meurtre à celle d'homicide, autrement dit à une responsabilité limitée ou à une perte de maîtrise de soi. Je pense que nous pouvons partir du principe qu'il ne s'agissait pas d'un pacte de suicide qui aurait mal tourné. (Madeleine ouvre la bouche, mais aucun son n'en sort.) Es-tu d'accord, Alison ?

— Oui, je suis d'accord. (Je viens de remettre ma perruque d'avocat.) Ce que nous devrions faire, Madeleine, serait de convenir d'un rendez-vous avec un psychiatre, car il serait extrêmement utile d'avoir une idée de votre état mental actuel et, si possible, à l'heure du crime. Même si cela nous conduit finalement à renoncer à cette piste d'investigation.

— Je n'ai pas envie de passer pour une folle. Je ne pense vraiment pas être folle.

Elle s'exprime posément, mais ses mots tombent comme des pierres au fond d'un lac.

— Ce n'est pas du tout ce que nous insinuons, je réplique, pas une seconde. Mais on doit étudier tous les angles possibles.

— Et la perte de contrôle ? Qu'est-ce que cela signifie, dans ce cas précis ? demande Francine.

— Cela peut désigner divers états. Mais je n'ai pas envie d'entrer là-dedans tant que nous ne disposons pas, de la bouche de Madeleine, de l'histoire de sa relation avec Edwin, et d'un récit minute par minute de ce qui s'est passé ce week-end. Je m'accorde toutefois à penser que le premier élément dont nous avons besoin, c'est un bilan psychiatrique indépendant.

— J'ai consulté un psychothérapeute, pendant un temps. Je n'y suis allée que deux fois, et puis Edwin s'en est aperçu.

J'ai encore du mal à entendre Madeleine, tant elle parle bas.

— Et quand il l'a découvert, que s'est-il passé ? je lui demande.

— Il m'a dit que c'était de l'argent jeté par les fenêtres. Que je n'avais besoin de parler à personne, et que si j'éprouvais quand même ce besoin, je pouvais toujours lui parler à lui.

— Comment avez-vous réagi ?

— Cela ne me gênait pas. Je n'aimais pas ce thérapeute de toute façon, et puis c'était assez pénible d'avoir à en passer par là.

— Pourquoi aviez-vous décidé d'aller le voir ?

— J'avais envie de parler de mon rapport à l'alcool.

Elle se tait, soupire, regarde par la fenêtre derrière moi.

— Quand était-ce ?

Je trace une flèche du bas de mes notes jusqu'en haut de la page, et tiens mon stylo prêt. Je ne l'aurais pas imaginée alcoolique, elle est trop collet monté.

— Il y a environ cinq ans.

Elle se détourne de la vue sur le mur latéral de la maison voisine, qu'elle semble trouver si intéressante, et me consacre de nouveau son attention.

— Pourquoi n'aimiez-vous pas ce thérapeute ? demande Patrick, m'interrompant alors que j'allais poser ma prochaine question.

— Il m'avait prévenue qu'il ne me prendrait pas en séance si j'étais ivre. Ça m'a énervée… Ce n'était pas que je buvais tout le temps ou je ne sais quoi… Rien de cet ordre. Je buvais juste un peu trop, à l'occasion. Je n'avais pas du tout l'impression qu'il m'écoutait. Et il avait quelque chose de malsain.

Je hoche la tête.

— Qu'est-ce qu'il avait de malsain ?

— C'est juste… Il s'asseyait un peu trop près de moi à mon goût. Il retenait un peu trop longtemps ma main dans la sienne quand il me la serrait. Rien que je puisse cerner de manière plus précise, mais je ne me sentais pas à l'aise.

J'opine à nouveau.

— Vous avez dit qu'Edwin s'était « aperçu » que vous consultiez un psychothérapeute. Qu'entendez-vous par là ?

— Il a vu un reçu de paiement dans mon sac. Je pensais l'avoir jeté, mais j'avais oublié.

Sa bouche se crispe.

— Qu'est-il arrivé quand il a trouvé ce reçu ?

Je conserve un ton égal.

— Il a voulu savoir ce que c'était, et comment je pouvais avoir cinquante livres à dépenser. Je n'avais pas envie qu'il s'imagine je ne sais quoi de déplacé, alors je lui ai expliqué. Je lui ai expliqué que c'était pour lui que je faisais ça, parce que le fait que je boive le rendait trop malheureux. En fin de compte, il a compris.

— Comment vous êtes-vous justifiée concernant l'argent ? je demande.

— Je lui ai dit que j'avais économisé sur la somme qu'il me versait chaque mois. Au début, il était fâché, mais il a fini par comprendre que je l'avais fait pour lui.

La pilule écrasée, la fouille du sac, le contrôle de l'argent, les questions sur ses dépenses. J'essaie de donner du sens à tout ce qu'elle nous confie, en m'efforçant de faire abstraction de ma propre vie de famille.

— Vous nous avez expliqué que votre rapport à la boisson n'était pas un problème constant, mais plutôt une question de modération. Depuis combien de temps cela dure-t-il ?

— Depuis l'université, je suppose, plus ou moins. Plus récemment, j'ai trouvé certains de nos dîners très stressants, me répond-elle.

— Vos dîners ?

— Des dîners de travail. Edwin voulait toujours que je reçoive à la maison. Ou que je sois l'invitée parfaite. Je n'aimais pas trop ça, je me sentais mal à l'aise. Cela lui déplaisait. Une fois, j'ai été malade…

Elle n'achève pas sa phrase. Je lève les yeux dans sa direction… Elle est pâle, elle se masque les yeux d'une main.

— Est-ce que ça va ?

— Oui. C'est difficile, c'est tout. J'ai une migraine épouvantable.

— Nous avons encore beaucoup de points à examiner ensemble… Restons-en là pour le moment si vous le voulez bien. Dans l'intervalle, accepteriez-vous de parler à un psychiatre ?

En parlant, j'inscris des points d'interrogation en regard de mes notes, et j'entame une nouvelle page.

— Je ne pense pas que cela changera grand-chose, mais si vous y tenez, je le ferai.

Elle ne s'était encore jamais exprimée sur un ton aussi limpide et j'écris en lettres capitales en tête de la page : « *CLIENT ACCEPTE LE RAPPORT PSYCHIATRIQUE* ». Dans la pièce, l'atmosphère s'allège. Patrick se redresse, s'écarte de la table, regroupe ses documents et les range dans sa serviette. Francine se lève et marmonne quelques mots inaudibles à propos des photographies, puis sort en direction de la cuisine. Je glisse mon cahier et mon stylo dans mon sac, en effleurant mon téléphone de la main. Le SMS de tout à l'heure me revient à l'esprit. Mais je n'en ai pas encore terminé avec Madeleine.

— Nous allons organiser la chose dès que possible, promets-je, et une liste d'experts défile déjà dans ma tête.

— Merci.

Elle se lève et me tend la main, au-dessus de la table. Cette fois, sa poignée de main est plus ferme. Elle paraît revigorée, et je me note mentalement d'essayer de comprendre pourquoi, ce qui a pu se produire pendant cet entretien pour qu'elle soit plus heureuse que lors du précédent. Est-ce parce que nous avons pris soin, avec nos questions, de ne pas évoquer le jour de la tragédie proprement dite ?

Francine revient dans la pièce avec une grande enveloppe kraft pleine à craquer. Elle me la remet.

— Voici, ce sont les photographies que je possède d'Edwin et Madeleine.

Je la remercie d'un signe de tête.

— Cela vous ennuie si je les emporte ? Je vous promets d'y faire attention.

Francine et Madeleine acquiescent toutes les deux. Je range la pochette à l'abri dans mon sac et fais coulisser la fermeture Éclair. Cette fois, je veillerai à ne pas le tacher d'urine.

Francine nous appelle un taxi et, quand il arrive, elle nous accompagne jusqu'au véhicule.

— Vous êtes très gentille de vous occuper de Madeleine de la sorte, lui glisse Patrick.

— Ce n'est pas simple…

À l'instant où elle prononce ces mots, le portail électrique commence à se refermer, elle retourne vers sa maison et disparaît par la porte.

7

Le train a du retard. Je fais les cent pas sur le quai en m'interrogeant : avec un muffin et un café latte, me sentirais-je mieux ou plus mal ? Patrick se rend tout droit au kiosque et se paie un café long, verse dans le gobelet un peu de liquide d'une flasque qu'il sort de sa serviette. Il ne me propose rien et quelque chose dans l'expression de son visage me dissuade de le critiquer ou de lui demander si je peux me joindre à lui, même quand il allume une cigarette, ignorant les écriteaux « Interdit de fumer » fixés au mur. Je suis tourneboulée, j'espère à moitié qu'il va me toucher, me traîner dans un coin, n'importe où, comme il voudra, me plaquer la tête contre le mur, me prendre de force. Je repense au SMS que j'ai reçu. Je sors mon téléphone de mon sac et le relis.

Je sais ce ke tu fous salope.

Celui ou celle qui l'a envoyé ne peut pas parler de Patrick et moi. Personne n'est au courant. Nous avons bien trop fait attention. Ce doit être une erreur, quelqu'un m'a envoyé ça par erreur.

— Qu'est-ce que tu en as pensé ?

Tout à coup, il est à côté de moi, je tressaille.

— Pensé de quoi ?

Je fourre mon téléphone dans la poche de ma veste, n'ayant aucune envie de discuter de ce SMS anonyme.

— Du rendez-vous, évidemment. De quoi d'autre veux-tu que je parle ?

Je hausse les épaules. Patrick me parle d'une voix claire, mais je remarque ses yeux injectés de sang, bordés de rouge.

— Tu as l'air fatigué. Trop de soirées à te coucher tard ? fais-je remarquer.

— Quoi ? Je te demandais juste ce que tu avais pensé de cette réunion.

Il détourne le regard.

— Je pense qu'il y a quelque chose à creuser dans leur relation. C'est là qu'est le cœur du problème.

— Elle a poignardé son mari à mort. Merci pour ta grande perspicacité juridique.

Le ton est cinglant. Je ne vais pas lui faire le plaisir de me mettre en rogne. Je me contente d'un geste désabusé. Il ressort son paquet de cigarettes et cette fois je lui prends une clope et lui retire aussi le briquet des mains. Je l'allume, tire une longue bouffée, avant de reprendre :

— Oui, bien sûr qu'elle l'a poignardé. Mais il y a plein de choses qui ne sont pas claires. Cette histoire de pilule par exemple, qu'il lui a administrée sans son consentement. Ce n'est pas un comportement normal.

— Moi, ça me paraît une sacrée bonne idée. Au moins ça t'évite pas mal de soucis.

— Sérieusement ? Quels soucis a bien pu te causer la fertilité d'une femme ?

Je suis surprise de sa véhémence.

— Ça ne te regarde pas. Il y a pas mal de choses que tu ne sais pas sur moi. Que tu ne t'es même pas donné la peine de me demander. Et achète-toi tes propres clopes, bordel.

Sans relever cette dernière pique, je lui rétorque aussi sèchement :

— C'est toi qui as décidé qu'on ne pose pas de questions. Au tout début.

Je suis indignée et si ça se voit, tant mieux. Je me souviens très distinctement de cette conversation. Nous étions devant un pub, dans Kingsway, un soir d'automne, il y a environ un an de cela, tous les deux bourrés. Sa réputation de coureur était de notoriété publique, il laissait un mariage raté quelque part derrière lui, et plusieurs cœurs brisés, mais ce n'était pas ça qui allait l'arrêter. Quand il m'avait regardée, j'avais compris à quel point il me voulait et j'en avais eu le souffle coupé. Je lui avais mordu l'oreille et il avait refermé la main sur ma gorge, m'avait repoussée contre le mur et m'avait sifflé : « Pas de morsures, pas de questions. On baise, c'est tout. »

Ce n'est pas maintenant que je vais enfreindre les règles.

Il jette le reste de son gobelet sur la voie et se retourne vers moi.

— Bien sûr, pas de questions. Comment pourrais-je l'oublier ? me lance-t-il. (Puis il prend une profonde respiration, apparemment pour se calmer.) Mais oui, je suis d'accord. À en juger par ce qu'elle nous a raconté jusqu'à maintenant, il y a un rapport de pouvoir dans cette relation.

J'acquiesce.

— Alors il y a peut-être pire, dans son comportement à lui, quelque chose dont elle ne nous a pas encore parlé. En l'absence de problèmes psychiatriques, ce serait la seule défense plausible, au cas où il y aurait eu perte de contrôle de soi dans un contexte de violence domestique. Sinon, au vu des faits bruts, ça ne se présente pas bien.

Ma voix s'efface, je repense aux blessures à l'arme blanche constatées sur le corps d'Edwin et aux taches de sang sur les vêtements de Madeleine.

Avant que Patrick ne puisse répondre, le train entre en gare et s'immobilise le long du quai. Nous montons en silence et nous asseyons l'un en face de l'autre. Je suis dans l'attente de son prochain geste, le bout de la langue près de mes lèvres. Je me souviens de la dernière fois, quand il a introduit son membre en érection dans ma bouche, au point de m'étrangler. Ouvre la gorge, détends-toi, un conseil que je suis allée glaner dans les magazines et les sites porno. Facile à dire quand on parle d'avaler une pinte, mais ouvrir la gorge en essayant de respirer, le nez enfoui dans une toison pubienne, et simultanément garder l'équilibre sur un sol trempé de pisse ? Pas si facile.

Alors pourquoi suis-je si impatiente de rééditer ce petit scénario ? Pourquoi suis-je assise au bord de mon siège en attendant qu'il se penche vers moi et me touche ? Enfin, quoi, c'est un compartiment vide, on pourrait même faire ça ici, tout de suite. Qui nous verrait ? Les mots du SMS grincent, moqueurs, dans ma tête – *Je sais ce ke tu fous* –, mais je les refoule. Personne ne sait, personne n'a rien vu. J'en suis sûre.

Je pose la main sur son genou, la remonte en haut de sa cuisse. Il la repousse brutalement. Je me redresse contre mon siège, comme s'il venait de me gifler.

— Qu'est-ce que tu fabriques ? dit-il sèchement.

— Je pensais…

— Tu pensais mal. Contente-toi de réfléchir à l'affaire. C'est tout ce qui compte.

— Je croyais qu'on devait en discuter à notre retour à Londres ? Je n'ai pas envie d'en parler dans le train.

— Je n'aurai pas le temps… Je sors dîner, ce soir. Convenons d'un horaire en début de semaine prochaine dans ce cas.

— Avec qui est-ce que tu vas dîner ?

Je garde un ton désinvolte, mais il n'est pas dupe.

— Franchement, ça ne te regarde pas, lâche-t-il.

J'appuie la tête contre la vitre, je regarde les maisons défiler dehors. Le train ralentit ; dans un jardin, je vois un couple s'embrasser. Je me demande s'ils peuvent me voir, s'ils se demandent qui je suis, pourquoi la femme au visage plaqué contre la vitre essuie des larmes. Quand nous atteignons Marylebone, j'attends que Patrick descende du train, avant de m'écarter de cette fenêtre et de rassembler mes affaires.

La ligne de Bakerloo est avalée à toute vitesse. En un rien de temps, je suis à la station Embankment, je marche dans Essex Street, tirant mon sac à roulettes, je dépasse le Cairn's Wine Bar, et, après les Royal Courts of Justice, c'est en salle des clercs que je m'arrête finalement. Mark, l'assistant juridique, me tend le dossier du lendemain, une épaisse masse de documents, grossièrement attachés ensemble par un bandeau de couleur rose, et quelques feuilles volantes, des photographies qui dépassent du haut et du bas de la pile, sont sur le point de s'en échapper.

— Pourquoi ce dossier est dans un tel fouillis ?

— C'est un retour d'un cabinet extérieur. Au 27, King's Bench Way. Leurs dossiers sont toujours en désordre.

— Super. Je suis ravie.

Je jette un œil à la page de garde. Crown Court, les assises, à Wood Green. Au moins, c'est tout près. Enfin, relativement.

— C'est un procès à dates fixes, miss. Cinq, six jours, maximum, souligne Mark.

— OK. (Je détache le bandeau rose et jette un œil à l'acte d'accusation. Sept chefs d'inculpation pour coups et blessures, un autre pour conduite dangereuse. Cela va me prendre presque toute la soirée de préparer cette plaidoirie.) Merci.

Je lâche mon sac et mon manteau à côté de mon bureau et j'étale le dossier devant moi. Avant de l'étudier ou de regarder les photographies que Francine m'a confiées, j'appelle Carl. Je sais qu'il est sorti nager avec Matilda.

— Allô ? Je t'entends vraiment mal.

Sa voix est presque inaudible.

— Salut, c'est moi. Alors comment elle s'en sort ? dis-je, en haussant la voix pour qu'il m'entende.

— Bien. Elle se débrouille très bien.

Subitement, la ligne s'améliore, et ces derniers mots résonnent très fort dans mon oreille.

— Génial. Écoute, je suis désolée, on m'a assigné une procédure à la dernière minute. La préparation va me prendre un bon bout de temps. Je serai bientôt rentrée à la maison, mais je vais devoir bosser toute la soirée.

Un long silence.

— Compris, lâche-t-il ensuite. J'ai promis à Matilda qu'on irait manger une pizza.

Je consulte ma montre. Cinq heures. J'ai quelques heures devant moi. Combien de temps cela peut prendre de manger une pizza ?

— Je vous retrouve là-bas ? Je travaillerai après.

Encore un long silence.

— Tu auras la tête ailleurs. Je sais comment tu es. Ne te soucie pas de ça. Reste au cabinet et termine ton travail. Nous, ça ira.

Son ton est très détaché.

— Je vais quand même devoir manger. Sérieusement, rien ne m'empêche de venir maintenant vous retrouver sur place, mettre Matilda au lit avant d'attaquer le dossier.

Je ne veux pas avoir l'air de supplier, mais j'ai comme un frisson dans la voix. Je meurs d'envie de la voir.

— Sincèrement, ça ira. Rentre quand tu as terminé. Souviens-toi, j'ai ma réunion de groupe à la maison ce soir, alors il vaut mieux que tu ne rentres pas trop tôt.

Je commence à répliquer, mais il coupe la communication. Je regarde mon téléphone, sans savoir quoi décider. Ils vont peut-être y aller avec l'une des amies du cours de natation de Matilda. Je ne l'ai jamais accompagnée, je ne sais pas qui sont les parents présents, ça pourrait être n'importe qui. À cet instant, il se peut très bien que Carl sourie à une autre mère, une jeune maman à la chevelure blonde encore mouillée après toutes les longueurs qu'elle aurait parcourues à la nage, pendant que sa fille enchaîne les virages-culbutes avec le groupe de Matilda, une blonde mince et musclée après tant de kilomètres de cette brasse-papillon que, pour ma part, je n'ai jamais réussi à maîtriser. À cette minute, il doit la rassurer en riant : non, sa femme ne se donnera jamais la peine de venir à la piscine, elle est trop occupée par son travail ou par autre chose, emmenons les enfants, et si on prenait un verre de vin pour fêter ça…

Je secoue la tête, stupéfaite de la scène que je viens de créer à partir de rien. Mon mari n'aura jamais d'yeux pour une autre – il est avec Matilda et il ne voudrait pas la chambouler. De toute manière, il n'est pas du genre à flirter. Il sera en train de ranger le salon, d'apporter des chaises de la cuisine pour qu'il y ait de quoi asseoir tous les hommes de son groupe, deux boîtes de mouchoirs en papier à portée de main au cas où l'un de ces messieurs se laisserait gagner par l'émotion. C'est ce que je me figure, en tout cas… Jamais il ne me racontera ce qui s'y passe. Strictement confidentiel, insiste-t-il. Le groupe doit avoir une entière confiance en lui. Et moi, je hoche chaque fois la tête, trop consciente de mes propres mensonges pour avoir envie de creuser le sujet.

J'ouvre le dossier du procès de demain et consacre un moment à le parcourir. Cela ne se présente pas aussi mal que je le craignais de prime abord. Conduite dangereuse et tentative de meurtre : le prévenu a perdu son calme avec un groupe d'ados qui lui hurlaient dessus sur un parking de supermarché, il s'est mis au volant de sa voiture et il est monté sur le trottoir, en fonçant droit sur eux. Il n'a percuté personne et son véhicule a fini par caler. Il y avait à peu près une vingtaine de témoins, ce qui explique pourquoi le procès est prévu dans une semaine. Rien de bien compliqué.

Mais bien que j'instruise pour l'accusation, en consultant l'interrogatoire de police je me sens désolée pour le prévenu. Il souffre de handicaps physiques et de retards d'apprentissage, il conduit un véhicule spécialement adapté. Si je lis entre les lignes, il semble que ces jeunes aient pris l'habitude de faire de sa vie un enfer et je ne peux pas lui tenir rigueur d'avoir craqué. Et pourtant, ce n'est pas mon travail d'invoquer cet aspect. Je prends quelques notes pour ma déclaration liminaire et j'espère sincèrement qu'il sera convenablement défendu. Je vérifie qui sont les avocats de la défense et je soupire. Je connais bien ce cabinet. Basé à Harrow et rempli de juristes véreux – quand je plaidais pour eux, ils ne m'ont jamais fourni un seul dossier complet : cela se limitait à un nom sur un Post-it, et encore, si j'avais de la chance. Ils ne préparent quasi rien, se limitent au strict minimum et confient chaque affaire au confrère le plus minable qu'ils pourront dénicher. Après encore un peu de lecture, je tire mentalement un trait sur ce procès : ils proposeront de transiger, je vais chicaner pour obtenir une qualification plus grave, et on en aura terminé d'ici la fin de la journée.

J'achève ma préparation d'audience. Je remets le dossier soigneusement en pile et je le rattache proprement avec le bandeau rose. Il est en bien meilleur état que lorsqu'on me l'a confié. Mais il est maintenant plus de sept heures. J'envoie un SMS à Carl pour lui demander si leur pizza est bonne, et je reste rivée un moment sur l'écran de mon téléphone, avant d'envoyer un autre message à Patrick.

Ça va ?

Cet après-midi, il était étrange. Je ne l'avais encore jamais vu boire d'alcool dans une flasque. Ou refuser une partie de jambes en l'air. Il s'est peut-être rendu compte à quel point toute notre relation était stérile. Sa partenaire pour ce dîner a peut-être mieux à lui offrir, une version plus jeune, plus athlétique de moi-même, sans mari et sans enfant. Et ce serait peut-être une bonne chose après tout, finie la culpabilité, fini le dégoût de soi. Plus rien pour me distraire de ma famille. J'aurais peut-être même le temps de me faire de nouveaux amis.

Mon téléphone bipe, je me précipite dessus. Carl. *Super pizza. Matilda est sous la douche. Tout est OK.* Je lui renvoie un emoji de pouce levé. Inutile d'essayer de soutirer plus de mots à un grand laconique. Ensuite, j'éteins mon portable et je sors les photographies de Madeleine et Edwin Smith de mon sac.

Il doit y avoir une quarantaine de clichés. J'essaie de les placer plus ou moins dans un ordre chronologique, en me basant sur leur âge apparent et sur l'implantation des cheveux d'Edwin. Je me souviens que Madeleine nous a expliqué qu'ils s'étaient rencontrés à l'université et ces photos-là ressortent du lot, elle, jeune et jolie dans une salopette rayée, et lui debout derrière elle, souriant, dans un pull classique. On les suit sur un parcours de vacances typique : apparemment, ils ont fait l'Europe en sac à dos, posé devant le Colisée et la fontaine de Trevi, la pyramide du Louvre et les lézards de Gaudí. Plus tard, ils sont devant un arrière-plan de rizières avec volcan… en Indonésie, peut-être ? Et ensuite, à Petra.

Nous y sommes allés aussi, Carl et moi, morts de rire parce que le chameau était incapable de se relever sous le poids d'un touriste obèse. Rien que de penser aux pattes chancelantes de la pauvre bête, alors que son propriétaire hurlait – « Debout, debout ! » –, j'en frémis encore. L'animal est mort depuis longtemps, j'imagine, aussi mort que la force qui nous poussait, mon mari et moi, à nous prendre par la main quand nous marchions sur le long chemin qui conduisait au temple de Sainte-Catherine tout en haut de la colline. Tout aussi mort, également, que l'homme aux yeux bienveillants et au sourire timide qui me regarde sur les photographies que j'ai étalées devant moi.

Nous étions peut-être en Jordanie au même moment ? Impossible de le dire. J'examine le dos des photos pour voir s'il y a le moindre indice de l'année où l'une ou l'autre ont été prises. Rien. À part un cliché où cette mention est griffonnée au stylo bleu : « *Elle a dit oui.* » Je la retourne. Plus du tout en tenue d'étudiante, Madeleine est rayonnante dans une robe bleue ajustée. Elle est installée à une table de restaurant, pour une fois Edwin est assis à ses côtés plutôt que debout derrière elle. Un serveur a dû prendre la photo. Il y a des flûtes de champagne sur la table… Edwin a peut-être caché la bague dans l'un des verres et attendu qu'elle la trouve ? Ou alors il a glissé l'écrin dans sa poche, qu'il tâtait de temps à autre pour s'assurer qu'il y soit encore, espérant qu'elle ne le verrait pas faire ou ne lui demanderait pas ce qu'il cherchait.

Madeleine attendait-elle cette demande en mariage ? Cette nouvelle l'a-t-elle rendue heureuse ? Sur la photo, elle sourit. Edwin l'enlace, son bras l'entoure, son coude à hauteur de son cou… Se sentait-elle à l'aise ? Est-ce une ombre de tension que je sens dans ses yeux, une infime réticence, même dans la joie de ce moment ? L'écriture au dos de ce cliché est pleine de confiance, de fermeté. « *Elle a dit oui.* » Ne devrait-il pas y avoir un point d'exclamation, une ponctuation qui marque l'occasion ?

Le soir où Carl m'a demandée en mariage, nous n'avions pas d'appareil photo. Il n'y avait pas de champagne, non plus. Nous discutions de savoir si nous avions les moyens de déménager dans un logement plus agréable que cet endroit à Bow où nous habitions à l'époque, et lorsque j'ai suggéré qu'on pourrait acheter quelque part, il m'a répondu : « Dans ce cas, il faudrait qu'on se marie. » J'ai acquiescé, et ensuite il a ajouté : « En réalité, je pense qu'on devrait, de toute façon. » Il n'a rien dit de plus, jusqu'à ce qu'il m'annonce, quelques semaines plus tard, qu'il avait réservé un créneau à la mairie pour dans quinze jours – je ne voyais aucune raison de refuser. Sa mère était venue ainsi que ma meilleure amie Evie, je suis sûre qu'à un certain stade j'avais sûrement l'air radieuse, même si je n'ai sur mon bureau en face de moi aucune photographie de cet instant. Le côté positif, c'est que je ne suis pas en liberté sous caution pour le meurtre de Carl. J'en conclus que ça pourrait sans doute être pire.

Sur bon nombre de clichés, Edwin et Madeleine ont l'air tout à fait normaux, comme n'importe quel couple. Comme Carl et moi. Rien n'indique qu'une quinzaine d'années plus tard, elle finirait par le poignarder à mort.

Il y a une photo de mariage. Puis Madeleine enceinte, appuyée contre un encadrement de porte bordé de glycine. Et la voici qui tient son bébé dans les bras, avec Edwin à côté d'elle, qui là encore la serre contre lui. Sur chacune de ces images, elle est souriante, heureuse. Je perds mon temps. Il n'y a rien sur ces photos qui me fournira le moindre indice sur ce qui l'a poussée à le tuer. Elles présentent un monde parfait, inattaquable. Il serait tout aussi utile de fouiller les photos de mon mari et moi et d'essayer d'y repérer quand notre couple a commencé à se fissurer. Je soupire et allume mon téléphone.

Aussitôt, il bipe, un message de Patrick.

Je bois un verre au Cairn's. Viens si tu veux.

Je lui réponds par un message.

Je croyais que tu avais un dîner.

Il me répond.

J'avais un dîner.

Je vérifie l'heure. Son dîner aura été bref. Ce n'était pas une fille, donc. Je sens la tension dans mes épaules se dénouer. J'étudie les clichés depuis presque une heure et je n'ai encore rien trouvé… Je peux aussi bien m'arrêter de travailler maintenant. Je les remets dans l'enveloppe, que je glisse dans le tiroir de mon bureau. Je range les papiers du procès de demain dans mon sac et j'éteins la lumière. Il n'y a personne d'autre au cabinet à cette heure-ci, l'immeuble est vide de tout bruit. Il n'est pas si tard, même pas encore neuf heures, mais il pourrait être minuit. Devant la salle des clercs, les ombres des branches d'arbres jouent sur le mur, j'enclenche l'alarme et je pars.

8

J’entre dans le bar et je cherche Patrick du regard. Au lieu d’être installé tout seul, comme je m’y attendais, il est assis à une longue table, entouré de toute la troupe habituelle du cabinet, alors que nous sommes un mercredi soir. Je me glisse sur une banquette entre Sankar et Robert.

— Il vous reste un fond de vin ? je lance.

Aucun des deux ne répond. L’endroit est bruyant, de la musique braille dans les haut-parleurs au-dessus de nos têtes, je m’installe dans l’angle, observe Patrick. Il est dans son élément. Il est la flamme la plus éclatante au centre du brasier. Il raconte une histoire qui fait rire ceux qui sont assis le plus près de lui et les autres, ceux qui sont plus loin, tendent l’oreille pour entendre ce qu’il dit ; Alexia est située en périphérie du cercle, elle sourit. Ce n’est pas le verre tranquille en sa compagnie auquel je m’attendais, mais je vais devoir m’adapter. Il m’a demandé de venir… Cette seule pensée suffit à me transmettre une petite étincelle de cette chaleur qui émane de lui. Je flanque un coup sur le bras de Robert et il se tourne, avec une expression de surprise en me voyant ici.

— Tu as encore un peu de vin ? je répète, plus fort cette fois.

— Toi, il te faut un verre.

On a parlé en même temps. Je ris. Il tend la main au-dessus de la table et me sert du vin rouge dans un verre posé près de moi. Je me demande brièvement si c'est une bonne idée de boire, avant de décider que je m'en moque et de vider mon verre d'un trait. Robert me réapprovisionne aussitôt.

— Longue journée ? me demande-t-il.

— Ouais. Je viens seulement de finir. Et toi ?

— Je suis ici depuis à peu près quatre heures de l'après-midi. Ma femme va me tuer. J'avais prévu de m'en tenir à deux verres…

Il mange ses mots.

— Comme nous tous, non ?

Je bois la moitié du verre qu'il vient de me servir, et le pose sur la table. Mon esprit s'apaise lentement, la faible lumière du bar revêt une teinte mordorée. Tout va bien, j'ai le droit d'être ici. Carl n'a pas envie que je sois à la maison, il est occupé à faire le thérapeute auprès de son groupe. Quant à Matilda, tout ira bien : elle s'est gavée de pizza et est sans doute proche de s'endormir. J'ai fait du bon boulot et je mérite bien un verre. Je bois encore une longue gorgée et lance de nouveau un regard vers Patrick. Il est assis à côté de Mark, notre assistant juridique, et maintenant que je l'observe plus attentivement, je découvre à côté de lui une jolie femme que je ne connais pas. Elle semble le trouver particulièrement amusant et le calme que je ressentais à l'instant s'en trouve diminué d'un seul coup.

Je donne un petit coup de coude à Robert.

— Qui est-ce ?

— Qui ça ?

— Elle, la femme assise à côté de Patrick.

Je garde un ton décontracté.

— J'en sais rien, une femme, quoi. Elle est venue avec lui.

— Quand est-il arrivé ici ?

— J'en ai pas la moindre idée… Un peu après moi je crois. (Robert se tourne vers moi et me dévisage.) Tu es jalouse ?

— Ne sois pas ridicule. (Je termine mon verre de vin et j'attrape la bouteille mais elle est vide.) Je vais aller en commander une autre.

Je me lève et me dirige vers le bar. L'endroit est bondé, comme si on était vendredi soir et non pas mercredi. Lorsque je passe devant Patrick, j'évite de le regarder, mais je vois du coin de l'œil que la femme a la main sur son bras. Je continue mon chemin.

Il me faut dix bonnes minutes pour être servie tant il y a de monde. Ne voulant pas m'imposer la queue une seconde fois, je commande deux bouteilles de rioja. Le temps que je revienne, Robert occupe le bout de banquette où j'étais, mais il se décale à nouveau pour me faire de la place. Je les sers, Sankar et lui, et je tends la bouteille en direction des autres convives à l'autre bout de la table, mais ils sont tous au blanc. Je n'essaie pas d'attirer le regard de Patrick.

Je bois et Sankar me parle de son affaire du jour.

— Imagine, la nana ne s'était même pas rendu compte que son mec lui enfilait toutes les nuits une carotte dans le cul… C'est puissant comme truc quand même, le Rohypnol.

Je bois encore un peu. Le temps s'écoule, tic-tac, déjà dix heures, puis dix heures et demie, la faim et la fatigue refluent à mesure que l'emprise du vin se raffermit. Je consulte mon téléphone. Rien. Robert et moi sortons discuter dehors, pendant qu'il fume une cigarette.

À notre retour à l'intérieur, en m'assurant que personne ne me voit, j'envoie un message à Patrick. *T'as envie de baiser ?* Il ne remue pas une oreille. Son mobile doit être éteint. Pourquoi m'ignore-t-il alors que c'est lui qui m'a demandé de venir dans ce pub ? Il est encore en grande conversation avec sa voisine de table. Sankar ne sait pas non plus qui elle est et je n'ai pas envie de questionner quelqu'un d'autre. Je plonge de plus en plus profondément dans mon verre. Nous finissons les deux bouteilles et Robert joue vaillamment des coudes jusqu'au bar pour en commander d'autres. La cohue est un peu plus clairsemée, à présent. Ce qui formait tout à l'heure un groupe de vingt personnes se réduit maintenant à une dizaine. Je souris et bavarde avec les filles à l'autre bout de la table, celles qui boivent du blanc. Alexia, et une autre stagiaire dont je n'arrive jamais à me rappeler le nom. Elles parlent à une autre associée du cabinet qui s'appelle Pauline, qui m'a toujours semblé assez hautaine. Ce soir, c'est moins le cas… Le vin l'empourpre et nous parlons de mon affaire de meurtre.

— C'est si curieux, de regarder les photographies des autres, j'explique. On se croit toujours tellement uniques, et pourtant on fait tous les mêmes choses, on va dans les mêmes endroits, on mange la même nourriture…

Je parle pour ne rien dire, oubliant en route la réflexion que je comptais faire.

— Je vois tout à fait ce que tu veux dire. C'est comme sur Facebook. Tout est interchangeable, renchérit Pauline.

— Tu es là, tu te fais prendre en photo devant le Parthénon, tu tiens ton chéri par la main, et l'instant d'après tu le poignardes à mort avec un couteau de cuisine. Franchement, quand tu y réfléchis, ça pourrait arriver à n'importe laquelle d'entre nous.

— C'est tellement vrai, admet Pauline, qui ne cesse de hocher la tête, et je hoche la tête moi aussi, impressionnée de tant de profondeur.

— Qu'est-ce que tu penses de lui ? me lance-t-elle, en changeant si subitement de sujet que je ne saisis pas tout de suite ce qu'elle vient de me demander.

Je la regarde, l'œil vide. Elle me désigne Patrick.

— Quoi, lui ? fais-je.

— Je veux dire, c'est un bon avocat, reprend-elle, en rapprochant sa tête de la mienne, avec des airs de conspiratrice. Mais j'ai entendu des rumeurs…

— Des rumeurs ?

Je tâche de garder une voix neutre.

— Juste au sujet de quelqu'un qu'il aurait dragué alors qu'il n'aurait pas dû. Mais j'en sais pas plus…

Et sa phrase se perd dans le vide.

Aussitôt, tous mes sens sont en état d'alerte maximum. Où veut-elle en venir ? Et à qui fait-elle allusion, à moi ? Est-ce elle qui m'a envoyé ce SMS ?

— Je n'ai jamais rien entendu de la sorte, dis-je, et répandre ce genre de rumeur peut se révéler très préjudiciable.

Elle bat aussitôt en retraite, le visage penaud.

— Hé, je ne cherche pas à créer des problèmes. Je disais juste… Je suis sûre que c'est sans fondement.

J'opine.

— Je vais me chercher un verre, ajoute-t-elle. Tu veux quelque chose ?

— Ça ira, merci. Je vais bientôt y aller, je crois…

Et je la regarde se diriger vers le bar.

L'instant d'après, quelqu'un pousse un cri perçant et un verre se fracasse par terre. Je sursaute et renverse mon vin sur mon chemisier. Je lève les yeux pour comprendre l'origine de l'agitation. Pas besoin de chercher longtemps. Patrick est encore plus couvert de vin que je ne le suis, son visage dégouline. La femme que je ne connais pas se tient debout devant lui, elle brandit le pied d'un verre brisé. Il y a des éclats sur la table et par terre. Elle hurle quelque chose, mais je suis incapable de discerner ce qu'elle dit. Je me lève d'un bond, mais avant que j'aie pu passer de leur côté de la table, Pauline est revenue du bar en courant et se place devant elle, les deux mains tendues. Sur le moment, je crois que l'autre va lui planter son verre dans le visage, mais non, elle reste totalement immobile, avant de le lâcher sur le sol. Pauline pose les mains sur les épaules de la femme, mais l'autre se dégage avant de ramasser un sac à main noir et de sortir du bar d'un air furibond.

Patrick essuie le vin de son visage avec une serviette blanche. Sa chemise est trempée.

— Qu'est-ce qui se passe ?

Je crie, mais il ne réagit pas. Je crie encore, plus fort.

— Qu'est-ce qui s'est passé, bordel ?

Mon invective coïncide avec une accalmie de la musique, et tombe dans le silence. Le peu de gens qui se sont encore attardés au Cairn's nous dévisagent. Si ce n'est pas la scène initiale qui a attiré leur attention, ce sont au moins mes cris. Patrick éponge sa chemise, plie sa serviette et la pose sur la table avant de lever les yeux vers moi. Il me répond quelque chose mais la musique reprend et je ne l'entends pas.

— Quoi ?

— Elle n'aimait pas ma chemise.

Il sourit.

— Putain.

Je suis trop en colère pour ajouter quoi que ce soit. Je me lève et récupère mon sac. Je suis incapable d'en supporter plus. Pauline se redresse et me regarde, avec un air interrogateur. Sans dire au revoir à personne, je sors à mon tour du bar d'un pas furieux, en m'éclipsant par la porte du fond pour ne pas avoir à passer devant Patrick. J'en ai assez. La seule raison que j'entrevois derrière son invitation, c'était son envie de m'humilier en s'affichant avec une autre femme sous mon nez, et moi, je ne joue plus à ce jeu-là.

Au moment où je débouche sur le Strand, j'aperçois un taxi au voyant allumé et je le hèle, trop heureuse de m'échapper. Je suis ivre, mais pas trop, je me concentre sur les panneaux urbains tandis que nous remontons vers Archway. Je sors mon téléphone de mon sac et j'envoie un message à Robert pour lui expliquer que je suis désolée de m'être enfuie, mais que j'ai un procès qui débute le lendemain. Il s'en fiche. Il n'a probablement rien remarqué. En ce qui concerne Patrick, je réglerai ça dans la matinée. Je ferme les yeux et m'appuie contre la vitre.

À mon retour à la maison, je suis surprise de découvrir que la réunion de groupe est encore en cours – normalement, elle s'achève à neuf heures au plus tard. Au moment où je franchis la porte d'entrée, je crois entendre le bruit de la télévision allumée, mais dès que je la referme en la claquant, le bruit s'arrête. Carl sort précipitamment du salon.

— Ah, tu rentres plus tôt que prévu ? Nous venons juste d'avancer sur un point important.

— Je commence de bonne heure demain.

Je reste tête baissée, dans l'espoir qu'il ne remarque pas à quel point je suis ivre.

— Alors va te coucher. Nous avons bientôt fini.

Il s'éclipse au salon, referme promptement derrière lui, de sorte que je ne puisse voir qui est là. J'ai envie de hurler : c'est la maison de qui, ici ? Qui paie ce putain de prêt immobilier ? Mais je m'abstiens. La colère s'estompe et je monte l'escalier à pas lourds. Je me déshabille dans le noir, un éclair de lumière orange transperce les rideaux qui ne font jamais tout à fait écran au réverbère, à l'extérieur. J'ai la peau toute collante de vin renversé, aussi je prends une douche rapide. J'enfile une nuisette et me brosse les dents, en appliquant soigneusement la brosse sur chaque centimètre carré de ma bouche pendant les trente secondes requises.

Une fois que j'ai la certitude de ne plus sentir le vin et la clope, j'enfile mon peignoir et je passe dans la chambre de Matilda. Elle est profondément endormie, son éléphant rose serré contre elle. Je l'embrasse sur le front et lui remonte un peu sa couette, pour lui recouvrir le bras, avant de m'asseoir par terre à côté d'elle et de la regarder dormir. Elle soupire et se retourne, son visage vers moi. Ma gorge se serre. Voilà, voilà qui je trahis. Oui, Carl est mon mari. Mais Tilly est ma fille. Ce n'est pas elle qui m'a rejetée, qui m'a repoussée tant de fois. Elle mérite mieux qu'une mère au cœur brisé. Je l'aime plus que je ne puis l'exprimer, mais pas assez pour me détourner de Patrick. Ou tout au moins, pas jusqu'à présent. Je lui effleure la joue, en lui soufflant une promesse silencieuse de faire davantage d'efforts, de devenir la personne qu'elle mérite. J'arrive presque à me convaincre que c'est possible.

Ensuite je me mets au lit et pose le téléphone en charge sur ma table de chevet. Je l'attrape pour régler l'alarme du réveil – je suis si fatiguée qu'il faudrait un tremblement de terre pour me réveiller demain matin.

Deux messages. Un de Patrick : *Je suis à ton cabinet. T'es où bordel ?*

Je fais glisser lentement mon pouce sur ces mots-là, avant de les effacer, avec une détermination toute neuve.

Puis je jette un œil à l'autre message : expéditeur inconnu.

Je te surveille espèce de salope. Je sais ce ke tu fous.

Quelqu'un sait pour Patrick et moi ? Cela ne peut signifier que cela. Mais j'ignore de qui il pourrait s'agir. Je tâche de ravaler ma panique et supprime le message. Il n'est plus là. Il n'a jamais existé. C'est une autre erreur, un expéditeur qui me cible par accident, une erreur de numéro. Je règle l'alarme sur six heures et demie et je me tourne sur le côté, les yeux fermés. Pourtant, je ne suis pas fatiguée. Mon cerveau marche à toute allure. J'ai beau prétendre que les messages n'existent pas, je suis incapable d'y échapper. Il y en a deux, maintenant, et je suis obligée d'admettre la vérité, de reconnaître le danger. Quelqu'un en a après moi. Cette personne sait ce que je fais, et ça ne lui plaît pas. Je me recroqueville, je ramène les genoux contre ma poitrine, les pieds pelotonnés sous la couette. J'ai froid, la peur s'infiltre dans mes os.

Plus tard, j'entends les voix des hommes qui quittent la maison – un chœur de « bonne nuit » – et la porte qui se referme doucement. Plus tard encore, j'entends Carl monter dans notre chambre, ses pas silencieux, ses mouvements délicats. Je ne remue pas, ma respiration reste profonde et régulière. Assez vite, il se met à ronfler.

Je mets longtemps à trouver le sommeil, et ensuite je rêve. Je me larde les cuisses de coups répétés avec un tesson de bouteille de vin, jusqu'à ce que j'atteigne l'endroit entre mes jambes, et que je me pénètre avec. Je me réveille dans le noir, toute tremblante. Je me blottis contre la chaleur de Carl, un bras autour de sa taille. Endormi, il ne s'écarte pas comme il le fait quand il est éveillé, le conflit a cessé entre nous, ne serait-ce qu'à cet instant. Il est mon élément connu, le père de mon enfant. Nous avons sillonné le monde ensemble, créé un foyer. Il est temps de refaire fonctionner tout ça, pour Matilda, pour nous. Je m'endors la tête contre son épaule.

La place de mon homme est vide, l'oreiller est froid quand l'alarme du téléphone me réveille à six heures et demie. Je vais lui proposer de partir en week-end rien que tous les deux, je décide. Nous demanderons à sa mère de garder Matilda et nous descendrons dans un joli hôtel pour la nuit. Nous nous ferons servir un bon repas et nous boirons du bon vin, et peut-être que nous nous embrasserons et nous tiendrons la main. Peut-être, juste peut-être, que nous ferons l'amour comme avant. Le visage de Patrick s'introduit dans mon esprit, mais je le chasse. Je n'en ai plus envie, je n'en peux plus de toute cette culpabilité. Il n'en vaut pas la peine. Il n'est pas fiable, il y a toujours une incertitude avec lui, je ne sais jamais s'il pense à moi ou à une autre…

Ces messages ont été un rappel à l'ordre. Je sais que nous n'avons pas toujours été subtils, ou même discrets – n'importe qui, au cabinet, aurait pu nous voir nous embrasser dans les ruelles derrière Fleet Street ou nous accouder à un bar un peu trop près l'un de l'autre. Je ne veux plus me laisser entraîner dans tout ce cinéma. J'entends encore le fracas du verre et le cri d'hier soir… Je n'ai même pas envie de savoir pourquoi cette femme était si en colère contre Patrick ou ce qu'il lui a fait.

— Un café ?

Carl est de retour dans la chambre, un mug à la main qu'il pose sur ma table de nuit.

— Merci. C'est gentil. (Je suis sincère. Ça fait au moins deux ans qu'il ne m'a plus apporté mon café au lit. Il le faisait souvent avant – l'arôme de café qui flottait dans la maison annonçant un début de journée réconfortant. Je prends ça comme un signe d'encouragement.) Je me disais qu'on pourrait peut-être essayer de partir tous les deux quelque part, non ? Passer une nuit à l'hôtel. Nous pourrions demander à ta mère de garder Matilda.

Il a l'air surpris.

— Et d'où te vient cette idée ?

— Ce serait sympa de passer un moment ensemble. Rien que nous deux.

— Ça m'embête de laisser Matilda…

Je le sens réticent.

— Je sais que tu ne voulais pas, quand Tilly était plus petite. Mais elle est assez grande maintenant pour passer la nuit toute seule avec ta mère, non ?

— Je ne sais pas. Ce serait peut-être trop lourd pour maman.

— Je suis sûre qu'elle adorerait. Elle n'aura pas besoin de se plier en quatre. Matilda est une grande fille. Elles ne seront même pas obligées de sortir de la maison. Je veillerai à ce qu'il y ait de quoi manger.

Je tends la main vers lui. Il la considère un moment, puis il la prend dans la sienne. Son étreinte est molle, impersonnelle. Mais c'est un début. Il faut que je le fasse changer d'avis, sur sa réticence à confier Matilda à d'autres personnes : je n'ai jamais voulu insister, mais il est temps.

— Je vais lui parler, me promet-il. Nous verrons. J'imagine que pour une nuit, ça devrait aller.

— J'en suis certaine. Ça sera bien pour toutes les deux aussi, qu'elles se lient davantage. Ta mère répète tout le temps qu'elle aimerait voir Tilly plus souvent. (Il hausse le sourcil, mais malgré tout, j'insiste. Elle me l'a bien dit, une fois, il y a quelques années.) Écoute, il faut qu'on renoue le lien, nous aussi. Tilly a besoin qu'on soit heureux, ensemble. Tu ne crois pas ?

— On peut essayer, admet-il.

— C'est ce que tu conseillerais à tes patients, non ? De passer du temps ensemble, de se parler.

Il hoche la tête, sa main se referme autour de la mienne. Je me demande si je ne devrais pas me rapprocher de lui et l'embrasser, mais Matilda entre alors et saute sur le lit.

— Vous ne m'avez pas réveillée ! crie-t-elle.

Elle a les cheveux qui rebiquent derrière la tête, elle est encore toute chaude de sommeil. Je l'attire à moi pour un baiser. Elle me laisse la retenir un instant dans ses bras, puis s'écarte et embrasse son papa. Il s'assoit au bord du lit, elle est dans ses bras, et j'entrevois exactement quelle famille heureuse nous pourrions former. Nous y arriverons. J'y veillerai.

Je me douche et m'habille pour aller travailler, le cœur léger, comme jamais depuis des mois. Je descends à la cuisine, Carl a préparé des œufs brouillés, pas seulement pour Matilda, mais pour moi aussi. Nous nous attablons tous les trois et prenons notre petit déjeuner. Je franchis la porte avec mon sac à roulettes, prête à encaisser tout ce que le tribunal de Wood Green Crown Court aura à me faire subir.

9

Une semaine supplémentaire s'écoule. À Wood Green, le procès porte ses fruits : une succession de jeunes viennent témoigner à la barre pour souligner à quel point ils se sentaient menacés par la conduite dangereuse du prévenu au volant. Ce dernier fait sa déposition, mais il est à peine audible, et son avocate ne vaut guère mieux. Comme je le craignais, il est représenté par quelqu'un qui a l'air de sortir tout juste de la fac de droit. Je fais profil bas et, en fin de compte, il écope d'une peine avec sursis. Un jugement presque digne de Salomon, me dis-je à la conclusion de l'audience, en remplissant mon formulaire de demande de prise en charge des frais de l'accusation.

Patrick m'écrit à deux reprises, mais uniquement à propos de l'affaire de Madeleine : la date d'audience préliminaire se rapproche et l'accusation tarde encore à communiquer les pièces. Il ne fait aucune allusion à l'épisode du Cairn's et moi non plus ; je ne vais pas lui laisser cette satisfaction. Ses jeux de pouvoir ne m'intéressent plus.

Je passe le vendredi soir en famille. Je n'ai qu'un peu de travaux préparatoires à effectuer dans une affaire d'attentat à la pudeur sur la personne d'un enfant, qui doit commencer début de semaine prochaine. Je me lève tôt le lendemain, pour ne pas gâcher mon week-end. Nous nous rendons à Hampstead Heath et regardons Matilda grimper dans les chênes. Carl ne me dit pas s'il a parlé à sa mère, mais je n'ai pas envie d'insister. Je sais qu'il finira par se rallier à mon idée. Il voit bien que je prends ça au sérieux, que je multiplie les efforts.

Je fais attention de ne pas me disputer avec lui, même quand il ordonne à Matilda de descendre des branches basses. Après tout, c'est vrai qu'elle est encore petite. Matilda et moi ramassons ensuite des feuilles orange et brunes par terre, que nous fourrons dans la poche de mon manteau.

— Je vais préparer le repas, je propose alors que nous rentrons à la maison.

— Tu es sûre ? s'étonne Carl. Ce sera plus facile si je m'en charge.

— Non, non, j'en ai envie. Tilly, qu'est-ce que tu aimerais, toi, pour le déjeuner ?

— Du houmous avec une pita. Et des carottes. Il y a du jambon ?

— Je suis sûre qu'on va pouvoir arranger ça.

Carl soupire.

— Nous n'avons pas de jambon. Si tu avais déjà été chez le boucher du supermarché…

— Alors ce sera pita et houmous, je lance sur un ton enjoué, pour couper court à la dispute. OK, Tilly ?

— OK !

Après son repas, elle demande si elle peut avoir une orange. Je lui en tends une, avec un couteau.

— Tu fais une entaille dans la peau, dis-je, et après tu la pèles. Comme ça, c'est plus simple.

Elle commence à couper dedans, mais elle n'a pas la bonne prise et le couteau ripe. Elle pousse un cri. Je me précipite vers elle, mais son père est plus rapide, il a foncé depuis le salon où il s'était retranché.

— Comment as-tu pu être aussi stupide ? s'exclame-t-il. Lui donner un couteau, vraiment ?

Il la tient par le bras et me brandit son doigt. Je l'examine attentivement. Il y a une infime coupure, une gouttelette de sang qui se forme à son extrémité.

— Ça pique, gémit-elle.

— C'est sûrement à cause du jus de l'orange, j'explique. Viens, on va te mettre le doigt sous l'eau froide. Tu vas être très courageuse.

Carl semble réticent, il refuse de la lâcher, mais ensuite elle vient vers moi. Je lui fais un câlin et lui rince la main, puis je l'entoure avec un coin de torchon.

— Tu veux que je finisse de te couper ton orange ? je suggère.

— Oui, s'il te plaît.

Nous retournons nous rasseoir à table toutes les deux et j'achève de lui peler son fruit. Une petite pelure est marquée d'une tache de sang, dans la partie blanche à l'intérieur, et mon regard s'arrête dessus avec un remords. Je me demande si c'était sage de lui avoir confié ce couteau, mais après tout il était vraiment petit. C'est juste la partie à dents de scie qui lui a râpé le doigt.

— Franchement, Alison, il faut que tu fasses plus attention à ce genre de choses, me prévient Carl.

Je regroupe les pelures et vais les jeter à la poubelle sans un mot.

Dimanche, c'est déjà mieux, un peu mieux disons. Je cuisine un rôti. Matilda termine toute son assiette, mais Carl laisse presque toute la sienne et en racle bruyamment le contenu en le jetant dans la poubelle.

— Il faut que tu t'exerces un peu plus en cuisine, c'est tout, me conseille-t-il, et il me tapote l'épaule avant de mordre dans une barre protéinée sortie du placard.

J'ai envie de me défendre, de faire observer qu'au moins j'essaie, mais je me ravise. Je vois bien qu'il en faudra plus pour le convaincre que j'ai changé, mais je sais que j'y arriverai avec le temps. Je hoche la tête.

Plus tard dans la soirée, je retire les feuilles d'arbres de la poche de mon manteau et je les dispose en éventail sur le panneau d'affichage de la cuisine, en souvenir de notre sortie dans le Heath. Les choses vont s'arranger, j'en suis presque convaincue.

Je ne reçois plus de nouveaux messages anonymes.

Lundi matin, je suis en route pour le tribunal, Patrick m'envoie un SMS.

Tu me manques.

Je ne réponds pas et il n'envoie plus rien, mais malgré moi, je sens un nœud de tension se dissoudre au creux de mon ventre, une inquiétude dont je refusais même d'admettre l'existence disparaître. Et ces trois mots me restent à l'esprit, à l'arrière-plan de mon week-end avec Carl et Matilda.

En deux jours, le procès tourne court – le principal témoin de l'accusation se décompose après un contre-interrogatoire pourtant des moins agressifs de ma part. Ses souvenirs des dates, des horaires et des lieux sont totalement embrouillés, confus, étalés sur des décennies durant lesquelles, prétend-elle, ces sévices se sont multipliés. L'affaire ne va même pas devant le jury. Forte de mon succès, je dépose une demande de classement sans suite au terme du réquisitoire du procureur, et là encore je l'emporte. Mon client m'est reconnaissant – un homme épuisé, la soixantaine, professeur de piano à la retraite confronté à des poursuites dénuées de tout fondement, et dont la vie a failli être anéantie par ces allégations. Je n'ai même pas eu à déployer beaucoup d'énergie pour obtenir que la partie adverse soit déboutée. Le ministère public devrait se sentir honteux d'avoir présenté un dossier aussi maigre devant la cour.

En quittant le palais de justice, j'entends la plaignante sangloter, et je me fais discrète. Je dois faire mon travail, défendre mes clients au mieux de mes aptitudes. Si ce qu'elle a avancé est vrai, c'est sûrement une situation terrible pour elle, mais pour convaincre un jury de manière incontestable, il faut présenter des éléments de preuves consistants… On n'aurait jamais dû en arriver à ce stade. À l'extérieur du bâtiment, je dis au revoir à mon client. Il me serre la main. Son épouse est à ses côtés, menue. Visiblement nerveuse, elle ne cesse de regarder derrière elle et je les éloigne de là en vitesse, avant que la plaignante ne sorte à son tour.

Notre secrétariat m'a laissé un message pour m'avertir que des pièces nous ont été déposées concernant le dossier Madeleine Smith, et je me dirige donc vers le cabinet, impatiente de découvrir ce que l'accusation a pu soumettre d'autre avant l'audience préliminaire. Je ne sais toujours pas ce que Madeleine va plaider. Alors que je réfléchis à tout cela, mon téléphone sonne. Le cabinet de Patrick. Je me mets au défi de lui répondre. Mais c'est son associée principale, Chloé, qui m'appelle.

— Hello, Alison. Tu as reçu les pièces, pas vrai ? Il faut qu'on organise un rendez-vous avec Madeleine. Tu aurais la possibilité de la voir demain ?

— Oui, bien sûr. Mon autre procès est terminé.

— Parfait. Et Patrick se demandait si tu ne pourrais pas faire un saut rapide au cabinet, histoire d'en discuter brièvement avant le rendez-vous, ajoute-t-elle.

— Je n'ai pas encore lu les documents.

J'essaie de gagner du temps.

— Je pense qu'il est assez pressé. Vous pourrez toujours les passer en revue ensemble, reprend-elle sur un ton qui n'ouvre guère la porte au moindre refus.

Nous nous entendons bien, Chloé et moi. Il a plus de pouvoir qu'elle, mais c'est elle la mine d'informations, celle qui possède une connaissance encyclopédique de tous les dossiers du cabinet.

— OK, pas de problème. J'y serai.

— Super, je vais en informer Patrick, conclut-elle, et elle raccroche.

J'envoie un SMS à Carl. *Réunion sur le meurtre. De retour à 8 h 30. Bisous.* Il ne s'attendait pas à ce que je rentre tôt de toute façon, à cause de l'audience dans l'autre procès, donc ça devrait passer. Je suis contente de ne pas l'avoir averti que j'avais terminé plus tôt. Ensuite, je me reprends – pourquoi est-ce que je passe mon temps à lui mentir comme ça ?

Le rapport complet du médecin légiste nous est finalement parvenu, il étoffe les informations relatives aux blessures qui ont eu raison d'Edwin Smith. Je le lis de bout en bout. Quinze au total, de profondeurs variables. Pas de blessures défensives. Le rapport comporte des photographies. Il me faut un moment pour repérer l'entaille sous le cou, comme un second sourire au-dessous de la bouche. Les draps sur lesquels il est étendu sont imbibés de sang. La synthèse de l'accusation dont j'ai déjà eu copie stipule que les vêtements de Madeleine Smith, placés sous scellés, étaient visiblement couverts de sang et je vérifie si cette nouvelle liasse contient des pièces médico-légales allant en ce sens. Toujours rien.

Les blessures sont toutes situées au niveau du cou et du torse. Le corps a été retrouvé gisant sur le dos et c'est dans cette position qu'il a été photographié, une photo prise en plongée, et ensuite il y a des gros plans sur les lésions. Un diagramme a aussi été joint, un croquis sommaire du cadavre, avec de courtes lignes indiquant la localisation des blessures.

Je passe à nouveau les documents au crible et trouve une photographie du couteau qui aurait été utilisé lors de l'agression. De marque Global. Je l'examine, tâchant de discerner sous le sang séché une indication d'usure de la lame. Celle du mien s'est émoussée, après des années d'utilisation et de lave-vaisselle. Plus la lame est affûtée, moins il a fallu de force pour l'enfoncer dans le corps d'Edwin et l'en ressortir.

Je repose la photographie du couteau sur le dos de la pile, et me penche sur l'analyse toxicologique jointe au rapport. Le taux d'alcoolémie s'avère quatre fois supérieur à la limite légale. Aucun examen toxicologique supplémentaire n'est disponible à ce stade – cela prend en général plus de temps. Je suis surprise qu'ils aient été en mesure de fournir autant d'éléments, honnêtement. Les taux d'alcool sont en tout cas suffisants pour expliquer l'absence de blessures défensives. Edwin aurait fort bien pu être dans le cirage.

Hormis le rapport du légiste et la photographie de l'arme, rien d'autre de très consistant ne nous a été communiqué. Juste un compte rendu d'interrogatoire montrant que Madeleine n'a fait aucun commentaire lors de sa déposition. On ne dispose pas encore du procès-verbal intégral des questions qui lui ont été posées. Je vérifie les dates – tout devrait être transmis d'ici à la fin novembre.

— On n'a pas besoin de grand-chose de plus. Le juge peut très bien décider qu'on nous a transmis assez d'éléments pour plaider coupable ou non dès la semaine prochaine, dis-je à Patrick dès qu'il arrive et s'installe à la table de réunion.

J'essaie de ne pas le regarder trop intensément, mais j'ai conscience de chaque mouvement de ses mains…

— Oui. Mais elle ne nous a fourni aucune ligne de défense pour le moment.

Il a étalé les photographies devant lui.

— Sachant ce qu'elle nous a révélé à propos de la pilule, et de l'argent qu'il contrôlait, nous pouvons en conclure qu'il existait une forte possibilité de relation abusive, tu n'es pas d'accord ?

— Si, bien sûr. Mais cela ne suffit pas en soi pour réduire la qualification de meurtre. Il nous en faut plus pour prouver la perte de contrôle de soi, insiste-t-il.

— Tout dépendra de ce qu'elle voudra bien nous confier ou non par la suite. Pour l'heure, nous n'avons rien. Aucun argument qui permette d'invoquer des circonstances atténuantes, rien. Juste une bouteille de gin et un trou noir. Même si je trouve personnellement que sa version des faits n'est pas cohérente. Elle nous cache des choses.

— Tu as raison. Elle reste très fermée. Peut-être devrais-tu essayer de lui parler seule à seule ? Je me demande si elle ne serait pas plus détendue sans personne d'autre dans la pièce. Juste entre femmes, j'entends.

Je change de position dans mon siège, cette suggestion me met mal à l'aise.

— Est-ce vraiment approprié ?

— Je ne vois pas pourquoi ça ne le serait pas. Tu sais t'y prendre pour faire parler les gens, reprend-il, et je lui lance un regard.

J'essaie de ne pas réagir à ses commentaires. Il y a dans sa voix une chaleur qui, je le sens, me fait monter le rouge aux joues. Mais il a les yeux rivés sur les photographies. Je tourne rapidement la tête.

— Bon, si tu penses que ça peut la faire parler, OK.

— Je vais arranger la chose, dit-il. J'ai aussi parlé à notre psychiatre. Il aura rédigé son rapport initial d'ici demain. Si nous organisons le rendez-vous avec elle dans l'après-midi, tu auras le temps de le lire dans la matinée. Tu es libre, demain, n'est-ce pas ?

— Oui. Et tu as raison, elle sera peut-être moins sur les nerfs s'il n'y a que moi.

— Je vais demander à Chloé de fixer le rendez-vous.

Patrick attrape son téléphone pour taper un message. Je commence à parler mais il m'interrompt.

— Alison, j'aimerais t'inviter à dîner à la maison, dit-il de but en blanc. Est-ce que tu serais d'accord ?

— Je ne pense pas que ce soit une très bonne idée.

Pourtant, ce n'est pas ce que je pense. Le revoir ne fait que me rappeler à quel point j'ai encore envie de l'embrasser. J'essaie de réprimer cette sensation, mais sur le moment j'entends le raclement d'une fourchette sur la porcelaine, aussi net que le tintement d'une cloche : Carl qui jette dans la poubelle ce que j'ai cuisiné hier soir.

— J'aimerais vraiment te voir, insiste Patrick. Je sais que ces deux dernières semaines ont été difficiles. On ne s'est pas parlé du tout, et tu m'as manqué. Je t'en prie, laisse-moi te préparer un bon dîner, tu veux bien ? S'il te plaît ?

J'essaie de me raccrocher à la pensée de Carl et Matilda qui m'attendent à la maison. Je fais même encore plus d'effort pour me raccrocher aux SMS anonymes que j'ai reçus, de celui ou celle qui est au courant pour nous deux et qui déteste ça. Qui *me* déteste. Mais tout cela se dissout, poussière qui retourne en poussière.

— Oui, ça me ferait plaisir.

Patrick quitte le cabinet avant moi, me retrouve sous les arcades en ressortant de la place de Temple Church. De toute manière, personne n'aurait pu nous voir : l'endroit est désert. Nous hélons un taxi dans Fleet Street. Une fois à l'intérieur, il me tient la main, ses doigts entrelacés aux miens. Je me blottis contre lui. Il se tourne vers moi et m'embrasse le sommet du crâne.

— Vous allez dans un endroit sympa ? s'enquiert le chauffeur poliment.

Il nous prend pour un couple.

— On rentre juste dîner, fait Patrick. Une soirée tranquille à la maison.

Je ne fais pas de commentaires. Le taxi contourne St Clement Danes et reprend par le Strand, passe devant les Royal Courts of Justice, et Chancery Lane. Fetter Lane m'offre une dernière chance de descendre pour rentrer chez moi… Je la laisse échapper. Je pourrais lui dire de sortir à Lutgate Circus, demander au chauffeur de prendre à gauche dans Blackfriar Roads en direction d'Islington. Je m'abstiens. Nous tournons à droite et nous dirigeons vers le sud en traversant la Tamise, jusqu'à l'appartement de Patrick situé au dernier étage d'un immeuble près du Tower Bridge. Je n'y suis venue qu'une fois seulement, ce fameux après-midi où nous avions regardé la lumière décliner à travers les stores. Il paie le taxi et m'ouvre la portière. Je le suis en silence jusqu'à l'entrée de l'immeuble, m'engouffre dans l'ascenseur. Mes doigts effleurent ses lèvres et il sourit.

— C'est ici, dit-il lorsque l'ascenseur atteint le dernier étage.

Il ouvre la porte d'entrée et je pose mon manteau et mon sac. Il me sert un verre de vin rouge et je me dirige vers les longues baies vitrées qui donnent sur le fleuve. Les lumières d'un millier de fenêtres brillent dans la semi-obscurité du soir. Il est seulement sept heures et demie, mais il fait déjà presque complètement nuit. J'avale la moitié de mon verre en une seule gorgée.

— Qu'est-ce que tu nous prépares ? je demande, en m'approchant de la cuisine américaine.

Patrick a retiré sa veste et il hache quelque chose sur une planche en bois. J'observe plus attentivement son couteau : il n'est pas de la marque Global. Il a un manche en bois. Probablement japonais. La cuisine est design, élégante, des pots sont alignés par ordre de taille sur l'étagère derrière lui.

— Kebab d'agneau à l'harissa. Et un peu de couscous.

— Pas mal. (Je suis impressionnée.) Je ne savais pas que tu cuisinais.

— Maintenant, tu sais.

Il se remet à émincer, son couteau tranche l'oignon dans un rapide mouvement de va-et-vient.

— On dirait que tu as tout planifié. Ou alors tu t'es fait larguer à la dernière minute ?

À la seconde où je la prononce, je regrette cette pique et me rince la bouche de ces mots-là avec le reste de mon vin.

— Je t'en prie, Alison. Ne commence pas. Au fait, tu as envoyé un message chez toi pour avertir que tu rentrerais tard ?

Il attrape un autre oignon et le coupe en deux, en frappant sèchement de son couteau sur la planche.

Touché.

— J'ai du mal à croire que tu ne sois pas marié, dis-je.

— À mon âge, tu veux dire ? C'est ce que tu penses ? Je n'ai pas encore la cinquantaine, j'ai le temps.

— Je ne voulais pas…

Il rit.

— Ne t'inquiète pas, je sais ce que tu penses. J'ai été marié, à une époque. Mais tu le savais déjà, non ? J'avais vingt ans. On s'est un peu emballés. Ensuite, elle est partie avec un autre. Mais au fond, ce n'était pas plus mal.

Son ton est léger, mais je l'observe attentivement pour déceler si la cicatrice d'une blessure subsiste en filigrane.

— Ah oui ?

— Absolument. Si tu veux mon avis, le mariage n'a rien de merveilleux. Ceci, en revanche…

Il me sourit.

Il y a des cigarettes au bout du plan de travail, et un cendrier. Je les désigne d'un geste pour lui demander si je peux en avoir une.

— Il t'arrive d'en acheter ? ironise-t-il, mais il fait oui de la tête.

— C'est pour éviter de fumer trop, dis-je. Chez moi, je n'ai pas le droit.

— J'imagine.

Il allume la hotte. C'est un moment tellement agréable, d'être assise au chaud dans une cuisine avec un verre de vin et une clope. Je ne me souviens plus à quand remonte la dernière fois que j'ai fumé à l'intérieur.

Quand j'ai fini, je pose mon verre vide sur l'îlot central, près de la cuisinière, et vais m'asseoir sur le canapé en cuir blanc. Je sors mon téléphone de mon sac. Il n'est que huit heures et quart – je ne suis pas encore en retard. Mais je sais que je vais l'être…

Cette réunion va se prolonger, désolée. J'essaierai de ne pas te déranger en rentrant. Bisous.

Ensuite je range mon iPhone. Rien de tout ceci n'est en train d'arriver, rien n'est réel. Et si ce n'est pas réel, je ne suis pas réelle, et rien de ce que je fais n'est réel. Le vin s'empare de mon cerveau, et j'ai l'impression de flotter. J'abandonne mes dernières réticences, je retourne vers Patrick et je me sers un autre verre de vin.

L'agneau est tendre et le vin moelleux, les mains de Patrick sur moi sont douces, si douces que je réagis à ses plus légers attouchements, et nous ne faisons plus qu'un. Il soupire dans mes cheveux et m'attire à lui.

Je soupire à mon tour.

— Pourquoi ça ne peut pas être tout le temps comme ça ?

— Tu sais pourquoi. Tu ne peux pas juste profiter du moment présent ?

— Si, je suppose.

Je ferme les yeux.

Cette fois, il a mis du Schubert, des sonates pour piano, et cette musique me berce peu à peu vers le sommeil. Un bip puissant vient percer cette paix illusoire. Patrick me libère et tend la main vers son téléphone en même temps que je saisis le mien. Il se met à tapoter sur son écran et j'active le mien, où je lis un message de Carl.

Maman a répondu pas de problème pour garder Matilda en novembre. Je vais réserver un hôtel. À plus tard. Bisous.

La réalité verse sur moi son seau d'eau froide. Je m'écarte de Patrick.

— Je vais devoir y aller, dis-je. Il est plus de onze heures.

— Très bien. C'était Chloé, au fait. Le rendez-vous est fixé avec Madeleine, demain après-midi. Ça te va ?

— Oui, c'est parfait.

Je me lève et passe sous la douche en vitesse. Tandis que je m'habille, Patrick m'observe, allongé sur le lit. Avant de partir, je m'assois près de lui et, la main sur sa poitrine, je me penche pour l'embrasser.

— C'était une bonne soirée, fais-je remarquer.

— En effet. Tu vois que ça peut être bien, parfois. Si tu te laisses simplement faire.

Il se redresse et m'attire à lui, m'étreint. Je m'abandonne un moment, et puis je me lève.

— Je t'appellerai après l'entretien.

— Bonne chance pour demain.

Il m'adresse un au revoir de la main et se replonge dans l'écran de son téléphone.

Il s'est mis à pleuvoir dehors. Heureusement, je trouve facilement un taxi devant son immeuble. Tandis que je regarde par la fenêtre, mon esprit s'égare. Patrick, Carl, Patrick, Carl, leurs noms suivent la cadence des balais d'essuie-glaces. Mais je ne peux réprimer le sourire qui gagne mon visage ou la sensation de chaleur qui me traverse et qui, pour une fois, a dissous le nœud sous mes côtes. Je la savoure. Au moins pour ce soir.

Lorsque le taxi roule en direction d'Archway, je consulte mon portable. Patrick m'a envoyé un message.

Bonne nuit ma chérie. Dors bien. C'était une très belle soirée.

Mon doigt caresse l'écran, je souris. Le message le plus gentil qu'il m'ait jamais envoyé. L'écran s'assombrit, puis se rallume. Un autre message. Numéro inconnu.

Ne t'approche plus de lui, sale putain.

Les mains tremblantes, je supprime les deux SMS. Cela ne s'arrête pas – je vais devoir en parler à Patrick. J'éteins mon téléphone, cet œil hostile qui scrute mon monde.

Lorsque je me glisse à l'intérieur de la maison, elle est plongée dans le noir et je monte l'escalier sur la pointe des pieds. Carl est endormi. Je m'installe dans le lit, il se déplace légèrement, son dos est chaud contre moi. Je reste éveillée, me demandant si quelqu'un d'autre est allongé dans le lit de Patrick en ce moment même, ou si ce quelqu'un est dehors, à le surveiller.

Mais qui surveille-t-il ? Lui ou moi ?

10

Je me réveille quand Carl vient m'apporter un café. Deux fois en une semaine… C'est un record, en tout cas pour ces dernières années. Je suis sonnée, arrachée aux profondeurs d'un sommeil lourd qui n'est enfin venu que vers quatre ou cinq heures du matin. Il s'assoit à mon chevet.

— Comment était ta réunion ? veut-il savoir. Le meurtre se présente bien ?

— Tout va bien. Désolée d'être rentrée si tard, je réponds, en tâchant de ne pas montrer ma surprise devant cette manifestation d'intérêt inhabituelle.

— Pas de problème. Matilda était en super forme. J'ai un peu travaillé. Je me suis renseigné au sujet d'un colloque qui aura lieu sur un week-end, à propos des rapports entre l'addiction sexuelle et Internet… Cela pourrait être intéressant.

— Bien sûr, oui. C'est de ça que traitent tes réunions de groupe, non ?

Je bois une autre gorgée de café. À vrai dire, il n'est pas le seul que le sujet de l'addiction sexuelle intéresse…

— Entre autres, oui. Au fait, je t'ai dit que j'ai parlé à ma mère ? À propos de notre week-end en novembre. Elle est d'accord. Ce sera juste pour un soir, mais on peut aller dans un endroit sympa.

— Tu as des idées ?

— Pourquoi pas à Brighton ? Ou ailleurs sur la côte ? Je vais chercher.

— Super.

À cet instant, Matilda déboule et nous sommes de nouveau tous les trois réunis sur le lit, un triptyque familial. Je la serre contre moi, son papa se joint à nous, et, l'espace d'un instant, plus rien d'autre n'existe, jusqu'à ce que je tousse, et que le charme se rompe. Carl descend au rez-de-chaussée. Matilda va dans sa chambre s'habiller, je me douche. Je me shampooine les cheveux et reste un long moment à me rincer sous le jet d'eau chaude jusqu'à ce que Carl frappe à la porte. Je me sèche en vitesse pour lui laisser l'accès à la salle de bains.

Habillée, je descends me préparer un autre café. Matilda est maintenant à la table de la cuisine, elle avale son bol de céréales. Je l'embrasse sur la tête et me dirige sans but précis vers le salon. Il est rangé, les livres sont dans leur ordre habituel sur les rayonnages et les magazines que Carl persiste à conserver sont soigneusement empilés sous la télévision. Pourtant, quelque chose cloche, une note qui sonne légèrement faux. Je reste sur le seuil, je balaye la pièce du regard. Et puis je m'exclame :

— Quelqu'un a fumé ici ?

— Quoi ? demande Carl, encore en haut.

Je ressors, au pied de l'escalier.

— Est-ce que quelqu'un a fumé dans la maison hier soir ? Ça sent la cigarette.

— Non, pas du tout.

Il descend, la taille enveloppée d'une serviette.

— Si, viens voir. Dans le salon.

Ça sent vraiment, j'en suis sûre. Une odeur froide et rance qui me rappelle mon studio d'étudiant, quand tout le monde fumait sans retenue. Une odeur que j'ai aussi sentie dans l'appartement de Patrick, à dire vrai. Je songe un moment au luxe de pouvoir en griller une dans son appartement – je n'ai plus fumé de cigarette chez moi depuis presque dix ans. Enfin, l'odeur, elle, ne me manque pas. Carl entre dans la pièce, prend une inspiration lui aussi.

— Je ne sens rien. Tu t'imagines des choses.

— J'en suis sûre, pourtant.

Mais maintenant, je commence à m'interroger. Il s'approche de moi et renifle ma veste.

— C'est toi qui sens la clope. Ton tailleur empeste. C'est à cause de tout ce temps que tu passes dans des cellules de garde à vue. Et au pub.

Je relève mon col et hume le tissu. Tout ce que je sens, c'est mon parfum et un soupçon de graillon. Mais s'il dit que ça sent… Après tout, je le portais hier soir quand j'ai fumé. Je quitte la pièce et retourne vers la cuisine, je m'arrête sur le seuil et respire.

— Ça sent un peu ici aussi, j'insiste.

— Je te l'ai dit, c'est ton tailleur. Tu sens tout le temps la fumée.

Il se tient juste derrière moi.

— Maman, s'il te plaît, ne fume pas, intervient Matilda. C'est beurk et en plus tu vas mourir, ils nous ont tout expliqué, à l'école. (Le visage de ma fille se chiffonne et elle semble sur le point de fondre en larmes. Je vais vers elle et veux l'étreindre mais elle me repousse.) Tu sens la fumée, maman, je veux pas sentir.

— Alison, laisse-la. (Carl m'écarte et serre Matilda contre lui. Il me regarde par-dessus l'épaule de la petite, l'air déçu.) J'aimerais que tu réfléchisses un peu plus aux conséquences de tes actes.

— Je pense que…

Il m'interrompt.

— Je m'inquiète juste pour Matilda, je ne veux pas qu'elle soit exposée au tabagisme passif.

— Ce ne sont pas mes vêtements qui sentent, c'est la maison…

Je ne finis pas ma phrase.

— Ça ne peut pas être la maison. Personne n'est autorisé à fumer ici. Va mettre ton tailleur au pressing et dis à tes clients qu'ils n'ont pas le droit de fumer en ta présence. Pense un peu à Matilda.

Je hausse les épaules. C'est peut-être moi après tout. Je pourrais jurer que c'est la maison, mais je ne peux pas jurer que ce n'est pas moi non plus. La fumée de toutes les cigarettes que j'ai pu fumer et que mes clients ont pu fumer devant moi doit me suivre, et j'ai fini par tellement m'habituer à l'odeur que je ne la remarque plus.

Je pars en vitesse de la maison, en regardant autour de moi pour vérifier si quelqu'un m'observe. Mais il fait grand soleil et l'impression de menace que je ressentais hier soir s'est estompée. Je vérifie à une ou deux reprises par-dessus mon épaule, mais tout semble si normal que mes craintes finissent par disparaître.

Une fois dans le bus, je rallume mon portable. Il bipe, et les messages se mettent à pleuvoir. Le premier vient de Chloé :

Madeleine est à Londres aujourd'hui. Réunion au bureau à midi. OK ? C

Je suis sur le point de répondre quand j'aperçois les deux autres messages qui m'attendent. Toujours numéro inconnu.

Je sais ke tu le baises, salope.

Le second est une liste d'emojis. Un homme et une femme debout se tiennent par la main, un visage furieux, une femme jaune aux bras croisés devant elle et un crâne.

Malgré la menace explicite du premier message, je ne peux d'empêcher de rire en voyant ces emojis. On dirait la fin d'un épisode de la série Scooby Doo, quand les héros arrachent son masque à un monstre effrayant. J'ai affaire à un ou une ado, c'est sûr. Aucun harceleur qui se respecte n'utilise d'emojis. Je me sens soulagée et j'ouvre mes mails. Rien de fâcheux, l'un des assistants juridiques me confirme la réception du rapport psychiatrique sur Madeleine au cabinet.

Mais le message ne cesse pourtant de me tenailler. Un crâne. Ce n'est pas parce que c'est risible que c'est une blague pour autant. J'envoie un message à Patrick.

J'ai reçu plusieurs messages anonymes. Je pense que quelqu'un est au courant de notre liaison.

Téléphone en main, j'attends sa réponse, jusqu'à ce que le bus arrive à Fleet Street.

À mon entrée au cabinet, il ne m'a toujours pas répondu. Je salue les clercs et j'emporte les nouveaux documents relatifs au dossier de Madeleine dans mon bureau. Je m'assois et commence la lecture. Je suis au milieu du rapport psychiatrique quand j'entends un bip, et je vois un SMS de Patrick.

Quel genre de messages anonymes ?

Je les lui fais suivre, et j'ajoute :

Qu'est-ce que tu en penses ?

Il me répond immédiatement.

OK c'est un peu bizarre mais essaie de ne pas céder à la paranoïa.

Je réponds.

On dirait que l'expéditeur sait ce qui se passe entre nous. Et je pense que c'est une femme. Elle a utilisé un emoji de femme.

Il répond.

Ne t'en fais pas pour ça. On en parle plus tard. Je dois aller au tribunal.

Je surréagis peut-être. Quelqu'un essaie de m'embrouiller, mais ce pourrait être n'importe qui, pas forcément une personne liée à Patrick. Il a raison, je deviens parano. J'ai accumulé un certain nombre de clients au fil des années, qui pourraient chercher à m'atteindre. Je pose mon téléphone et j'essaie de me concentrer un peu sur mon travail.

Mais je n'arrive pas à lire les documents sous mes yeux, incapable de me concentrer. Mon esprit saute d'une explication à la suivante. C'est forcément lié à Patrick, non ? Il couche peut-être avec quelqu'un d'autre, et il se peut que ces deux-là prennent leur pied à se moquer de moi, il lui raconte pour nous et ensuite elle lui dit : *oh je sais ce qui serait marrant de faire à cette grosse conne*, et ensuite elle m'envoie ces messages, et lui, il est au courant de tout... Non, ce n'est pas possible. Il ne me ferait pas ça, me donner l'impression de m'aimer, se montrer si gentil avec moi et pendant tout ce temps se foutre de ma gueule. J'arpente la pièce, je tente de me calmer, mais maintenant cette pensée refuse de quitter mon esprit. Je sais qu'il est au tribunal, mais j'ai besoin de lui parler.

J'essaie de l'appeler, mais je tombe directement sur sa messagerie. « Il faut que je te pose la question. Tu couches avec quelqu'un d'autre ? J'ai besoin de savoir. » Je raccroche. L'instant d'après, je regrette mon message, mais il est trop tard, c'est fait. Je ne peux pas le modifier ou même le supprimer. Mon agitation grandit.

Je suis sur le point de rappeler quand je suis interrompue par Mark, qui frappe à la porte et pointe la tête dans l'encadrement. Je me ressaisis, me recompose un visage normal.

— Oui ?

— Message de Chloé de chez Saunders & Co., miss. Elle veut vérifier que tu n'as pas oublié : vous n'allez pas à Beaconsfield cet après-midi. La cliente sera dans leurs locaux.

— Elle m'a envoyé un message, oui. J'ai dû oublier de répondre, dis-je, en affectant le calme. À midi, c'est bien ça ?

— C'est ce qu'elle a proposé.

Il ressort, referme la porte derrière lui. Je force mon esprit à se replonger dans le dossier de Madeleine.

Toute ligne de défense reposant sur une responsabilité diminuée est exclue, c'est au moins ce qui ressort de la lecture du rapport psychologique, bien qu'il décrive Madeleine comme extrêmement réticente et peu coopérative, sur ses gardes. Son enfance est qualifiée de normale, sans événement traumatisant majeur, et son adolescence et le début de sa maternité se sont apparemment bien déroulés. Une brève crise de dépression et d'angoisse immédiatement après la naissance de son fils, mais un court traitement sous anxiolytique y avait remédié. Je regarde le médicament qu'elle a pris : il s'avère que c'est le même avec lequel j'ai moi-même été traitée quand j'avais la vingtaine. Je me souviens de m'être sevrée rapidement, car je ne faisais plus confiance au médecin qui me le prescrivait. L'effet de la molécule s'effaçant de mon organisme, j'avais parfois une impression de friture dans le cerveau, d'avoir les nerfs brutalement mis à nu. Mais je me souviens aussi du poids dont j'avais été libérée au début, quand les comprimés avaient commencé à faire effet. Le psychiatre a évoqué avec Madeleine la question de savoir si à son avis des cachets l'aideraient aujourd'hui, mais elle a répondu par la négative.

Malgré ce qu'elle nous avait expliqué lors de notre deuxième entrevue, elle ne fait pas mention du moindre problème d'alcool, bien que le psychiatre ait relevé un élément intéressant : elle admet avoir été si saoule qu'elle ne garde aucun souvenir des événements de cette nuit-là, ni même d'avoir poignardé Edwin… Je me demande si elle s'en tiendra toujours à cette version, quand je la questionnerai de nouveau à ce sujet.

La femme de ménage, une certaine Ilma Cooper, premier témoin arrivé sur les lieux, a aussi apporté sa déposition. Elle étoffe un peu la trame des événements telle que déjà établie par la synthèse de l'accusation. À son arrivée, elle avait été surprise par le comportement de la chienne de la famille, un labradoodle au poil crème. En temps normal, l'animal était placide, indique-t-elle, mais ce matin-là, en ouvrant la porte, elle l'avait entendue aboyer. À son entrée, il y avait une odeur, et elle s'était aperçue que la chienne avait déféqué sur le sol du hall, ce qui était inhabituel. La bête était prise de panique, refusait de rester en place et de se laisser caresser, montant et descendant les marches de l'escalier dans des allers-retours craintifs. Ilma Cooper avait retiré son manteau, puis, troublée par le comportement de l'animal, était montée directement jusqu'au palier du premier étage. La porte de la suite parentale était ouverte, et elle l'avait passée, découvrant ainsi la scène de crime, le corps d'Edwin sur le lit et Madeleine assise par terre, près du lit. Elle parle de la forte odeur d'alcool qui flottait autour de Madeleine et d'une bouteille de gin Hendrick's à moitié vide, par terre à côté d'elle. Décidément, chez ma cliente, jamais rien de bas de gamme. Chez nous, nous buvons du Gordon's.

Mme Cooper ajoute que, de prime abord, Madeleine était restée sans réaction, les genoux repliés contre la poitrine. Après quelques tentatives pour l'amener à lui parler, Ilma Cooper lui avait doucement secoué l'épaule et, à ce moment-là, son employeuse avait repris conscience et avait réussi à concentrer son attention sur elle. Mme Cooper lui avait suggéré d'appeler une ambulance et la police, et Madeleine avait acquiescé, sans rien lui expliquer. L'employée avait joint les secours avec son portable et, à l'arrivée des policiers, c'était elle qui les avait fait entrer, en laissant sa patronne à l'étage, toujours assise dans la même position. Elle les avait vus emmener Mme Smith et précisait qu'elle était toujours aussi calme, d'un calme glaçant.

Je pense à la manière dont je réagirais si je venais de tuer Carl – serais-je sous le choc ? Dans le déni ? Était-elle réellement saoule quand elle avait commis cet acte, ou s'était-elle alcoolisée après coup ? Je sais qu'elle n'a jamais invoqué son état d'ébriété pour se défendre, mais c'est malgré tout intéressant de se poser la question. Ils ont eu une dispute, il perd conscience, elle le poignarde dans son sommeil… Il est difficile d'établir un lien entre cette Madeleine et celle de Beaconsfield. Nerveuse, oui, émotive, indéniablement, mais l'exemple même d'une personne posée, soignée, chic. Pas le genre de femme à perdre le contrôle.

Je relis la déposition, le dernier paragraphe, où Ilma Cooper décrit l'allure de Madeleine une fois descendue au rez-de-chaussée avec les officiers de police.

Elle porte toujours du beige, du crème, ce genre de couleurs claires. Alors quand elle s'est levée et qu'elle est descendue, ça se voyait vraiment. Tout ce sang. Jusqu'à ses manches, comme lorsque vous vous les mouillez en faisant la vaisselle, et sur le devant de sa robe chasuble. Il y avait vraiment beaucoup de sang. C'était pareil avec la chienne. Quand elle a des restes de crotte collés au derrière, ça se voit, c'est pas une couleur de pelage très pratique. Je dois la laver toutes les semaines. Quand je suis arrivée, je n'ai pas remarqué, parce qu'elle aboyait et elle cavalait partout, mais après je l'ai vu. Elle avait le museau couvert de taches rouge brunâtre, partout autour de la gueule. Je l'ai tout de suite nettoyée, cela me faisait tellement bizarre. J'ai cru que j'allais vomir. Il m'a fallu trois shampooings pour tout faire partir.

La chienne, le sang, l'odeur de merde dans le hall d'entrée. Je me représente le labradoodle dans la baignoire, et Ilma Cooper frottant, récurant la fourrure toute dégoulinante, plaquée contre la peau de l'animal, l'eau couleur de rouille qui s'écoule jusqu'à redevenir claire et limpide. Je croise les mains. J'arrive à supporter cette réalité, mais seulement jusqu'à un certain point, jusqu'à ce que j'éprouve le besoin de refouler l'horreur, de revenir à une analyse froide et déshumanisée de l'affaire. Je ne suis pas là pour sentir l'odeur de la mort, je suis là pour réduire ce désordre à ses composantes, le classer dans un alinéa d'article de loi ou le ranger dans une jurisprudence.

Le téléphone sonne. C'est le secrétariat qui me rappelle que je suis attendue. Je rassemble tous les documents et les place sur l'étagère à côté de mon bureau, priant pour que l'image de la chienne maculée de sang disparaisse de mon esprit en même temps que je la range soigneusement.

11

En me rendant au cabinet, j'essaie d'appeler Patrick, mais encore une fois je tombe sur sa boîte vocale. Je laisse un autre message. « Désolée, je sais que ce n'était pas très productif de te laisser un message de ce genre. N'empêche, ces SMS anonymes me fichent vraiment la trouille et j'ai besoin de te parler. » Au moins, je n'ai reçu aucun autre SMS. Le quartier de Chancery Lane grouille de gens sortis déjeuner, avec des sacs de plats à emporter de chez Pret and Eat et qui marchent le nez sur leur écran de téléphone. Je me fonds dans la masse, tailleur sombre, escarpins noirs.

Quand j'arrive sur place, Chloé est à l'accueil. Elle me reçoit avec un petit signe de la main et me désigne le bureau de Patrick.

— Je l'ai installée là, me précise-t-elle. (Elle s'adresse à moi à voix basse et je dois m'approcher d'elle pour l'entendre.) Je crois qu'elle est très tendue. (Elle marque un temps de silence.) N'importe qui le serait, je suppose.

— Merci, dis-je. Je vais la rejoindre.

Madeleine porte une tenue impeccable, comme à son habitude, ses cheveux aux ondulations parfaites cascadant sur ses épaules. Pour l'occasion, elle a échangé son tricot contre une veste, toujours dans les tons crème. Une sorte de tissé beige dans la trame, du tweed, ou quelque chose dans le genre. Les manches sont longues, et je m'efforce de ne pas rester fixée dessus, de ne pas les imaginer trempées de sang.

Elle est assise devant le bureau. Je le contourne et vais m'installer dans le fauteuil, en face d'elle. La pièce est sombre, les stores sont à moitié baissés. Quelle que soit l'heure de la journée, je n'ai jamais vu cette pièce pleinement éclairée. Je sors les documents, j'allume la lampe qui trône sur le bureau. Sa lumière est jaune et inefficace.

— Pensez-vous que nous pourrions manger quelque chose ? me demande-t-elle. J'ai vraiment faim, tout à coup. Je ne veux pas vous retarder, mais nous pourrions peut-être parler de tout cela en déjeunant ?

Je n'avais pas du tout prévu ça. De prime abord, j'ai envie de refuser, mais je l'observe plus attentivement et je m'aperçois à quel point elle semble mal à l'aise. Elle est assise au bord de sa chaise, les jambes fermement croisées, et elle se gratte les mains. Après tout, le but de l'exercice est bien de gagner sa confiance, non ?

— Pourquoi pas, je réponds finalement, il faut juste trouver un endroit tranquille. Il y a un bar à vin sur le chemin. À cette heure-ci, il ne devrait pas y avoir foule.

Nous quittons le bureau. Je passe la tête dans celui de Chloé.

— Nous sortons déjeuner, je l'informe.

Elle hausse un sourcil, alors je me rapproche d'elle.

— Tu avais raison, dis-je en baissant la voix, elle est très tendue. Un cadre moins formel pourrait la calmer.

— Tu n'as pas tort, approuve-t-elle, avant de se replonger dans les documents qu'elle lisait. En tout cas, j'ai été ravie de te voir.

Nous nous dirigeons vers Jasper's, un bar à vin en entresol situé non loin de là, au bout de High Holborn. Comme je l'espérais, l'endroit n'est pas trop bondé. Je demande une table dans l'angle et c'est là qu'on nous installe, Madeleine sur la banquette, moi dos à la salle.

— Voulez-vous un peu d'eau ? s'enquiert le serveur. Plate ou gazeuse ?

— Gazeuse ? suggère-t-elle, en me consultant du regard.

Je hoche la tête.

— Et prendrez-vous du vin ?

J'ouvre la bouche pour refuser, mais Madeleine enchaîne aussitôt.

— J'aimerais vraiment un verre. Qu'en pensez-vous ?

Elle me regarde. Je ne devrais pas, je suis en plein travail, mais d'un autre côté, ça pourrait lui permettre de se détendre.

— Un petit, alors, dis-je.

Elle se tourne vers le serveur.

— Deux petits verres de sauvignon, je vous prie.

Je dégage l'espace situé devant moi, et remplace les couverts par l'un de mes cahiers bleus. Je dévisse le capuchon de mon stylo et j'écris : « *Réunion Madeleine Smith Mercredi 11 octobre* », en soulignant ces mots. Je m'apprête à formuler ma première question quand le serveur revient avec le vin. Il pose maladroitement les verres, de sorte qu'un peu de vin gicle sur le papier de mon cahier, et l'encre bave. Je tamponne la tache avec ma serviette, contrariée.

— À vous.

Madeleine lève son verre. Je grimace, et, après un temps d'arrêt, je lève le mien et trinque avec elle. Cela me semble excessivement déplacé.

— À vous, je réponds malgré tout.

Elle boit une longue gorgée, puis soupire et sourit. Elle regarde la salle autour d'elle.

— Je vous remercie d'avoir accepté de sortir. C'est beaucoup plus plaisant que le cabinet. J'ai presque l'impression d'être à nouveau normale. Je n'étais plus sortie, depuis tout ça…

Je suis frappée de cette formulation, « tout ça », pour désigner la scène sanglante dont j'ai lu la description détaillée. Je guette une trace d'émotion chez elle, mais elle lit le menu, l'air absorbée. Quiconque nous verrait à cet instant songerait à deux amies se retrouvant à déjeuner, pas à une meurtrière présumée et à son avocate.

— Tout cela doit être très difficile, dis-je du ton le plus neutre possible, en m'efforçant de ne pas penser à la bizarrerie de cette situation.

— Oui, vraiment. (Elle prend une gorgée de vin.) Alors, qu'allons-nous commander ?

Je parcours le menu. Ce que je vais manger m'importe peu en réalité, je suis impatiente d'entamer la réunion.

— Nous avons vraiment beaucoup de points à aborder, je lance, pour l'inciter à commencer.

Elle ne lève même pas les yeux de la carte. Bon. Je parcours le mien. Steak. Je vais prendre un steak. Je bute mentalement sur la question de qui va payer, mais ensuite je bois une autre gorgée de vin et je me rends compte que cela m'est égal.

— Que prendrez-vous ? s'enquiert-elle.

— Un steak, je pense.

— Bonne idée. Même chose pour moi. Nous devrions commander du rouge.

Elle se replonge dans la carte des vins.

J'entame une nouvelle page de mon cahier, qui n'est pas tachée de vin, et j'inscris de nouveau le titre en haut.

— Madeleine, vous savez que nous sommes ici pour parler de l'évolution de votre affaire et de ce que vous allez plaider la semaine prochaine.

Elle hoche la tête sans quitter la carte des yeux, avant d'adresser un geste au serveur.

— Une bouteille de châteauneuf-du-pape, lui commande-t-elle, en désignant la liste des rouges sur la carte des vins devant elle.

Il note, l'air impressionné par ce choix. Une fois encore, je me demande qui va payer ce repas, et je refoule cette question avec une rasade de sauvignon. Cela me donne un sursaut de courage – c'est ma réunion, et je ne dois pas laisser Madeleine mener la danse.

— Madeleine, je dois vous poser quelques questions. À propos de votre mari.

Son visage perd son expression enjouée, elle plaque les deux mains contre sa bouche, et ses joues virent à l'écarlate.

— Je suis désolée, mais nous n'avons vraiment pas le choix. La dernière chose dont vous vous souvenez de cette soirée, m'avez-vous dit, c'était qu'il vous avait annoncé son intention de vous quitter. Est-ce exact ?

Elle est sur le point de répondre quand le serveur réapparaît avec le vin rouge. Il procède à tout son rituel : nous présente la bouteille, nous annonce l'appellation, le cépage, sert Madeleine qui a repris une contenance, elle prend le verre, le fait légèrement tournoyer, le hume avant d'approuver d'un signe de tête. Il me sert, puis remplit le sien. Je suis sur le point de préciser que je ne boirai pas davantage, mais un autre serveur fait son apparition avec son carnet de commande.

— Nous prendrons toutes les deux le steak, s'il vous plaît, répond-elle. Saignant. Et une salade verte. Cela vous convient, Alison ?

Je souris et confirme. Cette réunion prend une drôle de tournure : malgré tous mes efforts, Madeleine a fermement repris le manche. Elle désigne le verre de vin, comme pour savoir ce que j'en pense et, vaincue, je le goûte. Il est délicieux, bien meilleur que le sauvignon. Plus doux, moins acide au palais. Ces arômes tanniques sont réconfortants et même si je m'irrite intérieurement de ne pas progresser d'un iota dans mon dossier, elle est si nerveuse et paraît si fragile qu'il est difficile de ne pas compatir. Sa veste vient manifestement de chez un créateur, mais le modèle est trop large aux épaules, elle flotte dedans. À mon arrivée, elle portait un foulard, mais il a glissé et je vois à quel point les tendons de son cou sont apparents.

Mon visage, qui se dessine comme une lune dans le miroir derrière elle, mesure le double du sien. Je bois un troisième verre.

— Je préférerais ne pas en parler, Alison, me répond-elle. J'aimerais juste profiter de ce déjeuner.

— Je sais, mais si je dois vous conseiller convenablement, j'ai besoin d'instructions de votre part. Vous vous exposez à une condamnation à perpétuité pour meurtre, Madeleine, je souligne, en me penchant vers elle. Il se pourrait que quelque chose que vous nous direz nous permette d'obtenir une réduction de cette sentence. Mais pour cela, il faut m'expliquer ce qui s'est passé.

Elle se couvre un moment le visage de ses mains, puis les abaisse, relève le menton. Elle est sur le point de parler, mais le serveur nous apporte nos steaks. Il dépose les deux assiettes, revient ensuite avec la salade et deux couteaux aiguisés. Je découpe le mien et regarde le sang couler dans l'assiette. Le steak n'est pas saignant, il est quasiment bleu. La chair est d'un rouge sombre et luit sous les éclairages. J'en coupe une bouchée, je la mâche, l'avale. Madeleine n'a même pas jeté un œil à son plat. Elle a fini son verre de rouge et se ressert. Je suis sur le point d'ajouter quelque chose, n'importe quoi, pour qu'elle se remette à parler, mais alors elle se lance.

— Je ne sais pas quand tout a commencé à se dégrader. Je veux dire, je sais ce que vous en pensez, l'histoire de la pilule. J'ai bien vu votre air quand je vous en ai parlé.

— Je suis désolée, je n'avais pas l'intention de…

— Bien sûr que non. Mais comme je vous l'ai précisé l'autre jour, il fallait être là pour comprendre.

Edwin a toujours parfaitement su quelle était la meilleure chose à faire. Du moins, au début…

Elle détourne les yeux, regarde par-dessus mon épaule. Je continue de couper, de mâcher, d'avaler. En évitant de troubler son calme apparent.

— C'est vrai qu'il est allé trop loin. Il prenait toutes les décisions nous concernant. Me concernant. Mais cela ne m'ennuyait pas. En réalité, c'était un soulagement d'avoir quelqu'un qui me prenne en charge. Je l'aimais tellement, je voulais juste qu'il soit heureux. Et je ne savais pas toujours le rendre heureux. J'ai fait beaucoup de conneries.

Elle se tait, boit encore. Comme elle ne poursuit pas, je la questionne.

— Quel genre de conneries ?

— Je ne savais pas bien cuisiner, je n'étais pas assez aux petits soins avec ses clients. Je n'étais pas assez enjouée. Je ne mesurais pas encore l'ampleur de mes obligations, en quoi c'était un métier, autant pour moi que pour lui. J'étais le prolongement d'Edwin et il fallait que je m'améliore, sans quoi c'était comme si je le desservais.

— Et quand vous le desserviez, il se passait quoi ?

— Il se mettait dans une telle colère… Encore une fois, c'était ma faute. Je le poussais trop loin, je ne savais pas lui préparer un bon repas, je portais les mauvais vêtements. Je ne suis pas surprise qu'il ait été à ce point en colère. À sa place, je l'aurais été moi aussi.

— Madeleine, quand il se mettait en colère… Que faisait-il exactement ?

Je conserve un ton de voix égal.

Elle lève la main gauche, la paume tournée vers moi. Je la regarde quelques instants avant de me rendre compte de ce qu'elle me montre. Son petit doigt est recourbé, comme une griffe.

— Je ne peux plus le déplier complètement… Plus depuis…

Sa voix s'estompe.

— Plus depuis ? je répète.

— Que j'ai fait brûler de la viande. C'était un dîner pour l'un de ses principaux clients, et son épouse. Il m'avait prévenue, ils étaient très exigeants, habitués à sortir dîner aux meilleures tables… J'ai suggéré de faire appel à un traiteur, mais il voulait leur proposer de la vraie cuisine anglaise maison…

— Et ?

— J'ai merdé. J'avais trop bu. (Elle pose les yeux sur son verre et elle rit. Elle boit une longue gorgée.) La viande a brûlé. Nous nous sommes finalement fait livrer… Je pensais que tout se terminait bien. Je me suis dit qu'on pourrait rire de la situation. Mais après leur départ… J'avais tellement bu que le soir même, je n'ai pas eu trop mal. Mais le lendemain…

— Que vous a-t-il fait, Madeleine ?

Elle observe un silence, soupire profondément.

— Il m'a pris la main et m'a tordu le doigt en arrière, jusqu'à ce qu'il se casse.

Je joins les mains sur la table, j'en oublie mon steak.

— Êtes-vous allée à l'hôpital ?

Maintenir ce ton neutre me réclame un effort surhumain.

— Non, il n'a pas voulu. Je pense que mon doigt devait être fracturé en plusieurs endroits, c'est pour ça qu'il est tout crochu, maintenant. J'ai essayé de le bander, mais impossible de le redresser. Vous voyez pourquoi je n'ai pas envie d'en parler ?

— Oui, je comprends. Écoutez, j'ai lu le rapport psychiatrique, mais il ne contient aucune mention de cet épisode. Il est question d'une relation de couple ordinaire.

— Le psychiatre ne m'a posé aucune question sur des sujets pareils. Et je n'avais pas envie de les aborder de ma propre initiative.

— Je comprends combien tout cela est dur pour vous, mais nous aurons besoin de tout savoir, Madeleine. Tout… Vous allez de nouveau devoir parler avec ce psychiatre, lui fournir tous ces détails.

— Pas à lui. Je ne l'aime pas, proteste-t-elle.

— OK. Nous en trouverons un autre. De toute manière, il faudra que vous parliez à un expert, que cela vous plaise ou non. C'est trop important. Avec ce genre d'informations, l'affaire pourrait être requalifiée en homicide. Et l'issue serait extrêmement différente.

Je perçois un changement d'atmosphère, la résistance que je ressentais chez elle se mue en une simple fluctuation, puis se dissout. Madeleine lâche un soupir, comme si je venais de la soulager d'un poids. Je me sens soulagée, moi aussi. J'ai l'impression que les événements me donnent raison, que le fait de venir dans ce restaurant, de boire un verre avec elle, si peu orthodoxe que ce soit, a marché. J'ai trouvé la clé qui va déverrouiller ce dossier.

— On a encore du temps ? s'inquiète-t-elle.

— Nous avons tout le temps. Ne vous souciez pas de ça. Finissons tranquillement de déjeuner et ensuite vous allez tout me raconter. Nous verrons où cela nous mène.

— Très bien. Je vais cesser de vous créer des difficultés.

Elle rit, à nouveau de ce rire sombre, et entame son plat, en découpant la viande avec des gestes précis.

Nous terminons la bouteille de vin, mais n'en commandons pas d'autre. On passe au café pour le reste de l'après-midi. À la fin de la séance, j'ai rempli des pages et des pages dans mon cahier, et je sais exactement ce que nous devons décider pour la suite. Quand l'addition arrive, je la paie sans hésiter. Je raccompagne Madeleine jusqu'à la station de métro Holborn et continue à pied dans Kingsway. Ce que je viens d'entendre se bouscule dans ma tête.

Patrick me rappelle vers dix-sept heures.

— C'était quoi, ce message ?

— Je t'en ai laissé un autre en te disant que je regrettais.

— Je sais, mais je ne vois pas pourquoi tu te prends la tête comme ça.

— J'essaie juste de comprendre qui se cache derrière ces SMS que je reçois. Je pense que ça a un rapport avec notre relation.

— Cela pourrait venir de n'importe qui, d'un de tes anciens clients ou de quelqu'un qui connaît ton mari. Tu ne peux pas être sûre que ça me concerne.

— Ils arrivent toujours après que je t'ai vu.

— C'est peut-être juste une coïncidence. Essaie de relativiser.

— Et qu'est-ce que je devrais faire, selon toi ?

— Il n'y a pas grand-chose à faire. Attends de voir si ça va plus loin. Tu n'as pas été directement menacée. Si c'est le cas, tu n'auras qu'à aller voir la police. Et sincèrement, ajoute-t-il, que je baise ou non quelqu'un d'autre, ça ne te regarde pas… C'est toi qui es mariée, je te le rappelle, pas moi.

— Oui. Oui, tu as raison. (Je ne peux pas le contester.) Je suis désolée, c'était stupide de te poser cette question. C'est juste que tout ça me fait un peu flipper.

— OK. L'entretien avec Madeleine a porté ses fruits ? Chloé m'a dit que vous étiez allées chez Jasper's… J'espère que vous êtes restées à jeun.

Il plaisante. Enfin, j'espère. Je sens une palpitation sourde derrière mon œil droit, comme un rappel.

— J'étais parfaitement sobre, merci beaucoup, lui dis-je, en m'efforçant de garder un ton digne. C'était un rendez-vous professionnel, même si nous étions dans un bar à vin. Elle m'a fourni beaucoup d'explications.

— Espérons que tu n'étais pas bourrée au point d'en avoir oublié la moitié, lâche-t-il.

C'est comme discuter avec Carl. Je respire à fond. Une fois. Deux fois.

— Je vais te taper mes notes. Tu jugeras par toi-même.

Et je raccroche.

Dès que j'ai fini de saisir ces notes et ma conclusion, je lui envoie le tout par e-mail. C'est un document qui synthétise les déclarations de notre cliente, complétées par l'analyse juridique requise pour étayer mon argumentation. Je lui ai proposé un plan d'action, une liste des témoins dont il doit remonter la trace et des pièces à conviction dont nous aurons besoin. Je conserve un ton professionnel, pragmatique, en le traitant comme n'importe quel autre avocat. Dès que le mail est parti, je ferme la session et j'éteins mon ordinateur. Il est temps de rentrer chez moi.

Quand je traverse Fountain Court en tirant mon sac à roulettes, il fait noir. Les réverbères sont allumés et un soupçon de brouillard flotte dans l'air. L'endroit possède cette atmosphère à la Dickens qui attire tant les touristes dans ce quartier de Temple. Je dépasse un groupe conduit par une guide. Elle leur raconte l'histoire des bâtiments et j'ai envie de m'arrêter, de me joindre à eux, de prétendre ne rien savoir de la réalité de ce qui se déroule derrière ces murs, qui abritent les Inns of Court, où les futurs juristes préparent leur accession au barreau. Et j'ai envie d'être aussi romantique qu'ils ont l'air de l'être, d'imaginer que l'intérieur des lieux est à l'aune de l'extérieur, avec ses cheminées et la lumière tamisée des candélabres, sans les armoires de dossiers et les panneaux de placoplâtre mal ajustés. Ils s'imaginent aussi sans doute les juristes en figures idéalisées, avec leurs longues robes amples et leurs perruques de crin, luttant pour la cause de la justice et de la droiture. J'y songe moi aussi en ces termes quelquefois, malgré la réalité, la banalité des trajets qui me conduisent à sillonner tout le sud-est de la capitale de tribunal en tribunal, la gloire éphémère d'une victoire devant l'Appeal Court vite évanouie face à la frustration de se retrouver dernière de la liste des comparutions à l'audience, un vendredi à Wood Green. Mais enfin, il n'y a rien de tel que le frisson de savoir qu'un jury est dans votre camp, convaincu par les arguments que vous venez de lui exposer.

Je traverse Devereux Court après Freemans Arms, je passe sous les fenêtres de toutes ces brêles au pif écarlate qui débitent leurs souvenirs de guerre, du temps où ils ont réussi à faire acquitter un client grâce à leur brillante plaidoirie. Je peux les apercevoir à travers les vitres, entourés d'étudiants qui opinent en silence. J'étais comme eux, prête à gober n'importe quelle absurdité rien que pour me distinguer, pour qu'ils me remarquent et me confient, pourquoi pas, des travaux de recherche qui inspireraient à des avocats (comme celle que je suis devenue) ou à des assistants juridiques l'envie de me confier des dossiers. Je passais ma semaine, du lundi au vendredi, à mettre un point d'honneur à acquiescer, à sourire, à rire à tous les moments appropriés, et à picoler entre les cours.

J'entrevois Robert devant chez Cairn's, qui fume une clope. Je m'arrête à sa hauteur et lui vole une taffe avant de me remémorer la dispute de ce matin, Matilda me suppliant de ne pas fumer. Merde. D'un signe de la main, je lui fais au revoir et continue mon chemin vers la boutique à l'angle de la rue faisant face aux Royal Courts of Justice. Elle est encore ouverte, et je m'achète des bonbons à la menthe et une bouteille d'eau, je me rince la bouche et j'en suce par poignées. Je suis incapable de supporter une autre dispute, pas ce soir.

— Alison. Alison ! (Quelqu'un m'appelle par mon prénom. Je continue de marcher. La voix m'appelle encore, plus fort, et il arrive à ma hauteur.) Je t'ai vue passer… J'étais chez Cairn's, à l'intérieur. Je dois te parler.

— Je rentre chez moi, Patrick.

— Est-ce que ça va ?

— Oui.

— Désolé, je ne voulais pas laisser entendre que tu étais incapable de faire ton travail correctement.

— Nous avons bu un verre. Mais nous ne nous sommes pas saoulées.

— Bien sûr que non. Après tout, c'est moi qui ai suggéré de faire en sorte que Madeleine s'ouvre un peu plus. Écoute, pour cette histoire de SMS, tu veux que je t'accompagne voir la police ? Je vois bien qu'ils t'effraient.

J'imagine déjà la réaction des policiers. Ils n'enquêtent même plus sur les cambriolages. Qu'est-ce qu'ils pourraient bien avoir à faire de cinq emojis envoyés par un numéro anonyme ?

— Ça n'en vaut pas la peine. Il n'y a rien de concret pour le moment. Mais c'est vrai que je n'aime pas ça.

— C'est normal. Mais plus sérieusement, tu n'as pas le droit d'être énervée à l'idée que je fréquente d'autres femmes. Ce n'est pas juste. Et on ne peut pas travailler correctement dans ce contexte, raisonne-t-il avec une expression sincère.

— Ce n'est pas mon intention. N'empêche, c'est dur.

— Je sais. Mais quand tu es avec ta famille, c'est dur pour moi aussi, tu sais. Tu ne peux pas m'imposer de ne fréquenter personne d'autre.

Je soupire, incapable d'argumenter.

— Oui, tu as raison. Mais pas sous mon nez, je t'en prie. Pas comme l'autre soir chez Cairn's.

— OK. Pas sous ton nez, affirme-t-il. J'y veillerai.

— Et si je reçois un autre SMS ?

— Supprime-le et efface-le de ta mémoire. Tant que ça reste des menaces en l'air, il n'y a aucune raison de s'inquiéter.

Sa voix se veut rassurante et j'ai envie de m'y laisser prendre. Pourtant quelque chose m'en empêche, la sensation d'une ombre qui se profile derrière mon épaule.

— Mais si…

— Arrête avec tous ces « mais si », toutes ces spéculations. Il y a suffisamment de raisons de se faire du souci sans en rajouter. Maintenant, on va quelque part boire un verre ou quoi ? Si tu as envie de dîner, j'ai aussi de quoi cuisiner à la maison.

Il me tend la main et je suis sur le point de la prendre quand mon téléphone bipe.

J'ai réservé un hôtel à Brighton. Les plages l'hiver, nous voilà ! La dernière fois on avait bien aimé, alors j'ai pensé que ça pourrait être sympa. À tout à l'heure – il y a un poulet dans le four. Bisous. P.S. Matilda te fait un coucou.

Carl. Et une photo jointe, un selfie de tous les deux qui me sourient, têtes collées ensemble devant l'objectif. J'éteins aussitôt l'écran, je ne veux pas que Patrick les voie.

— Il faut que je rentre, je réplique. J'ai promis. Ils m'ont préparé à dîner.

Son visage se ferme aussitôt.

— Comme c'est charmant. Un moment privilégié en famille. Je ne voudrais surtout pas te retarder.

— Patrick. Je dois filer. Qu'est-ce que tu vas faire, toi ?

Je n'avais pas l'intention de lui poser cette question, mais les mots m'ont échappé.

— Je vais boire un verre.

— Je peux t'accompagner, juste pour un verre.

— Je n'en suis pas non plus à réclamer l'aumône. Rentre chez toi.

Il fait volte-face et repart dans Essex Street.

J'ouvre la bouche, je vais l'appeler, mais me ravise. Je m'éloigne d'Essex Street, je traverse le passage piétons devant les Royal Courts of Justice. Je suis prête à attendre un bus, en me demandant à moitié si Patrick ne va pas ressurgir de l'obscurité, mais le numéro 4 arrive presque immédiatement et je monte dedans.

J'envoie un message à Carl.

Dans le bus. Bisous.

Rien de Patrick. Rien de personne. Il est temps de rentrer à la maison.

Dès que j'ouvre la porte d'entrée, j'ai le droit à des baisers de Carl et Matilda. Le fumet du poulet rôti flotte dans l'air. Il me prépare un gin tonic et Matilda me raconte sa journée, sa meilleure amie a été méchante mais « je lui ai dit ce que ça me faisait, maman, et elle a arrêté ». Elle s'assoit sur mes genoux, je lui lis l'histoire d'un garçon qui est transformé en chat pour un jour, et son papa prend place à côté de nous, il écoute, avec un demi-sourire. Il m'effleure le bras, puis se penche vers moi pour m'embrasser à nouveau sur la joue.

— C'est bon de t'avoir à la maison, Alison.

— Je n'étais pas partie longtemps, dis-je en riant.

— Je sais. C'est juste que c'est agréable de t'avoir sous notre toit. Hein, Tilly ? On aime bien quand maman est à la maison.

Il la soulève de mes genoux et la pose sur les siens. Je résiste à ma très forte envie de la garder avec moi. Au lieu de quoi, je me penche vers lui. Le triptyque de ce matin est reformé.

Nous dînons autour de la table de la cuisine, la viande est tendre. Ensemble, nous faisons prendre un bain à Matilda tout en bavardant, et ensemble nous la mettons au lit, en lui chantant des berceuses et en lui tenant la main jusqu'à ce qu'elle ferme les yeux. Nous redescendons et Carl nous sert un autre verre de vin de la bouteille qu'il a ouverte pour le dîner. Nous nous asseyons dans le canapé du salon.

— Alors tu pensais aller à Brighton ? dis-je.

— Oui. C'est pas trop loin, et il y a plein de trucs à faire. Et il y a une plage d'hiver rien que pour toi. (Il ouvre son ordinateur, sur le canapé à côté de lui, et clique dans quelques fenêtres avant de trouver celle qu'il cherche. Il me le passe.) C'est l'hôtel que j'avais en tête.

Il a l'air super, avec vue sur la mer, des draps blancs et des peignoirs en coton gaufré dans les chambres. Je lui souris, touchée de toute l'attention qu'il y a apportée. Je déplace le curseur sur le menu pour voir exactement où cela se situe, mais à peine ai-je eu ce geste qu'il me retire le portable et le referme brusquement.

— Que se passe-t-il ? Pourquoi tu as fait ça ?

— Peut-être que je te prépare une autre surprise, s'amuse-t-il en se penchant vers moi et en m'embrassant.

Sa langue s'introduit dans ma bouche. Pendant un instant, je suis incapable d'expliquer pourquoi, mais j'ai envie de la mordre, de la rejeter et de le repousser loin de moi. C'est presque comme s'il était un étranger. Et puis son odeur me submerge, la « Carlité » de mon mari, et cette pulsion s'éteint, remplacée par une autre.

— Et Matilda ? finis-je par souffler.

Il ne répond pas, mais se penche au-dessus de moi pour fermer la porte. Il m'embrasse à nouveau, en me tenant le visage, avant que ses mains n'aillent plus bas, un peu plus bas, encore plus bas…

Matilda ne nous dérange pas. Cette nuit-là, nous dormons tous d'un sommeil de plomb.

12

Au cours de la semaine suivante, mes échanges avec Patrick sont brefs et directs. Il remonte la trace des témoins, recueille leurs dépositions et évalue le poids des éléments de preuve qu'ils nous apportent. Madeleine a rendez-vous avec le nouveau psychiatre d'ici une semaine, tout juste deux jours avant l'audience préliminaire. Je la connais à titre professionnel, elle est très bonne. Efficace. Le rapport sera transmis à temps. En outre, j'ai réuni presque assez d'éléments pour que la défense introduise un exposé des faits, même dès maintenant. À moins que mes plans n'échouent, quand Madeleine comparaîtra devant le juge à l'Old Bailey, elle plaidera non coupable de meurtre, et nous préparerons nos conclusions de manière à proposer une requalification en homicide, en nous fondant sur la perte de contrôle de l'accusée. Si l'accusation accepte, la sentence sera à l'entière discrétion du juge. En d'autres termes, il ne s'agira plus d'une peine de réclusion à perpétuité. Ce n'est pas l'idéal, mais c'est le mieux que je puisse obtenir.

Ce dossier sous contrôle, je peux maintenant me concentrer sur mes autres affaires, avec leur cortège de jongleries habituelles, entre les trajets et les dépôts de requêtes à la dernière minute, les pièces manquantes et les pannes des systèmes informatiques des tribunaux. Je dois me charger d'un changement de plaidoyer dans un dossier de cambriolage, et le prévenu s'en tire avec cinq ans – franchement pas un si mauvais résultat. Le lendemain, j'ai une autre audience préliminaire, également dans le cadre de la procédure PTPH ; ce qui s'annonce comme un procès très compliqué pour viol où je suis le conseil de l'accusation, dans cette catégorie de joute judiciaire épouvantable où c'est « la parole de l'un contre celle de l'autre » et où seront communiquées, parmi les pièces à conviction disponibles, des images des caméras de surveillance qui suivent le couple jusqu'à la porte de l'hôtel. Dommage qu'on n'ait rien filmé de leurs ébats par le trou de la serrure. Il serait déjà assez épineux d'obtenir une condamnation pour viol sans ces nombreuses images de la femme occupée à bécoter le type sous diverses entrées d'immeubles de Borough Market et dans l'hôtel Premier Inn voisin de Tower Bridge – je sais que le jury ne va pas apprécier qu'on cherche à embrouiller la justice de la sorte.

Je déteste ce genre d'affaire. D'après la déposition de la victime, il est clair que ce qui a commencé comme un flirt alcoolisé a viré au cauchemar, un traumatisme absolument terrifiant qui transparaît à travers le formalisme de ses déclarations. Durant toute l'audience, l'accusé ne s'est pas départi d'un sourire narquois et je mourais d'envie de le lui faire rentrer au fond de la gorge à coups de poing. Le genre de personnage qui se croit tout permis, une attitude qui m'a complètement convaincue qu'il savait ce qu'il voulait et qu'il s'est servi, sans tenir compte du fait que si une femme dit non, cela veut dire non. J'espère que le rapport médical sur les blessures de ma cliente contribuera à convaincre le jury que tout cela n'avait rien de consensuel. Même en cas de rapports sexuels un peu violents, je n'ai personnellement jamais eu besoin de points de suture. D'après l'exposé des faits soumis par la défense, une chose est claire : il va soutenir qu'ils étaient tous les deux tellement bourrés qu'ils n'ont pas remarqué qu'elle était blessée – j'ai l'intention d'argumenter que si les jurés n'acceptent pas l'idée que la victime a clairement dit non, et qu'elle regretterait et mentirait maintenant pour masquer la vérité, ils doivent au moins admettre que si elle était trop ivre pour remarquer une profonde déchirure anale, elle était alors trop ivre pour consentir à une quelconque activité sexuelle. D'une manière ou d'une autre, je vais coincer cet enfoiré.

Le week-end file à toute vitesse. Carl est absent, il participe à un colloque, non pas celui sur l'addiction sexuelle dont il m'a parlé mais un autre, traitant plus spécifiquement de l'addiction à la pornographie sur Internet. Une place s'est libérée à la dernière minute. Je prends des photographies de Matilda qui joue à la balançoire et boit un chocolat chaud à la buvette du parc et je les lui envoie, innocence destinée à le vacciner contre les horreurs qu'il va entendre à son colloque. Sa mère téléphone et nous discutons de ce qu'elle fera avec Matilda le week-end prochain, quand elle viendra la garder.

— Je vais remplir le frigo, lui dis-je. Je te laisserai des menus pour les deux jours, ça t'évitera d'avoir à y penser.

— Pas besoin, je suis sûre que je peux me débrouiller pour nous cuisiner quelque chose. Veux-tu que je l'emmène quelque part, que j'organise des activités ? A-t-elle quoi que ce soit de prévu les week-ends ? J'ai du mal à suivre toute votre organisation, m'avoue-t-elle.

— Elle peut louper certaines choses pour un week-end, ce n'est pas très grave. On va simplifier.

Carl ne va pas apprécier, mais je ne pense pas que traîner sa mère à la piscine avec Matilda soit une bonne idée.

— Merci. Je pense que ce serait plus facile, en effet.

— Tout à fait. Je préfère moi-même éviter les séances de natation, je plaisante.

— Oui. Carl m'en a parlé.

Pour sa part, elle ne rit pas, et je raccroche assez rapidement. Il vaudrait mieux que ce soit lui qui parle à sa mère dorénavant.

Le lundi laisse place au mardi et à un procès de cinq jours à la Crown Court de Harrow, un autre cambriolage avec plusieurs prévenus. Patrick m'envoie quelques mises à jour supplémentaires dans l'affaire de Madeleine. Je suis d'un optimisme prudent : nous obtenons plus d'informations que je n'aurais espéré.

Vendredi, le jury est si rapide à condamner que, même après le prononcé de la sentence (quatre ans – ça aurait pu être pire) et une conversation d'après jugement avec le client, je suis sortie vers quinze heures. Robert et Sankar m'ont tous deux envoyé un message me proposant de sortir boire un verre mais je suis ravie de refuser. Je rentre à la maison. J'ai envie de passer cette fin de vendredi au chaud, avec Matilda.

Entre une pizza et *Kung Fu Panda*, ma fille est ravie, et franchement je le suis aussi. Je viens de passer une semaine entière sans parler à Patrick d'autre chose que du travail. Aucune pensée à son sujet ne vient me détourner de ma famille. J'ai retrouvé mon intégrité. Ce n'est pas ma seule récompense, d'ailleurs. Pendant toute cette semaine, mon iPhone est demeuré silencieux, aucune menace de l'accusateur anonyme. Patrick a beau affirmer le contraire, je sais que cette personne a un lien avec lui. Et cet individu a eu gain de cause, au moins indirectement. Je me tiens à distance.

Une fois Matilda couchée, je prépare nos bagages pour notre nuit à l'hôtel. Carl est sorti pour une séance d'urgence avec un de ses clients qui l'a appelé dans un état d'extrême anxiété, il le retrouve en salle de thérapie – qu'il loue dans un cabinet de soins alternatifs à Tufnell Park. Pauvre Carl, obligé de garder ses certifications professionnelles affichées sur un mur à son domicile. Le jour où il pourra les accrocher dans son propre cabinet, en sachant que ce ne sera plus une pièce partagée avec d'autres thérapeutes, c'est là qu'il aura la certitude d'avoir réussi. Je ne peux que compatir. Obtenir mon bureau individuel a été une entreprise ardue : je me rappelle le frisson dont j'ai été parcourue quand j'ai vu pour la première fois mon nom gravé sur le panneau de la porte.

Je regarde les robes sur leurs cintres dans ma penderie et j'en sors une, une robe portefeuille. Mon mari n'a jamais été très fan – il la trouve trop longue – mais je trouve qu'elle me va bien. Je la plie et la glisse dans le sac que j'ai posé sur le lit. Je me souviens de l'excitation que j'ai ressentie quand j'ai décroché mon bail professionnel. J'ai réussi. Carl, non. Il a dû affronter un licenciement, devenir père au foyer pendant que je poursuivais ma carrière. Sa clientèle a beau s'agrandir à présent – je vois bien que ce groupe de consultation pour hommes est une belle réussite en termes de pratique thérapeutique –, il doit encore partager un espace avec un aromathérapeute et un guérisseur adepte du reiki.

Je sors la robe portefeuille du sac et la remets sur son cintre. Ensuite, je retrouve celle qu'il m'a achetée pour Noël, deux ans plus tôt. Nous nous étions hurlé dessus durant des heures après avoir fini de dîner.

— Quand est-ce que je porterais un truc pareil ? m'étais-je écriée. Tu ne me connais vraiment pas.

Elle était extrêmement courte et rouge pétard, soulignant tous mes défauts, un véritable affront pour mon corps qui avait porté un enfant.

— Elle t'ira parfaitement. Tu devrais essayer d'autres choses, avait-il insisté, stupéfait de l'intensité de ma colère.

— Ne me dis pas ce que je dois faire, avais-je hurlé, et je m'étais effondrée, en larmes pour le restant de la nuit.

Je la plaque contre moi à présent. Il y a encore les étiquettes dessus, aussi intacte que le jour où je l'ai déballée. Elle n'est pas aussi horrible que dans mon souvenir. J'imagine que c'est le genre de robe que Patrick pourrait aimer. Mais il n'est pas question de lui. C'est à mon mari que je pense. C'est le genre de geste attentionné que j'apprécierais de sa part, qu'il manifeste son approbation pour ce que j'aurais fait ou ce que je lui aurais donné. Je me déshabille et j'enfile la robe, en grimaçant tant elle est ajustée. Elle est assez bien coupée en fait, elle met en valeur les bonnes courbes et cache les mauvaises. Mon reflet se trémousse dans le miroir – elle est parfaite. Je la retire et la fourre dans le sac.

Il est presque dix heures et j'envoie un SMS à Carl pour savoir s'il sera bientôt de retour.

Plus très long. Désolé, c'est une grosse urgence. Ne m'attends pas pour te coucher. Bisous, me répond-il.

Je lui envoie ma réponse. *Ça marche. Bonne nuit, bisous*. Tant qu'il a fini d'ici demain matin, c'est tout ce qui m'importe. Je lis un peu. C'est un thriller, l'histoire d'un mariage empoisonné où tout part en vrille, et je souris. Ce n'est pas nous, plus en tout cas. Nous partons pour une escapade amoureuse d'un week-end. Je m'endors sur ce sourire, ma main se relâche et le livre glisse par terre.

— Je préférerais y aller en voiture, m'explique-t-il le lendemain matin, alors que nous sommes encore au lit.

— Pourquoi ? C'est beaucoup plus rapide en train.

Je n'ai aucune envie de m'infliger les embouteillages.

— Je préfère. Plus de moments privilégiés avec toi.

Il se penche vers moi et m'embrasse.

— Rester bloqués dans la circulation, je n'appelle pas ça un moment privilégié.

— Il n'y aura peut-être pas trop de trafic. On peut échanger le volant si besoin, insiste-t-il.

— Oui, j'imagine.

Je n'en ai franchement aucune envie, mais tout l'enjeu de ce week-end est de faire des efforts.

— Ça va bien se passer, tu verras. Je ne suis pas trop fatigué pour conduire, ajoute-t-il.

— À quelle heure es-tu rentré, au fait ?

— À plus d'une heure du matin. Je l'ai trouvé dans un état épouvantable. Une situation quasi suicidaire, tu sais. Je ne pouvais pas le laisser, dit-il avec une expression préoccupée.

Non, je ne sais pas, et à vrai dire, je suis contente de ne rien savoir.

— C'est épouvantable, Alison. Vraiment. Je ne sais pas si je finirai par m'y faire un jour, enchaîne-t-il.

— J'espère que tu n'y seras pas obligé. Au moins, tu as pu l'aider.

— *Si* j'ai pu l'aider. On n'en sait rien. Je suis vraiment inquiet pour lui.

— Tu as fait de ton mieux, et je suis sûre que tu as été excellent. Souviens-toi, tu as besoin de lever le pied, toi aussi, dis-je, craignant de plus en plus que notre week-end soit annulé.

Il soupire.

— Il a mon numéro, de toute façon. Et il allait un peu mieux à la fin de la séance.

— Je suis sûre qu'il va tenir le coup.

Au lieu de répondre, il se retourne dans le lit et m'embrasse. Nous restons allongés un moment côte à côte, jusqu'à ce que je me souvienne de l'arrivée imminente de sa mère. Nous nous douchons, puis préparons à Matilda son petit déjeuner. Je ne discute plus le fait de partir en voiture. Dès que sa mère arrive, je l'embrasse et la conduis au salon, de sorte que Carl puisse lui communiquer ses instructions pour le week-end. Ce n'est pas que nous ne nous entendons pas, non, pas exactement, mais je pense qu'il vaut mieux que ces choses-là viennent de lui. Je m'assois dans le canapé et j'attends qu'ils en aient terminé. Matilda arrive en courant derrière eux et saute sur les genoux de sa grand-mère.

— Attention, ma chérie. Pas trop fort.

Elle sourit, mais c'est un sourire qui n'atteint pas ses yeux.

— Désolée, mamie.

Matilda saute des genoux de sa grand-mère et se précipite vers son père qui d'un coup la fait basculer et s'asseoir à côté de lui.

— Alors, Matilda, dit-il, tu vas être une très gentille petite fille avec mamie, d'accord ? Tu vas manger tout ce qu'elle te donne et tu iras te coucher exactement quand elle te le demandera. Promis ?

Elle hoche la tête, en se mordant la lèvre. Et puis la question jaillit brusquement.

— Vous partez combien de temps ?

— Nous te l'avons dit, juste pour une nuit.

Il se veut rassurant.

— Je pourrai vous parler ? insiste-t-elle.

— Bien sûr, tu pourras nous appeler quand tu veux. Tu n'auras qu'à demander à mamie.

Nous partons peu de temps après. La mère de Carl est de plus en plus crispée, elle redresse les coussins du canapé et tire sur les rideaux jusqu'à ce qu'ils soient parfaitement alignés. Lorsque je sors du salon, elle en est à réarranger les bibelots sur le manteau de la cheminée, par ordre de taille, du plus grand au plus petit. Matilda nous accompagne à la porte et nous serre tous les deux dans ses bras. J'essaie de ne pas faire de comparaison, mais je la vois s'accrocher à son papa un rien plus longtemps qu'à moi, et j'espère que ce n'est que mon imagination. Cela lui fera du bien, me dis-je, de passer davantage de temps avec d'autres membres de la famille. Et je n'ai jamais trouvé ma belle-mère si désagréable que ça. Certaines des histoires que Carl m'a racontées à son sujet sont un peu… préoccupantes, mais s'il ne trouve aucun inconvénient à ce qu'elle garde notre fille, cela me convient aussi.

— Elles vont bien s'entendre, n'est-ce pas ? dis-je en mettant le clignotant et en démarrant dans la rue.

— Espérons-le. Ne me dis pas que tu as des remords ? me fait-il.

— Pas du tout. C'est juste que…

— C'était ton idée.

Le ton devient plus sec.

— Je sais que c'était mon idée. Mais…

— Ne commençons pas. Elles vont très bien s'en sortir. Je m'en suis bien sorti, moi… Elle ne doit pas être si mauvaise mère, ajoute-t-il, radouci, cette fois.

Je ne réplique rien. La circulation en direction de la North Circular est chargée et je dois me concentrer. Lorsque le pire est derrière nous, je me tourne pour le questionner sur son colloque du week-end précédent, mais je m'aperçois qu'il a calé une écharpe contre la vitre et qu'il s'est déjà endormi. Je ne suis pas énervée, du moins en partie – il vaut mieux qu'il rattrape un peu de sommeil –, mais plus le trajet se prolonge, plus je me sens irritée. Je n'ai pas envie de le déranger, j'espère juste qu'il se réveillera à temps pour prendre le volant à son tour, mais il ne bouge pas, alors même qu'avec cette circulation il nous faut plus de trois heures pour arriver à destination.

— Tu aurais dû me réveiller, me reproche-t-il en sortant de la voiture.

— J'ai pensé que cela te ferait du bien de te reposer, lui dis-je en souriant, espérant que mon geste généreux sera récompensé à sa juste valeur.

Mais il se dirige vers l'hôtel sans me remercier ou sans plus réagir. Je le suis, en portant mon bagage. Dès que nous sommes installés dans notre chambre, je me dirige aussitôt vers le minibar.

— J'ai envie d'un verre. Merde, il n'y a que de l'eau, dans ce frigo. C'est une blague ou quoi ?

Je fouille dedans, histoire de m'assurer que je n'ai pas loupé quelque chose, mais non. De l'eau gazeuse. De l'eau plate. Et une cannette de Fanta. Autant m'achever tout de suite.

— Calme-toi. Tu n'as pas besoin de boire. Il n'est que deux heures de l'après-midi de toute façon.

Sa voix se veut posée, apaisante, comme s'il s'adressait à une Matilda grincheuse. Je résiste à une envie impérieuse de lui envoyer un coup de poing au visage.

— Je n'en ai peut-être pas besoin, mais j'en ai envie. Cette route était super chiante, merde. Toi, c'est bon, tu as dormi presque tout le trajet, fais-je remarquer, en élevant la voix.

— J'ai demandé à l'hôtel de retirer l'alcool du minibar. Nous n'avons pas besoin d'être bourrés pour passer un moment agréable tous les deux.

— Je rêve ou tu viens vraiment de me répondre ça ? Sale moralisateur à la con.

— Je vais te faire couler un bain bien chaud et te préparer une tasse de thé, tu te sentiras beaucoup mieux après.

Il se lève et se rend dans la salle de bains. J'entends l'eau couler des robinets et un parfum floral emplit l'air. Il revient dans la chambre et s'occupe de la bouilloire. Je reste sans voix. Un petit moment seulement.

— Tu leur as demandé de retirer l'alcool de la chambre ? Sérieusement ?

J'essaie de garder mon calme.

— Oui. Franchement, Alison, tu sais très bien ce qui se passe quand tu bois. Et je n'ai pas envie de gâcher notre week-end. Je n'ai pas envie de te voir siffler des bouteilles au milieu de l'après-midi. Nous pouvons nous offrir un après-midi de détente et prendre un verre dans la soirée au dîner.

Il vient vers moi. Après un instant, je le laisse m'enlacer, même si je reste un peu raide. En n'importe quelle autre circonstance, rien que pour ça, je l'aurais tué, mais moi non plus je ne veux pas gâcher notre week-end. Même si quelque chose me fait garder mes distances.

Après le bain et une tasse de thé, je m'accorde une sieste. Je sais que le quartier des Lanes nous attend, et le Royal Pavilion, mais je me sens écrasée de fatigue, la route et la semaine écoulée me rattrapent. Carl somnole dans le lit, encore crevé même après avoir dormi dans la voiture. Je me glisse sous les draps à côté de lui, pose la tête sur sa poitrine et je sombre, me réveillant après la tombée du jour, la tête lourde de sommeil. Il est réveillé à présent, il me tend un verre d'eau que je bois goulûment. Il me sourit.

— C'est presque l'heure du dîner. On ferait bien de s'habiller.

Je rejette les couvertures et me lève. Je suis totalement passée à côté de la vue sur la mer, même si c'est sympa d'apercevoir les lumières sur la jetée la nuit. Peut-être la matinée sera-t-elle ensoleillée. Nous descendons sur les galets, nos pieds craquent sur les cailloux et les mouettes criaillent au-dessus de nos têtes. J'ai lu des récits de gens qui plongeaient du haut de la jetée – des membres d'un club d'endurance qui sautent tous les jours, qu'il pleuve ou qu'il vente. Si nous nous réveillons assez tôt demain matin, nous les verrons peut-être. J'essaie d'imaginer l'effet que cela doit faire de nager en eau profonde, sans aucun moyen de savoir ce qu'il y a au-dessous, le froid et les vagues vous attirant vers le fond.

Je me douche et m'habille pendant que Carl prend la sienne. Plus je me regarde dans la robe qu'il m'a offerte, plus elle me plaît. Ce n'est pas du tout moi, mais cela la rend d'autant plus attrayante. C'est presque une transgression, de me voir telle qu'il me voit, pas comme la mère de son enfant, mais comme une femme qui n'a pas peur de dévoiler un peu de ses seins et de ses fesses, moulés dans de la soie rouge. J'ai apporté les sous-vêtements qui vont avec, un soutien-gorge noir pigeonnant, une culotte noire, mais bien plus discrète que celle que je mettrais d'ordinaire, et même des bas et un porte-jarretelles. Bref, la totale. S'il a envie d'un cliché, il va l'avoir, emballé dans sa super robe de Noël. Je ne me reconnais pas, mais j'ai belle allure.

En sortant de la douche, il ne se rend pas tout de suite compte de ma tenue. Je suis debout devant le miroir mural, je souligne mes yeux de khôl noir. Je suis en train de vérifier que les deux ailes de papillon au coin de chaque œil sont bien symétriques et je croise son regard dans mon reflet.

— Tu vas mettre ça ?

J'entends presque le miroir se fissurer de part en part.

— Je pensais qu'elle te plairait. C'est toi qui me l'as offerte, je lui rappelle, en me retournant face à lui.

— Je croyais que tu ne l'aimais pas, m'avoue-t-il.

Il a une serviette nouée autour de la taille, il la retire et se sèche les cheveux avec.

— J'ai changé d'avis. Tu ne l'aimes plus ?

Je sens un poids dans ma poitrine, une boule qui m'empêche de respirer.

— C'est pas mal. Mais bon, tu avais sans doute raison, je ne sais pas choisir de tenue pour toi. Tu n'as rien apporté d'autre ?

Il s'assoit sur le lit et enfile ses chaussettes.

Je n'ai pas envie de pleurer. Je viens de me faire des ailes de papillon à la Amy Winehouse, bordel. Mais je suis limite.

— Elle est vraiment si moche, cette robe ?

— Nan, ça ira. Tu serais peut-être plus à l'aise dans autre chose, c'est tout. Mais si tu n'as rien pris d'autre… Tant pis.

Chaussettes aux pieds, il se dirige vers son sac et enfile un caleçon. Puis un jeans, et une chemise bleue. Cela fait ressortir le bleu de ses yeux, c'est ce qu'il me répète toujours avec un clin d'œil quand je lui suggère de porter une couleur différente.

Il vient vers moi et se tient à mes côtés. Nos reflets dans le miroir, un homme impeccable, l'œil pétillant, et moi, maquillée comme une voiture volée. Je tire sur ma robe, tâchant de faire en sorte qu'elle me colle moins à la peau. Il referme les bras autour de moi et me serre contre lui.

— Tu as beau avoir un peu l'air d'une traînée, Alison, tu es ma traînée à moi. (Il se penche et m'embrasse sur la joue.) Bon, allez, on sort en ville. Tu avais envie de prendre un verre, je crois ?

Il a franchi la porte avant que j'aie refermé la bouche, et, après la morsure de ces mots-là, je reste médusée. Mais le déroulement de la soirée ne dépend que de moi. Soit je me montre trop susceptible et je lui fais comprendre qu'il se conduit comme une merde, soit je le prends avec humour et j'arrête de me comporter de manière aussi pitoyable. Elle ne lui plaît peut-être plus maintenant, mais c'est lui qui l'a choisie, cette foutue robe, et en réalité, je me trouve vraiment à mon avantage dedans. J'attrape mon manteau et je le rejoins à l'extérieur de la chambre.

Nous montons en haut de la colline, nous nous enfonçons dans le lacis de ruelles des Lanes. Il a réservé une table dans un restaurant de tapas – « une très bonne critique dans le *Guardian*, Alison ». En effet, l'endroit est agréable, les chaises sont presque confortables et les tables presque assez espacées. Je suis la seule personne de la salle à porter une robe, mais je vais la jouer discrète. Je me frotte furtivement les dents avec l'index pour m'assurer que mon rouge à lèvres n'y a pas déteint. Le serveur vient nous voir et je commande un gin tonic. Il me demande si j'ai une préférence côté gin et, me souvenant de Madeleine, je choisis du Hendrick's. Carl s'attarde un moment sur la carte des cocktails, s'en remet au serveur – a-t-il des recommandations ? –, et même après les avoir écoutées, il continue d'hésiter – hum… aah ! – sur les mérites comparés d'un Dark and Stormy ou d'un Old Fashioned. Je commence moi aussi à m'impatienter, quand il se décide pour un Dirty Martini – peut-être est-ce un message quant à la manière dont la soirée va tourner. Pour le moment, il se comporte comme un con, mais un verre pourrait nous aider à nous détendre tous les deux.

— Tu sais ce que tu as envie de manger ? me demande-t-il.

Je consulte la carte, tout a l'air bon.

— Ça m'est égal. Commande ce que tu veux.

Il hoche la tête et, au retour du serveur, énonce toute une liste de plats. Je n'écoute pas, je savoure le plaisir du gin qui me brûle la gorge et relâche ma tension. Quand Carl a terminé, je commande un autre gin et j'ouvre la carte des vins pour choisir une bouteille.

— Blanc ou rouge ?

— Blanc. Je pense. Ils en ont au verre ?

— Je commande une bouteille. On va prendre du blanc.

Je me replonge dans la liste, je repère un sauvignon mais je résiste à la tentation. Plus bas, il y a un rioja blanc et je fais de nouveau signe au serveur. Il nous le sert en même temps qu'arrivent les premiers plats. Carl a commandé quantité de choses – des croquetas au jambon, des patatas bravas, une tortilla et une assiette de tentacules de poulpe, d'autres croquetas et, le meilleur, un morceau de fromage de chèvre nappé de miel. Nous engloutissons la nourriture, sans même prendre la peine de saisir l'occasion pour bavarder. Je n'ai pas pris le temps de boire, mais quand nous avons enfin tout avalé, je m'enfonce contre le dossier de mon siège et je bois une longue gorgée de vin.

— Ça va mieux, dis-je. Je mourais de faim.

— On a tout dévoré. J'avais peur d'avoir trop commandé, confesse-t-il.

— Je pense que c'était juste ce qu'il fallait. (Je finis mon verre, le remplis, et je pousse la bouteille vers lui pour qu'il se serve à son tour.) Et pour la suite, c'est quoi, le plan ?

Il consulte sa montre.

— Il est déjà assez tard. Nous pourrions rentrer prendre un dernier verre à l'hôtel ?

Je fais grise mine.

— Je pensais que nous pourrions sortir danser, non ?

— Tu sais que je déteste danser.

Le ton est sans appel.

— Je crois être au courant, oui.

Je bois un dernier verre, puis je me lève pour aller aux toilettes. J'ai l'esprit clair, le pied sûr. C'est l'avantage d'avoir avalé toute cette cuisine espagnole, ça évite d'être ivre.

— Je reviens dans une minute.

Nous nous attardons encore un peu dans le restaurant, nous vidons la bouteille et un cocktail d'après-dîner. Je lui donne ce nom-là, mais en réalité c'est juste un autre gin tonic. Carl discute encore avec le serveur de ce qu'il va choisir, avant de se décider pour un armagnac. J'en bois une gorgée et frissonne – trop amer pour moi.

Lorsque nous quittons l'établissement, il est presque onze heures et demie. Dehors, il fait noir, l'air est vif et limpide. Brighton s'apprête pour l'hiver, s'il n'est pas déjà là. J'aperçois dans le ciel des étoiles qui ne sont pas visibles à Londres – ici elles ne sont pas voilées par la brume orangée à laquelle je me suis habituée. Nous marchons, je trébuche, mon talon s'est pris dans un pavé et, pour garder l'équilibre, je m'accroche au bras de Carl. Il semble d'abord réticent, mais ensuite il se détend à mon contact. En haut de la rue qui descend vers l'hôtel, nous nous arrêtons un moment et il m'embrasse.

— Je suis désolé de m'être conduit comme un con, tout à l'heure. Je t'ai trouvée superbe, ce soir, me souffle-t-il quand il interrompt notre baiser.

J'ai la tête embrumée – la soirée se fond dans un brouillard, seuls quelques détails me reviennent. Les croquetas, je m'en souviens tout particulièrement. Elles étaient vraiment bonnes. Mon homme me dit qu'il s'est conduit comme un con – vraiment ? Je ne me souviens pas en quoi. Mais s'il me le dit, ce devait être le cas. J'aime bien quand il me tient comme ça et quand il m'embrasse ainsi. Je referme mes bras autour de son cou, j'attire sa tête à moi, nous nous embrassons plus longtemps, la chaleur entre nous va croissant. Je ne sais pas si c'est d'être loin, dans un endroit différent, si je suis gagnée par l'atmosphère coquine de notre week-end à Brighton, mais je me sens plus que partante pour la suite. Cela ressemble à une soirée que je pourrais avoir avec Patrick.

— Rentrons à l'hôtel, dis-je, en le tirant par la main.

Je trébuche encore et je sens ses bras autour de moi quand il arrête ma chute. Nous nous embrassons en bas de la rue, et nous nous embrassons encore devant l'entrée de l'hôtel.

— Encore un verre, me propose-t-il.

Et nous nous embrassons au bar.

Et puis le black-out total.

Il est assis dans le fauteuil, il m'observe. Je suis allongée en travers du lit, à moitié habillée. C'est le matin, la lumière est froide. Sa barbe naissante lui noircit le menton, aussi sombre que les ombres sous ses yeux. Je sens quelque chose de poisseux sous moi, je pose la main dessus et la porte à mon visage. Mes doigts sont rouges. Je lance un regard oblique vers le bas. Il y a une grande tache à l'endroit où je dormais. Je suis encore en sous-vêtements, j'ai toujours mon pantalon, mon porte-jarretelles et mon soutien-gorge. Je suis saisie par une sorte de panique et tourne de nouveau la tête vers Carl.

— Que s'est-il passé ?

— Tu sais ce qui s'est passé.

— Je n'en ai aucune idée, je lui avoue. Je me souviens d'être allée au bar et ensuite c'est le trou noir.

— C'est pour ça que je ne voulais pas qu'on boive, reprend-il, d'une voix lasse.

Je me rends compte qu'il porte encore les mêmes vêtements que la veille.

— Tu as dormi dans le fauteuil ?

— Alison, je n'ai pas dormi. J'ai passé la nuit à ressasser tout ça dans ma tête, pour essayer de comprendre en quoi je m'étais trompé, ce que j'ai fait pour te rendre malheureuse au point que tu te saoules autant.

J'ai l'impression qu'il va se lever et peut-être venir vers moi, mais il change seulement de position dans son fauteuil.

— Je ne pensais pas avoir autant bu, dis-je, en faisant le calcul mentalement.

Deux gins, une demi-bouteille de vin, peut-être encore un autre gin, et c'est tout. Sûrement pas assez pour tomber dans les vapes comme ça.

— Je suis désolée, j'ai vraiment essayé de me restreindre, je continue.

— Tu aurais dû faire plus d'efforts. Je ne supporte pas de te voir dans cet état. Tu n'es même pas capable de te contrôler. J'ai tout juste réussi à te coucher sur ce lit et à te retirer ta robe, pour que tu sois plus à l'aise. Tu étais tellement bourrée que tu n'as même pas remarqué que tu avais tes règles. Regarde-toi.

Ce que je fais. Et ce que je vois n'a rien de réjouissant. Mais l'homme qui me tient ce discours est le même que j'ai envoyé m'acheter tout ce dont j'avais besoin après la naissance de Matilda – crème pour les tétons, pommade pour les hémorroïdes, super tampons de grossesse taille péniche. Quand je l'ai mise au monde, je me suis même chié dessus devant lui. Depuis quand est-ce que je le répugne autant ?

— Comment en sommes-nous arrivés là ? je m'interroge, en me redressant en position assise, les genoux ramenés sous le menton.

Ce mouvement suffit à me faire tourner la tête et je ravale un renvoi nauséabond.

— Tu as trop bu. Voilà comment, me fait-il sur un ton méprisant.

— Je ne parlais pas de maintenant. Je voulais dire en général…

L'envie de vomir s'intensifie.

— Tu…, commence-t-il à me répondre, mais je ne l'entends plus, j'ai un tintement dans les oreilles et des lumières dansent devant mes yeux.

Le reflux me remonte dans la gorge, puis dans la bouche.

D'un bond, je me lève et me précipite en courant vers la salle de bains, mais la robe restée au sol près du lit s'entortille à mes pieds, je suis secouée de hoquets et aussitôt après, il y en a partout dans la chambre, sur moi, un mélange de vin et de morceaux de tapas de la nuit dernière. Carl se lève et contourne cette vision d'horreur, le visage crispé.

— Je ne sais même pas… (Il secoue la tête, me regarde, détourne le regard, revient de nouveau sur moi.) Alison, ce n'est pas moi qui vais nettoyer. Débrouille-toi toute seule… Les actes ont des conséquences, et tout ça ne va pas disparaître comme par magie. Je m'en vais. Je te réserve une nuit supplémentaire dans la chambre, que tu puisses tout nettoyer, mais moi je rentre. Ne reviens pas tant que tu ne seras pas suffisamment remise pour être en présence de Matilda.

J'argumenterais bien, je le supplierais bien de rester, mais je me sens trop mal, l'œsophage rongé d'acidité. Je reste là où je suis, par terre, maculée de vomissures, trop lamentable même pour m'excuser. Il s'en va et, à ce moment, une nouvelle vague de nausée me submerge. J'arrive aux toilettes à temps cette fois et je suis secouée de plusieurs haut-le-cœur, jusqu'à rendre un mince filet de bile jaune. C'est seulement après que je réussis à regagner le lit, où je m'étends et somnole, jusqu'à ce que l'odeur devienne trop insoutenable et que le soleil soit bas dans le ciel.

13

Je suis de retour de Brighton. J'essaie de laisser tout cet épisode derrière moi ; la honte que j'ai ressentie quand le personnel de l'hôtel a découvert l'état de la chambre, mon départ précipité… La seule chose positive, c'est que, puisque c'est Carl qui a fait la réservation, ils ne connaissent pas mon nom, seulement le sien. Tous les soirs de la semaine suivante, j'ai envie de m'asseoir en face de lui et d'essayer d'arranger tout ce qui est parti de travers, mais chaque fois il use de sa courtoisie comme d'un bouclier, esquivant toute remarque de ma part. Il est doué pour m'éviter, il travaille tard, se couche tôt. Je suis prête à renoncer. Et, les jours passant, c'est plus facile d'oublier que tout cela a vraiment eu lieu. L'audience préliminaire de Madeleine est prévue ce jeudi, et nous réceptionnons les dépositions que j'ai demandées. Mon mari refuse peut-être de me parler, mais par chance, ce n'est pas le cas des témoins potentiels.

Je suis surprise que cela ne se soit pas produit plus tôt. Elle a dû supporter tellement de choses. J'ai vu ses blessures, parfois, des hématomes au visage et aux bras. À l'été 2014, surtout, j'ai été choquée de constater qu'elle avait trois brûlures de cigarette sur la main. Elle ne m'a jamais expliqué comment c'était arrivé, mais cela ne semblait pas accidentel.

C'est son amie Maud, une maman de l'école de James. Elle est fleuriste. Et pas n'importe quelle fleuriste, sa boutique se situe dans Mayfair.

Et une fois, j'ai vu comment il lui parlait. Sur un ton horrible, haineux. James, leur fils, était souvent malade et Edwin pouvait vite perdre patience. À mon avis, il trouvait que Madeleine le maternait trop. Il avait crié après elle parce qu'elle l'avait ramené plus tôt de l'école – « Je ne peux pas croire que tu aies fait une chose pareille. Je ne le tolérerai plus. » Sa voix m'a effrayée.

Jusqu'à présent, quantité d'éléments étayent la description que Madeleine a faite de son mariage. Ce qu'elle m'a dit devrait parfaitement cadrer avec notre ligne de défense. Nous avions besoin d'établir qu'il existait un contexte de violence envers Madeleine, et que le comportement de son mari ce soir-là avait été le débordement de trop, car ce qu'il lui avait infligé aurait suffi à faire craquer n'importe qui. Et d'après ce qu'elle m'a confié, j'en suis d'autant plus convaincue.

Déposition suivante, de son médecin.

Madeleine Smith est ma patiente, et elle consulte à mon cabinet de médecine générale de Wigmore Street depuis 2006. Durant toutes ces années, je l'ai régulièrement soignée pour des blessures, la plupart légères, mais d'autres ayant nécessité une prise en charge hospitalière. J'ai relu mes notes de l'époque, dont j'ai joint copie à ma déposition (pièce nº 1). Deux incidents se distinguent à mes yeux. Le premier remonte à l'été 2007. Le fils de Madeleine, James, avait cinq ans, et c'était aussi un de mes patients. Il avait été très malade, souffrant de vomissements et de diarrhée, et il était tellement déshydraté qu'il avait fallu l'hospitaliser et lui poser une perfusion. Le lendemain matin, Madeleine est venue me voir avec une grave brûlure à la cuisse droite. Elle m'a dit qu'elle avait été si bouleversée la veille au soir qu'elle s'était accidentellement renversé une bouilloire pleine d'eau sur la jambe. Il y avait quelque chose dans son comportement qui m'avait paru curieux, mais j'avais attribué cela à son inquiétude bien naturelle pour son fils à ce moment-là. Le second est plus récent, il date de 2015. Elle est arrivée au rendez-vous dans tous ses états. Après s'être arrêtée de pleurer, elle m'a montré sa main gauche, qui présentait trois brûlures, comme si on avait écrasé des cigarettes sur le dos de sa main. Je lui ai demandé comment c'était arrivé et elle a refusé de me répondre, mais elle a de nouveau fondu en larmes. Elle m'a confié que son mari envoyait leur fils James en pensionnat privé, et elle était très malheureuse de cette décision. J'ai soigné ses brûlures et tenté de la persuader de m'en expliquer davantage. Ce qui m'a le plus troublé, c'est le petit doigt de sa main gauche : il était recourbé, comme s'il avait été fracturé et que les os n'avaient pas pu se ressouder convenablement. Je lui ai demandé comment elle s'était fait ces brûlures, et ce qui était arrivé à son doigt. Elle est repartie sans répondre à aucune de mes deux questions, et je ne l'ai plus revue depuis. Les détails complets de ces incidents sont aussi inclus dans le dossier médical ci-joint.

J'ai lu son suivi médical, une litanie de brûlures, de coupures et d'hématomes. La chronologie relève à peu près deux ou trois incidents par an, avec un pic en 2007 et un autre en 2015, ainsi que l'indiquent les commentaires du praticien. Les incidents qu'il décrit sont probablement les plus graves, bien qu'en une autre occasion il ait dû lui recoudre une coupure au bras gauche (dans les notes, ce propos de Madeleine : « *je suis si maladroite* »). Les notes du médecin sont émaillées de ce genre de réflexions. À aucun moment pourtant, il n'a cherché à la presser pour obtenir plus de réponses – bien qu'à un certain stade il ait semblé l'envisager. « *À mon avis si j'avais trop insisté, elle aurait simplement cessé de venir me voir. Au moins, de cette manière, il existait un rapport exhaustif de toutes ses blessures, de sorte que si jamais elle portait plainte un jour, tout serait attesté.* » Sa déposition se conclut ainsi.

Tout cela est positif pour son dossier. Extrêmement positif, sans être totalement concluant. Pour moi, cependant, la déposition qui met dans le mille est celle de Peter Harrison, un professeur qui enseignait le français à James au domicile familial, pendant les vacances scolaires. Sa déposition concerne l'atmosphère qu'il ressentait dans la maison, de manière générale. « *Quand Edwin sortait travailler, l'atmosphère semblait plus calme, mais quand il était là, Madeleine et James étaient tous les deux à cran.* » Et plus précisément à un épisode survenu six mois plus tôt, alors qu'il était installé à la table de la cuisine avec James.

James a voulu enlever son pull et son T-shirt est remonté en même temps. J'ai alors pu entrevoir son torse. Cela m'a vraiment fait un choc. Ses côtes étaient couvertes d'hématomes. Il m'a vu le regarder et m'a fait : « C'est à cause du rugby. » Je ne l'ai pas questionné davantage, et je le regrette. En vérité, on ne joue en général pas au rugby à l'école en été, mais au cricket.

Après avoir lu ça, je m'interromps un moment. J'ai beau y avoir été préparée de par ce que Madeleine m'a confié, cela me remue tout de même.

Le résumé du nouveau rapport psychiatrique est arrivé et il est aussi prometteur que nous l'espérions. Le rapport complet sera prêt dans environ une quinzaine de jours. Jusqu'à maintenant, tout va dans le sens de la défense de Madeleine. J'ai un bon pressentiment.

Lorsque je retrouve Madeleine et Patrick à l'Old Bailey, devant la salle d'audience n° 7, j'ai revêtu ma robe d'avocat. Sa sœur Francine est là elle aussi, mais elle reste à distance. La perruque en crin me picote le cuir chevelu et la robe pèse lourd sur les épaules. En temps normal, je ne le remarque même pas, mais dès que je suis en présence de Patrick, tout en moi devient hypersensible, ma peau est parcourue de rougeurs et mes mains me démangent. Je compense par le ton formel que j'adopte en exposant le déroulement de l'audience du jour à Madeleine.

— Vous allez devoir prendre place dans le box des accusés, j'en ai peur. Ils vont vous demander votre nom et votre adresse, et après cela le greffier de la cour vous lira l'acte d'accusation et vous demandera si vous avez l'intention de plaider coupable ou non coupable.

— Et vous pensez vraiment que je devrais plaider non coupable ? interroge-t-elle, en se penchant vers moi.

— Sur la base de la déposition que vous m'avez faite, oui. Je ne saurais que trop vous le conseiller. Quand nous aurons recueilli le reste des pièces, nous réfléchirons à la possibilité de plaider l'homicide, comme je vous l'ai expliqué précédemment. Je vais en faire mention, mais cela n'ira pas au-delà pour aujourd'hui.

Je me tourne vers Patrick, je croise son regard pour la première fois depuis que je suis arrivée devant la porte du tribunal, et lorsque ses yeux plongent dans les miens, je m'efforce d'ignorer le nœud que je ressens au creux du ventre.

— Elle a raison, dit-il. Nous avons tout examiné de manière assez approfondie. Et nous avons les dépositions des personnes dont vous nous avez parlé, qui confortent plusieurs aspects de votre exposé des faits.

— Seulement des aspects ? s'étonne-t-elle. Pas plus que cela ?

— Personne d'autre n'était présent le soir en question, j'interviens. Nous ne disposons donc que de votre version des faits. Mais ces autres preuves servent à corroborer vos propos.

Elle se met à rire. Je souris, comme par inadvertance, sans savoir tout à fait ce qui a provoqué ce sourire, qui ne tarde pas à mourir. Elle ne s'arrête plus. Elle se laisse gagner par l'hystérie. Patrick la prend par le bras et la secoue, très délicatement.

— Madeleine, calmez-vous. Vous devez vous calmer, répète-t-il.

Elle frissonne, respire profondément.

— Je suis désolée. Je me disais juste que Edwin était présent, lui. Mais il ne peut rien nous dire. Plus maintenant…

Et elle fond en larmes.

Je m'approche d'elle, tente de la réconforter, mais je croise le regard de mon adversaire, qui s'avance dans le couloir à grands pas en direction de la salle d'audience. Jeremy Flynn – le genre d'avocat que tous les accusés aimeraient avoir pour leur défense. Il est grand, il a des airs d'ancien élève de collège privé, un costume trois pièces coupé sur mesure, bref, à la limite de la caricature. Pas très malin, mais il a tellement la tête de l'emploi qu'il convainc les jurés à tous les coups. Dès l'instant où j'ai vu son nom inscrit au dossier, en tant qu'avocat de l'accusation, j'ai espéré qu'il serait trop pris pour s'occuper de cette affaire. Apparemment non, mais d'ici à ce que s'ouvre le procès, peut-être en aura-t-il trouvé une autre plus intéressante.

— Alison, bonjour. Un mot, je vous prie, me lance-t-il de sa voix de stentor.

— Bien sûr. (Je lui souris et me tourne vers Madeleine et Patrick.) Ce ne sera pas long. Juste quelques échanges préliminaires.

Nous nous éloignons dans le couloir, vers une alcôve.

— Vous allez vraiment plaider non coupable, aujourd'hui ? grince-t-il, et chacun de ces mots dégouline de condescendance. Parce que la dernière fois que j'ai consulté les textes de loi relatifs à la qualification de meurtre, ils me semblaient assez tranchés, si vous me passez l'expression : planter un couteau dans le corps de son prochain est considéré comme un acte un tant soit peu criminel.

Merci pour le cours de droit de la part d'un petit con né avec une cuillère en argent dans la bouche. Je ne me départis pas de mon sourire.

— Je veux dire, franchement, Alison, continue-t-il. Vous vous amusez à quoi, là ? Pensez au temps et à l'argent que vous allez faire perdre à la justice. Je ne sais pas si vous agissez de la sorte en croyant aider cette femme, mais en réalité vous ne lui rendez pas service. Croyez-en mon expérience, Alison, c'est la voix de la sagesse.

Il baisse d'un ton et penche la tête de côté. Je crois que c'est sa façon de se donner des airs sincères.

— Vous recevrez l'exposé des faits de la défense en temps et en heure, je réponds. Et malgré l'attitude que vous croyez bon d'adopter, je vous informe que nous envisageons la possibilité de plaider la qualification d'homicide volontaire, sur la base d'une perte de contrôle de soi. Dans l'intervalle, j'espère que vous ne tarderez pas à me communiquer le reste de vos pièces. J'en ai besoin pour les utiliser contre vous, j'ironise, en lui souriant de toutes mes dents.

Il soupire.

— Bon, ça ne coûte rien d'essayer, je suppose. Mais je peux déjà vous dire que vous perdez votre temps.

Vous gâchez votre talent, Alison. Quand cesserez-vous d'accepter des dossiers aussi faibles ? J'imagine qu'ils ne vous croient pas capable de vous consacrer convenablement à votre travail, avec tout ce qui…

— Tout ce qui quoi…

Je m'interromps tout net. Merde, j'ai failli mordre à l'hameçon. Je ne vais pas m'abaisser à ça. D'un signe de tête, je prends congé et rejoins Patrick et Madeleine. Mentalement, je m'imagine frapper si fort sur la perruque de Flynn que je la lui enfonce dans le crâne, et qu'elle se constelle de bouts d'os et de cervelle.

— Des choses intéressantes à nous communiquer ? s'enquiert Patrick.

— Nan, dis-je.

— Quel abruti, celui-là, commente-t-il, et nous échangeons un regard, de nouveau en parfait accord.

Nous entrons dans le tribunal plus ou moins à l'heure et, en vingt minutes, tout est terminé. C'est sans doute le crime le plus grave que j'aie jamais eu à plaider, mais maintenant que nous sommes en salle d'audience, cela me fait l'effet d'un procès comme n'importe quel autre. La lecture de l'acte d'accusation a eu lieu, nous avons plaidé non coupable. Les formalités de la liberté sous condition de Madeleine ont été révisées et confirmées, et un calendrier a été fixé pour les divers échanges de pièces qui doivent intervenir entre les parties. J'aurai à préparer l'exposé des faits de la défense dans les deux semaines à venir, et à en informer l'accusation. Je vais aussi devoir leur adresser le rapport psychiatrique. Ils sont tenus de me transmettre leur exposé des faits et leurs pièces inutilisées qui, si elles ne leur sont d'aucune aide, peuvent en revanche nous servir. Je n'espère aucun miracle. Comme je l'ai dit à Madeleine, tout reposera sur le jury.

Lorsque nous sortons de la salle d'audience, elle me retient par ma robe.

— Vont-ils me croire ? me demande-t-elle.

— Qui ?

— Le jury. Vont-ils me croire ?

— Je ne peux pas vous le promettre. Mais nous ferons tout notre possible pour nous en assurer, fais-je en lui tapotant le bras.

Cela n'a pas l'air de beaucoup la réconforter, mais elle part avec Francine, sans se retourner.

— Faire notre possible, est-ce que ça suffira vraiment ? me glisse Patrick, tout près de moi.

— Je n'en sais rien. Tout dépend de ce que dira le fils. On sait quand on pourra recueillir sa déposition ?

— Nous attendons encore que l'accusation confirme s'ils le citeront comme témoin ou non. À première vue, il ne devrait pas avoir grand-chose à dire qui leur soit utile, donc je ne suis pas certain qu'ils le sollicitent. Mais tant que nous n'en savons rien, nous n'aboutirons à rien, m'avertit-il, et j'acquiesce en silence.

Personne ne ferait délibérément subir à un adolescent l'épreuve d'avoir à fournir des pièces à conviction dans le procès de sa mère, accusée d'avoir tué son père, mais il pourrait s'avérer le témoin qui fait toute la différence…

— Nous allons devoir patienter et voir ce qu'il en est. Dommage que ce soit ce branleur de Flynn, ce n'est pas lui qui va nous aider. Enfin, je peux quand même essayer de lui demander. Si je donne l'impression de suivre une autre piste, j'arriverai peut-être à obtenir quelque chose. Bref, je ferais mieux d'aller me changer, j'ajoute en me dirigeant vers le vestiaire.

— Tu as envie d'un café ? me demande Patrick, nonchalamment.

Il regarde partout, sauf dans ma direction. Je marque un silence. Réfléchis. Puis accepte.

— OK, et je tourne les talons pour me rendre au vestiaire.

Quand j'ai terminé, il m'attend dehors et nous marchons côte à côte jusqu'à un café proche de Ludgate Circus.

Nous avons discuté de Madeleine, du dossier de viol et d'un procès contre de gros trafiquants de drogue que Patrick entame bientôt. Le silence est à nos trousses, et nous nous efforçons de l'empêcher de nous rattraper, si nous cessons de parler, si nous mettons le son de nos voix sur pause et laissons nos yeux nous croiser plus d'une milliseconde, alors qui sait ce qu'il adviendra. Il risquerait de se pencher vers moi, de m'effleurer de sa joue. Ou alors il me prendra la main et l'embrassera, peut-être que nous sortirons ensemble du café et que nous filerons tout droit dans son appartement où nous baiserons sans nous arrêter une seconde pour nous demander pourquoi nous avions voulu un jour nous arrêter. Je sens ma respiration plus oppressée, ma gorge se serrer, j'essaie de l'ignorer, je bois quelques gorgées d'eau toutes les trente secondes. Il est au milieu d'une longue anecdote autour d'un procès pour trafic d'armes qui s'ouvrira la semaine prochaine à

Nottingham quand mon portable émet un bip. À cet instant, nous nous interrompons et nous nous regardons, la dispute que nous avons eue il y a une dizaine de jours sur le point de s'évaporer devant nous.

— Tu ne vas pas regarder qui c'est ? me demande-t-il.

J'hésite. Si c'est un nouveau message anonyme, je n'ai pas envie de le savoir. Nous sommes sur le point de nous réconcilier. Mais d'un autre côté, il pourrait s'agir de quelque chose d'important. Peut-être cela a-t-il un rapport avec Matilda. Je sors mon téléphone et y jette un œil. Le message vient de Carl.

Ma mère nous a invités, Matilda et moi, à venir passer quelques jours chez elle. Vu les circonstances, je pense que c'est la meilleure solution. Nous serons de retour la semaine prochaine.

Paupières battantes, je réponds. *Et l'école ? On n'est que jeudi.*

Rien pendant un moment, mais je vois s'animer à l'écran les points de suspension qui montrent qu'il est en train de taper quelque chose. La réponse arrive vite.

Ça ne la tuera pas de manquer une journée. Ça lui fera du bien de voir sa mamie.

La colère me saisit. Je commence à taper une réponse. Stop. Ça ne sert à rien. Une fois que Carl a pris une décision, c'est sans appel, je le sais. À la place, je tape :

Tu as raison. J'espère que vous passerez un bon moment tous les deux. Et que nous pourrons clarifier les choses à ton retour. Je vous aime.

Il répond. *Je sais que tu crois nous aimer. À dimanche soir.*

J'en ai le souffle coupé, un coup dans les côtes auquel je ne m'attendais pas. Je fixe l'écran un moment, l'œil vide, puis j'éteins mon téléphone. Il n'y a rien d'autre à ajouter.

Le temps que je gère le torrent d'émotions qui me submerge, Patrick a pris un appel. J'en ai manqué le début, mais à présent je l'écoute.

— Non, rien de ce genre… Un malentendu… Enfin, je suis désolé qu'elle ait ressenti ça… (Il a le visage tendu, les yeux concentrés sur un point sur le mur, et pourtant, quand je jette un œil par-dessus mon épaule, il n'y a rien.) Absolument, un malentendu… Oui, vous savez que jamais… Non, non, ce n'est pas le cas… OK, je vais lui parler, tirer ça au clair.

Il raccroche sans dire au revoir, la mâchoire crispée.

— Tout va bien ?

Il me regarde comme de très loin, puis son visage s'éclaire.

— Oui, oui, tout va bien. Une de mes clientes est en rogne, c'est tout. Je lui ai expliqué qu'elle allait devoir plaider coupable, et elle n'est pas ravie, comme tu peux l'imaginer… Tout va bien de ton côté ? Encore un de ces messages accusateurs ?

— Non, c'était mon mari. Ça fait un moment que je n'ai pas reçu d'autre SMS de ce genre. Depuis la dernière fois qu'on en a parlé, en fait.

— Tant mieux. Désolé de ne pas avoir pu… t'aider davantage.

Il prononce le mot « aider » avec soin.

— Tout va bien. Ça m'a fait flipper, c'est tout.

— C'est normal. Écoute, Alison. Et si on se redonnait une chance ? Même si on ne sait pas où ça nous mènera ?

Sur le moment, je me sens déchirée. Ensuite, je me représente Carl et Matilda, leurs visages tout près l'un de l'autre, et je les range dans un coin de ma tête, dans une petite boîte fermée à double tour. Je tends la main à Patrick, et il la prend dans la sienne.

— Tu travailles cet après-midi ?

— Plus maintenant, me dit-il.

Et il m'attire à lui.

14

— Ne pars pas, chuchote-t-il, en me retenant par le bras.

— Je dois y aller. Je n'ai pas envie de prendre de risque.

— Quel risque ? Tu as dit qu'ils étaient partis.

Il se rassoit dans le lit et m'enlace. Je me dégage.

— Il vaut mieux que j'y aille. On peut toujours se voir demain.

— Demain je serai peut-être pris.

Il prend un ton maussade.

— À toi de voir, je réplique.

Je me lève pour l'embrasser. Je n'ai pas envie de partir, mais il est presque onze heures du soir. Nous n'avons pas quitté le lit depuis que nous avons rejoint son appartement, en début d'après-midi, nous levant seulement pour faire pipi et, dans le cas de Patrick, pour apporter du vin et des tranches de jambon ibérique de la cuisine. Je vais devant le miroir et m'arrange les cheveux, j'efface les traces de mascara qui subsistent au creux des petites ridules que j'ai sous les yeux.

— Je plaisante. Bien sûr que je ne serai pas pris. Pourquoi tu ne me préparerais pas un dîner chez toi ? propose-t-il.

Je pivote aussitôt, stupéfaite de cette suggestion. Jusqu'à présent, il n'avait jamais manifesté le moindre intérêt pour ma vie en dehors de lui, compartimentant les choses presque aussi consciencieusement que je le fais avec ma propre famille.

— Un dîner chez moi ? Dans ma maison ?

J'en suis réduite à me répéter.

— Oui. J'ai cuisiné pour toi. C'est ton tour maintenant. Et si la maison est vide, qu'est-ce qui nous en empêche ?

Je vois tant de raisons que je ne sais par où commencer. La coexistence est une chose, sa trajectoire et celle de mon mari demeurant parallèles, la juxtaposition en est une autre. Que mon amant mange dans nos assiettes, boive dans nos verres à pied… Il verrait les photographies de Matilda, la photo de mariage du temps où Carl et moi supportions encore de nous toucher. Cette idée me donne la chair de poule. Je me retourne vers le miroir, m'attarde encore un peu, m'arrange la figure pour gagner du temps.

— Je ne suis pas sûre que ce soit une bonne idée, dis-je finalement, consciente de la platitude de ma réponse.

— C'est une excellente idée. Tu m'as vu chez moi… Je veux te voir chez toi, moi aussi. J'ai envie de mieux te connaître, Alison. De tout savoir de toi. Bon sang, je ne sais même pas si tu sais cuisiner. On baise depuis plus d'un an, et tu ne m'as jamais ne serait-ce que préparé un œuf à la coque, proteste-t-il gentiment, en sortant du lit et en venant m'envelopper dans ses bras.

— Je ne suis pas sûre qu'un œuf à la coque, ça soit tellement notre truc, je réplique.

— Et si j'ai envie que ça devienne notre truc ?

Sa tête est tout près de la mienne, son menton posé sur mon épaule. Il me sourit dans le miroir, et la tentation est trop forte. La chaleur de son regard est si intense, comparée au mépris que je décèle dans celui de Carl, que je ne peux résister. J'adorerais cuisiner pour quelqu'un qui ne critiquera pas tout ce que je lui prépare.

— Je dois d'abord m'assurer qu'ils sont bien partis. Je peux te confirmer ça demain ?

Il me retourne vers lui et m'étreint.

— Oui, bien sûr. Fais-moi savoir quand et où. Et je mange de tout.

— Je ne suis pas très douée en cuisine… Ne t'emballe pas trop.

— Je me ferai mon propre avis.

Il m'embrasse et je lui rends son baiser, jusqu'à ce qu'il soit clair que cela va nous ramener directement dans son lit. Je me dégage.

— Je rentre chez moi, maintenant. Je t'appelle dans la matinée.

— J'ai hâte.

Il m'embrasse à nouveau, mais cette fois il me laisse filer.

À mon retour, la maison est déserte. C'est la première fois que je m'y retrouve seule depuis la naissance de Matilda. Je lâche mon manteau sur le bas de la rambarde et je laisse mon sac à roulettes près de la porte d'entrée. Je monte à l'étage me changer, puis je passe dans la chambre de Matilda, où je m'assois sur son petit lit. Elle a laissé son éléphant rose, la peluche que je lui ai achetée la semaine de sa naissance. Ils étaient inséparables depuis. Jusqu'à aujourd'hui, apparemment. À y regarder de plus près, je me rends compte que la fourrure est pelée et que le rembourrage est inégal, plein de bourrelets. Je le porte à mon visage et l'odeur rance, comme celle du lait tourné, me donne presque un haut-le-cœur. Je suis tentée de le mettre dans le lave-linge, pendant qu'elle n'est pas là pour protester, mais je résiste à cette impulsion – tout est suffisamment fragile comme ça, je n'ai pas envie de la priver de l'odeur de son doudou sans son consentement. Je repose l'éléphant rose sur l'oreiller.

Je ferme tous les rideaux de la maison et j'allume les lampes, en vérifiant que la porte de derrière soit bien fermée. C'est Carl qui s'en charge normalement. Je me sens déstabilisée, errant en roue libre d'une pièce à l'autre avec la sensation que mes freins ont lâché. Mais l'idée de montrer ma maison à Patrick est euphorisante. J'ai envie qu'il l'apprécie, qu'en lisant les titres des livres dans les rayonnages de ma bibliothèque il ait l'impression de lire en moi. J'en replace deux ou trois, je range la série *Twilight* derrière une rangée et je mets en évidence des volumes de Diaz et Pelecanos, ainsi que le *Véra va mourir* de Ruth Rendell. Je m'attarde un instant sur ma photo de mariage – ça ira, elle ne me gêne pas, même si ce n'est pas mon meilleur profil.

Celle de Carl et moi avec Matilda souriante entre nous retient mon regard et je la prends pour l'observer un moment. Nous paraissons si heureux, des parents fiers, et tellement plus jeunes qu'aujourd'hui. Je fais le tour de la maison et retire toutes les photos de Matilda, que j'empile dans un placard du salon. Je ne veux pas non plus que mon amant sache tout de moi. Pas encore. Ce temps viendra peut-être, mais nous n'en sommes pas là. C'est déjà un assez grand pas, et qui sait où cela nous mènera, si tant est que cela nous mène quelque part.

Pour l'heure, il est minuit passé et je me mets au lit, où je m'étale au milieu du matelas. Sans mon mari, je dors profondément, n'ayant pas à éviter de le toucher accidentellement. Je ne me réveille que lorsque mon réveil sonne à sept heures.

J'envoie un SMS à Carl dès que je suis levée.

Vous me manquez tous les deux. Comment ça va ? Bisous.

Il met du temps à répondre, mais finit par le faire.

Nous allons bien. Aujourd'hui on va à la plage et demain dans un château.

Son laconisme me dérange, mais au moins il ne prévoit manifestement pas de rentrer tout de suite. Je lui réponds *Amusez-vous bien* et je me le sors de l'esprit. Mais pas Matilda. Je songe à l'envie que j'ai eue de l'effacer de sa propre maison, et une boule se forme dans ma gorge avant de se loger dans ma poitrine. Elle mérite mieux que cela. Je n'ai aucun droit de traiter son foyer de cette manière, d'agir comme si elle n'existait pas. J'attrape mon téléphone et j'appelle Carl, mourant d'envie de parler à ma fille. Il ne prend pas l'appel. J'essaie à nouveau, et une fois encore il ne répond pas.

Nous sommes sur le point de sortir. Je te l'ai dit. Que veux-tu ? C'est le SMS de Carl.

Je veux parler à Matilda.

Il répond. *On n'a pas le temps. Et je pense que cela ne fera que la perturber. Arrête d'être si égoïste.*

J'ai envie de rappeler et d'insister pour qu'il me la passe, mais il a raison, je n'ai pas envie de la perturber. Je sais qu'elle sera heureuse de se balader avec son papa et sa grand-mère. Il ne vaut mieux pas faire toute une histoire – je suis certaine qu'ils seront de retour demain et j'aurai alors la possibilité de la serrer contre moi, de discuter de tout ce qu'elle aura fait. Je m'efforce de me sortir cette culpabilité de la tête. Je dois me rendre au tribunal et planifier un dîner.

J'y réfléchis dans le bus qui conduit à Holborn, et sur la route qui mène à l'Old Bailey. Patrick m'a cuisiné de l'agneau l'autre fois. Donc pas d'agneau ce soir. Je fais des recherches sur Google, j'essaie de trouver quelque chose qui soit dans mes cordes tout en étant susceptible de l'impressionner. De le séduire, même. Le greffier m'appelle à entrer en salle d'audience à trois reprises, avant que je ne me rende compte qu'on me réclame, et la requête de remise en liberté sous caution que je présente pour le compte d'un de mes collègues ne figurera pas parmi mes meilleures prestations. Je me rappelle même avoir appelé la juge « Madame ». La demande nous est cependant accordée. Je rapporte ensuite les documents au cabinet, où je récupère ceux de mon procès de la semaine prochaine. J'ai le reste de la journée pour planifier et préparer le repas de ce soir.

Je prends la Piccadilly Line jusqu'à la station de Holloway Road et je fais un saut au Waitrose, le supermarché. En temps normal, c'est Carl qui s'occupe des courses, sillonnant les rayons comme un pro, réduisant la distance entre les condiments et les corn-flakes grâce à une liste soigneusement rédigée. Il me faut trois fois plus de temps qu'il n'en mettrait. Je vais d'abord au présentoir de la boucherie et inspecte les différents morceaux, le suintement du sang me rappelant mon déjeuner avec Madeleine. Pourtant, c'était un bon repas, et il me sert d'inspiration. J'attrape deux steaks préemballés, et je retourne musarder au rayon des fruits et légumes acheter des asperges et des fraises. Je retourne au rayon froid choisir des frites surgelées et, incapable de me souvenir si j'ai de la mayonnaise à la maison, je m'en procure aussi un pot. Enfin, je repasse au rayon froid compléter avec des mousses au chocolat. Je n'imagine pas Patrick manger du pudding que je lui aurais préparé.

— Tu n'aurais pas dû faire autant d'efforts, me dit-il dès que j'ouvre la porte.

— Je n'ai rien fait.

— Je ne te le fais pas dire !

Il éclate de rire, puis il se penche et m'embrasse. Après le week-end dernier, je ne me donne plus la peine de me mettre en grande tenue pour personne. Contre-productif. Étudiante, le meilleur sexe que j'aie jamais eu s'était déroulé alors que je portais un vieux pantalon crado et que mes jambes n'étaient pas rasées. J'aurais dû m'en souvenir avant d'enfermer mes courbes dans la robe qui a inspiré tant de dédain à Carl. J'ai donc opté ce soir pour un pantalon de survêt et un vieux débardeur, ma bretelle de soutien-gorge dépassant au niveau de l'épaule. Mais je dois avouer que j'ai quand même consacré un certain temps à mon visage, à peaufiner l'éclat de mon teint pour avoir un look naturel, qui donne l'impression que je n'ai aucun maquillage et pour lequel j'ai utilisé quasiment tous les produits cosmétiques en ma possession.

Il me pousse à l'intérieur et referme la porte derrière lui d'une main ferme. Il me tire par le col de mon débardeur jusqu'à en faire craquer les coutures. Il lâche les lambeaux sur le sol. Ensuite il me retourne face contre le mur et me baisse mon bas de survêtement. Avec une main, il me maintient le dos, et de l'autre il déboutonne sa braguette. Il crache dans sa paume et s'astique avant de s'insérer en moi, sans tenir compte de mon gémissement de douleur initial. En quelques instants, c'est terminé. Il se retire et m'embrasse.

— J'ai pensé à ça toute la journée, finit-il par m'avouer.

Je suis essoufflée, ne sachant trop que ressentir au sujet de ce qui vient de se produire. Pourtant, je ne dis rien. Je me rends compte que ma culotte est autour de mes chevilles. Je la remonte, ainsi que mon survêtement. Je ramasse les morceaux déchirés de mon débardeur : ils sont irrécupérables. Au moins, j'ai toujours mon soutien-gorge.

— Je croyais que tu venais dîner, je finis par lâcher.

— C'est le cas. Et je suis aussi là pour l'après. Et pour l'avant.

— Je vais mettre un autre haut, dis-je, en m'écartant.

Je pose le pied sur quelque chose de dur, que je ramasse ; une petite pièce de Lego que j'ai oublié de ranger. Je l'observe et je me sens de plus en plus mal à l'aise, à jouer le rôle de la maîtresse sous le toit où vit ma fille. Patrick se montre insistant, tente de prendre l'ascendant.

— Non. Tu me plais comme ça.

Il tire de nouveau sur mon pantalon, mais cette fois laisse ma culotte tranquille.

— La cuisinière nue ? Ce n'est pas un peu cliché ?

Je le repousse, mais je ne ramasse pas mon bas de survêtement.

— Un peu de cliché ne fait de mal à personne. Allez, prenons un verre.

Il me tend un sac plastique contenant plusieurs bouteilles. Je n'avais même pas réalisé qu'il avait apporté quelque chose.

Je le dirige, les bouteilles à la main, vers la cuisine, consciente de ma presque nudité, que je m'efforce pourtant d'ignorer. Depuis la naissance de Matilda, j'ai renoncé à la nudité, les ravages de la grossesse ainsi que de l'âge concourant à ma réticence à me balader sans être couverte et protégée par un pyjama cradingue et une épaisse polaire que j'avais chipée à Carl un Noël. Dans la cuisine, la lumière est allumée, et je réalise que les voisins pourraient tout à fait suivre ce petit spectacle s'ils le voulaient. Bien sûr, on est à Londres, on se parle à peine, mais si l'un d'eux, croisant mon mari un matin, devait évoquer le numéro auquel je me suis livrée sous leurs yeux ? Est-ce que Carl s'en soucierait seulement ? J'attrape un tablier pendu à la barre du four et je le noue autour de ma taille.

— Poulet ? hasarde Patrick.

— Non, steaks. Je n'ai pas envie de me griller, dis-je avec dignité tandis que je me dirige vers la porte vitrée de la cuisine pour défaire les nœuds des rideaux. En temps normal, nous ne les fermons jamais. De la poussière et des papillons de nuit morts s'envolent d'entre les plis, mais au moins personne ne me voit maintenant.

Tout en m'affairant, je l'entends fouiller dans les tiroirs. Quand je me retourne, il brandit un tire-bouchon et il a déjà débouché une bouteille de vin. Je sors deux verres du vaisselier et les lui tends. Il les remplit.

— À nous, s'écrie-t-il, et nous trinquons. Qu'est-ce qu'on mange ? À part le steak ?

— Légumes et frites au four. Je t'ai prévenu, je ne suis pas un cordon-bleu.

— Je suis sûr que ce sera délicieux.

Il est bien élevé, je lui reconnais ça. Quand il veut. Il passe au salon côté rue, tandis que j'allume le four et que je dispose les frites sur la plaque. Quand il revient, il tient en main notre photographie de mariage.

— Alors c'est ton mari ?

— À ton avis ?

Il règne une tension dans l'air qui n'existait pas l'instant d'avant. Nous échangeons un regard, puis il remporte la photo au salon. Il la repose sur le rayonnage, et j'entends le claquement du cadre contre le bois.

— Tu savais depuis le début que j'étais mariée.

— Je le savais, oui. Je le sais.

— Tu t'es énervé parce que je n'appréciais pas que tu fréquentes quelqu'un d'autre.

Je n'ai pas envie de réveiller notre vieille dispute, mais ça doit être dit.

Il soupire.

— OK, inutile de revenir là-dessus. Désolé d'avoir plombé l'ambiance. N'y pensons plus pour le moment. Loin des yeux, loin du cœur, hein ?

C'est plus facile à dire pour toi, je songe, mais je ne discute pas. J'enfourne les frites et je taille les pointes d'asperges.

Vin. Steak. Encore du vin. Des frites calcinées mises de côté. Et encore du vin. Nous sommes allongés l'un contre l'autre dans le canapé, nous nous échangeons des cuillerées de mousse au chocolat. Il me repousse doucement au sol et cette fois il prend son temps. Je tâche de me détendre, mais c'est difficile quand il commence à étaler de la mousse au chocolat sur ma peau. La seule chose à laquelle je pense, c'est aux taches qu'il risque de faire sur le tapis et à la manière dont je vais devoir expliquer la chose à Carl.

— Hé, relax. Je croyais que ça te plairait, me dit-il en relevant la tête.

Il a la figure barbouillée de chocolat et je n'ai qu'une envie, éclater de rire. Je me retiens et le rire se mue en reniflement. Il sourit.

— Oui, comme ça, fait-il d'une voix ravie, et il reprend son manège.

Je ferme les yeux, avec l'intention de vivre pleinement ce moment. Mais le poil dru du tapis me rentre dans le dos et la mousse me démange le ventre. Je rouvre les yeux et je regarde la pièce autour de moi, les diodes rouges de la télévision et du lecteur DVD qui luisent dans l'angle. Je n'ai pas envie de l'envoyer promener et je sais que c'est à moi de faire des efforts, pas à lui, mais je n'arrive pas à attiser mon désir. J'écarte sa tête.

— Je ne suis pas trop dans le mood. Désolée… Je n'arrive pas à me détendre.

Il est au-dessus de moi, tout sourire.

— Je vais te détendre, tu vas voir. Il faut juste que tu me laisses faire.

Il recommence, mais une fois encore je repousse sa tête. Il me prend les mains fermement et me plaque les bras au sol. Il tire trop fort dessus, ça me fait mal. Je me contorsionne pour essayer de me libérer, mais il pèse de tout son poids sur mes jambes et je suis incapable de bouger. Il presse la tête, les dents, la langue contre moi, c'est douloureux, et je tente de bouger les jambes, les mains, mais je ne peux pas et il refuse de s'arrêter.

Il relève la tête.

— Je vais te faire aimer ça, me souffle-t-il.

— Arrête.

Je crie, je me tords pour me dégager, mais cela ne sert à rien, il continue de me lécher de plus en plus fort avant de relâcher ma main droite et d'introduire ses doigts tout au fond de moi. Cela fait encore plus mal.

Je hurle.

— Arrête !

J'oublie le canapé, le tapis, le chocolat, et je réussis à me retourner sur le ventre et à m'éloigner en roulant sur moi-même, mais je me cogne les jambes à la table basse. Je me relève tant bien que mal, la cuisse et l'épaule encore endolories par le choc. Il se lève lui aussi et, le temps d'un instant, j'ai l'impression qu'il va me rattraper, m'empoigner à nouveau, mais il lève les mains en l'air en signe de reddition et recule.

— Désolé, Alison. Désolé. Je croyais que ça te plairait.

— Tu t'es trompé.

Il y a un plaid sur le dossier d'un des fauteuils, je le prends et m'en entoure la taille. J'allume la lumière et j'évalue les dégâts dans la pièce. Il y a une longue traînée brune sur le tapis. Je me laisse retomber lourdement dans le canapé.

— Je suis désolée d'être à cran comme ça, je soupire. Je ne voulais pas que ça se passe ainsi. C'est peut-être le fait de me trouver ici, dans cette maison…

— Tu n'as pas à t'excuser. J'aurais dû m'arrêter dès que tu me l'as demandé. Je me suis laissé emporter, admet-il. (Il s'assoit dans le sofa à côté de moi et me tend la main. Au bout d'un moment, je la prends mollement dans la mienne.) Mais tu ne m'avais encore jamais arrêté.

— Jusque-là, je n'en avais jamais eu envie. Mais là je ne le sentais pas, c'est tout.

— Je suis désolé, répète-t-il, et, pendant un moment, nous restons immobiles, main dans la main.

Le bip de mon portable dans la cuisine rompt le silence.

— Il vaut mieux que je voie qui c'est. C'est peut-être…

Sans terminer ma phrase, je me lève et récupère mon téléphone. C'est un message. D'un numéro inconnu. Exactement ce qu'il faut pour couronner la soirée.

Espèce de sale pute.

Magnifique.

Je lui tends le portable et il lit le message.

— Putain, tu ne vas pas prendre ces conneries au sérieux, si ? s'exclame-t-il.

— Ça me rend malade.

Il relit les mots inscrits à l'écran et supprime le SMS avant d'éteindre mon portable et de le reposer sur la table basse.

— S'il te plaît, peut-on éviter d'y repenser pour ce soir ? Qui que ce soit, ça ne signifie rien. Juste un bruit de fond.

Je m'assois dans le fauteuil en face de lui, j'étends le plaid sur mes jambes. Je commence à avoir froid.

— Si, ça signifie quelque chose. Je ne peux pas me contenter de l'ignorer.

— Si, tu peux. Il suffit de le choisir, insiste-t-il. La personne qui a écrit ça cherche une réaction. Ne lui procure pas cette satisfaction.

— Tu parles comme quelqu'un qui conseillerait à son enfant d'ignorer les petites brutes qui l'embêtent en cour de récréation.

— Et alors ? Je n'ai pas envie de gâcher la soirée.

— Qui te dit qu'elle n'est pas déjà gâchée ?

Je regarde de nouveau le tapis souillé.

— Encore une fois, seulement si tu permets qu'elle soit gâchée. Je t'ai dit que j'étais désolé. Je me suis laissé emporter.

— Ce n'est pas vraiment une excuse.

— C'est la meilleure que j'aie à te proposer, réplique-t-il, et il se lève.

Il s'agenouille par terre à côté de moi, m'enserre de ses bras et je finis par me relâcher dans son étreinte. Tout reste en suspens un instant, mais je ne supporte pas cette discussion. Il s'est pourtant bien arrêté, en fin de compte, et peut-être suis-je vraiment sur les nerfs.

— Recommençons de zéro, dit-il. Je vais aller chercher du vin.

Pendant qu'il va dans la cuisine, je rallume mon téléphone. Carl m'a envoyé une photo de Matilda et sa mère, occupées à cuisiner un gâteau ensemble. Matilda a l'air vraiment heureuse, les mains couvertes de farine et du chocolat autour de la bouche. Le manque me submerge et je me sens dépossédée, vidée de tout ce qui est bon et pur. Je suis assise presque nue dans mon salon, dans la pièce où Tilly joue et regarde la télé, en attendant qu'un homme qui ne comprend pas le sens du mot « non » revienne me harceler. Si j'étais l'une de mes amies, à cette minute, je me crierais dessus, en m'exhortant à cesser de me conduire comme une idiote, une garce et une égoïste. Je sens ma poitrine se serrer, mon menton se crisper, et les larmes perlent au coin de mes yeux.

Patrick revient dans la pièce avec deux verres de vin. Il s'assoit à mes côtés, dans le canapé. Je me lève et prends place dans le fauteuil.

— Merde, Alison. Je t'ai dit que j'étais désolé.

Il vide son verre d'un trait.

— Ce n'est pas ça.

— Ne me dis pas que tu te sens à nouveau coupable.

— Écoute, Patrick, c'est compliqué, je me rebique.

Il sort de la pièce, revient avec la bouteille de vin dans la main. Il remplit son verre, un peu de rouge coule du ballon sur le tapis. Encore de nouvelles taches.

Je bois mon verre. Entre nous, le silence s'étire. J'ai l'impression de nous observer à distance, perchée quelque part dans un angle de la pièce. Il prend une longue inspiration.

— Tu veux une clope ? J'en ai, me propose-t-il.

— Non. Ça ira.

Il y a un long silence.

— Je crois que je ferais mieux d'y aller.

Je m'enveloppe encore plus étroitement dans la couverture.

— Bon, alors ? reprend-il. Tu veux que je reste ?

— Patrick…

— D'habitude, le côté brusque, tu aimes bien ça, proteste-t-il d'une voix boudeuse.

— Je crois que c'est le fait d'être chez moi, je réponds. Je suis vraiment désolée. Je n'avais pas l'intention de gâcher la soirée.

Il m'effleure le genou. J'essaie de ne pas m'effaroucher.

— À l'évidence, c'était trop pour toi. Je vais m'en aller. (Il se lève.) Je suis désolé, Alison. C'était une erreur de ma part de venir ici. C'est ta maison, la maison de ta fille… Je n'ai pas ma place ici.

Tandis qu'il ramasse ses affaires sur le sol et se rhabille, je me lève, immobile au centre du salon, la couverture serrée autour de moi. Je m'efforce de ne pas fondre en larmes, une boule grossit dans ma gorge, ma bouche tremble. J'ai envie qu'il parte, mais j'ai aussi envie qu'il reste, et si je dis un mot, la digue va crever et je vais me mettre à pleurer pour de bon.

Son manteau boutonné, ses chaussures lacées, sacoche à la main, il se penche au-dessus de moi et m'embrasse sur le front.

— Je t'appelle.

Et le voilà parti. Quand il ouvre et referme la porte d'entrée, je sens un courant d'air froid. Je reste debout là où je suis. Une fois que la boule dans ma gorge s'est dissoute, je me sers un autre verre de vin. J'éteins la lumière en bas et me fais couler un bain. Mes mains sont moites et mes pieds froids. Je reste un long moment allongée dans le bain, j'immerge ma tête sous l'eau. Je n'entends plus que le claquement des tuyauteries quand le chauffage central se coupe pour la nuit. Lorsque je me redresse, l'eau est tiède et la peau de mes doigts est fripée, bleuie. En bas, mon portable sonne, sonne, mais je me mets au lit et je me recroqueville en position fœtale, la tête mouillée contre l'oreiller.

Je n'ai pas l'impression que je vais réussir à m'endormir, mais le sommeil me vient facilement. Mon téléphone continue de sonner mais la sonnerie s'insinue dans mon cerveau fatigué comme une berceuse. Je ne sais combien de fois elle a retenti cette nuit-là, mais je ne bouge pas, Patrick et Carl me pourchassent dans mes rêves au rythme de ces appels.

15

Dimanche, Carl et Matilda rentrent à la maison. Matilda s'accroche à moi comme une ventouse, elle me montre les dessins qu'elle a crayonnés pendant le week-end. Lui, il semble indifférent, ne réagissant qu'à des questions directes, et encore, avec sécheresse. La maison est impeccable, j'y ai veillé, j'ai briqué à fond le moindre recoin pendant ces deux jours où j'étais seule, et remis les photographies de Tilly à leur place habituelle. J'ai préparé du poulet et un gratin de macaronis, et elle ne fait qu'une bouchée de l'un et de l'autre. Je ne lui rappelle pas son flirt de courte durée avec le végétarisme, simplement soulagée que cela lui soit si vite passé. Carl mange, lui aussi, enfournant son plat sans même y jeter un œil. Et, j'en suis à peu près certaine, sans le savourer non plus, mais au moins il a l'air de ne rien trouver à y redire.

Après le dîner, je donne le bain à Matilda et lui lis une histoire. Une fois que mon mari a fini de manger, il s'assoit lourdement dans le canapé du salon et ouvre son ordinateur portable. Je lui demande s'il veut bien m'aider avec Matilda et il me grommelle quelques paroles inintelligibles, sans se retourner. Je prends cela pour un refus. Quand je brosse les cheveux de ma fille et les lui sèche, elle se blottit contre moi. Elle est endormie avant huit heures et demie. Je suis tentée d'aller moi-même me coucher, les heures de silence qui nous attendent probablement, Carl et moi, me pèsent d'avance. Je redescends au bas de l'escalier et je me tiens prête.

— Tu as passé un bon week-end, alors ? je demande, en m'asseyant en face de lui, dans le salon.

La tache brune sur le tapis est maintenant très légère – j'ai consacré tout mon samedi à la nettoyer, en appliquant couche après couche de Vanish. Je fais de gros efforts pour ne pas regarder l'ombre qui subsiste, même si franchement, au vu de toute l'attention qu'il m'accorde, cela importe peu.

— Et ton week-end ? je répète, car il n'a toujours pas répondu à ma question.

— Quoi ? Oh, oui. Ça fait du bien de partir un peu, admet-il, sans s'arrêter de lire son écran.

J'ai envie de le lui arracher des mains.

— Les photos que tu m'as envoyées étaient sympas.

Je suis déterminée à ne pas le lâcher.

— Oui, oui, marmonne-t-il.

Ce qu'il regarde doit être vraiment captivant.

— Carl, tu veux bien me regarder ?

— J'essaie juste de finir de travailler…, commence-t-il, mais je l'interromps en lui retirant l'ordinateur des mains.

Il tente de le reprendre, mais je rabats l'écran et je le pose sur l'étagère derrière moi.

— Rends-moi mon ordinateur, s'agace-t-il.

Il a l'air furieux. Mais au moins il me regarde.

— Non. Il faut qu'on parle.

— On a rien à se dire. Je veux juste récupérer mon ordinateur, répète-t-il.

Il se lève et contourne le canapé mais je suis plus rapide que lui. Je m'en empare et l'agrippe fermement entre mes bras.

— Ne m'oblige pas à te faire mal, menace-t-il.

Apparemment, il est sérieux parce qu'il me saisit les bras et tente de les ouvrir de force.

— Qu'est-ce que tu fous, ça ne va pas la tête ?

Je me dégage de lui, en le repoussant des coudes.

— Donne-moi mon ordi, me hurle-t-il en pleine figure.

— Très bien, le voilà, ton putain d'ordi.

Je le pose sur le sol, en le repoussant brusquement loin de moi. Le portable glisse sur le tapis et heurte le mur. Carl se précipite dessus et le ramasse précautionneusement, avant de revenir s'asseoir dans le canapé et de le rouvrir.

Je remonte les manches de mon pull et découvre des marques écarlates sur mes bras.

— Tu m'as marqué la peau, je proteste.

Il ne lève pas les yeux.

— Carl, tu m'as fait mal aux bras. Regarde-moi, merde.

Je suis si choquée de la brutalité physique de sa réaction que je me moque de savoir si je l'énerve.

Enfin, il me regarde.

— Tu n'aurais pas dû me le prendre.

— Il faut qu'on parle. Tu refuses de me parler. Tu ne m'avais encore jamais fait mal et tu te comportes comme si ça t'était égal.

Ce n'est pas intentionnel, mais je fonds en larmes, et les mots qui franchissent mes lèvres ne sont que geignements incohérents.

— Je ne vois pas bien ce qu'il y aurait à dire, me réplique-t-il.

— On se sépare alors ? Tu veux divorcer ?

À présent, je sanglote.

— Alison, je…

Il s'apprêtait peut-être à formuler une remarque profonde, mais il s'interrompt et fixe la porte. J'attends qu'il parle, mes sanglots apaisés, et ensuite je vois pourquoi il s'est arrêté. La porte bouge, très lentement, mais des pleurs étouffés s'en échappent. Il s'en approche et je vois Matilda qui est là, derrière la porte, agrippée à son éléphant rose, le visage tout chiffonné. Il la prend dans ses bras et elle s'effondre contre son épaule.

— Vous allez divorcer ? demande-t-elle quand elle s'est finalement assez calmée pour parler.

— Non, lui répondons-nous d'une seule voix.

— Je vous ai entendus vous disputer. Je suis descendue et j'ai entendu maman qui disait « divorce ». Je déteste quand vous vous disputez. S'il vous plaît, arrêtez.

Elle se remet à pleurer.

Je me sens comme si quelqu'un m'avait saisie par la taille et empoigné les entrailles avant de lentement, lentement me les tordre. Je ressens une douleur dans la poitrine, une masse d'où se propagent des vrilles de glace. Carl a l'air bouleversé lui aussi, son air indifférent cède la place à son inquiétude pour Matilda. Il l'installe sur ses genoux et la serre contre lui.

— Carl, il faut qu'on parle. Regarde l'effet que ça fait à Matilda, à nous trois.

Maintenant, je m'en fous de le supplier. Il faut qu'on sorte de cette impasse.

Il s'enfonce dans le dossier du fauteuil, Matilda renversée contre lui. Son visage a une expression que je suis incapable de déchiffrer – de défaite, peut-être. Ou simplement d'épuisement.

— D'accord, on va parler. Mais plus tard, précise-t-il. (Il retourne Matilda sur ses genoux, jusqu'à ce qu'ils soient face à face.) Tilly, mon chou. Je suis désolé que tu nous aies entendus nous disputer, mais pour le moment, maman et papa ne s'entendent pas très bien. Cela ne veut pas dire que nous allons divorcer, juste que nous nous disputons. Tu sais, quand tu te disputes avec ton amie Sophie à l'école ?

Il continue de lui parler, mais je suis incapable de retenir ses propos. Ils glissent sur moi.

— … mais nous allons régler nos problèmes parce que nous sommes ta maman et ton papa et nous t'aimons beaucoup, ajoute-t-il, en m'incluant à nouveau.

Je hoche la tête en signe d'acquiescement, et je vais m'agenouiller à côté d'eux. Je passe le bras autour de Matilda, en tâchant d'éviter de toucher Carl, sans y parvenir. Il ne tressaille pas à mon contact et je me dis que c'est déjà un début.

— C'est tout à fait vrai, ma chérie. Nous t'aimons vraiment beaucoup, je renchéris.

Nous parvenons à la calmer et à la monter dans son lit, et nous restons avec elle jusqu'à ce qu'elle se soit endormie. Carl redescend au rez-de-chaussée le premier et je le suis lentement, en espérant qu'il consente enfin à s'ouvrir à moi.

— C'est pour cela que c'est si important, Carl. Pour Matilda. Pas seulement pour nous. Il faut qu'on travaille là-dessus, pour elle. Tu n'es pas d'accord ?

Son regard est hostile. Ou alors simplement méfiant. Il cherche à jauger ma sincérité. Je vois bien sa façon de faire.

— Et je suis désolée de ce qui s'est passé le week-end dernier. Je n'avais pas l'intention de me saouler autant… Je ne sais pas ce qui s'est passé.

— Tu ne sais jamais…

Sa voix est basse, mais j'entends assez distinctement les mots qu'il prononce.

— Oh, je t'en prie, arrête. Je fais des efforts, là. Je suis vraiment désolée. Je vais faire de mon mieux.

— Il en faudra plus que ça. Tu m'as déjà répété cette promesse tellement de fois.

Il se redresse, la tête contre le dossier du sofa, les yeux fermés. Il a l'air vaincu.

— Accorde-moi une autre chance, c'est tout. Il faut qu'on essaie d'arranger ça, ne serait-ce que pour Matilda.

Il soupire, rouvre les yeux, me regarde sans détour pour la première fois depuis leur retour de chez sa mère. En réalité, pour la première fois depuis Brighton. Nous maintenons cet échange de regards un moment, mais le sien se dérobe le premier.

— Je suis fatigué, Alison. Tellement fatigué de tous ces drames. J'ai envie de calme et de silence. J'ai envie de poursuivre mon travail et de m'occuper de notre fille, sans avoir à me soucier de tout ce… cirque sans arrêt, m'annonce-t-il.

— C'est ce que je veux aussi. Je n'ai jamais rien voulu d'autre.

— Je sais que c'est ce que tu penses. (Le ton de sa voix se fait presque prévenant.) Mais pour l'heure, je ne crois pas que ce soit vrai. Tu ne sais pas ce que tu veux. Et c'est ça qui nous tue.

Impossible qu'il devine ce à quoi je pense, je sais qu'il ne peut pas être au courant pour Patrick, mais mon cœur sursaute quand même, et ma langue me semble soudain épaisse et sèche. Puis une bouffée d'adrénaline monte en moi.

— Il n'y a pas que moi, tu sais. Depuis deux ans, tu ne me touches plus. Surtout depuis l'été dernier. C'est toi qui ne voulais plus baiser avec moi. Tu me l'as clairement signifié je ne sais combien de fois.

— Tu vois, Alison, c'est ce que je veux dire. Pourquoi appelles-tu cela baiser ? Entre nous, ce devrait être « faire l'amour ». Je ne vais pas « baiser » ma femme, souligne-t-il, la tête penchée, avec une expression laissant fortement percevoir ce qu'il pense de ma maladresse et de ma rudesse.

— Baiser ou faire l'amour, peu importe comment tu veux appeler ça… C'est toi qui as perdu tout intérêt pour la chose, depuis deux ans. Tu le sais parfaitement. Tu disais que tu étais stressé et ça s'arrêtait là. Je ne suis pas la seule fautive dans l'histoire.

— Le mariage, ce n'est pas que le sexe, Alison. C'est tout un édifice. Nous sommes partenaires dans cette aventure, Alison, et nous effectuons le chemin ensemble pour créer la meilleure vie possible à notre fille.

Il sourit. J'ai l'impression qu'il est sur le point de me tapoter la tête.

— Arrête de répéter mon nom tout le temps, putain.

J'en ai vraiment marre de son ton condescendant.

— Ne crie pas. Tu vas réveiller Matilda.

Je réprime un hurlement et frappe violemment du poing sur l'accoudoir du fauteuil. Je me fais mal. Je me masse la main et il croise de nouveau brièvement mon regard et, sur l'instant, je crois presque que nous allons éclater de rire, l'absurdité de notre situation dissipant toute agressivité. Je veux dire, c'est de nous deux qu'il s'agit, de Carl et moi. Nous sommes ensemble quasiment depuis que nous sommes adultes. Nous avons tout traversé. Mais le moment passe et son visage se durcit.

— Nous allons essayer, Alison. Pour Matilda. Mais tu vas devoir faire preuve de beaucoup plus de maturité si tu veux que ça fonctionne. Pour le meilleur et pour le pire, tu te souviens ?

Le pire. De pire en pire. Pire que tout. Je sens encore le fou rire arriver, mais il serait déplacé de le laisser s'exprimer. Mon mari n'est pas d'humeur rieuse. Je ne reconnais pas l'expression qui s'est plaquée sur son visage, mais ensuite je saisis : à présent, j'ai droit à Carl le thérapeute, le sourcil froncé, pétri de sincérité. Je réprime une remarque. Certes, il a en partie provoqué la décrépitude qui sclérose notre mariage, mais c'est moi qui l'entretiens. Et c'est moi qui baise (oui, qui baise, littéralement) avec un autre. Je me répète que tout ça, c'est pour Matilda. Je veux m'améliorer, pour elle, être une meilleure mère, une meilleure épouse.

— Je me souviens, en effet, je réponds. Pour le meilleur et pour le pire. On va faire en sorte que ça marche, je te le promets.

Cette fois, il ne conteste pas. Au bout d'un moment, il me tend la main et je la prends. Ses doigts sont froids et j'ai beau avoir conscience que mes mains sont chaudes et moites, il ne se rétracte pas. Il ne la serre pas non plus dans la sienne, mais c'est déjà ça.

Je ne dors pas beaucoup, trop consciente du fait que mon mari m'évite, à l'autre bout du lit. Une passerelle branlante enjambe le fossé qui existe entre nous, mais elle ne résistera pas longtemps.

Lundi matin, je me lève à six heures et me rends au cabinet tôt, incapable de supporter une nouvelle dispute. Je laisse un message sur la table pour lui signaler que je suis partie travailler, et je griffonne « *Love* » à la fin, sur l'impulsion du moment. Je ne sais pas si ce dernier mot est destiné à Matilda, à Carl ou aux deux, mais je leur laisse le soin d'en décider. Le bus est vide et les rues désertes : j'arrive à Fleet Street en un rien de temps. Je devrais partir tôt plus souvent. Le quartier Temple est tout aussi vide, seules quelques fenêtres allumées témoignent de la présence des avocats les plus dévoués déjà à la besogne.

En longeant ces bâtiments sombres, je songe à mon stage d'avocate et à mon maître de stage, un bourreau de travail qui se mettait à l'ouvrage à sept heures du matin et était toujours le dernier à quitter le cabinet. J'en ai aussi eu un autre qu'on avait retrouvé plus d'une fois endormi sous son bureau le matin en arrivant, et qui entraînait tout le monde à s'alcooliser et à sortir en boîte. Il y a quinze ans, j'étais trop naïve pour comprendre ce qu'ils avaient de similaire, et ne percevais que les disparités de leurs personnalités. Je réalise à présent qu'ils s'arrangeaient l'un et l'autre pour s'échapper de leur foyer, tout comme moi aujourd'hui. L'un me poussait à me saouler avec mes futurs confrères, et l'autre dissimulait à peine sa désapprobation concernant mon penchant pour la boisson, m'adressant la parole avec un mépris à peine voilé alors qu'il transmettait presque intégralement, *verbatim*, les dossiers que je lui préparais – sans être rémunérée, bien sûr. C'est grâce à eux que j'ai développé ce don pour gérer mes gueules de bois et pour la rédaction juridique – et, par osmose, peut-être ai-je aussi acquis l'art de foutre ma vie en l'air. Il se peut que cela aille de pair avec la perruque et la robe, cette capacité sans limite à raconter des conneries, qui marche à bloc avec les prévenus que je défends, mais qui se heurte à un mur dès qu'elle s'applique à quiconque se situe hors de l'univers du droit pénal.

J'arrive devant le cabinet, et j'écarte ces sombres pensées. Je peux toujours essayer d'incriminer toutes les forces extérieures que je veux, mon mariage n'en est pas moins foireux. Carl est incapable de me regarder et je commence à trouver usant son goût autoproclamé pour la perfection. Il se débrouille peut-être mieux avec Matilda, mais c'est parce qu'il a plus l'habitude. Il joue les papas à domicile tandis que moi, je gagne de quoi payer notre train de vie. Je suis de plus en plus en colère, le flot des pensées qui me traversent l'esprit échappant à tout contrôle. J'entre dans mon bureau – Matilda est là, souriante, dans le cadre sur mon bureau. Je n'en ai pas encore acheté de nouveau et je me sens transpercée par la culpabilité, ce qui suffit à m'extraire des méandres de ma colère – la mère merdique a encore frappé. Je me laisse choir dans mon fauteuil, la tête entre les mains.

Au bout de quelques instants, j'entends toussoter à la porte. Je me retourne, je vois que c'est Mark, l'assistant juridique.

— Tu arrives tôt, je remarque.

— Je sais. Beaucoup à faire cette semaine. Je mets au point un nouveau système de classement en salle des clercs, alors je me suis dit que ce ne serait pas idiot de venir un peu plus tôt aujourd'hui. Et toi, miss ?

— Je n'arrivais plus à dormir alors je suis venue éplucher un peu de paperasse. Il y a toujours de quoi s'occuper.

— Exact. Et moi, je vais te rajouter encore ceci. (Il me tend des dossiers qu'il tient en main.) C'est arrivé vendredi.

— Je n'étais pas là.

Précision superflue puisqu'il est déjà au courant. Je consulte les pièces. C'est une déposition provenant de l'accusation, celle de James, le fils de Madeleine. Datée de vendredi dernier.

— Quand ont-ils communiqué cette pièce ?

Mark hausse les épaules.

— J'en sais rien. C'est arrivé avec le dernier pli du coursier, vers six heures vendredi. C'est tout ce que je peux te dire. Bon, je dois m'y remettre.

— Bien sûr, oui. Merci beaucoup.

Avant de lire la déposition, j'appelle Patrick pour lui demander quand elle est arrivée et son avis sur le statut de témoin de James. Je ne suis pas sûre qu'il me réponde, car il n'est pas encore huit heures, mais il décroche à la troisième sonnerie.

— Tout va bien ?

— Oui, ça va. Écoute, je voulais te poser une question au sujet de…

— De ce qui s'est passé vendredi ? Je suis désolé, je me suis conduit en abruti. Peut-être que me retrouver chez toi m'a fait péter un câble à moi aussi.

Je suis prise de court. Des excuses. Ce n'était pas à cela que je m'attendais. Un aveu franc de sa connerie.

— Ce n'était pas de ça que je voulais parler. Mais je te remercie. Je suis désolée de t'avoir fait flipper.

— C'était une soirée sympa. J'ai vraiment apprécié ta cuisine. Mais j'ai agi comme un taré et je suis sincèrement désolé. Tu me pardonnes ?

— Je… Oui, bien sûr. (Je sais qu'il y est allé un peu trop fort avec moi, mais en fin de compte, il a su s'arrêter, c'est vrai. Et je n'étais pas non plus aussi détendue en sa compagnie que je le suis d'habitude. Comme il l'a observé lui-même, d'ordinaire, je ne suis pas contre un peu de passion.) Écoute, tout va bien. Et en réalité, je voulais te parler de la déposition de James. Ils prévoient vraiment d'appeler son fils à témoigner contre elle ?

— Je ne crois pas qu'ils en aient vraiment envie. J'ai discuté rapidement avec l'avocat de l'accusation nommé sur l'affaire. Mais eu égard à la nature de la relation entre les parents, le témoignage de James est pertinent.

— J'imagine que oui. A-t-elle été en mesure de voir son fils ? je demande, avant de m'interrompre.

Je fouille dans les documents jusqu'à ce que je trouve les clauses de sa mise en liberté sous caution, afin de me les remettre en mémoire. Évidemment que non, elle n'a pas pu : tout contact avec les témoins de l'accusation lui est interdit, même avec son propre fils.

— Quoi qu'il en soit, lis sa déposition, continue-t-il. Je ne crois pas qu'elle puisse nous être préjudiciable.

— Je m'apprête à le faire. Pourquoi ne m'as-tu pas avertie, vendredi soir ?

— Désolé, ça m'est complétement sorti de la tête. J'avais d'autres préoccupations à l'esprit. Tu te souviens ?

Je me souviens, en effet. Et des préoccupations assez plaisantes, du moins en partie.

— C'est vrai.

Il y a un long blanc. Je suis sur le point d'ajouter un commentaire, n'importe quoi pour rompre ce silence, mais il me devance.

— Alison, je sais que je me répète, mais je suis franchement navré. Je me suis laissé emporter. J'aurais dû respecter ton refus dès le moment où tu m'as dit d'arrêter.

Je commence à lui répondre mais il enchaîne :

— La prochaine fois, cela ne se reproduira pas.

— La prochaine fois ?

— La prochaine fois. J'ai envie de te voir plus souvent, Alison. Beaucoup plus souvent. Ça m'a ouvert les yeux, en quelque sorte. J'y ai réfléchi tout le week-end. Toutes ces années, j'ai couché à droite à gauche, en évitant de m'engager. Il est peut-être temps d'arrêter de jouer les coureurs. Je pense tout le temps à toi, tu sais.

— Ah oui ?

— Oui. Vraiment. Je crois que les choses pourraient devenir sérieuses entre nous. Écoute, on en parle plus tard, d'accord ? Je dois filer au tribunal, là, ajoute-t-il, et il raccroche.

Je garde mon téléphone devant moi, je le scrute comme s'il allait m'en révéler davantage sur les confidences de Patrick. *Les choses pourraient devenir sérieuses ?* J'ai les joues brûlantes et, l'espace d'un instant, je ressens une bouffée de chaleur dans la poitrine, avant que la réalité ne revienne s'imposer d'un coup. Oui, s'il n'y avait pas le léger inconvénient d'un mari et d'un enfant. Il est en train de changer les règles, en me proposant un avenir qu'il n'a jamais été question de mettre en jeu. Si je peux croire à ce qu'il vient de me raconter, si ses paroles ne sont pas le fruit de la culpabilité, parce qu'il est allé trop loin l'autre soir. Mon regard retombe sur la photographie de Matilda et mon cœur se serre. Peu importe ce que ressent Patrick, Carl et moi, nous allons devoir nous en sortir. D'une manière ou d'une autre.

Je me plonge dans la déposition de James.

Je m'appelle James Arthur Smith et j'ai quatorze ans. Je suis en 4e et je suis scolarisé dans un collège privé, Queens School, dans le Kent. J'y suis entré il y a un peu plus d'un an. Avant, j'étais dans une école près de la maison, à Clapham. Jusqu'à ce que j'entre en pensionnat, j'habitais à la maison avec ma mère et mon père, mais mon père voyageait beaucoup pour son travail.

Maintenant, je passe toutes les vacances scolaires chez mes parents et, en plus d'une semaine en milieu de trimestre, nous pouvons aussi choisir un week-end où on a le droit de rentrer chez nous. Je suis rentré en classe le 5 septembre, et alors que c'était très proche du début de l'année scolaire, j'ai décidé de rentrer chez moi le week-end du 15 septembre parce qu'un ami de l'école primaire organisait une fête. Je suis arrivé vendredi soir. Maman a fait la cuisine et nous avons dîné à la maison. Papa était encore au travail, et il est rentré tard. J'étais déjà au lit, mais j'ai pu les entendre se disputer longtemps. Papa hurlait et maman pleurait. À la fin, je me suis endormi. Je ne suis pas descendu voir ce qui se passait, parce que papa n'aime pas ça.

Le samedi, je me suis réveillé assez tard. J'ai pris mon petit déjeuner seul parce que maman et papa étaient tous les deux sortis. Il y avait plein de verre cassé dans un coin de la cuisine, apparemment on avait balayé, mais le petit tas d'éclats de verre était resté là. Je crois que c'était une bouteille. Je n'avais pas entendu de bouteille se briser la veille au soir, donc je ne sais pas comment c'est arrivé. J'ai regardé autour de moi pour voir s'il y avait du sang quelque part, mais il n'y en avait pas. J'ai enveloppé les éclats dans un journal et tout jeté à la poubelle parce que je pensais que cela leur ferait plaisir de ne plus les voir à leur retour. J'ai débarrassé mon petit déjeuner et je suis monté à l'étage m'habiller avant de m'avancer dans mes devoirs.

Maman et papa sont rentrés vers onze heures, ce matin-là. Je ne sais pas où ils étaient allés et je ne leur ai pas posé la question. Quand ils se sont disputés, il vaut mieux ne pas poser de questions. Je suis descendu et je leur ai parlé. Maman était un peu sur les nerfs et apparemment elle avait pleuré, et papa n'a pas dit grand-chose. Nous avons déjeuné ensemble, et ça allait. Maman a préparé des toasts au fromage parce qu'elle sait que j'adore ça.

Samedi soir, nous sommes sortis dîner dans un restaurant de viande. Ils ne se sont pas beaucoup parlé, mais à moi, ils me parlaient. Je ne savais pas trop si papa était fâché, mais j'ai fait attention à dire ce qu'il fallait. J'ai bu du Coca et ils ont commandé deux bouteilles de vin. Je crois que papa a pris aussi un whisky. C'est une habitude chez lui. Après le dîner, je suis sorti à ma soirée. Pour aller là-bas, j'ai pris le métro, parce que c'était juste à Balham, mais je suis rentré en Uber. Maman m'a installé l'appli sur mon téléphone. La soirée, c'était bien. Il y avait un peu d'alcool, mais je n'en ai pas bu – je n'aime pas comment je me sens après et ça sert juste à mettre les gens en colère, selon moi. Je suis arrivé à la maison juste avant onze heures, c'était l'heure à laquelle j'étais censé rentrer. Maman et papa étaient encore debout tous les deux. Je crois que papa avait bu parce que je le voyais tituber alors qu'il était debout et il avait le visage très rouge. Il avait aussi les yeux rouges et vitreux. Il était vraiment d'une sale humeur mais je ne sais pas pourquoi. Dès que j'ai franchi la porte, il s'est précipité vers moi, en beuglant que j'étais en retard alors que je savais bien que j'étais rentré avant l'heure qu'on avait fixée. Il m'a poussé contre la porte qui s'est rabattue en claquant et il s'est mis à me frapper à coups de poing. Maman était derrière lui, elle criait, elle le tirait par le bras. Je me suis plié en deux et j'ai fini au sol, pas parce qu'il m'avait renversé, mais parce que j'essayais de me protéger. J'avais les bras croisés au-dessus de la tête.

Il m'a fichu deux coups de pied dans les jambes et ensuite il s'est arrêté. Je crois que c'est parce qu'il était fatigué, et pas particulièrement parce qu'il voulait arrêter de me faire du mal. Il était très rouge, encore plus qu'avant. Il avait une respiration sifflante, sa bouche s'ouvrait, se refermait. Finalement, il m'a dit : « Dégage, hors de ma vue, bordel. Je veux plus te voir. » Je suis monté à l'étage en courant et je me suis barricadé dans ma chambre avec une chaise calée sous la poignée de la porte. Je me suis enroulé dans mon duvet et je suis resté assis par terre en tendant l'oreille pour savoir s'il faisait du mal à maman mais je ne pouvais rien entendre et à la fin je me suis endormi.

J'ai pensé appeler la police mais en général ça rend toujours les choses encore pires. Je sais que les policiers sont déjà venus deux fois à la maison, quand maman et papa avaient eu une dispute, mais ils n'ont jamais arrêté papa, et ensuite il trouvait toujours un moyen de lui faire encore plus de mal. Je ne me souviens pas exactement quand c'était. Une fois, c'était il y a trois ans, je crois, et l'autre fois c'était à Noël dernier parce que papa n'aimait pas que maman pense plus à mes cadeaux qu'aux siens.

Le lendemain matin, maman m'a réveillé vraiment tôt en frappant à la porte. Je m'étais endormi par terre. Quand j'ai ouvert la porte, elle portait la même tenue que la veille au soir. Ses vêtements étaient tout fripés, comme si elle avait dormi dedans, et elle sentait une odeur un peu bizarre. Elle ne m'a rien dit. Elle a juste fait « chut » avec son doigt, et elle est entrée dans ma chambre et s'est mise à faire ma valise. Je m'en suis chargé parce qu'elle ne savait pas ce que je voulais emporter. Elle s'est assise sur le lit. Je me suis habillé et ensuite nous sommes descendus.

En passant devant leur chambre, j'ai entendu papa qui ronflait. On s'est retrouvés dehors, elle m'a donné cinquante livres et elle m'a chuchoté : « Moi, ça ira. Retourne à l'école. Je t'appellerai ce soir. » Je lui ai fait un bisou et c'est la dernière fois que je l'ai vue. Elle ne m'a pas appelé comme elle m'avait promis, et quand j'ai essayé de la joindre j'ai juste eu sa boîte vocale. Le professeur responsable de mon groupe à l'internat m'a annoncé ce qui s'était passé, lundi après les cours.

J'aimais vraiment papa mais ça ne me plaisait pas quand il se mettait en colère et quand il hurlait contre moi et maman. Je sais que je n'étais pas le genre de fils qu'il voulait parce que j'étais souvent malade et il en aurait préféré un qui aime le football et le rugby, et le cricket. J'aime bien le sport, mais pas plus que ça, et je n'ai jamais été en équipe A, pas même en équipe B. Il me traitait toujours de minable et il disait que c'était pire que d'avoir une fille à la maison. Ce samedi-là ce n'était pas la première fois qu'il me frappait, mais c'était franchement la plus violente.

J'étais content d'aller en pensionnat parce que je ne voulais plus entendre leurs disputes. Je m'inquiétais beaucoup pour maman avec moi qui n'étais plus là-bas pour la protéger mais elle a dit que cela la rendrait encore plus triste si je restais à la maison et si je voyais tout ce qui se passait.

Je n'ai plus revu maman depuis que papa est mort. Je sais qu'elle n'a pas le droit, alors je suis resté au collège. Tout le monde a été très gentil.

J'aurais aimé qu'ils divorcent il y a des années. On aurait dit qu'ils se détestaient et je ne sais pas pourquoi ils sont restés ensemble. Peut-être que s'ils avaient divorcé ça aurait été mieux. Je n'ai jamais voulu qu'ils divorcent mais s'ils s'étaient décidés, papa serait peut-être encore en vie et maman ne serait pas en prison.

Je repose le procès-verbal, et ces derniers mots me hantent. Carl et moi sommes loin de nous entretuer, mais il n'y a aucun moyen d'éviter ce qui empoisonne l'atmosphère entre nous. Refoulant un réflexe de terreur, de chute libre dans un abîme de séparation et de querelles autour de la garde de notre fille et de nos situations financières respectives, j'essaie de dresser la liste des démarches pratiques que je serais susceptible d'entreprendre. Il est peut-être temps de se montrer courageuse. Notre maison doit valoir quelque chose, maintenant, vu la hausse des prix de l'immobilier. Nous pourrions la revendre, partager la somme. Cela me permettrait d'acheter un appartement plus loin du centre, ou de louer quelque part. Si c'est juste pour nous loger Matilda et moi, nous n'avons pas besoin de grand-chose, rien de très grand. Et cela ne peut pas continuer comme ça entre lui et moi. L'idée d'un avenir avec Patrick s'insinue dans mon esprit, mais je la rejette. Je dois d'abord affronter la situation avec Carl, avant toute autre chose.

Mettant ces pensées de côté, je relis la déposition de James, en relevant toutes les informations importantes. Encore une entrevue avec Madeleine et je réussirai à percer ses défenses.

16

Le lendemain, j'arrive au domicile de Francine à quatorze heures. Pour la première fois, elle semble ravie de me voir, elle vient presque vers moi pour m'embrasser, avant de se rappeler que notre relation est d'ordre professionnel, et non amical. Madeleine ne manifeste pas autant de réserve, assise dans le sofa du salon, elle se lève d'un bond et m'embrasse chaleureusement. Nous passons à la cuisine, sur ma suggestion, afin que je puisse y étaler les pièces des dépositions plus facilement.

— Vous a-t-on adressé une copie de la déposition de James ?

— Oui.

Elle me répond d'un ton neutre, son exubérance initiale évanouie.

— Bien qu'il s'agisse d'un témoignage produit par l'accusation, de mon point de vue, cela nous fournit des éléments de contexte pour votre version des faits. Je pense que ça nous aidera. S'ils ne l'appellent pas à la barre, ce qu'à mon avis ils ne feront pas, rien ne nous interdit de l'appeler nous-mêmes.

Je m'efforce d'être encourageante.

— Son témoignage va dans mon sens parce que je dis la vérité sur ce qui s'est passé, me rétorque-t-elle.

Sur le moment, j'ai l'impression qu'elle m'en veut d'avoir besoin de ce type de vérification, mais son visage ne trahit aucune colère.

— Bien sûr. Je l'entendais uniquement du point de vue de l'affaire…

— Oh, je sais, Alison. Ne vous inquiétez pas. Enfin, c'est tellement épouvantable, de lire ce qu'il pensait de nos disputes. (Elle baisse un moment les yeux sur la table, en se forçant à sourire.) Mais cela nous aide, je le vois bien.

— Donc nous disposons maintenant d'un rapport psychiatrique qui vous est plus que favorable, d'un témoignage de votre médecin et de votre amie, et du récit de James. Il y a également des rapports médicaux à l'appui. Tout converge, dis-je, tâchant de rester positive.

— Mais personne n'a vu ce qui s'est produit cette nuit-là. Personne n'était là, le dimanche. C'est toujours la même question : vont-ils me croire ou pas, n'est-ce pas ? s'enquiert-elle.

— Oui. Mais comme je vous l'ai déjà expliqué, les autres éléments de preuves permettent de corroborer l'histoire qui sous-tend les événements de cette soirée. Ils apportent du contexte à vos actes.

— J'ai compris. Puis-je revoir ma déposition ?

— Bien sûr.

Je la sors de la pile et la lui remets. Elle se penche au-dessus et la lit, et je fais de même à partir d'un autre exemplaire qui se trouvait dans la liasse. Je la connais sur le bout des doigts, j'en ai tissé la trame à partir des propos décousus qu'elle m'a murmurés quand nous étions attablées chez Jasper's. Je l'ai tellement étudiée qu'elle est incrustée dans ma mémoire : les premiers stades de leur relation, la manière dont la violence a débuté, lentement, insidieusement. Les blessures, mineures d'abord, et d'autres, plus graves. Les outrages, le dénigrement, les crachats, les griffures, les cheveux tirés et tout ce qui déclenchait en elle des réflexes de honte et d'humiliation, à fleur de peau. Les fois où elle a dû masquer un œil au beurre noir avec du maquillage et raconter qu'elle s'était cognée à sa portière de voiture. Les prétextes qu'elle invoquait avec ses amis, son médecin, les autres parents de la classe de James. Sa manière d'essayer de protéger son fils durant toutes ces années, de le tenir hors de portée de la colère d'Edwin et d'en subir elle-même toute la cruauté.

Je ne réussissais plus à protéger James. Il était trop fort. Plus grand que moi, plus proche de la taille d'Edwin. Edwin ne pouvait tolérer d'avoir un autre homme dans la maison. Il y a eu une période, au début du mois de mai de cette année, où James lui a résisté au sujet de quelque chose, je suis incapable de me rappeler quoi. James est sorti et Edwin s'en est pris à moi, il m'a giflée et m'a soutenu que je montais son fils contre lui, que James devenait incontrôlable et qu'il fallait lui infliger une leçon. J'ai cru que je parviendrais à lui parler, à raisonner sa colère, je lui ai expliqué que James le respectait, évidemment, mais lorsque notre fils est rentré à la maison ce soir-là, Edwin lui a flanqué un coup de poing, il s'est écroulé par terre et alors il lui a donné des coups de pied. Je l'ai retenu, je l'ai empêché de continuer, mais tôt ou tard cela se reproduirait. J'ai envoyé James en camp sportif pour la quasi-totalité des vacances d'été et à son retour à l'automne, j'ai cru que tout irait mieux, au moins pour un temps. Mais il a insisté pour revenir à la maison ce week-end de septembre, à l'occasion de la soirée de son ami. J'ai essayé, essayé de le convaincre d'annuler mais il a refusé de m'écouter.

Edwin m'a annoncé qu'il s'absentait pour son travail et j'ai cessé de trop m'inquiéter, mais son déplacement a été annulé à la dernière minute. Je lui ai signalé le jeudi que James rentrerait à la maison pour le week-end et il s'est mis dans une colère noire, il m'a dit que la maison n'était pas une « garderie, putain ». C'étaient exactement ses propos. « Pourquoi tu as organisé ça, bordel ? La maison n'est pas une garderie, putain. Je ne paie pas ses frais de scolarité pour l'inscrire dans un pensionnat privé où il ne va jamais. » J'ai essayé de le calmer, mais il a refusé de m'écouter. « Bien, demain je me tire, je serai sorti », m'a-t-il avertie.

James est arrivé à la maison vendredi soir vers sept heures. Edwin était en effet sorti, et je me sentais très soulagée. J'ai préparé une tourte au poisson pour James et nous avons dîné ensemble, et regardé la télé. James est monté se coucher vers dix heures et demie, et j'ai veillé un peu plus tard, en regardant un film. Edwin est rentré vers minuit. Il était ivre et quand il a senti l'odeur de la tourte au poisson, ça l'a mis hors de lui, il m'a accusée d'empuantir la maison exprès. Il s'est rué dans la cuisine. Je l'ai suivi, ne sachant pas ce qu'il allait faire, et dès que nous nous sommes retrouvés tous les deux dans la cuisine, il a attrapé le plat de la tourte et l'a jeté sur moi. Je l'ai évité et il s'est fracassé contre le mur. Le plat ne s'est pas brisé, mais le reste de tourte a dégouliné au sol. Il m'a empoignée et m'a forcée à me mettre à quatre pattes, il m'a tirée au milieu de toute cette saleté, a appuyé sur ma tête, pour me coller le visage dans les restes. Cela me rentrait dans le nez et dans la bouche et j'avais du mal à respirer, à cause des morceaux d'œuf, de sauce et de haddock fumé. L'odeur était répugnante et j'ai cru que j'allais vomir. Je me suis débattue pour me libérer mais il m'a encore plus écrasée et j'avais de plus en plus de mal à respirer. Ma nuque et mes épaules me faisaient vraiment souffrir. Juste au moment où j'ai cru que j'allais étouffer, il m'a lâchée. Je me suis assise mais il m'a crié de tout manger, en me hurlant : « Nettoie-moi ces saletés que t'as faites, espèce de salope. » Alors je me suis penchée et j'ai mangé. Quand Edwin est dans cet état, cela ne sert à rien de discuter. Il faut simplement obéir.

Madeleine s'est arrêtée sur cette partie, je le vois à la page qu'elle tient. Cela m'avait laissée en arrêt, moi aussi, quand elle me l'avait raconté, au bar à vin. Pour moi, cette femme est la quintessence de l'élégance. Chaque fois que je l'ai rencontrée, elle était impeccable. Patrick me l'a confirmé, même quand il est allé la voir en prison, elle réussissait à paraître soignée. M'efforcer de l'imaginer à genoux, mangeant de la tourte au poisson à même le sol, c'est une épreuve, c'est presque au-dessus de mes forces. Elle soupire et continue sa lecture en silence. Je reprends la mienne.

J'en ai mangé autant que j'ai pu, mais il en restait encore tellement par terre. Edwin m'a donné un coup de pied dans le dos. « Tu en as laissé un peu. Tu as intérêt à tout lécher. » Je me suis mise à lécher. À ce stade j'avais la nausée, et j'avais vraiment honte d'être dans cette position. J'étais aussi terrorisée à l'idée que James puisse descendre et découvrir ce qui se passait. Edwin s'est écarté de moi et ensuite il y a eu un grand fracas de verre brisé tout près de ma tête. Un éclat a rebondi et m'a touchée à la joue. Ça m'a piquée. Une flaque de vin s'est élargie sur le carrelage. « J'ai pensé que tu apprécierais un verre de vin avec ton dîner », a-t-il lâché en ricanant. Je n'ai pas osé me retourner ou arrêter de lécher le sol, mais j'avais une peur panique qu'il me pousse sur le verre cassé. Ses ricanements étaient de plus en plus hystériques, presque comme s'il pleurait, mais j'étais trop effrayée pour vérifier. Il m'a encore donné un coup de pied dans le dos, il est sorti de la cuisine, il a monté l'escalier. Je l'ai entendu se rendre au premier étage. La porte a claqué et ensuite, c'était le silence. J'ai attendu à peu près une demi-heure sur le sol de la cuisine jusqu'à être sûre qu'il ne redescende pas. Après quoi, j'ai tout nettoyé, et j'ai balayé le verre dans un coin. J'ai essuyé le vin et les restes de tourte. Quand je suis montée, j'ai vu à travers la rambarde que la porte de notre chambre était fermée, alors j'ai décidé qu'il valait mieux dormir sur le canapé.

Le lendemain matin, Edwin m'a réveillée tôt, vers sept heures. Il était redevenu lui-même. « Ce sont mes ronflements qui t'ont empêchée de dormir ? C'est pour ça que tu es descendue ? » m'a-t-il demandé. Il a ajouté que nous devrions sortir prendre un petit déjeuner dehors. J'ai dit oui, je me suis lavée, habillée en vitesse avant qu'il ne change d'avis. Je n'aimais pas l'idée de sortir sans dire au revoir à James, mais il me semblait qu'il valait mieux ne pas rappeler à Edwin sa présence dans la maison. Nous sommes allés attraper un taxi pour nous rendre au grand café Wolseley. Edwin appréciait cet endroit. Il a pris un petit déjeuner anglais complet et m'a commandé des œufs brouillés et du saumon fumé. Je n'avais pas faim mais j'ai fait de mon mieux pour terminer mon assiette, bien que l'odeur du poisson m'ait un peu écœurée. Edwin a été charmant et attentionné, il a fait plein de plaisanteries et je me suis peu à peu détendue.

Après le petit déjeuner, nous sommes rentrés en taxi et arrivés à la maison vers onze heures. James avait dû se lever parce que tout le verre de la cuisine avait été balayé. Je me sentais très triste pour mon fils, qu'il ait eu à nettoyer les débris de nos disputes. Je me sentais coupable parce que c'était mon rôle de le protéger, pas le sien. Il devait avoir peur que les saletés déchaînent à nouveau la colère d'Edwin. Mais son père est resté calme. James est descendu, nous avons discuté de ses résultats en sport et en classe. J'ai préparé des toasts au fromage et en fait tout s'est bien passé. J'ai arrêté de me sentir autant à cran.

Dans l'après-midi, nous avons tous vaqué à nos occupations respectives. James a terminé ses devoirs et moi j'avais un peu de lecture en prévision de la prochaine exposition à la galerie. Edwin est resté tout l'après-midi dans son bureau et j'ai veillé à ne pas le déranger. J'ai réservé un restaurant qu'il apprécie pour que nous sortions tous les trois dîner. Nous avons commandé des steaks et bu du vin. Edwin a aussi pris un whisky. Il avait peut-être aussi pris un verre avant, mais je ne sais plus. Il a bu beaucoup plus de vin que moi.

Après le dîner, James est allé à sa soirée à Balham et Edwin et moi sommes rentrés. Il a bu encore un whisky et s'est mis en colère parce que James était sorti, en soulignant qu'il aurait dû rester avec nous, pour nous voir. J'ai commis l'erreur de lui avouer que j'avais cru qu'il ne voudrait pas de sa présence, alors il m'a donné deux gifles, parce que j'avais répondu. Il s'est mis à faire les cent pas, en attendant le retour de James. Au moment où notre fils a ouvert la porte, à onze heures, Edwin lui a sauté dessus et l'a plaqué au sol d'un coup de poing, il l'a frappé de plusieurs coups de pied à la tête et sur le corps. J'ai crié et j'ai réussi à le tirer, puis James a couru à l'étage. Edwin hurlait : « Je vais le tuer putain. Je ne supporte pas son manque de respect. » Il s'est précipité au salon comme un ouragan et il a bu encore du whisky, tandis que je suis restée assise sur les marches de l'escalier, totalement silencieuse. Ensuite, sa fureur s'est calmée et il s'est endormi dans le canapé.

Madeleine se lève soudain et marche à grands pas vers l'autre bout de la pièce.

— Je ne voyais pas d'autre issue. C'était la seule chose que je pouvais faire.

Elle se plaque les mains sur le visage et se laisse glisser le long du mur, accroupie au sol. Je vois une image d'elle se juxtaposer au-dessus de sa silhouette : à quatre pattes, léchant les restes sur le carrelage. Je vois un pied botté la frapper. Elle se met à sangloter, en silence. Je continue ma lecture.

Cette nuit-là, je n'ai pas dormi. Je ne pouvais pas m'empêcher de repenser à tout ça. Je savais que je devais faire quelque chose, mais j'ignorais quoi. Dès le petit matin, j'ai réveillé James et je l'ai supplié de retourner au collège. Je savais qu'ainsi il ne pourrait plus lui faire de mal. Ensuite je me suis douchée et je me suis changée. Edwin s'est réveillé en fin de matinée et ne m'a pas adressé la parole de toute la journée. Il s'est enfermé dans son bureau et j'ignore à quoi il était occupé. Je n'osais pas sortir parce que je ne savais pas s'il serait d'accord. Je l'ai attendu dans la cuisine, en préparant de la soupe, pour le cas où il aurait faim. Il est descendu vers six heures et s'est remis à boire. J'ai pris un verre moi aussi, pour essayer de garder mon calme. Il me tournait autour et je tremblais de peur. Il m'a demandé où était James et je lui ai répondu qu'il était déjà reparti. Il était contrarié que son fils ne lui ait pas dit au revoir. Il m'a flanqué quelques coups de poing dans le ventre, mais il s'est arrêté là. « Tu l'as monté contre moi. J'ai perdu mon fils pour de bon, m'a-t-il lancé. Maintenant, je vais m'assurer que tu le perdes toi aussi. »

À cette menace, quelque chose s'est brisé net en moi. « Ne t'avise plus jamais de menacer mon fils », ai-je rétorqué. Il a ri, mais ri. « Ou alors quoi, Madeleine, ou alors quoi ? » Ensuite, il m'a frappée à la tempe, je me suis écroulée, et il m'a encore asséné deux coups de pied dans le ventre. Il m'a lancé : « Tu ne peux rien faire pour m'en empêcher. Je suis capable de vous tuer tous les deux, quand je veux. » Je n'ai rien répondu. Il a bu encore un peu plus et ensuite il est monté dans notre chambre. Je l'entendais aller et venir à l'étage, et puis plus rien, le silence.

J'étais incapable d'en supporter davantage... Il m'avait causé si souvent du mal, et cela ne cessait d'empirer, d'empirer... Il ne s'arrêterait jamais. Et il avait causé tant de mal à James, et même menacé de le tuer. Je croyais vraiment qu'il aurait essayé de nous tuer tous les deux... J'étais terrifiée de ce qu'il allait faire ensuite. J'estimais ne plus avoir le choix. J'avais tellement peur de lui, à ce moment-là. J'ai vérifié qu'il s'était bien endormi, ensuite j'ai pris le couteau, je l'ai poignardé, des coups répétés, des coups et encore des coups. J'ignore comment j'en ai trouvé la force. Je voulais être sûre qu'il soit mort, qu'il ne soit plus jamais en mesure de nous faire du mal. Quelque chose s'est emparé de moi et j'ai continué, encore, encore, de grands coups de couteau, de petits coups de couteau. Il y avait tant de sang que ça me dégoulinait des mains et partout sur la figure, mais je ne pouvais plus m'arrêter.

— Madeleine, est-ce que ça va ? je lui demande.

Elle est restée assise par terre, mais ses sanglots se sont calmés.

— Oui. J'imagine, répond-elle.

— Je ne peux garantir que le jury adhérera à vos dires. Mais ce que vous m'avez exposé est selon moi susceptible de prouver la perte de contrôle, et cela suffirait à requalifier le meurtre en homicide volontaire. À nous de démontrer que vous redoutiez de graves violences, violences que vous aviez toutes les raisons de craindre, et pas seulement pour vous, mais aussi pour James. D'autant plus qu'Edwin a menacé de vous tuer tous les deux, votre fils et vous. Nous avons le rapport psychiatrique, le bon, celui où vous avez déclaré la vérité : il stipule que vous présentiez des signes de syndrome de stress post-traumatique et de dépression. Nous possédons toutes les preuves des actes de violence d'Edwin à votre égard. Nous avons aussi le témoignage de James. Nous devons aller dans cette direction. Vous n'êtes pas d'accord ?

À la fin de cette intervention passionnée, je reste aux aguets. Je ne supporte pas de la voir perdre espoir en elle-même.

— Je ne sais pas, Alison. Honnêtement, je ne sais pas. Vous vous êtes beaucoup impliquée dans mon affaire, cela signifie énormément pour moi, mais je ne suis pas sûre. Je vais un peu réfléchir avant de me décider… J'ai aussi envie d'en parler avec Patrick. Je ne vais pas plaider non coupable s'il n'est pas d'accord.

Elle se lève, vient vers moi, me serre dans ses bras. Je l'étreins à mon tour, presque émue aux larmes. Rien que de penser à tout ce qu'elle a enduré, cela m'est insoutenable. Elle a fait preuve de plus de force que je n'en ai jamais été capable. Nous restons là, debout, un moment l'une contre l'autre, avant de rompre l'étreinte. Elle se rend à l'évier, rince des mugs, et je rassemble les documents. Ensuite je consulte mon téléphone.

Dix appels manqués. Cinq messages. Qu'est-ce que c'est que ce bordel ? Mon Dieu, Matilda. Il lui est arrivé quelque chose.

Ce n'est pas Matilda.

Premier message, Patrick. *Appelle-moi.*

Deuxième message, Patrick. *S'il te plaît appelle-moi.*

Troisième, Patrick. *Tout ça est un énorme malentendu. Appelle-moi.*

Quatrième, Patrick. *Je t'en prie, appelle-moi. Je t'en supplie.*

Cinquième, Mark, notre assistant juridique. *Miss s'il te plaît tu veux bien rappeler le cabinet d'urgence.*

Je file dehors et rappelle le bureau.

— Tu ne dois en parler à personne, me fait Mark. Ne le mentionne pas à ton client. Mais Patrick est interrogé par la police.

Je suis incapable d'articuler une réponse.

— Il n'a pas été inculpé, d'après Chloé, mais il est en garde à vue.

— La police ou Chloé ont dit pourquoi ?

Je repense à ce message de Patrick, à son emploi du terme « malentendu », et une boule de plomb se forme dans mon ventre.

— Chloé est restée très succincte. Mais je crois que quelqu'un a déposé une plainte contre lui.

— Quel genre de plainte ?

— Je crois qu'il s'agit d'une femme. Je n'en sais pas plus.

Il m'indique que je n'ai aucune affaire pour demain, et nous convenons que je peux prendre ma journée. Il met fin à l'appel.

— Est-ce que tout va bien ? me demande Madeleine lorsque je retourne à l'intérieur.

— Non. Je veux dire, si, bien sûr. Une mauvaise nouvelle concernant l'un de mes collègues, c'est tout. (Je suis surprise de lui répondre d'une voix si claire, avec des mots si ordonnés. Dans ma tête, c'est un tourbillon.) Je suis navrée, Madeleine, mais je dois y aller.

— Pas de problème, dit-elle. J'espère que tout s'arrangera.

— J'en suis convaincue, fais-je, en espérant ne pas me tromper.

Ma sensation de panique va croissant et je lui dis au revoir sans réellement voir son visage, sans entendre sa voix. Je marche dans les rues de Beaconsfield comme une automate, incapable même de héler un taxi. Je suis assise sur le quai de la gare, je regarde un train passer, puis un autre. Beaucoup plus tard, il se met à pleuvoir et je monte dans le premier train qui s'arrête à quai, sans vérifier sa destination. Sans me soucier de rien. Il fait nuit, les messages qu'il m'a envoyés et ceux que je pourrais lui renvoyer s'entrechoquent dans ma tête. *Appelle-moi va te faire foutre Je ne t'ai pas appelé tu m'as appelé pas moi va te faire foutre Je ne t'ai pas appelé tu m'as appelé pas moi pas moi pas moi ? Va te faire foutre*. Écrire, supprimer, écrire, mais sans jamais envoyer. Je sais que je devrais lui parler mais je ne sais pas quoi dire. J'essaie de l'appeler, une fois, mais je tombe directement sur sa messagerie et mon téléphone s'éteint avant que j'aie pu réfléchir à un quelconque message que j'aurais pu lui laisser.

À mon retour chez moi, je passe devant Carl, devant Matilda, droit vers la salle de bains où je reste sous la douche jusqu'à ce que l'eau devienne froide. Je crois que Carl me parle, mais l'écoulement de l'eau évacue ses paroles. Ensuite je vais me mettre au lit en priant pour que demain n'arrive jamais.

17

Mais si, demain est arrivé. C'est mercredi.

Matilda me saute dessus dans notre lit.

Je l'ignore.

Carl me secoue l'épaule.

Je l'ignore.

Mon portable ne bipe pas, ne sonne pas.

Et si c'était le cas, je l'ignorerais.

Je suis roulée en boule, pelotonnée dans la couette, la tête profondément enfoncée dans l'oreiller. C'est déjà demain et rien n'a changé. Rien ne s'est effacé. Des fragments de la conversation que j'aie eue avec Mark me reviennent en tête. *Pas d'inculpation. Juste un interrogatoire*. Cela ne signifie pas que ce soit vrai.

Ensuite je repense encore à cette soirée de vendredi. « Arrête. Arrête ! »

Mais il s'est arrêté. Au final. Ce n'est pas un violeur.

Mais s'il ne s'était pas arrêté ?

Et si cette fois-là, il ne s'était pas arrêté ?

Ça ne peut pas être vrai. Pas Patrick.

Je n'ai pas envie d'y croire.

Je ne sais que croire.

— Alison, tu dois prendre cet appel. C'est le cabinet, insiste Carl, en introduisant le téléphone fixe dans mon cocon.

J'ai envie de lui dire de s'en aller mais je ne peux pas, plus maintenant. Je me déplie, place le combiné contre mon oreille.

— Allô ?

Dans ma bouche, ma langue est pâteuse.

— Salut, miss. Désolé de t'embêter. Je sais que nous étions convenus que tu prenais ta journée mais je voulais te tenir au courant, m'explique Mark.

— Au courant ?

— Nous venons d'avoir un appel de Chloé chez Saunders & Co. Elle nous a confirmé que Patrick a été libéré sous caution, à sept heures ce matin. Il doit y retourner dans une semaine. Ils examinent une possible inculpation pour viol. Évidemment, tant que c'est en cours, il sera suspendu et ne pourra pas exercer, alors c'est elle qui reprend ses dossiers. Elle aimerait t'appeler plus tard dans la journée pour discuter du meurtre.

— Compris. Ça marche, dis-je, en m'asseyant et en cherchant un stylo. (Je me laisse prendre au jeu d'un comportement normal, mais cela ne dure qu'un instant. Je m'effondre de nouveau dans le lit.) Pour viol. Tu es sûr ?

— Malheureusement, oui.

— Tu sais de qui il s'agit ? (Je marque un temps de silence, réfléchis encore.) Désolée, je ne devrais pas te poser la question.

— Nous ne savons rien de plus. C'est toute l'information dont nous disposons. Chloé m'a précisé qu'elle est joignable sur son portable. Ou alors à son bureau.

Je ne tarderais pas trop à l'appeler si j'étais toi. Elle est assez remontée.

Mark raccroche. Je reste figée sur le combiné dans ma main, j'essaie de comprendre comment ces mots ont pu flotter à travers l'éther jusqu'à mon oreille.

— Un viol ? s'étonne Carl.

Je sursaute. Je ne m'étais pas rendu compte qu'il était encore dans la chambre.

— Juste une affaire, dis-je. Un dossier pour la semaine prochaine.

— D'accord. (Il ne quitte pas la chambre, mais il m'observe attentivement.) Tu n'as pas l'air bien, tu es un peu verte. Tu as encore la gueule de bois ?

— Non. Pas du tout. Hier soir, j'ai travaillé. Je ne sais pas, j'ai eu des nausées hier. J'ai pris ma journée.

Conserver une voix normale m'impose un immense effort, des tremblements dignes de l'éruption du Krakatoa menacent de déclencher un tsunami de larmes, et je ne peux supporter l'idée qu'il y assiste.

— Des nausées ? Mince, j'espère que tu n'as pas une espèce de virus. Je vais dire à Matilda de ne pas entrer dans notre chambre. (Il bat précipitamment en retraite.) Tu as besoin de quelque chose ?

— Non, dis-je, en pensant « oui ».

En pensant que j'aurais envie de remonter le temps, que rien de tout ceci ne soit arrivé, rien de ce cauchemar où je me suis enlisée comme dans des sables mouvants.

Je m'enroule à nouveau dans la couette et je ferme les yeux.

Je ne sors pas de mon lit de tout le reste de la journée. Quand mon mari rentre à la maison, il est adorable, il me prépare une soupe avec un toast et me les apporte au lit. Lorsque j'ai fini, il débarrasse le plateau et je me rallonge, les yeux fermés. Un peu plus tard, il remonte et s'assoit à côté de moi sur le lit, travaillant sur son ordinateur. Je lui suis reconnaissante de ne pas me parler, de me laisser un espace où respirer. Pourtant, tout au long de la soirée, le visage de Patrick, gris et injecté de sang, hante mes pensées. J'essaie de le rappeler, mes mains tremblant tellement que je réussis à peine à composer son numéro, mais son téléphone est encore éteint.

À huit heures, il m'envoie un message. Je sursaute au bip, mais Carl ne s'en aperçoit pas, trop absorbé par son boulot.

Elle ment, Alison. Ce n'est pas vrai.

Je supprime le message. Et réponds :

Je ne sais pas quoi penser.

Il me répond immédiatement. *S'il te plaît crois-moi. Tu me connais. Je ne ferais jamais ça. Au moins accorde-moi une chance de m'expliquer.*

Je supprime ce message aussi, et réfléchis un moment à ce que je vais lui écrire.

Je vais écouter tes explications, mais je ne peux rien te promettre. Parlons-nous demain.

Un long silence, puis ; *Merci.*

J'éteins mon mobile et m'enveloppe à nouveau dans la couette, comme pour me protéger du monde extérieur.

Matilda vient me voir, son père ayant désormais l'assurance que si je suis malade, au moins je ne vomis pas. Je m'extrais de mon enveloppe, elle s'allonge à côté de moi sur le lit et me laisse la serrer dans mes bras pour la première fois depuis longtemps. Son souffle est chaud dans ma nuque et ses cheveux sentent le propre. La douleur dans ma poitrine reflue un peu, le collier d'acier autour de mes côtes relâche son étreinte. Je croise l'œil de Carl au-dessus de l'épaule de Matilda et il sourit, un vrai sourire, le premier depuis des mois. Il est assis à côté de nous et pose un moment la main sur mon bras. L'étau qui m'enserre les côtes se relâche encore et je soupire.

— Je dois juste sortir un petit moment, Alison. Est-ce que ça ira ?

— Oui. Je crois que ça passe, je sais pas ce que c'était.

— Bon. Je vais d'abord aller coucher Matilda… Tu vas être une gentille petite fille avec maman, hein, promis ?

Matilda hoche la tête, visiblement fatiguée, et il la prend dans ses bras.

— Je dois voir mon client, le suicidaire. Il ne va toujours pas fort, m'explique-t-il. Mais je ne rentrerai pas trop tard.

Ce n'est pas que cela me soit égal, mais je suis trop fatiguée pour relever.

— Pas de problème. On sera très bien toutes les deux.

Il la porte dans sa chambre et, pendant qu'il lui chante une berceuse, je me renfonce sous la couette.

Le lendemain matin, après le petit déjeuner, je pars en direction du cabinet. Carl, Matilda et moi marchons jusqu'au bout de la rue, jusqu'à ce que je voie mon bus arriver. Je me dirige vers l'arrêt, avec un au revoir de la main à tous les deux. Dès mon arrivée au bureau, Mark, très professionnel, me tend une série de nouveaux dossiers. Ils ne sont pas seulement relatifs à l'affaire de Madeleine, mais aussi à mon autre procès pour viol qui est imminent et à une procédure pour escroquerie qui traîne depuis des mois. La date du procès dans cette affaire-là se rapproche à grands pas et, en consultant le dossier, je songe à combien ce sera plus facile quand les débats s'ouvriront, trois mois à Chichester Rents, derrière Fleet Street, avec presque des horaires normaux, neuf heures dix-sept heures. Je serai en mesure de déposer Matilda à l'école et d'aller la chercher. J'y pense un moment, et j'appelle Mark.

— Tu pourrais me donner davantage de dossiers d'escroquerie dorénavant ? Ou d'investigation ? Ce serait bien d'avoir des horaires un peu plus réguliers.

Il me répond qu'il verra ce qu'il peut faire. Je souris à cette idée. Elle est là, la réponse. Je devrais peut-être même envisager d'intégrer le Crown Prosecution Service, le service des poursuites judiciaires. Si mon travail était plus simple, je serais peut-être plus calme. Et si j'étais plus calme, mon travail mieux maîtrisé, je serais plus apte à pleinement me concentrer sur Matilda et Carl, et il cesserait d'être à ce point en colère contre moi.

Patrick m'appelle vers l'heure du déjeuner. Je regarde l'écran de mon téléphone un moment avant de prendre l'appel.

— Patrick ? fais-je. J'ai essayé de te contacter.

— Je sais, répond-il. Je suis désolé. C'était… difficile. On peut se retrouver quelque part ?

J'hésite. D'un côté, j'ai envie de le voir, d'avoir l'assurance qu'il n'est pas le monstre qu'ils prétendent. De l'autre, j'ai envie de partir en courant. Mais après tout ce que nous avons traversé…

— D'accord. Où ?

Il me communique le nom d'un café vers Waterloo, sur le Cut, et j'accepte, tâchant de dissimuler mon soulagement que ce ne soit pas un endroit plus proche de Fleet Street. Je me rends au bout de la rue, traverse la Tamise et, à mesure que j'approche, je sens mes pas ralentir.

Il est assis dans le fond du café, les deux mains croisées autour d'un mug. Il me salue d'un signe de tête et, quand j'arrive devant la table, se lève et me tend la main. Je me fige une fraction de seconde, puis je le laisse me prendre dans ses bras. Ce contact me rappelle que c'est lui, Patrick, mon ami, mon collègue, mon amant, et je l'enlace, je l'embrasse à mon tour. Je le sens inspirer à fond avant de lâcher un, puis deux sanglots, et ses larmes coulent dans mon cou. Je le tapote délicatement dans le dos, la tension de son corps se transmet au mien. Ensuite, il me relâche et nous sommes assis l'un en face de l'autre. Il referme les mains autour de son mug, sans boire, se contente de fixer le fond. Ce silence s'étire au-delà du supportable.

— Patrick, j'ai besoin de savoir, dis-je, à l'instant même où il déclare :

— Écoute, je voudrais essayer de m'expliquer. Il ne faut pas se fier aux apparences… Elle a monté ça de toutes pièces pour ne pas être mise en cause, commence-t-il.

J'ouvre la bouche pour lui répondre mais aucun son n'en sort.

— Je suis sérieux, Alison. Il faut que tu comprennes.

Je sens une pointe de panique dans sa voix.

— Pourquoi faut-il que je comprenne ? je demande, mais les mots sortent difficilement de ma bouche.

— Parce que ton avis compte pour moi. Je me moque des autres, mais je tiens à toi.

Je reste encore silencieuse un moment, m'efforçant de puiser un peu de détermination. J'ai besoin d'y voir un peu plus clair, de mettre les points sur les i.

— Tu es en liberté sous caution.

— Oui.

— Ils ne t'ont pas encore inculpé ?

— Je dois retourner au poste de police dans une semaine. Lundi prochain. J'imagine que, pour le moment, ils examinent les éléments dont ils disposent. Ils m'ont affirmé que ce serait une enquête accélérée, ajoute-t-il.

— Pourquoi accélérée ?

Je sais que j'aborde le sujet dans le désordre, mais je ne peux m'empêcher de répéter ce qu'il me dit.

— À cause de la personne concernée, me répond-il.

— Qu'est-ce que tu entends par là ? Qui est-ce ?

Il se prend la tête dans les mains.

— Dis-moi ce qui s'est passé.

J'insiste, d'une voix plus ferme.

— C'est dur. C'est vraiment dur.

Il relève la tête. Je remarque sa pâleur et les cernes sous ses yeux. Le boute-en-train a perdu le feu qui l'animait.

— Patrick, tu dois t'expliquer. Cette histoire me fout les jetons.

Il respire à fond.

— OK. Donc, c'était lundi.

— Quand, lundi ?

— En fin d'après-midi. C'est à ce moment-là qu'on m'a arrêté.

J'essaie de reconstituer la chronologie des faits. Je sais que nous nous sommes parlé au téléphone lundi dans la matinée, à propos de Madeleine, et que nous nous sommes de nouveau contactés dans l'après-midi.

— Mais j'étais au téléphone avec toi vers trois heures et demie, quatre heures… Comment tout cela peut-il cadrer ? À cette heure-là, tu parlais avec moi.

— Oui, en effet. Mais j'étais sorti déjeuner avec quelqu'un. J'étais un peu ivre. Tu ne t'en es pas rendu compte ?

Je secoue la tête, un mouvement imperceptible. Il a toujours bien tenu l'alcool.

— Et ensuite, eh bien, nous avons bu encore davantage. Beaucoup trop.

— Avec qui déjeunais-tu ? dis-je, en m'exprimant lentement, sur un ton mesuré.

Il ne répond pas.

— Avec qui déjeunais-tu, Patrick ? Je présume que c'est cette même personne qui a déposé plainte ?

Il se tasse sur sa chaise, il a maintenant l'air de l'homme qu'il sera à soixante ans. Fatigué, gris, éteint. Il plaque ses deux mains sur la table devant lui, les doigts en éventail, entre des gouttelettes de thé.

— S'il te plaît, j'insiste.

— Tu dois me jurer de ne jamais le raconter à personne. Je ne l'ai dit qu'à Chloé.

— Oui, je te le promets. S'il te plaît, donne-moi son nom, c'est tout.

— Caroline Napier. C'était avec elle que je déjeunais. Caroline Napier. Et oui, c'est elle qui a déposé plainte.

Je rejette la tête en arrière, le souffle coupé. J'inspire longuement, je retiens ma respiration, j'expire. Merde.

— Celle du ministère public ?

— Celle du ministère public, confirme-t-il.

— Mais elle est mariée. À ce journaliste…

Caroline Napier est une légende vivante, l'une des plus jeunes femmes à être devenue avocate pénale de la Couronne tout en préservant son mariage et en élevant ses trois enfants.

— Il l'a quittée pour une stagiaire, elle était dans tous ses états. Nous étions tous les deux au même tribunal, à Luton. On a pris le train du retour ensemble en fin de matinée. Je lui ai proposé de déjeuner. Elle a accepté. On a bu comme des trous… On a fini par sortir marcher dans Clerkenwell, on a escaladé une grille pour entrer dans un square. On y est déjà allés, toi et moi. Tu te souviens ? Je ne pensais pas que quelqu'un pourrait nous voir.

— Tu ne pensais pas qu'on pourrait vous voir faire quoi ?

Mes mains sont froides, je m'efforce de repousser ce souvenir qu'il évoque, tout au fond de ma mémoire. « Tu es unique », c'est ce qu'il m'a dit. J'avais failli le croire.

— Nous. Ce qu'on a fait.

— Et qu'est-ce que vous avez fait ? dis-je d'une voix posée, aussi froide que mes mains.

— Tu veux que je te raconte tout dans les détails ?

Il semble au bord des larmes, le menton tremblant.

— Je pense que tu aurais intérêt.

— L'endroit me semblait vraiment isolé. Et il faisait sombre. Au restaurant, on s'était embrassés. Au pub, on a continué. On a escaladé cette grille et elle trouvait ça très drôle, le coin était tranquille, et je sais qu'elle en avait envie, tout autant que moi…

— Envie de quoi ?

— Merde, Alison. On a baisé. Sur un banc, dans ce jardin public. À quoi ça te sert de me forcer à tout te raconter, comme ça ?

— Et pourquoi tu ne voudrais pas tout me raconter ?

— Parce que tu vas encore faire une crise de jalousie et je n'ai franchement pas besoin de ça.

Ses mots se posent sur moi comme des mouches que j'aimerais balayer d'un revers de main, mais j'en suis incapable.

— Je ne suis pas certaine que ce soit la priorité du moment, je rétorque, en luttant pour garder mon calme.

— Je suis désolé, je ne le pensais pas. Je n'ai pas les idées claires. Ce n'est pas ce que je voulais dire. (Il s'affaisse sur son siège.) On s'est fait arrêter, Alison. Quelqu'un s'est aperçu de ce qu'on fabriquait et cette personne a contacté la police.

Il se tait, et je crois que je suis censée commenter, mais les mots ne me viennent pas.

— On nous a conduits au poste le plus proche et ils nous ont mis en cellule, le temps qu'on dessoûle. Mardi matin, ils ont proposé de nous libérer sous caution pour attentat à la pudeur. J'ai accepté, mais pas elle. Après avoir cuvé son vin, elle leur a raconté qu'elle était trop ivre pour que ce soit un rapport consenti. Elle avait conscience de m'embrasser, elle l'admet, mais dès qu'on s'est retrouvés dans ce jardin, la chose avait cessé de l'amuser, elle n'avait plus envie, et je l'aurais forcée à faire l'amour avec moi. Elle aurait essayé de me dire non, c'est ce qu'elle affirme, mais elle était trop bourrée. Quoi qu'il en soit, elle a obtenu qu'on lui garantisse l'anonymat. Mon nom pourrait se retrouver partout dans la presse, mais elle, elle sera protégée.

Je reste sans voix. Je peux tout ressentir, chaque pelotage, chaque tiraillement, chaque tâtonnement. J'ai été là-bas. Je connais ce jardin, les rhododendrons, le banc, l'odeur des feuilles mortes dans l'air. Je me suis renversée contre le dossier de ce banc, le bois rugueux sous mes mains, Patrick s'est enfoncé en moi, et en quelques secondes c'était terminé.

— Tu n'as rien à dire ?

— Je ne sais pas quoi penser. C'est une accusation tellement grave. Elle n'irait sûrement pas inventer ça.

— Alors je suis un menteur ? Merci, Alison, siffle-t-il avec une pointe de colère. (Après un temps mort, il continue.) Écoute, je comprends. Je comprends à quel point c'est difficile. Mais en réalité, elle ne pense qu'à sauver sa peau. Et c'est franchement malin, si tu considères la chose objectivement. Je parie qu'ils ne vont pas m'inculper… Jamais ils n'auront assez d'éléments à charge pour aller au procès. Peut-être même retirera-t-elle sa plainte, histoire d'avoir la conscience tranquille. N'empêche, en tant que demanderesse d'une pareille allégation, elle jouira d'un anonymat sans limite. Cette histoire ne sera jamais rendue publique, pas de son côté. En ce qui la concerne, c'est une situation gagnante à tous les coups.

Je reste bouche bée, devant lui. Je me souviens encore de cette soirée chez moi, quand il a refusé de s'arrêter. Je dois accepter l'idée qu'il soit capable de commettre un viol. Enfin, j'hésite. Ce qu'il raconte me semble complètement absurde, pourtant, j'y décèle une logique. Une logique née du désespoir, sans doute, mais qui n'en reste pas moins une logique.

— Tu crois vraiment…

Il m'interrompt.

— Je le crois vraiment, Alison. Sincèrement, je le crois, insiste-t-il, en se penchant plus près de moi. (Pour la première fois depuis mon arrivée, son visage s'anime très nettement, je le vois reprendre quelques couleurs.) Ça tombe parfaitement sous le sens. C'est clair, elle pense à elle, et pas du tout à moi. Elle mise sur le fait que je ne serai pas inculpé, voilà tout. Regarde les statistiques. Devant la cour, le viol serait impossible à prouver. Elle avait bu toute la journée, en état de forte ébriété, aucune trace de violence physique, des témoignages de personnes présentes sur les lieux qui mentionnent une scène de sexe mais sans aucune allusion à une absence de consentement…

— OK, OK, j'ai pigé. Je vois où tu veux en venir. Malgré tout, elle prend un risque… Ils pourraient finir par l'inculper, elle, d'avoir fait perdre son temps à la police. Ou pire.

— Caroline Napier ? L'avocate de la Couronne ? Qui irait la suspecter d'un truc pareil… ? Personne ne mettra sa parole en doute. Le mieux que je puisse espérer, c'est qu'ils actent une insuffisance de preuves, qu'elle retire sa déposition et que ce soit terminé avant que ça n'aille plus loin. Je suis presque sûr que c'est ce qui va se passer. Mais je sais ce que tous ceux qui en entendront parler vont penser : « Il n'y a pas de fumée sans feu… » (Un silence.) Tu me crois alors ?

J'en ai le tournis.

Je sais quelle personne est Patrick. J'ai entendu parler de la personne qu'est Caroline Napier. Elle n'irait pas raconter ça si ce n'était pas vrai. Pourquoi s'exposer à une telle épreuve ? J'ai déjà défendu deux prévenus accusés de viol, et c'était Napier que j'avais en face de moi, elle instruisait pour le ministère public. Caroline sait exactement ce qui se passe quand quelqu'un dépose une plainte, la procédure d'examen médico-légal, avec son cortège d'examens invasifs, les prélèvements, les explorations. Une vague de compassion me submerge, à la seule pensée de ce qu'elle a dû subir. Personne n'irait inventer une accusation pareille.

— Je t'en prie, Alison. Dis quelque chose. N'importe quoi.

Mais d'un autre côté… Pour le moment, Caroline est manifestement dans la panade. Et les gens qui sont dans la panade commettent de grosses bêtises. Mariage brisé, excès d'alcool, on se laisse prendre dans l'excitation du moment. On se fait prendre sur le fait…

— Je vois bien que tout ça n'est pas clair, dis-je. Mais tu t'es mis en mauvaise posture.

Je n'ai même pas l'intention de m'en prendre à lui parce qu'il baise quelqu'un d'autre. Nous n'en sommes plus là.

— Cela n'aurait jamais dû arriver, se défend-il. Même sans cette histoire. Je sais que tu n'aimes pas ça, et je n'avais pas l'intention de te blesser. Je déteste te blesser. Tu es ce qui m'est arrivé de mieux dans ma vie.

Sur le moment, mon cœur fait un bond, puis la réalité de ce qu'il vient d'ajouter prend tout son effet. Je suis mariée avec un autre. J'ai une fille. Patrick et moi n'avons pas ce que j'appellerais une relation sérieuse, malgré tout le psychodrame et l'agitation. Il a pris son pied, et moi aussi, quoique d'une autre manière. J'y ai trouvé un réconfort et un refuge, le soulagement d'être désirée, et non repoussée. Mais imaginer qu'il serait ce qui m'est arrivé de mieux dans ma vie ? Patrick ? En aucun cas. C'est Matilda, et personne d'autre. Je le regarde. J'ai la sensation qu'une distance immense vient de se creuser entre nous, un gouffre infranchissable. Il n'a plus l'air d'être lui-même : ratatiné, pas rasé. Si cela tourne mal, il perdra sa liberté, sa carrière et sa réputation seront ruinées. J'ai envie d'éprouver de la compassion pour lui, mais la seule pensée de ce que Caroline a peut-être subi est trop écrasante.

— Je t'en prie, Alison. Dis-moi que tu vas me soutenir. J'ai vraiment besoin d'une amie, là, tout de suite.

Après un silence, je serre sa main dans la mienne, j'essaie de ne pas me rétracter au contact de ses doigts. Ensuite, je me lève et je m'en vais.

Sur le trajet du cabinet, je m'achète un paquet de clopes et je m'arrête sur un pas de porte pour en fumer une. C'est le stress, en tout cas c'est le prétexte que j'invoque. S'il y a un moment où j'éprouve le besoin de m'acheter mes propres cigarettes, c'est bien maintenant. Mais le filet de fumée qui remonte le long de mon nez me met les larmes aux yeux et tout d'un coup, ça me révolte, l'odeur, le goût, tout. J'attrape le paquet, le froisse et le jette dans la première poubelle venue.

De retour au cabinet, je travaille quelques heures sur mes dossiers et, à trois heures, j'annonce à Mark que je rentre chez moi. J'envoie un message à Carl pour l'avertir que je passerai chercher Matilda à la sortie de l'école et il est ravi, me répond qu'il peut donc ajouter un client à son horaire. Après quoi, j'éteins mon téléphone. Je n'ai pas envie de recevoir d'autres SMS de menaces de ce numéro inconnu. Je saute dans un métro jusqu'à Holloway et je refais un crochet par Waitrose, mais cette fois je suis plus rapide, je fonce de rayon en rayon. Pas de steak, pas de légumes destinés à séduire, c'est de la cuisine familiale standard : des ingrédients pour une tourte au poisson, des lasagnes et un gâteau au chocolat que Matilda et moi pourrons préparer ensemble, en tout point identique à celui qu'elle a fait avec la mère de Carl.

Matilda est enchantée quand je viens la chercher. En patientant devant le portail, je bavarde avec les mamans, c'est cordial, détendu. Je ne me souviens plus trop pourquoi je les haïssais tant, pourquoi je les trouvais si horribles. Elles sont accueillantes, une femme agréable qui porte des lunettes et un gros chandail m'explique que sa fille Salma adore jouer avec Matilda et pourquoi ne pas organiser quelque chose entre elles ? Nous avouons notre aversion commune pour les clubs de natation et elle rit de mon imitation improvisée de Mme Anderson, le dragon, la responsable des activités extrascolaires.

— Je ne sais pas comment vous y arrivez, me dit-elle, travailler et vous occuper de Matilda.

Elle se confie si ouvertement, avec une expression si spontanée, si sincère, que pour une fois ce cliché ne me fait pas tressaillir.

Je me rends compte que j'ai la gorge nouée, et je tousse à deux reprises pour m'éclaircir la voix.

— Ce n'est pas facile, mais Carl est super.

— C'est une adorable petite fille, ajoute la maman.

— Merci, dis-je, et je le pense.

Le flot des enfants commence à se déverser hors du bâtiment et la maman et moi nous éloignons, à la recherche du nôtre, mais avant de partir elle revient vers moi.

— Au fait, je m'appelle Rania, vraiment ravie d'avoir parlé avec vous.

— Et moi, Alison. Pareillement.

— Quelques-unes d'entre nous ont prévu de sortir dîner dans deux semaines. Ça vous dirait de vous joindre à nous ? me propose-t-elle.

Mon premier réflexe est de refuser, mais une autre envie pointe, une petite pousse verte qui perce le gel. Cela fait si longtemps…

— Oui, avec plaisir. Je sais que je ne suis pas très présente…

— Raison de plus pour venir, alors. Nous serions enchantées de mieux vous connaître, s'écrie-t-elle. J'ai votre e-mail, je crois… Je vais m'occuper de vous inscrire au mailing d'invitation.

— Merci. C'est vraiment gentil.

Et c'est vrai. Une telle ouverture d'esprit décoince quelque chose en moi.

— Vous êtes sur WhatsApp ? Il y a un groupe de la classe, vous savez ?

Je secoue la tête, je souris, la glace se reforme. J'avais supprimé l'accès à ce groupe au bout de quelques jours seulement, les geignements sempiternels sur les chaussettes disparues et les devoirs me donnaient des envies de meurtre.

— Je ne peux pas vous en vouloir, c'est très chiant, m'avoue-t-elle, et la glace fond de nouveau.

— C'était un peu envahissant, toutes ces notifications sans arrêt, j'admets, et elle éclate de rire.

— Je les ai désactivées, moi, me souffle-t-elle, mais ne le répétez à personne.

J'ai presque envie de l'embrasser. Cela me semble être le premier échange normal que j'aie eu depuis des mois. J'ai perdu tellement de temps à me tourmenter à cause d'hommes stupides, et à me stresser sur les bisbilles de portail d'école. Plus maintenant.

Matilda et moi rentrons à la maison à pied, main dans la main, et je prépare la tourte au poisson pendant qu'elle fait ses devoirs : elle dessine des chiens et écrit l'histoire d'un éléphant. Quand elle a terminé, je la laisse jouer un peu sur son iPad. Je dois agrémenter ma tourte de quelques œufs durs et, devant l'évier, j'enlève leurs coquilles sous le robinet. Je suis sur le point de les découper en quartiers, quand je me souviens tout à coup du coupe-œuf que la mère de Carl m'a offert à Noël il y a trois ans. Matilda était encore à la crèche, il lui fallait tous les jours des déjeuners préparés exprès pour elle. J'avais déballé la boîte qu'elle m'avait tendue, qui contenait le coupe-œuf, les couteaux à sandwich en forme de dinosaures et de mignonnes petites boîtes en plastique pour les fruits, un message si évident qu'elle aurait tout aussi bien pu me le hurler aux oreilles. J'avais eu un sourire forcé, puis j'étais allée ranger la boîte, sans l'ouvrir, dans le fond du placard de la buanderie.

Et, à cette minute, je fouille cette même pièce de rangement, en espérant de tout cœur qu'elle y soit encore, fourrée derrière les produits d'entretien et les sacs plastique. Je sors le tout et le voilà, cet outil de la vie domestique que j'ai esquivé depuis tout ce temps. La boîte est recouverte d'une épaisse couche de poussière, mais à l'intérieur tous les ustensiles du panier-repas sont là, comme neufs. Je prends le coupe-œuf, le sors de son emballage et l'emporte dans la cuisine.

— Qu'est-ce que tu fais, maman ? me demande Matilda, en levant le nez de son iPad.

— C'est un coupe-œuf, j'explique. Je vais ajouter des tranches d'œuf dans la tourte au poisson.

— Miam. J'adore les œufs. Je peux t'aider ?

— Bien sûr. J'ai juste besoin de comprendre comme ça marche.

Nous sommes debout côte à côte devant la planche à découper, le petit ustensile blanc sous nos yeux. Je prends un œuf dur en main, le place dans la partie basse du coupe-œuf, et appuie sur l'élément supérieur, équipé de fils à découper. Sur le moment, on dirait que rien ne s'est passé, l'œuf forme encore un ovoïde parfait, mais lorsque je le reprends entre mes doigts, il retombe en fines tranches impeccables, couleur jaune d'or.

— C'est super cool, s'exclame Matilda, et je hoche la tête en signe d'acquiescement.

Je n'arrive pas à croire que j'aie pu m'en priver aussi longtemps.

— Je peux faire le reste ? me demande-t-elle et je hoche encore la tête, debout à côté d'elle.

Elle découpe trois autres œufs en tranches, et chaque fois l'illusion se répète, celle d'un œuf encore intact qui se scinde ensuite en lamelles bien nettes. Nous enfournons la tourte, jusqu'à ce que la couche de pommes de terre soit bien dorée, avec ses crêtes et ses creux de purée et de sauce blanche et, surtout, l'arôme de poisson fumé qui flotte dans l'air.

Quand c'est fait, je la sors du four pour qu'elle refroidisse et c'est à ce moment que je rallume mon téléphone. J'ai envie de voir si Carl rentre bientôt. Il serait impressionné, je crois : les devoirs sont terminés et le dîner prêt. Je laisse Matilda dans la cuisine avec son iPad et je vais au salon, les épaules crispées, craignant de recevoir encore d'autres messages. Des messages anonymes, menaçants, ou des messages de Patrick. Mais non, il n'y a rien. Le soulagement m'envahit, mes épaules se relâchent. Je m'assois dans le canapé et je consulte mes e-mails. Là encore, rien d'important. Rien d'effrayant. Les affaires de boulot habituelles, c'est tout. Je ferme les yeux et m'enfonce dans le dossier du sofa, contente que la soirée ne soit pas gâchée. L'appareil bipe pour m'avertir d'un message vocal et je l'écoute, de nouveau tendue, mais c'est juste Carl. *Je serai de retour vers huit heures, ne m'attends pas pour dîner, à tout à l'heure.*

Je retourne dans la cuisine, je fais bouillir de l'eau et j'y jette des petits pois congelés. Matilda et moi mangeons notre tourte au poisson à table et je couvre le reste avec du film alimentaire pour Carl, quand il rentrera. Matilda me parle du jeu auquel elle a joué avec ses amies, et je lui annonce que je suis invitée à déjeuner dehors avec les autres mamans, elle est contente. Je me débrouille bien, ma voix est légère et rieuse, aucun signe des ombres souterraines qui me hantent. Mais elles sont bien là, la situation de Patrick s'immisçant dans la trame de notre bavardage.

Après avoir couché Matilda, je vais aussi au lit. Il a beau être tôt, j'ai froid et je suis fatiguée. Le choc est surmonté, ainsi que la sensation d'irréalité qui m'a tenaillée toute la journée, en dépit de tout le réconfort que m'a apporté le fait de m'occuper de Matilda. Je sais maintenant où je suis : dans mon lit, dans ma maison, avec ma fille endormie dans la chambre d'à côté, et mon mari sur le point de rentrer d'une minute à l'autre. Quand j'entends sa clé dans la serrure, je ressens un soulagement.

— Désolé d'avoir été retenu, fait Carl, tandis qu'il s'assoit de son côté du lit. La tourte au poisson sent bon.

Je lui souris et il descend chercher de quoi se sustenter. Pendant qu'il est en bas, je vérifie mon mobile. Rien. Il remonte avec son dîner et, pendant qu'il mange, je remets mon téléphone en mode silencieux.

— Tu veux regarder la télé ? propose-t-il. Une série ?

Je suis surprise, mais ravie. À l'époque où nous nous entendions encore bien, nous avions regardé toute la série *Sur écoute* ensemble.

— Bien sûr. Tu pensais à quoi ?

— Une série noire scandinave ? Je vais chercher mon ordi.

Nous nous asseyons, adossés contre les coussins, bien calés dans le halo de la lumière de son ordinateur. La série est sous-titrée, je suis donc obligée de me concentrer, et je suis vite captivée. À la fin de l'épisode, nous entamons le suivant, sans discussion. Après ça, il est presque minuit et je suis trop fatiguée pour en regarder davantage, mais cela ne le gêne pas, et nous restons allongés l'un contre l'autre, nos disputes mises de côté pour un soir.

— J'aime bien quand c'est comme ça, une soirée à la maison, rien que nous, me souffle-t-il et, au lieu de répondre, je l'étreins et je sais qu'il sait que je suis d'accord.

La journée du vendredi passe rapidement, deux requêtes de mise en liberté sous caution et une citation à la Crown Court de Belmarsh. À quatre heures, je rentre directement à la maison – sans prendre un verre avec les collègues –, en m'arrêtant seulement au cabinet pour récupérer mes dossiers pour lundi. Chloé et moi nous entretenons brièvement au téléphone de l'affaire Madeleine. J'ai failli lui demander comment allait Patrick mais j'empêche ces mots-là de franchir mes lèvres. Elle ne se rend compte de rien.

C'est encore une soirée tranquille, Matilda va se coucher tôt et on regarde deux autres épisodes de notre série. Peut-être allons-nous nous en sortir. Et même si, au fond de moi, je sais que j'en doute, j'évite d'y penser.

18

Carl travaille presque tout le week-end, j'emmène donc Matilda nager samedi matin et c'est loin d'être aussi désagréable que ce que j'imaginais. Il y a suffisamment de sièges pour s'asseoir et la surveiller, et tout le monde est très aimable. Dimanche matin, nous sortons toutes les deux nous promener à Hampstead Heath, car le soleil est au rendez-vous, et elle escalade les grands chênes près de l'entrée, côté Kenwood. Je prends des photos d'elle alors qu'elle se retient aux branches basses comme un singe. Les feuilles sont toutes tombées à présent et elle donne des coups de pied dans les tas qui se sont accumulés sous les arbres.

— J'aime bien grimper dans les arbres avec toi, dit-elle. Papa ne me laisse jamais monter aussi haut.

Sur le moment, je me demande si je ne devrais pas l'en empêcher, mais elle s'amuse tellement que je n'ai pas envie de lui gâcher son plaisir.

— Fais attention de ne pas tomber, alors, je fais remarquer. Je n'ai pas envie que papa soit fâché.

Elle glousse et je réprime la sensation d'avoir été déloyale vis-à-vis de Carl. Nous montons vers le kiosque-café sur la droite qui, pour une fois, est ouvert.

Je commande un café crème et Matilda hésite entre un chocolat chaud et une glace.

— Il fait trop froid pour une glace, je lance, et elle réfléchit un moment.

— Il ne fait jamais trop froid pour une glace, me répond-elle, ce qui fait rire la serveuse derrière le comptoir.

Elle lui tend un cornet avec deux boules de chocolat. Nous redescendons vers les chênes et c'est à mon tour de rire en voyant sa figure toute barbouillée : j'humecte un mouchoir en papier d'un peu de salive et je lui frotte les joues pour effacer le plus gros. Elle se met à courir en rond, en s'éloignant puis en se rapprochant de moi, me prend par les mains et me fait tourner sur moi-même, avant de jeter des poignées de feuilles en l'air. J'en jette moi aussi et elle se précipite pour les rattraper.

— Ferme les yeux, m'ordonne-t-elle.

— Pour quoi faire ?

— J'ai envie de jouer à cache-cache. Je vais me cacher et toi tu vas me retrouver.

— OK, dis-je, en me masquant le visage des deux mains.

— Promets de pas regarder. Maintenant il faut que tu comptes jusqu'à cent.

— C'est trop long, mon chou. Et si on disait cinquante ?

— Papa fait toujours comme ça. C'est pas juste. Jusqu'à cinquante, je peux pas bien me cacher, proteste-t-elle.

J'hésite, ne voulant pas gâcher notre alliance.

— Et si on disait soixante-quinze ?

— Cent. S'il te plaît, maman.

Elle étire tellement ces syllabes que je ne peux me résoudre à lui opposer un refus plus longtemps.

— D'accord. Cent. Mais ne va pas trop loin.

— Promis. Tu promets de ne pas regarder ?

— Promis. Un, deux, trois…

Je commence à compter.

Matilda pouffe de rire et s'accroche à mes jambes le temps d'une étreinte. J'entends ses petits pas s'éloigner en courant sur le tapis de feuilles.

Vingt-trois, vingt-quatre…

— Tu comptes encore, maman ? Je t'entends pas.

Et elle rit de plus belle, je capte ses petits éclats de rire quelque part derrière moi. Je ne crois pas qu'il faudra la chercher très longtemps. Je continue, en élevant la voix.

— Trente et un, trente-deux.

Ses pas s'éloignent un peu plus, le bruissement s'amenuise. Je ne l'entends plus respirer.

Quarante-huit, quarante-neuf. Je glisse un regard furtif autour de moi.

— Maman ! Je t'ai vue ! Tu regardes !

Je l'entends, mais sans la voir. Je me plaque les mains sur les yeux.

D'autres bruits de pas près de moi, d'enfants, d'adultes, un chien. Il y a aussi un rire.

Cinquante-six, cinquante-sept.

Je commence à m'impatienter. Je n'ai plus compté jusqu'à cent depuis des années et cela prend bien plus de temps que je n'aurais cru. Je n'ai pas envie de rester plantée les yeux clos, fermée au soleil, au ciel bleu et au visage de Matilda.

Mais j'ai promis.

Soixante-sept, soixante-huit.

Des voix, toutes proches, puis qui s'éloignent. « Football » et « *meat pie* », ce sont les seuls mots que je saisis de la conversation. Plus loin, des murmures, d'autres rires. Un hurlement soudain, lointain, et le grincement des branches au-dessus de moi dans la brise.

Quatre-vingt-un, quatre-vingt-deux.

Mes autres sens s'aiguisent. Je suis entourée par l'automne. Le léger fumet d'un feu de jardin et l'odeur de moisissure des feuilles en putréfaction, le chuintement d'un avion très haut dans le ciel, qui vire au-dessus du nord de Londres, vers l'un des aéroports de la capitale. À l'intérieur, ça sent sûrement le renfermé, la sueur et les pieds, avec une bouffée ammoniaquée provenant des toilettes. Les passagers observent par les hublots, pour repérer les monuments et les sites intéressants – Wembley, Kenwood House, le Heath, une masse de verdure et d'arbres au-dessous d'eux, trop lointaine pour que les mouchetures en mouvement des passants et des chiens traversant Parliament Hill soient visibles.

Quatre-vingt-dix-neuf, cent.

— Attention, tu es prête ? J'arrive !

Je rouvre les yeux et regarde autour de moi. Je ne la vois nulle part. Je contourne les arbres, en retenant bien l'endroit où j'étais pour compter. J'inspecte derrière les troncs, à l'affût du moindre signe de la parka verte et argent de Matilda. Rien par là. Je m'éloigne en diagonale, je continue de chercher, cela me fait rire de voir qu'elle est si douée pour se cacher.

— Tu es trop bien cachée, Matilda. Je n'arrive pas à te trouver, je m'écrie, et seul le vent me répond.

Mon pouls s'accélère, l'excitation du jeu provoque une décharge d'adrénaline. Un arbre, puis un autre, qui se fondent en un seul, étirent leurs branches dans ma direction. *C'est peut-être moi qui l'ai*, me souffle l'un. *Non, c'est moi*, bruisse un autre. J'ai la sensation qu'un visage me fixe de l'intérieur d'un tronc, qu'un autre me lorgne. Je prends une profonde inspiration et cesse de courir dans tous les sens. Un coup d'œil circulaire. Les arbres ne sont pas vivants. Ils ne constituent pas une force maléfique qui aurait avalé Matilda tout entière.

Pourtant je ne la vois nulle part.

Je l'appelle.

— Matilda, Matilda. C'est fini, arrête de te cacher, maintenant. Tu as gagné.

Pas de réponse. Pas de fillette blonde courant vers moi, surgie d'un fourré. Je tourne en rond, ma respiration se précipite et je sens que quelque chose m'oppresse tout au fond de la gorge.

— Matilda. Matilda !

Un homme en tenue de jogging s'arrête à ma hauteur.

— Vous cherchez un chien ? Il y a un épagneul par là-bas. (Et il pointe le doigt.) Je pense qu'il est perdu.

— Non, pas un chien, non. Ma fille. On jouait à cache-cache.

Les mots ont du mal à sortir. J'entre dans un état de panique totale, la peur me traverse comme une traînée d'étincelles.

— Comment est-elle ?

— Elle est à peu près de cette taille, dis-je, avec un geste de la main au niveau de ma taille. Des cheveux châtain-blond. Elle doit être quelque part. J'ai juste fermé les yeux quelques instants, je comptais jusqu'à cent.

L'homme se dirige vers les arbres, court autour, en criant le nom de Matilda. Un autre joggeur se joint à lui. Deux femmes qui promènent leur chien me demandent ce qui se passe. J'essaie de leur expliquer.

— Moins de deux minutes. J'ai fermé les yeux moins de deux minutes. Elle avait tellement envie de jouer à cache-cache pour de vrai… Je n'aurais jamais dû l'écouter.

— Ne vous inquiétez pas, ma chère. Nous allons la retrouver. À mon avis, elle a dû sortir voir du côté du Kenwood, m'assure l'une des deux femmes. Matilda, c'est bien ça ?

Elles ont franchi le portail en fer forgé du Kenwood Estate et je les entends appeler son nom. Le joggeur crie lui aussi, sur ma gauche. D'autres personnes se joignent à eux, d'autres coureurs, des promeneurs avec leur chien, deux religieuses et une jeune fille en baskets à semelles compensées, au visage noirci de rimmel. Ils se sont tous déployés en éventail, écartant les buissons et hurlant son nom. Je suis pétrifiée au milieu d'eux, au dernier endroit où je l'ai vue, où elle s'est serrée contre mes jambes avant de déguerpir. Je sors mon téléphone de ma poche et commence à taper un message à Carl.

Je ne retrouve plus Matilda.

Je regarde ces mots et ravale la bile acide qui me remonte dans la gorge. Et je les efface. Elle va forcément revenir bientôt. Inutile de l'inquiéter.

Un petit véhicule passe avec deux gardiens du parc à son bord. Dès qu'ils voient l'agitation, ils s'arrêtent et s'adressent à l'une des personnes qui fouille les buissons, et qui me fait un geste. Je cours vers eux, presque en larmes à la vision rassurante de leurs uniformes verts. Ils m'écoutent et contactent quelqu'un par radio. Je tourne en rond, cherchant une trace de ma fille. L'un des hommes me pose la main sur le bras pour attirer mon attention, et je le frapperais presque.

— Il faut que je la cherche. Lâchez-moi.

— S'il vous plaît, dites-nous exactement ce qu'elle portait, me répond-il, sa tête tout près de la mienne.

Il prend une voix qui se veut rassurante, j'imagine.

— Je vous l'ai dit. Un jeans bleu, des baskets roses, un blouson vert et argent.

— Vert et argent comment ?

— Quoi, comment ? Désolée, je sais que vous êtes obligé de me poser ces questions. Vert en bas, argent en haut. La capuche est couleur argent, j'ajoute, en réprimant la peur que j'éprouve, une putain de terreur qui m'envahit à l'idée que ma fille soit seulement réduite à une liste de vêtements.

Les minutes s'écoulent. Je ne sais pas si je devrais rester où je suis ou me diriger vers Kenwood, en me frayant un passage à travers les fourrés le long de la grille. Je ne serais pas contre m'écorcher la peau sur les branches, me faire fouetter la figure par le feuillage. Mais si j'y vais, elle ne sera plus en mesure de me trouver. C'est ici le dernier emplacement où je l'ai vue. Elle s'est peut-être aventurée dans les allées ombragées et s'est perdue, comme lorsqu'on tourne en rond, comme lorsqu'en quelques minutes on finit entouré par une épaisse végétation. Je m'y suis perdue moi-même, la fois où j'ai essayé de retrouver l'ancienne clairière, l'ancienne glacière… La glacière…

— Aurait-elle pu aller dans la glacière ? Elle aurait pu se laisser enfermer quelque part ? je suggère au gardien du parc le plus proche de moi.

Il est occupé à communiquer dans sa radio mais il se retourne et m'écoute.

— La patrouille de police est en route. Nous allons examiner tous les cas de figure.

Le mot « police » me fait l'effet d'un coup de poing dans le ventre. Personne ne me suggère d'éviter de trop m'inquiéter, que je suis bête, et bien sûr qu'elle va ressurgir d'une seconde à l'autre. Ils appellent la police et organisent tous ces gens en groupes de recherche. De nouveau, une remontée de bile dans ma gorge, aigre et brûlante.

Ensuite la police est là, trois policiers, deux jeunes et une plus âgée. Elle a des cheveux courts, gris et un visage à la rondeur rassurante, mais je vois bien à son regard perçant qu'elle ne laisse rien au hasard.

— Je suis l'inspecteur Murray du commissariat de Hampstead. Vous dites que votre fille a disparu. Quel âge a-t-elle ? me demande-t-elle, en s'avançant d'un pas, flanquée de ses deux collègues.

— Elle a six ans. Nous étions en train de jouer à cache-cache. J'avais les yeux fermés, j'explique.

— Donc vous l'avez quittée des yeux pendant à peu près deux minutes ?

— À peu près, oui.

— Et vous ne savez pas où elle est allée ?

— Nous jouions à cache-cache. J'ai promis de ne pas regarder. Elle a fait toute une comédie pour avoir le temps de se cacher. J'ai essayé de la surveiller en douce mais elle m'a surprise, alors j'ai dû arrêter.

Je tâche de garder le contrôle de moi-même, mais je ne peux empêcher ma voix de se muer en plainte. J'ai envie de renverser la tête en arrière et de hurler, de hurler jusqu'à ce que Matilda soit de nouveau en sécurité dans mes bras.

— Elle connaît bien le quartier ?

Les mots de l'officier de police percent la brume qui s'est installée à la place de mon cœur. D'un revers de manche, j'essuie mon nez qui a coulé.

— Nous venons ici, mais pas régulièrement. Je veux dire, elle connaît, mais je ne pense pas qu'elle serait capable de s'orienter.

L'inspecteur Murray note ce que je réponds dans son carnet.

— Et à quelle heure avez-vous vu votre fille pour la dernière fois ?

— Je l'ignore. Je n'ai pas vérifié ma montre. J'ai compté jusqu'à cent et puis j'ai commencé à regarder, et comme je n'ai pas réussi à la retrouver je me suis mise à crier son nom, et puis ce monsieur-là m'a aussi aidée à la chercher, et ensuite il y a eu tout ça...

Je parle si vite que les mots se bousculent, mais c'est une telle perte de temps, nous devrions être dans les bois qui s'étalent devant moi et derrière moi, à fouiller le moindre fourré et au pied de chaque arbre jusqu'à ce que...

— Nous devons nous faire une idée, savoir depuis combien de temps à peu près elle a disparu. Vous n'avez pas une notion plus claire que ça ? insiste l'inspecteur, d'une voix aimable, mais ferme.

— Peut-être un quart d'heure ? dis-je, en me raccrochant à ces chiffres venus de nulle part.

Elle s'éloigne avec ses collègues. Ils retournent à leur voiture, l'un d'eux s'assoit au volant et passe un appel dans sa radio. Je suis sur le point d'aller vers eux, mais ils ont terminé, ils referment les portières du véhicule et l'un des policiers se dirige vers Kenwood House, en appelant Matilda, un autre descend la pente derrière moi, en faisant de même. Le groupe de promeneurs lancés à sa recherche a grossi, chaque passant est attiré vers eux comme de la limaille de fer par un aimant. Leurs voix se font de plus en plus pressantes. Je reste immobile, figée sur place, le tourbillon de ces recherches frénétiques me fait tourner la tête, au point que je manque m'effondrer.

L'inspecteur Murray est de retour. Elle me rattrape en plaçant son bras autour de ma taille et m'accompagne doucement dans ma chute, jusqu'à ce que je finisse en position agenouillée.

— Vous êtes très pâle. Respirez profondément, plusieurs fois, me suggère-t-elle.

J'essaie, mais j'en suis incapable, le poids sur ma poitrine est trop oppressant.

— On s'occupe de tout, maintenant. Je suis certaine qu'elle s'est juste perdue. Les enfants de son âge font souvent ce genre de choses, explique-t-elle.

— Elle n'avait encore jamais rien fait de tel, je réplique.

— Et quand elle verra tout le bazar qu'elle a provoqué, je parie qu'elle ne recommencera plus jamais.

Je sais que les propos de cette femme visent à me calmer, mais je la vois qui glisse des regards furtifs par-dessus mon épaule, pour suivre l'évolution des recherches.

— À la maison, avec qui vit-elle ? me demande la policière.

— Avec moi et son père. Nous sommes trois.

— Et tout va bien ? Y a-t-il des problèmes ?

— Non, aucun. Quel est le rapport ?

— Je voulais juste m'assurer qu'il n'y ait pas de problèmes avec le papa, ajoute-t-elle, et sa précision est davantage une question.

— Que voulez-vous… Oh, qu'il aurait pu l'enlever ? Non, rien de cet ordre. (Je me tais un instant.) Je croyais que vous disiez qu'elle s'était juste perdue, fais-je, une fraction de seconde après.

— Nous sommes obligés d'envisager toutes les hypothèses, me réplique-t-elle. Où est le papa ?

— Il est thérapeute, il est avec des patients toute la journée.

— Si vous me dites où, nous pourrions envoyer quelqu'un le chercher, me suggère-t-elle, d'un ton détaché. (Plus elle est calme, plus elle m'effraie. Il y a là des sous-entendus dont je suis incapable de saisir la teneur.) Quelle est l'adresse de son cabinet ?

Je la lui donne, une formule composée de mots et de chiffres qui sort automatiquement de ma bouche. Le nom de Matilda retentit autour de moi et je tends l'oreille, guettant une réponse, n'importe quoi qui soit susceptible de me donner de l'espoir. Une fillette court dans l'allée avec sa mère devant moi et j'ai du mal à m'empêcher de courir après elle, de l'attraper et de vérifier que ce n'est pas Matilda, alors que je sais que ce n'est pas elle, elle est en manteau rose et ses cheveux bruns et tressés sont relevés sur sa tête.

Les cris se rapprochent à présent, ils ont peut-être trouvé quelque chose, j'ai le cœur au bord des lèvres et l'officier de police ressort en courant de Kenwood House avec quelque chose dans ses bras. L'espace d'un instant, je crois que c'est elle, Matilda, ma fille, ma chérie, qu'on me ramène, mais quelque chose ne cadre pas, elle est toute molle, toute tordue, et ensuite c'est un immense soulagement, car je vois que c'est son manteau, pas son corps mort qu'il tient dans ses bras, je cours vers lui mais le soulagement s'évapore et ensuite c'est la panique, le souffle coupé, un cri perçant quelque part, et qui pourrait provenir de moi, car le policier me tend un manteau vide, moitié vert, moitié argent, je l'agrippe et le serre contre ma poitrine, et les officiers de police échangent un regard avec une expression lugubre que je ne déchiffre que trop bien.

L'inspecteur de police tend la main et me retire le manteau. J'essaie de m'y accrocher mais elle me le reprend fermement.

— Nous en avons besoin pour les recherches, m'explique-t-elle. Vous pourrez le récupérer d'ici peu.

— Je ne comprends pas. C'est le manteau qu'elle portait. Où l'avez-vous ramassé ?

J'observe le policier qui l'a trouvé. Il hésite un moment, comme s'il cherchait les mots justes.

— Il était sous un fourré là-bas, répond-il, en désignant Kenwood House.

— Pourquoi l'aurait-elle enlevé ? dis-je. Il fait froid aujourd'hui.

— Elle avait peut-être trop chaud, après avoir couru partout pour essayer de vous retrouver, suggère-t-il. Et puis, c'est un vêtement facilement repérable.

Je reste pétrifiée. L'heure tourne et je sais exactement ce qu'il veut dire. J'ai déjà entendu toutes les histoires les plus horribles, les enfants kidnappés dans des grands magasins, leur tête rasée, leurs vêtements changés. Je sais qu'il n'y a rien de plus facile que de jeter son manteau et de l'envelopper dans un autre vêtement pour la sortir du parc avant que quiconque ait remarqué quoi que ce soit. J'ai fermé les yeux si longtemps que c'est comme si je leur avais offert Matilda sur un plateau.

La décharge d'adrénaline se déverse en moi, mon rythme cardiaque s'accélère, j'ai l'impression que mon cœur pourrait bondir de ma poitrine, mes mains sont parcourues de tressaillements. Les notes sourdes du glas de la culpabilité résonnent de plus en plus fort en moi. Tout est ma faute. J'ai péché, et elle paie pour mes péchés. J'ai merdé dans mon rôle de mère, c'est ce qui l'a perdue, et peut-être perdue pour de bon. Je m'effondre à genoux, malade à l'idée de tout ce que j'ai fait, de tout ce qui aurait pu être fait, et qu'il soit maintenant trop tard, que je ne puisse plus jamais l'entendre rire, plus jamais coiffer ses cheveux, l'accompagner à l'école à pied ou l'emmener nager. Mon Dieu, nager. L'étang tout en bas du parc de Kenwood House. J'ai failli le hurler, mais je m'en empêche – ils savent, c'est là-bas qu'ils la cherchent. J'ai beau ne jamais prier et savoir que je ne mérite aucune intervention divine, dans ma tête, je négocie. *Je renoncerai à tout, je le jure, je serai présente pour elle. Si je peux avoir la chance de la voir, une fois encore, de la serrer contre moi, j'arrêterai de me comporter en sale égoïste. Je savourerai chaque instant comme j'aurais dû le faire depuis le début, au lieu de ne me soucier que de moi-même.*

Les recherches se poursuivent. Je reste engluée à l'emplacement où je l'ai vue pour la dernière fois. Je perds la notion du temps qui s'est écoulé depuis qu'elle a disparu – ma perception du temps est devenue bizarre, lenteur et vitesse fusionnant en une seule spirale dans mon esprit.

— Alison. Alison ! Que se passe-t-il ?

Carl est ici – ils sont allés le chercher à son cabinet et ils l'ont ramené.

— Matilda a disparu. On jouait à cache-cache et ensuite elle n'était plus là.

Je me remets à pleurer et je vais me retenir à lui, je voudrais être tenue par lui, entendre que tout ira bien et qu'elle va réapparaître d'une minute à l'autre.

Il me repousse, me saisit par les épaules.

— Je t'avais dit de faire attention, on ne peut jamais te faire confiance pour rien.

Il est furieux, je le vois bien, maintenant.

— Tu leur as dit quel était ton métier ? C'est peut-être l'un de tes clients ?

L'inspecteur Murray se tourne aussitôt vers moi.

— Quel est votre métier ?

— Je suis avocate pénaliste. Pour la défense, surtout. Mais je ne pense vraiment pas…

— Et vous êtes psychothérapeute, poursuit-elle, en considérant Carl. Est-il possible qu'un de vos clients… ?

— Aucun de mes clients ne commettrait un acte pareil, rétorque-t-il, en me considérant avec une expression de mépris.

L'inspecteur Murray m'observe attentivement, avant de revenir vers Carl. L'un des autres officiers de police l'appelle et ils s'éloignent un peu pour discuter brièvement. Puis il se rend à son véhicule et contacte de nouveau quelqu'un par radio.

— Nous allons demander l'hélicoptère, m'explique-t-elle. Parfois, cela peut aider.

J'étais déjà terrorisée avant cela, mais maintenant j'entre dans un état de panique totale.

— Vous ne savez pas si vous auriez pu contrarier l'un de vos clients, récemment ? s'enquiert-elle encore.

— Je ne pense pas. Pas à ce point.

— Et vous, monsieur ? fait-elle à Carl.

— Bien sûr que non. Je n'arrive pas à croire que vous perdiez du temps à nous poser ce genre de questions. Vous devriez la chercher, au lieu d'essayer de fouiller dans notre vie, s'écrie-t-il, ne contenant plus sa colère.

J'inspire, je souffle. Je n'ose pas me redresser, de peur de m'évanouir.

— Nous faisons tout notre possible, insiste l'inspecteur Murray, en s'efforçant d'apaiser la situation.

— Alison, comment as-tu pu perdre notre fille, putain !

Il me crie dessus, en se penchant vers moi. Je m'enfouis la tête dans les mains et me balance d'avant en arrière.

— Tout ça, c'est ta faute, espèce de conne ! Tu as foutu notre mariage en l'air et maintenant tu as perdu notre fille. Bordel de merde !

Il se relève et, furieux, s'écarte de moi, avant de revenir sur ses pas.

— Où est ma fille ? jette-t-il à l'inspecteur Murray. (Puis il se penche vers elle et lui hurle aussi à la figure.) Où est-elle, bordel ?

— Je vais devoir vous demander de vous calmer, monsieur, répond-elle sans reculer, mais, au contraire, en se redressant, encore plus droite devant sa fureur. Je comprends que ce soit un moment chargé d'émotion, mais…

— Un moment chargé d'émotion ? Ma femme est si inutile qu'elle a perdu notre fille et vous pensez que je réagis juste sous le coup de l'émotion ?

Il carre les épaules devant elle comme s'il allait la frapper. Je l'observe, en retenant mon souffle. Si je dis quoi que ce soit, s'il me remarque, c'est ce qui va se produire, c'est sûr, et ensuite il sera incarcéré pour voie de fait contre un officier de police, en plus de tout le reste.

L'inspecteur Murray lui fait face avec fermeté et, l'espace d'un instant, ils restent immobiles, se jaugent, le regard fixe. Carl laisse retomber ses mains et son visage se décompose.

— Désolé. Je suis désolé. (Il s'éloigne à nouveau avant de revenir vers moi.) Salope, crie-t-il avant de me lancer un coup de pied.

Mais je bondis en arrière et son pied manque sa cible. Il perd presque l'équilibre, chancelle et sautille sur place pour ne pas basculer. Je suis pétrifiée, je vois la fureur sur son visage, écarlate de rage. Je sais que je devrais être effrayée, mais je ne le suis pas. Il n'y a pas de place en moi pour la crainte. Je mérite de recevoir des coups de pied. Ça me ferait du bien d'être frappée. Mais à cet instant, peu importe. La seule chose qui importe, c'est Matilda, et le trou dans mon cœur qu'a laissé son absence. Je ne comprends pas comment son père peut se soucier d'autre chose.

— Arrête de me regarder, crache-t-il. Arrête de me regarder, merde. (Il se campe au-dessus de moi, m'attrape par les épaules et me secoue, de plus en plus fort.) Espèce de salope, tu ne sers à rien, éructe-t-il – mais les mots se bousculent dans sa bouche.

L'inspecteur Murray s'est approchée de lui, tout près, l'air très inquiète, mais avant qu'elle ne puisse intervenir, il arrête de me secouer et se laisse retomber en position accroupie, les mains toujours sur mes épaules, et il est gagné par les sanglots.

— Où est-elle, Alison, où est-elle ?

— Je ne sais pas, dis-je. Je ne sais pas.

Nous sommes tous les deux à terre, compagnons dans la peur. Il pleure, renifle, larmes et sanglots, s'essuie la figure d'un geste brusque de la main. J'ai envie de le serrer contre moi, de lui promettre que tout ira bien, mais je sais que je ne peux pas. Je tends les mains vers lui et il se rétracte si brutalement qu'il en perd presque à nouveau l'équilibre. J'essaie de penser à ce que je pourrais faire, et qui n'aggraverait pas les choses, sans rien trouver.

Des hurlements, sur ma droite, et des bruits de pas qui courent. Au début, je les ignore, mais ils sont de plus en plus présents. Je me tourne, et c'est le même policier qui avait rapporté le manteau, mais cette fois le fardeau qu'il porte est vivant et gigote. Une lueur d'espoir illumine mon obscurité.

— Maman ! crie Matilda, et je cours à leur rencontre, je la saisis et je l'agrippe fort contre moi. Maman, répète-t-elle, et jamais je n'ai été plus heureuse d'entendre sa voix et de sentir ses cheveux.

Elle se pelotonne, se protège la tête dans le creux de mon cou, sous mon menton. La douleur dans ma poitrine se dissipe et le vide se remplit d'un coup.

Carl court vers nous, il me la prend des bras, je n'ai pas envie de la lâcher mais je sais qu'il le faut. Il l'étreint pendant ce qui me semble durer des heures. Elle se met à remuer dans ses bras et, passé un moment, il la pose et elle revient vers moi en courant. Je m'assois par terre et je la tiens sur mes genoux, son visage contre le mien.

— Tu es gelée, dis-je, me rendant compte qu'elle est toute froide.

— J'ai enlevé mon manteau parce que j'avais trop chaud, me confie-t-elle. Je ne sais pas où il est.

— Ne t'inquiète pas, mon cœur.

Je regarde autour de moi et je vois l'inspecteur Murray qui l'a en main, à quelques pas de distance, non sans observer attentivement tout ce qui se passe. Je lui fais signe. Elle nous apporte le manteau et s'agenouille elle aussi.

— Elle était du côté de Kenwood House, m'apprend-elle. Elle était un peu perdue, l'air d'avoir froid, et un visiteur l'a signalée au personnel. Manifestement, ils avaient entendu notre appel, et donc…

— Merci, dis-je. Merci, je ne sais pas quoi dire d'autre.

— C'est une bonne chose, tout se termine bien. (Elle s'assoit en position accroupie.) Matilda, peux-tu me dire ce qui s'est passé ? Comment t'es-tu perdue ?

— On jouait à cache-cache. Je suis allée là-bas dans le bois. Ensuite je me suis perdue. Plus je courais plus j'avais chaud, alors j'ai enlevé mon manteau.

Et ensuite je suis arrivée à la grande maison et la police est venue, explique-t-elle d'une traite.

— Tu n'as pas parlé à des adultes dans le bois ?

— Je n'ai parlé à personne. Ma maman me répète tout le temps de ne pas parler aux inconnus.

— Et elle a bien raison. Tu es une gentille petite fille, fait la policière.

Je lui ai remis son manteau, mais Matilda frissonne encore, en s'agrippant à moi.

— Avez-vous encore besoin de lui parler ? je demande. Parce que j'aimerais vraiment rentrer chez nous.

L'inspecteur Murray acquiesce.

— Ça ira. Nous avons vos coordonnées. Nous viendrons éventuellement vous voir pour une déposition dans la semaine. Si vous me donnez votre numéro de téléphone, je pourrais m'arranger pour vous appeler à l'avance.

Je le lui communique, puis je me relève, avec Matilda dans les bras. Son père rôde, un peu à l'écart, hésitant. Il ne croise pas mon regard.

— Nous devrions y aller, maintenant, je déclare.

Il hausse les épaules, mais il marche à mes côtés. Nous retournons à la voiture et roulons jusqu'à la maison en silence.

Dès notre retour, je fais couler un bain à Matilda. Il n'est que quatre heures, mais j'ai l'impression de m'être absentée de la maison pendant des années. Alors que je m'occupe d'elle, Carl reste en bas – je n'ai aucune envie d'être dans une autre pièce qu'elle. Elle est heureuse, ne montre aucun signe de stress. Elle patauge, elle éclabousse, se crée une perruque et une barbe avec la mousse que j'ai versée sous le jet. Je ne vois sur elle aucune marque, pas la moindre trace contredisant le récit de ce qui lui est arrivé.

— Tu es sûre que tu n'as parlé à personne ? lui fais-je.

— Je t'ai dit que non.

Elle disparaît sous l'eau. Je n'insiste pas davantage.

Après son bain, elle enfile son pyjama et son haut à capuche. Nous descendons ensemble. Son père est assis à la table de la cuisine, le regard dans le vide. Matilda se faufile sur ses genoux et il la serre brièvement contre lui avant de la repousser.

— Va embrasser ta mère, lui suggère-t-il.

Ça me dépasse. En temps normal, il ne me laisse aucune place. Je sais qu'il est encore en état de choc, mais son attitude n'a aucun sens. Je m'assois à côté de lui.

— Matilda, dis-je, papa et moi, il faut qu'on se parle d'un truc. Tu veux bien aller regarder la télé ?

— OK, obéit-elle, et elle s'éclipse au salon.

Peu après, on entend les sons de la télévision, un bredouillis suraigu à l'arrière-plan.

— Carl, tu es obligé de rester en colère ? Elle est à la maison… Ce n'est pas le plus important ?

Il me regarde, l'œil absent. Au bout d'un moment, il se racle la gorge.

— Tout ce à quoi je pense, c'est que tout cela aurait facilement pu se terminer autrement. Ça aurait très bien pu mal tourner. Si le pire a été évité, c'est juste un coup de chance. Mais pour moi, c'est la goutte d'eau. (Il recule de la table et se lève.) J'ai supporté ton alcoolisme, tes horaires de travail impossibles, le fait que tu n'en avais rien à foutre de mon boulot ou que tu n'avais aucune envie de me soutenir en quoi que ce soit. Je pouvais encore tolérer tout ça. Même après ce qui s'est passé à Brighton.

Sous l'assaut, je baisse la tête.

— Mais que tu te sois montrée aussi négligente en tant que mère, au point de perdre notre fille… Je ne peux pas le tolérer.

Il ne hurle pas. Il n'en a pas besoin. Ces mots m'entament la peau comme de l'acide.

Ensuite, il secoue la tête.

— Et tu sais le plus insoutenable ? Quand elle a réapparu, elle a couru vers toi. Alors que tu t'es comportée comme une merde, c'est quand même toi qu'elle aime le plus. Et ça, je ne peux pas le supporter. Tu l'as montée contre moi, je le sais. Ça me met tellement en colère que pour l'instant, je n'arrive même pas à la regarder.

— Ce n'est pas sa faute, Carl. Ce n'est pas juste.

— Rien de tout ceci n'est juste, Alison. Rien de tout ceci n'est juste.

D'un coup, il sort de la cuisine et monte à l'étage, martelant l'escalier de ses pas. Je l'entends ouvrir des tiroirs et les refermer avant de redescendre du même pas lourd.

Je passe dans l'entrée et le regarde franchir la porte, lesté d'un sac de voyage dans une main et d'un sac de couchage dans l'autre.

— Où vas-tu ?

— Je vais dormir à mon cabinet. Je n'ai pas envie de me trouver dans la même maison que toi. Pas ce soir en tout cas. Je ne te fais pas confiance, mais je n'ai pas le choix. Mais je jure devant Dieu que si quelque chose arrive à ma fille, si elle a ne serait-ce qu'une égratignure au petit doigt, je jure que je te tue, putain.

Et là-dessus, il part, en refermant la porte silencieusement derrière lui. Je reste dans l'entrée un moment, submergée par sa rage et la certitude que quelque chose d'irrémédiable vient de changer entre nous. Tout est brisé. Et c'est ma faute.

Matilda sort du salon.

— Il est où papa ? demande-t-elle, et j'ai du mal à avaler ma salive, avant de pouvoir répondre.

— Il a dû sortir pour son travail, mon petit chou. Il revient bientôt, dis-je, en espérant que ce puisse être vrai.

Je me pose à côté d'elle dans le canapé et nous regardons un peu la télé. Plus tard, je prépare notre dîner et je la couche dans notre chambre, non pas tant pour elle que pour moi. Pendant des heures, je ne trouve pas le sommeil, la frayeur de l'après-midi me revenant sans cesse en tête, mais j'entends sa respiration, cela m'apaise, et je pose délicatement ma main sur la sienne.

19

Matilda dort d'un sommeil lourd et profond, nullement troublé par l'alarme de voiture qui se déclenche tout le temps dans la rue, ou par le piaulement des renards dans le jardin de derrière qui me tirent en sursaut de mon sommeil, vers cinq heures. Mon cœur cogne et j'ai le cou et la poitrine moites de sueur. Je ne me rendors plus.

Quand le réveil se déclenche, je prépare le petit déjeuner. J'ai de la chance que mon audience du matin ne soit pas avant dix heures. Je vais devoir discuter de mes dossiers avec les assistants juridiques, jusqu'à ce que je sache ce que va décider Carl. Il va sûrement rentrer bientôt. Sûrement… Je regarde Matilda dévorer ses œufs brouillés. Je retrouve chez elle le profil de mon menton, les sourcils de son père. Elle lève les yeux.

— Pourquoi tu m'observes, maman ?

— Désolée, ma chérie. Je pensais juste à quel point je t'aimais.

Je m'approche d'elle et la serre fort dans mes bras.

— Est-ce que papa va rentrer ce soir ? s'inquiète-t-elle.

— Je ne suis pas sûre.

Elle s'est brossé les dents, j'ai enfilé un tailleur, et nous marchons vers l'école. Elle court à l'intérieur, heureuse, et je salue les parents que je connais d'un petit signe de la main avant de descendre dans la station de métro et de monter dans une rame. Je m'adosse contre la paroi du wagon, les yeux fermés. Je me suis tellement contrôlée, pour Matilda, et maintenant qu'elle est à l'école, je sombre dans la tristesse, sans plus avoir besoin de conserver un visage joyeux et un ton enjoué. Je change de position à chaque balancement de la voiture, je maintiens mon équilibre à chaque cahot, me balançant au rythme des roues de métal sur les rails.

J'avance la tête basse sur tout mon trajet jusqu'à Belmarsh, sans croiser le regard de quiconque. J'enfile ma robe d'avocate en vitesse, en évitant de me laisser embarquer dans une conversation. Une requête de mise en liberté sous caution pour le compte de Robert, un prononcé de sentence dans un de mes procès qui s'est clôturé depuis des mois. Le rapport préliminaire de la condamnation avait été reporté à trois reprises, sans jamais que ma cliente en soit responsable.

— Cela va durer longtemps ? Il est avec ma maman, mais elle doit sortir, fait ma cliente, les doigts agrippés à la cigarette électronique sur laquelle elle essaie de tirer sans attirer l'attention de la sécurité.

Je la regarde d'un œil vide.

— Qui est avec votre maman ?

— Mon fils, bien sûr. De qui est-ce que je parle, à votre avis ?

L'irritation de sa voix me ramène sur terre.

— Désolée, oui, évidemment, je suis navrée, un peu fatiguée ce matin.

— Nous le sommes tous, ma chérie, nous le sommes tous, concède-t-elle, plus ou moins apaisée.

— J'espère que c'est pour bientôt. Il n'y a pas beaucoup d'affaires avant la vôtre, fais-je remarquer. Et au moins nous avons enfin reçu le rapport d'enquête de personnalité.

— Vous croyez que ça ira ?

— Ça devrait. Le rapport est approfondi. Vous avez dégoté ce travail, vous êtes retournée vous installer chez votre mère. Ça devrait aller.

Heureusement, c'est le cas. Le juge accepte les recommandations du rapport sans que j'aie besoin d'ajouter autre chose que des considérations élémentaires. Vingt-quatre mois de travail au sein de la collectivité… Ma cliente a de la chance, son agression sous l'emprise de l'alcool était sa première. Sa victime, une fille dans un pub qui avait manifesté un peu trop d'intérêt pour le petit ami de ma cliente à l'époque, conservera les cicatrices de cette agression bien plus de deux ans, mais au moins elle n'est pas là pour objecter. Je ne pourrais pas le supporter, pas aujourd'hui.

Je retourne en ville aussi vite que possible. À présent débarrassée de ces audiences, je peux réfléchir à la suite. Peut-être Carl se sera-t-il calmé. Mais j'en doute. Face à cette incertitude, mes entrailles se nouent. Je sors mon iPhone et l'allume, en espérant qu'il ait appelé, envoyé un message : *Parlons de tout ça*. N'importe quoi pour sortir de ce trou noir, pour remonter le temps, avant que nous ne devenions si malheureux. Rien. Je l'appelle, ça sonne, mais il ne répond pas. Je rappelle. La communication est interrompue au bout de deux sonneries. Je sais que c'est lui qui a refusé l'appel. J'envoie un SMS.

Je suis vraiment désolée, Carl. S'il te plaît on peut se parler ? Bises.

Je vois que le message est transmis et mon cœur fait un bond quand je vois la bulle apparaître, avec les petits points de suspension indiquant qu'il est en train de saisir une réponse. Mais ça disparaît dans l'instant. Pas de réponse, pas de bip. J'essaie encore.

S'il te plaît appelle-moi.

Cette fois, même pas de points de suspension. Je remets mon mobile dans mon sac et je m'adosse pour le reste du trajet, les yeux clos, épuisée à la pensée des changements qui m'attendent.

Dès mon arrivée au cabinet, je tends les dossiers à Mark. Je vois qu'il a une expression de sympathie, il est sur le point de m'adresser la parole, et j'essaie de ressortir de la salle des clercs, mais il est trop tard.

— Est-ce que tu lui as parlé ? demande-t-il.

— C'est une situation très difficile, je réponds, en balayant sa question d'un revers de main.

— Je pense qu'il veut te parler. Il a appelé au cabinet à plusieurs reprises, en demandant si tu étais là.

— Vraiment ? Mais pourquoi n'a-t-il pas appelé sur mon portable ?

— Apparemment, il a essayé, mais il n'arrive pas à te joindre.

Je sors mon téléphone et rappelle aussitôt Carl. Une fois encore, ça sonne, jusqu'à ce que j'atterrisse sur sa boîte vocale.

— Il ne décroche pas, dis-je, au bord des larmes.

— Eh bien, il a laissé trois messages ici pour toi. Je suis sûr que tu arriveras à l'avoir.

Mark me tend une liasse de Post-it. Je les lis : « *Message pour Alison, Patrick a appelé à 10 h 37. Prière de le rappeler.* » Je les froisse dans ma main et les jette dans la corbeille près de la porte. Patrick. Pas Carl. Évidemment, c'est à Patrick que Mark faisait allusion. La fugace lueur d'espoir que j'ai ressentie s'efface, et le poids de la situation me pèse à nouveau sur les épaules.

— Oui, j'en suis sûre, dis-je, et je quitte la salle des clercs, je bats en retraite vers mon antre, porte fermée pour faire barrage à toute cette réalité.

Même si j'ai dormi la nuit dernière, le soulagement d'avoir retrouvé Matilda l'emportant sur le départ de Carl, il est impossible d'esquiver la journée d'aujourd'hui. Il est parti et je vais devoir m'y résoudre.

À deux heures et demie, je quitte le cabinet. J'ai expliqué à Mark que pour le moment j'ai besoin de travailler sur des dossiers localisés à Londres, jusqu'à ce que Carl et moi ayons pris des dispositions pour savoir qui récupère Matilda et quand. Le calendrier n'est guère chargé, et je m'organise pour prendre mes deux journées suivantes, à moins qu'une urgence ne se présente. Alors que je reprenais enfin confiance, mon optimisme s'est estompé et il ne me reste plus qu'à espérer que lorsque mon mari aura cessé d'être autant en colère, il acceptera de m'adresser la parole. Ce que j'ai retenu de mes lectures sur le sujet, c'est que la médiation est la clé. Nous sommes tous deux les parents de Matilda, après tout, nous avons vécu tant d'années ensemble… Je n'arrive pas à croire qu'il ne soit pas disposé à en discuter sérieusement.

J'arrive à l'heure au portail de l'école et je bavarde avec les autres mamans et les autres papas qui patientent. Quand la cloche sonne, les enfants sortent en file, chacun des petits rejoignant le parent qui l'attend. Matilda n'est pas dans la première vague, ni dans la deuxième. Elle n'est même pas avec le dernier garçon, celui qui est toujours en retard, qui traîne avec son pull presque à ras du sol et ses livres qui dépassent d'un sac en plastique tout taché. Tout le monde est sorti et la cour est déserte. C'est comme une répétition de la journée de la veille et, sur le moment, je suis saisie de la même sensation de peur… Quelqu'un m'a enlevé Matilda. Et puis je réalise qu'il s'agit de l'école, elle n'a pas pu se perdre comme hier. Aussitôt, une autre peur s'insinue, plus précise, plus spécifique.

J'entre dans le hall et j'attends que quelqu'un à l'accueil me remarque. Une jeune femme classe des dossiers dans la pièce derrière et je répète plusieurs fois « excusez-moi » avant qu'elle ne me remarque.

— En quoi puis-je vous être utile ? me demande-t-elle.

— Je suis venue chercher Matilda. Matilda Bailey, en CP ?

— Elle n'est pas sortie ?

— Pas encore. Je voulais juste vérifier si elle n'est pas encore dans sa classe. Je peux entrer ?

— Je vais appeler.

Elle prend une liste de noms et son index descend jusqu'en bas, s'arrête à peu près au dernier quart de la page. Elle compose un numéro.

— Je cherche Matilda Bailey… La maman est ici. Elle est avec vous ?

Il y a un silence. J'entends une voix à l'autre bout de la ligne, mais pas assez distinctement pour saisir les mots.

— Parfait, merci. Je vais informer la maman. (Elle repose le combiné et se tourne vers moi.) Son papa est passé la prendre un peu plus tôt. Vous n'étiez pas au courant ?

— Je… j'ai dû oublier. Désolée. (J'ai l'impression d'avoir reçu un coup de pied en pleine poitrine, mais ma voix reste ferme.) Je vais rentrer chez moi, alors.

Je lui souris mais elle s'est déjà retournée pour reprendre son classement.

Je marche rapidement, le sang battant dans mes oreilles. Carl s'est montré prévoyant, voilà tout. Je suis irrationnelle, à imaginer qu'il est venu la chercher plus tôt à l'école dans le seul but de me couper l'herbe sous le pied. J'accélère, impatiente d'arriver à la maison et d'empêcher toutes sortes d'idées de se bousculer dans ma tête.

J'insère la clé dans la serrure, je pousse la porte et, sur le moment, tout est normal. Matilda se précipite vers moi, me serre fort, nous nous asseyons sur la première marche de l'escalier, elle me raconte ce qu'elle a fait aujourd'hui et que ses amies ont été impressionnées qu'elle ait parlé hier avec des policiers. Nous bavardons et je suis sur le point de passer dans la cuisine avec elle pour lui donner son goûter quand son père fait son apparition.

— Matilda, monte dans ta chambre, ordonne-t-il.

— Maman allait me donner un goûter.

— Je vais te préparer une orange, et ensuite tu voudras bien monter dans ta chambre, s'il te plaît ?

Je reste dans l'entrée, j'attends qu'il aille dans la cuisine, revienne. Il tend à Matilda une assiette, elle la prend.

— C'est quoi, ça ? s'écrie-t-elle. Ça a l'air bizarre.

— C'est une orange, répond-il. Tu peux monter, maintenant ?

Avec le soleil dans le dos, qui filtre par la fenêtre au-dessus de la porte, il semble plus grand que d'habitude, plus imposant.

— Ça ressemble pas à une orange. C'est rouge.

— C'est une orange sanguine, Matilda. Bio. C'est très bon pour la santé. Monte la manger dans ta chambre, répète-t-il, en désignant l'étage.

Cette fois elle obéit, elle s'écarte de mes genoux avec un soupir exaspéré et monte chaque marche d'un pas lourd, sa manière à elle de clairement manifester sa réticence.

— Alison, veux-tu venir, je te prie ? Il y a certaines choses dont nous devons discuter.

J'ai envie de lui répliquer d'aller se faire foutre, d'arrêter de se comporter en connard pontifiant, mais ma bravoure est éphémère. Je me lève et le suis, en enfouissant mes mains au fond de mes poches pour dissimuler leur tremblement. Je m'assois dans le canapé, m'attendant à ce qu'il vienne me rejoindre, mais il se poste à l'autre bout de la pièce, devant la cheminée. J'attends qu'il commence, mais il ne dit rien. Le silence pèse de plus en plus dans l'atmosphère. Si mon cœur cogne encore un peu plus fort, il va réussir à l'entendre, c'est sûr.

— Carl, je…

Je ne peux garder le silence plus longtemps, mais aussitôt il prend la parole à son tour, couvrant mes premiers mots hésitants.

— J'ai réfléchi toute la nuit, Alison. Et toute la journée. J'ai dû supporter trop de choses de ta part, et je n'en suis plus capable.

— Où veux-tu en venir ?

J'ai la voix chevrotante.

— Je t'en prie, ne parle pas. C'est assez difficile comme ça, mais je dois t'expliquer le fond de ma pensée. Les choses sont allées trop loin.

Je hoche la tête silencieusement. Je me rends compte que je me suis couvert la bouche de la main.

— Je vais demander le divorce, Alison. Il n'y a pas moyen de revenir en arrière. J'ai parlé aujourd'hui à un avocat et mon dossier est accablant. Je peux divorcer sur la base de ton comportement déraisonnable. Tu sais tout ce que tu m'as fait subir, en particulier cette année.

— Je…

— Non, laisse-moi terminer. C'est très dur pour moi. Le moins que tu puisses faire, c'est de me laisser parler.

Je ne vais pas tarder à exploser, les mots bouillonnent en moi, des paroles pour me défendre, accuser, m'excuser, des mots de pure douleur qui s'agitent et se tordent à tel point que s'ils ne sortent pas, s'ils ne franchissent pas mes lèvres, ils vont me percer le sommet du crâne. Mais non, j'acquiesce, muette. Je suis incapable de faire quoi que ce soit de plus.

— Je veux que tu déménages. Dès aujourd'hui. Tu devras évidemment revenir récupérer le reste de tes affaires plus tard, mais pour l'instant je veux que tu fasses tes valises et que tu partes. Au vu de ton comportement, je n'aurai aucun souci pour obtenir la garde complète de Matilda, et puisque c'est moi qui ai versé l'apport pour l'achat de la maison avec mon indemnité de licenciement, j'ai davantage le droit d'être ici que toi.

Je demeure interdite. Je n'ai plus dans le crâne qu'une masse sonore en effervescence et je suis incapable d'intégrer ce qu'il me raconte.

— Néanmoins, tu as droit à une part sur la maison, et je ne vais pas mégoter là-dessus. Après tout, il faudra que tu te trouves un logement. Mais étant donné que c'est ici qu'habite Matilda, et que c'est moi qui veillerai sur elle, il est juste que cela reste ma propriété. Tu comprends ce que je suis en train de te dire ?

L'état de confusion où je suis doit se lire sur mon visage. J'avale, je respire. Il continue de me regarder comme s'il attendait une réponse.

— Tu veux que je déménage ? finis-je par lui demander.

— C'est ce que je viens de t'expliquer, oui.

— Et tu auras la garde de Matilda ?

— Évidemment. Tu n'essaies pas de me faire croire que tu serais en mesure de t'occuper d'elle, si ? Tu es à peine capable de t'occuper de toi-même.

Sa voix ne trahit rien d'autre que du dédain. Même pas de la colère.

— Mais elle m'aime. Elle a besoin de moi.

Je suis en pleurs, le visage dégoulinant de larmes.

— OK, Alison, je vais visiblement devoir te mettre les points sur les i. (Il s'avance dans son fauteuil, s'assoit au bord, se penche au-dessus de la table basse. Je pense que cela pourrait m'aider qu'il soit à la même hauteur que moi, mais sa proximité n'en est que plus intimidante.) Par où dois-je commencer ?

Il lâche un profond soupir et enchaîne.

La boisson – et d'une.

Toutes les heures passées loin de ma fille – et de deux.

La cigarette – et de trois.

Mon boulot, toujours en train de travailler le week-end et le soir – et de quatre.

Mon égocentrisme émotionnel – et de cinq.

Je me sens écrasée sous le poids de cette liste. Des parades me viennent à l'esprit. J'ai dû retourner travailler parce qu'il avait perdu son emploi. La nature même du métier d'avocate impose d'accepter des missions à la dernière minute et de préparer ses dossiers jusque tard dans la soirée. Les tensions propres aux relations avec les clients et les foirades récurrentes du système judiciaire sont telles qu'il vaut parfois mieux se nettoyer de tout ça dans l'alcool avec des collègues, avec des gens qui comprennent, que de rapporter le tout chez soi, avec sa forte odeur de violence et de crasse. Mais avant que j'aie pu invoquer ces arguments, il continue obstinément.

— Et tu pourrais prétendre que tout cela était nécessaire pour ta carrière, Alison, pourtant, rien ne t'aurait empêchée d'intégrer le ministère public, ou de devenir conseil juridique, de travailler sur les dossiers sans avoir à plaider. Tu aurais pu rendre les choses plus faciles. Mais non, tu es accro à l'attention que tu attires sur ta personne quand tu te lèves, dans ta robe, ta perruque sur la tête. Tu aimes occuper le devant de la scène. Pense à la manie que tu as de monopoliser la conversation, quand tu parles de tes affaires aux autres.

Il suffit de voir comment tu t'es vantée d'avoir décroché ton premier meurtre.

Les mots de Carl se déversent sur un débit de plus en plus rapide, des années, ce sont des années de ressentiment qui s'expriment enfin.

— Carl, écoute…

— Tu veux pas la boucler une minute ? Tu ne fais que parler, tout le temps. Maintenant, c'est mon tour, hurle-t-il.

Je lève les mains devant moi, me ratatine dans mon siège, replie les jambes, les pieds sous les fesses, comme si j'essayais de me faire de plus en plus petite.

— Et rien de tout ceci ne compterait, tu sais, rien du tout, si ce n'est que cela affecte Matilda. Tu es une mère épouvantable. Tu ne lui accordes jamais la priorité, tu ne l'emmènes jamais nager, tu ne vérifies jamais ce qu'il lui faut pour l'école. On ne peut même pas se fier à toi pour aller la chercher à l'heure. Merde, hier, tu as failli la perdre.

Je proteste.

— Mais je l'aime. (Ma voix n'est qu'un souffle, un chuchotement.) Je l'aime. Cela ne compte pas, ça ?

— Pas quand je vois la façon désastreuse dont tu t'occupes d'elle, non. Tous tes modes de comportement narcissiques lui font du mal, j'en suis convaincu. Et je ne vais plus le tolérer. J'aurais dû savoir, dès le début, que tu ne serais pas à la hauteur. Au moins, quand j'ai compris quel genre de personne tu étais, j'ai évité que nous en ayons un deuxième.

Je reste un moment silencieuse, assaillie par le flot de son discours.

— Qu'est-ce que tu veux dire par « au moins, j'ai évité »… Qu'est-ce que tu entends par là ?

— Je me suis fait faire une vasectomie, bien sûr. Je ne voulais pas prendre le risque une seconde fois. Et je ne pouvais pas compter sur toi pour prendre la pilule.

Il me regarde comme si j'étais folle de penser le contraire.

— Tu t'es fait faire une vasectomie ? Quand est-ce que tu as décidé ça ? Pourquoi ne m'en as-tu pas parlé ? Tu m'as laissée croire…, dis-je, en bredouillant ces derniers mots.

— Peu de temps après avoir eu Matilda, précise-t-il, et je le referais sans hésiter, Alison. Il ne m'a pas fallu longtemps pour comprendre à quel point tu étais nulle avec elle. En aucun cas tu n'aurais pu t'occuper de deux enfants. Maintenant, tu vas agir comme il faut et tu vas t'en aller sans faire d'histoires. Tu pourras l'avoir le week-end, mais c'est tout.

— Tu ne peux pas faire ça, Carl. Je ne te laisserai pas faire, je rétorque, atterrée de ce qu'il vient de m'annoncer, mais trouvant enfin un peu de force pour protester.

— Je ne te laisse pas le choix, Alison. Je t'expose ce qui va se passer. Les actes ont des conséquences, tu sais, les actes ont des conséquences.

Je ne l'ai jamais vu dans un état pareil, à la fois si calme et si furieux. Il ponctue ses mots de hochements de tête. Il est clair que je n'aboutirai à rien avec lui pour le moment.

— Que veux-tu que je fasse ? je demande.

Il a un mouvement de tête satisfait, s'assoit enfin dans le fauteuil.

— Je vais emmener Matilda dîner. Pendant que nous serons sortis, tu vas boucler ta valise et partir. Je lui expliquerai que tu avais du boulot.

— Je peux lui dire au revoir ?

— Je ne pense pas que ce soit une bonne idée, pas tout de suite. Tu es encore sous le coup de l'émotion et je n'ai pas envie que ça la remue. Tu pourras la voir le week-end prochain, nous prendrons des dispositions dans les deux jours à venir.

— Et le reste de mes affaires ?

En réalité, je m'en moque complètement, de mes affaires.

— Nous réglerons ça en temps voulu. Tu pourras toujours en récupérer d'autres ce week-end.

Il a déjà tout arrangé. Je monte au premier remplir une valise de vêtements, que je fourre au hasard. Je me force à réfléchir à ce dont j'ai besoin pour le travail, je choisis des chemisiers blancs à collerette. Au moins, mes robes d'avocate sont au cabinet, je n'ai donc pas à les trimballer. J'entends la porte de la maison s'ouvrir et se refermer, la voix de Matilda, à distance, tandis qu'ils marchent et s'éloignent dans la rue. Je regarde autour de moi dans la chambre, soudain consciente que c'est la dernière fois que je m'y trouve, alors que c'est encore la nôtre. Mon mari me pousse toujours d'un côté du lit, et dort étalé au milieu. Il sera en mesure de le faire en toute impunité, désormais… Le matelas sera tout à lui. Sur le moment, l'énormité de la chose me secoue, au point que je dois m'asseoir au bord du lit, le souffle coupé. Je ne dormirai plus jamais ici, je ne sentirai plus jamais la chaleur de Carl contre moi. Mais je me ressaisis et j'achève de boucler ma valise.

J'appelle un taxi et je l'attends en bas. Il y a un Travelodge près de Covent Garden et c'est là que je vais. J'ai eu des amis autrefois, avant d'avoir à concilier Matilda, Carl, Patrick et le travail, de tenter de les loger tous dans un même espace exigu. Mais je n'ai plus parlé à aucun d'eux en dehors de l'enceinte de la fac ou du cabinet depuis ce qui me semble être des mois. Je songe vaguement à contacter Rania, mais c'est trop tôt, nous ne nous parlons que depuis deux semaines. Je ne peux quand même pas lui tomber dessus lestée de ma valise et de mon mariage brisé.

Le taxi arrive et je me hisse dedans. Il démarre, je regarde fixement par la fenêtre. Tout m'a glissé entre les doigts, maison, fille, mari. Et amant, même si à cet instant, cela ne me paraît pas compter pour grand-chose. J'arrive au Travelodge et je prends une chambre. L'ascenseur est en panne, je monte pesamment ma valise, marche après marche, jusqu'au troisième étage. Une odeur de friture flotte dans l'air et la tête de lit est souillée d'une marque poisseuse. Sans prendre la peine de me déshabiller, je m'enroule dans une couverture et je fixe le mur des heures durant, avant de finalement m'endormir, et dans mon sommeil, mes rêves sont tout entiers habités par Matilda, qui court devant moi, hors d'atteinte.

20

Je me réveille à trois heures du matin, gelée. La climatisation est réglée au maximum et la couverture est tombée par terre. Je vais aux toilettes, retire mon pantalon de tailleur et mon chemisier, j'éteins la clim avant de me mettre vraiment au lit. J'essaie de me rendormir mais je n'y arrive pas, trop de pensées se bousculent dans ma tête. Je sors mon téléphone de mon sac et l'allume, regrettant d'être si hostile aux réseaux sociaux. En pareil moment, un truc comme Facebook me serait peut-être bénéfique. Je pourrais poster quelque chose, mettre à jour mon statut, en évoquant vaguement mon malheur, et subitement je recevrais des petits messages amicaux de tous mes amis d'un bout à l'autre de la planète. J'accède au site et je suis sur le point de m'inscrire, mais la futilité de la chose m'en empêche. Rameuter tous les individus de mon passé présente un attrait limité, surtout alors que mon présent est si vide.

Pendant que je jetais un œil sur Facebook, un certain nombre de SMS sont arrivés. Résistant à une soudaine envie de les supprimer tous, je les parcours, espérant plus ou moins que Carl ait pu m'en envoyer un dans lequel il me dirait regretter cette terrible erreur. *S'il te plaît ma chérie reviens, tu nous manques.*

Cependant, je sais qu'il est trop tard. Cela n'arrivera pas. Tout est foutu et c'est ma faute. Je m'allonge, droite et raide, et scrute le plafond. Le témoin rouge du détecteur de fumée luit dans un coin et le panneau lumineux indiquant la sortie éclaire le couloir derrière la porte. Il est temps d'être honnête envers moi-même. J'aime Matilda, je l'ai toujours aimée, mais j'ai d'emblée eu du mal avec mon rôle de mère. Je suis retournée travailler très vite, et j'aurais peut-être dû m'accorder plus de temps. D'accord, oui, mon mari avait perdu son emploi et nous avions besoin de mon salaire, mais nous aurions sûrement pu nous débrouiller autrement, non ? Et si j'étais restée à la maison, j'aurais peut-être pu me montrer plus attentive, il ne se serait pas détourné de moi, je ne me serais pas sentie si rejetée, si privée d'amour, au point que lorsque Patrick a débarqué dans ma vie, j'étais tellement en manque d'affection et de contact humain que je l'ai laissé se glisser dans mon lit et parfois même dans mon cœur… Et si… et si… et si… Tant de variables, qui toutes mènent à la même conclusion. Si j'avais été moins égoïste, moins centrée sur moi et plus sur ma fille, tout ceci aurait pu être évité.

Le froid qui m'engourdissait les pieds a disparu, même si un reste de froideur me contracte encore le ventre, la sensation que le chaos qui m'entoure ne va faire qu'empirer. Je me pelotonne autour d'un oreiller. Finalement je me rendors, et mes cauchemars reviennent, plus terribles que jamais.

Je suis réveillée par la sonnerie du téléphone. J'ai fini par sombrer dans un profond sommeil et, sur le moment, je suis perdue, je crois être à la maison, je tends la main pour attraper le combiné et ne trouve qu'un espace vide à l'endroit où il devrait se trouver. Il cesse de sonner, puis sonne à nouveau, je le sens enfin, sous l'oreiller, et je me redresse pour consulter ce qui s'affiche à l'écran.

C'est Patrick.

— Alison, fait-il quand je décroche.

Sur le moment, je suis incapable de parler.

— Alison ? Tu es là ? Tu m'entends ?

— Je suis là. Je t'entends.

Il y a un long silence.

— Il s'est passé quelque chose, m'annonce-t-il ensuite.

— Que veux-tu dire ? Qu'est-il arrivé ?

— Je veux dire qu'ils m'ont inculpé. Ils sont venus me chercher hier soir, ils m'ont conduit au poste. Et ils m'ont inculpé pour viol. J'ai été libéré sous caution et il y avait un photographe qui guettait devant chez moi. Ça va paraître dans les journaux.

— Mon Dieu, Patrick. Tu avais dit que ça n'arriverait jamais.

Je suis si tendue que j'en ai la mâchoire contractée.

— Je ne pensais pas que ça arriverait. On peut se voir ? S'il te plaît. J'ai vraiment besoin d'un peu de soutien, de voir un visage ami.

J'ai envie de refuser. Je devrais refuser. Je devrais fuir tout ceci en courant aussi vite que possible. Mais je cède. Une fois de plus.

— Oui. D'accord, je veux bien te retrouver. Où es-tu ?

— Au pub au coin de ta rue. Celui qui fait restaurant. J'espérais pouvoir te parler.

Je le vois, allant et venant autour des boutiques d'Archway, s'arrêtant pour un café dans un bar miteux, rôdant devant la Tavern jusqu'à l'heure de l'ouverture.

— Il y a quelques complications, je reprends. Je ne suis pas chez moi. Tu vas devoir venir du côté de Covent Garden. Je te rejoins au Delauney dans trois quarts d'heure.

— Pas là-bas, Alison. C'est trop… Je préférerais un endroit plus discret.

Et ça se comprend, allais-je ajouter, mais je m'abstiens. Je ne sais pas trop pourquoi j'ai proposé cet endroit, si ce n'est que c'est le premier qui me soit venu à l'esprit.

— Le Wetherspoons de High Holborn, dans ce cas ? Tu vois lequel ? Je prends le métro tout de suite, me dit-il.

Je connais. J'accepte, et je raccroche. En un sens, l'endroit me paraît approprié. Nous avons commencé notre histoire au Whetherspoons de Kingsway, alors pourquoi ne pas y mettre un terme dans celui de High Holborn. Une manière de boucler la boucle. En quelque sorte.

Je me brosse machinalement les cheveux, j'enfile un jeans et un gros chandail sortis de ma valise. Je complète avec une écharpe que je m'enroule deux fois autour du cou, en me masquant le bas du visage. Je marche vers le pub, les manches de mon pull s'étirent et me couvrent les mains, que je garde au chaud. Patrick m'attend devant l'entrée de derrière. Il s'approche, tente de m'embrasser, mais j'esquive. Ses mains se posent sur mes épaules, je reste immobile, elles retombent. Nous restons face à face, mais je ne le regarde pas dans les yeux.

— Tu n'as pas envie d'entrer ? Ils ont plein de tables libres, me fait-il.

Je hausse les épaules et je le suis à l'intérieur.

— Asseyons-nous ici, je suggère, en me dirigeant vers une table dans un coin de la salle.

— Qu'est-ce que tu as envie de boire ? demande-t-il, comme si tout cela était normal.

— M'est égal. De l'eau. N'importe.

J'attends qu'il revienne avec les boissons, en tirant sur quelques brins de laine qui s'effilochent aux poignets de mon pull.

— Ils ont imposé quelles conditions pour ta mise en liberté ?

Je lui pose cette question alors qu'il se rassoit.

— De ne pas entrer en contact avec les témoins de l'accusation, assigné à résidence dans mon appartement, me présenter au poste une fois par semaine. Et j'ai dû effectuer un dépôt de cinquante mille livres au greffe.

— Mince. Ils n'y vont pas de main morte.

— Non. Non, pas vraiment.

Il s'est pris une pinte et en boit le tiers d'un seul trait.

— Ils ont de nouveaux éléments incriminants ?

— Je ne sais pas. Je veux dire, je t'ai raconté ce qui s'est passé. Mais cette fois, ils se sont comportés différemment. Le fait qu'ils n'aient pas attendu que je me présente au poste, qu'ils m'aient arrêté hier soir. Tout ça est étrange. J'ignore ce qui s'est passé.

Tout en me parlant, il ne quitte pas son téléphone des yeux.

— Pourquoi tu surveilles constamment ton écran ?

— Je vérifie pour voir s'il y a déjà des choses dans la presse.

— D'accord.

Je sors le mien de ma poche. J'ai deux SMS du boulot et un message vocal de Pauline, au cabinet.

Patrick va reprendre, mais je l'arrête en levant mon portable sous son nez.

— Je dois juste écouter ça. En temps normal, elle n'appelle pas. Il se peut que ce soit important.

Il se replonge dans sa pinte.

Je ne prends pas la peine d'écouter son message, je la rappelle directement. Elle décroche.

— Alison, salut. Merci de me rappeler, je…

— Je regrette, je n'ai pas écouté ton message, je pensais qu'il valait mieux te contacter directement. Est-ce que tout va bien ?

— Non, pas vraiment. J'ai peur que ça ne te fasse un choc.

— Tu n'es qu'un vieux salopard.

Quelques minutes se sont écoulées, et je crache ccs mots à la figure de Patrick, qui est toujours en face de moi.

— De quoi parles-tu ?

— Espèce de salaud !

— Alison, calme-toi. Qu'y a-t-il ?

Il boit encore une longue gorgée de sa bière. Son verre est presque vide. Il y puise tout le courage batave possible, il en a bien besoin.

— Bien sûr. Caroline Napier est une menteuse. Tu es un incompris qui se laisse trop facilement séduire. C'est ta version des événements ?

— Oui, bien sûr que oui. Je te l'ai dit.

— Alors comment expliques-tu qu'une autre femme, ce week-end, soit allée à la police t'accuser de viol ?

Il blêmit.

— Alison, je peux tout t'expliquer. C'est juste un malentendu.

— Ce n'est pas ce qu'on vient de m'exposer. Tu t'imaginais que je n'en saurais rien ?

Il a le menton tremblotant, les larmes aux yeux.

— Je ne pensais pas que ça irait jusqu'à une inculpation.

— Pour laquelle ? Pour l'avocate de la Couronne ? Ou pour la stagiaire ?

Il s'enfouit la tête dans les mains, les épaules secouées de sanglots.

— Tout ça, c'était un malentendu. J'ai cru qu'elle en avait envie. Pendant la soirée, elle avait l'air partante.

Je le regarde, pleine de mépris. Il ne tente même pas de nier. Je pourrais lui flanquer un coup de poing. Je pourrais me flanquer un coup de poing. Je suis submergée par la rage, mais aussi par le remords. Combien de fois ai-je eu de sombres pensées au sujet d'Alexia la stagiaire et de sa façon de rire aux plaisanteries de Patrick, quand elle était assise juste un petit peu trop près de lui ? J'étais trop aveuglée par la jalousie pour comprendre ce qui se jouait là, qu'il était trop égocentrique pour se retenir de profiter d'elle. Il n'aurait jamais rien dû avoir à faire avec elle, et encore moins lui faire tout ce qu'elle a confié à Pauline, la semaine dernière, quand elle a appris qu'il avait été arrêté dans l'autre affaire.

Il y a deux mois, ils étaient sortis ensemble un soir, a raconté Alexia à Pauline, et ils avaient bu. Ils étaient rentrés à l'appartement de la jeune fille, un logement miteux qu'elle partageait sur Holloway Road. Ils s'étaient embrassés, elle avait préféré ne pas aller plus loin, mais lui, il n'avait pas envie de s'arrêter là. Et il ne s'était pas arrêté là. Elle n'en avait parlé à personne parce qu'elle savait l'importance du rôle de Patrick Saunders au cabinet. Elle n'avait aucune envie de compliquer les choses. Elle partait du principe que personne ne la croirait. Pauline l'avait crue, pourtant, et cette dernière expliquait qu'elles s'étaient entretenues à ce sujet ; elles avaient toutes les deux fondu en larmes, et ensuite Alexia avait prévenu la police.

Et je la crois, moi aussi. Je sais que les choses auraient pu déraper, quand Patrick était chez moi : ce soir-là il avait failli ne pas s'arrêter non plus. Et toutes les autres fois où il avait poussé les choses juste un petit peu trop loin, j'avais fermé les yeux sur ce qui se passait réellement. *Le côté brusque, ça te plaît*, c'était son mantra et je ne m'y étais pas opposée, en Anastasia Steele pétrie de lâcheté face à son numéro de Christian Grey au rabais. La nausée monte, ma gorge se noue. Je cours aux toilettes, je claque la porte du box derrière moi. L'envie de vomir s'estompe, mais j'ai un goût âcre, acide dans la gorge et je crache. Je m'essuie la bouche et je crache, je crache encore jusqu'à ce que ce goût s'efface, avant d'appuyer la tête contre la lunette des toilettes, les yeux fermés. Je resterais bien ici jusqu'à la fin des temps, mais je dois à nouveau lui faire face. Rien qu'une fois, c'est tout.

À mon retour à la table, je constate qu'il pleure encore, il n'essaie même pas d'essuyer le filament de morve qui lui dégouline sur la lèvre supérieure.

— Je te connais. (Je suis debout, tout près de lui, animée d'une colère légitime.) Je te connais. Je ne peux plus continuer à faire semblant.

— Si tu me connais, alors tu sais que je ne suis pas capable de commettre un acte pareil. S'il te plaît, laisse-moi t'expliquer, m'implore-t-il, et ses mots sont entrecoupés de sanglots.

— Ça ne sert à rien, je riposte. Le fait est, Patrick, que je sais exactement qui tu es.

Il pleure sans retenue maintenant, les larmes coulent le long de son cou. Le pub est encore presque désert, mais nous attirons les coups d'œil furtifs du barman, un barbu en chemise à carreaux qui essuie avec beaucoup d'attention le verre qu'il tient dans sa main.

— Je crois que je ferais mieux d'y aller, je reprends.

— Ouais, c'est ça. Retourne dans ta charmante famille, auprès de ton charmant mari. (Il hausse le ton, hésitant entre la colère et les larmes. Il se tait un moment, et j'ai l'impression que la tristesse l'a emporté, car il se prend la tête dans les mains, mais il la redresse, et il n'éructe plus que de la colère, me fusillant du regard, les yeux injectés de sang.) Barre-toi, bordel.

Je suis sur le point de m'éloigner, mais quelque chose en moi se brise net. Je me penche au-dessus de la table.

— Je n'ai plus de maison, je ne peux plus voir ma fille. Et mon mari demande le divorce. Alors tu sais quoi ? J'en ai strictement rien à foutre de toi. Et c'est à toi que je le dois… C'est toi qui as provoqué ça. Je n'aurais jamais dû te fréquenter.

Je lui trouvais déjà grise mine, mais il pâlit encore plus.

— Alison. Je suis désolé. Vraiment désolé. Qu'est-ce qui s'est passé ?

— Hier, Matilda a disparu alors qu'elle était sous ma surveillance, et Carl en a eu marre de moi. Il a raison, en plus… J'ai été une mère de merde, pendant toutes ces années, totalement à l'ouest. Cette… cette relation qu'on a eue n'a rien arrangé. Je n'aurais jamais dû te fréquenter. J'aurais dû faire attention à moi. J'aurais dû faire attention à Alexia.

L'indignation me pousse à élever de plus en plus la voix. C'est de la colère contre lui, mais c'est aussi de la colère contre moi-même, d'avoir été à ce point aveugle à son sujet, au point d'ignorer celui qu'il était vraiment.

— Je suis navré, Alison. S'il te plaît, tu veux bien t'asseoir ? On peut en parler ?

— Il n'y a rien d'autre à dire. (J'en ai assez, maintenant.) Je vais m'en aller. S'il te plaît, ne me rappelle plus. Je veux que tu me laisses tranquille.

Pendant un moment, il ne réagit pas, puis il se lève, tout près de moi.

— Alison, je t'en prie. On s'entend bien, tous les deux. Je sais que c'est le bordel pour l'instant, mais on pourrait faire en sorte que ça marche.

— Tu es accusé d'avoir violé deux femmes.

— Ce n'était pas du tout ça, insiste-t-il, d'une voix implorante.

— Je te connais, Patrick, je te connais.

J'essaie de ne pas pleurer, mais je ne peux plus me retenir. Il est trop près, je recule, mais il accompagne mon mouvement, il tente de me prendre par l'épaule. Je suis bloquée par une chaise, une table, il s'approche et je n'ai aucune envie qu'il me touche, mais il se rapproche encore.

— Est-ce que tout va bien ? intervient le barman.

Patrick le regarde et prend son verre. Il tente de boire une gorgée, mais se rend compte qu'il est vide. Il regarde le verre, puis moi, puis le barman, avant de le lever à hauteur de son épaule et de le jeter violemment sur la table. Le verre se fracasse et un éclat m'atteint à la joue. Le barman s'avance comme pour l'empêcher de me frapper, mais l'autre s'est déjà rassis, la tête dans les mains, les épaules secouées de soubresauts.

— Monsieur, je vais vous demander de partir maintenant, ou j'appelle la police, l'avertit le barman et Patrick le regarde, se met à ricaner.

J'ai envie de m'éloigner, mais si je quitte le pub la première, j'ai peur qu'il me rattrape et s'en prenne à moi. Il me lance encore un regard et se lève, en s'avançant vers moi. Le barman lui barre la route, mais il l'écarte et, me relevant le menton de la main, se penche pour m'embrasser.

— J'ai tout perdu, alors, conclut-il. Tout.

Je me dégage, mais il m'a déjà lâchée, et il sort du pub.

Nous restons là, en silence, le barman et moi. Je me rends compte que mon visage est humide, j'y porte la main pour essuyer ce que je crois être des larmes. Le barman se rend derrière le bar et revient avec une boule de serviettes en papier, je m'essuie les joues, les yeux, je me nettoie la bouche du baiser de Patrick.

— Est-ce que ça va ? s'enquiert l'homme, et je hoche la tête. Votre visage, je veux dire. Vous saignez.

— Ça ira. Je vais y aller maintenant.

— Vous voulez que je vous raccompagne ? Il se peut qu'il vous attende dehors.

Je le prends presque au mot, mais au fond de moi, je suis convaincue qu'il ne m'aura pas attendue, il sera parti. Je fais non de la tête et je m'en vais.

En retournant au Travelodge, je passe devant la station de métro Holborn, en gardant la tête basse, afin de ne voir personne que je puisse reconnaître. Un présentoir à journaux trône contre le mur en face de la station.

Le journal clame en gros titre : « CÉLÈBRE AVOCAT INCULPÉ DE VIOL. » J'en achète un exemplaire, une photo grainée de Patrick en première page, une main levée, tentant de se masquer le visage. Je commence à lire, mais je le jette dans la première poubelle. J'en sais assez.

Dès mon arrivée au Travelodge, je passe le reste de la journée assise dans ma chambre d'hôtel, j'essaie de joindre Carl, mais son téléphone est éteint. Vers cinq heures, mon portable sonne et mon cœur fait un bond, surtout quand Matilda répond avec un « Allô » trop proche du micro, mais ensuite Carl lui prend le combiné, qui s'éteint de nouveau. Sa voix résonne encore dans mes oreilles.

21

Mark appelle tôt mercredi matin pour me demander si j'accepte de me rendre à l'Inner London Crown Court, la cour d'assises située dans le centre de Londres, pour plaider dans une affaire de vol – c'est l'un des dossiers de Sankar, mais un autre procès dont il a la charge se prolonge. J'en ai assez du Travelodge et même si le tribunal de l'Inner London est un peu trop proche de l'appartement de Patrick, j'accepte. Je ne peux pas me permettre de continuer de refuser des propositions de travail. Je me douche et m'habille, sans tenir compte des appels que j'entends arriver sur mon mobile, jusqu'à ce que je sois prête à sortir. Je monte dans l'ascenseur et, en attendant qu'il se mette en marche, je jette un œil à l'écran pour voir de qui il s'agit.

Chloé, trois fois de suite. Je tire mon sac à roulettes hors de la cabine, épuisée. Ça n'arrête pas. J'ai déjà tant de choses qui m'occupent l'esprit, ce qu'a fait Carl, Matilda qui me manque, Patrick. Il ne me reste plus de place pour autre chose.

— Oui, c'est moi, dis-je, en slalomant à travers la réception de l'hôtel avant de déboucher dans la rue.

— Il est arrivé une chose terrible, m'annonce-t-elle.

— Quoi ?

Je suis encore absorbée par la question de mon itinéraire, de savoir si j'ai le temps de me rendre sur place à pied.

— C'est Patrick, reprend-elle, d'une voix éteinte.

Je me raidis.

— Je n'ai pas envie de parler de ça, dis-je. Je ne veux plus rien avoir à faire avec lui.

— Alison, s'il te plaît, écoute-moi. Il est mort. Patrick est mort. Il s'est jeté sous le métro à Holborn, hier après-midi.

Je m'arrête. Quelqu'un qui marchait derrière moi bute dans mon dos, lâche un juron, effectue un pas de côté pour m'éviter. Un homme se cogne le pied contre mon sac à roulettes. Je reste clouée sur place au milieu du trottoir, en m'efforçant d'accuser le choc de ce qu'elle vient de m'annoncer.

— Patrick est mort, Alison. Il m'a envoyé un SMS pour s'excuser, je ne sais pas pourquoi.

— Tu es sûre ?

— Oui, je suis sûre. Sa sœur l'a identifié hier soir grâce à ses affaires, son portefeuille, sa bague. Il ne restait plus grand-chose de lui. Ça paraîtra bientôt dans le journal. (Elle me lâche ces mots en rafale, si vite que je n'arrive pas à les intégrer.) Alison ? Alison, tu es là ?

Je mets fin à l'appel. Je ne comprends pas ce qui se passe. Quelqu'un d'autre me rentre dedans, si fort que je trébuche sur le trottoir et heurte le mur, à côté d'une sandwicherie.

— Est-ce que ça va ? s'enquiert une femme.

Sur le moment, je suis incapable de répondre, les mots et les sanglots mêlés restent coincés au fond de ma gorge. Elle pose la main sur mon épaule, esquisse le geste de me prendre le bras. Je me dégage aussitôt.

— Je vais bien, merci. Je vais très bien.

Je m'éloigne, en tirant mon sac à roulettes derrière moi.

— Vous êtes sûre ? insiste-t-elle, mais je continue d'avancer et sa voix s'estompe, le claquement de mes talons couvrant son inquiétude de leur martèlement.

Mes pas prennent le rythme : *au-tri-bu-nal, au-tri-bu-nal.* Je ravale mon chagrin en reniflant, et je l'essuie d'un revers de manche.

Il est tard à présent et je n'ai plus l'énergie de marcher – je vais devoir prendre le métro. Je fais demi-tour et me dirige vers la station Embankment. J'attends sur le quai l'arrivée d'une rame, de la Northern Line et, avant qu'elle ne s'immobilise, je me sens attirée vers les wagons, je m'approche de plus en plus du bord jusqu'à ce que quelqu'un pousse un cri et me saisisse par le bras. Je me dégage de cette emprise et cours presque à l'autre bout du quai, des images de Patrick, de roues, de rails et de métal dans la chair s'enchevêtrant dans ma cervelle. Ont-ils pu tout récupérer de son corps ou restera-t-il des lambeaux, des traces de son cadavre accrochées au métro de Holborn, un repas fortement plus appétissant pour les rats que les restes habituels de McDonald's et de cuisses de poulet KFC. Je secoue la tête pour chasser ces images de ma tête, mais pas assez vite pour pouvoir monter dans la rame, et je recule car elle démarre.

La suivante arrive quelques minutes après et cette fois je suis prête, j'ai pu refouler toutes ces pensées sanglantes, ces visions de Patrick mort. Je m'adosse à la paroi sur tout le trajet vers la station Elephant and Castle, sans détacher les yeux du plan de la Northern Line, affiché devant moi. London Bridge. Je ne vais pas penser au London Bridge, ou à cette soirée où il m'avait préparé à dîner, et où nous étions heureux. Je me ressaisis et marche vers le palais de justice.

Le vestiaire des avocats est animé et je pourrais jurer qu'il retombe dans le silence dès que j'y entre, mais ce pourrait être aisément mes nerfs qui se manifestent, tellement à vif que je ne peux rien entendre d'autre. Robert, du cabinet, est présent, il s'approche de moi, me prend par les épaules.

— Quelle terrible nouvelle, Alison. J'imagine que tu es au courant, me glisse-t-il, à voix basse.

Je hoche la tête.

— Je sais que tu as beaucoup travaillé pour lui…

Je tente de me contrôler tant que je suis pétrifiée. J'observe attentivement Robert, mais rien dans son visage ou dans sa voix ne suggère la moindre allusion. Ce visage ne trahit que l'anxiété, le blanc des yeux injecté de sang.

— Je n'arrive tout simplement pas à y croire, dis-je.

— Je sais. J'en ai parlé à deux ou trois personnes, Alison. Sankar, quelques autres en dehors du cabinet, l'équipe de Patrick… On pensait tous sortir au pub dans la soirée. En sa mémoire. Je veux dire, je sais qu'il y a eu ce truc dans le *Standard*, mais…

Je hoche encore la tête.

— Où ça ?

— On a pensé au Dock. Tu te sens de nous rejoindre ?

— Je vais essayer.

Une avocate d'un autre cabinet vient vers nous.

— Désolée de vous interrompre, mais j'imagine que vous parlez de Patrick ? Patrick Saunders ?

Robert la prend à part pour la renseigner sur les projets de ce soir et je profite de ce répit pour déballer le contenu de mon sac, mettre ma perruque, enfiler ma robe, m'arranger la figure devant le miroir, afin d'avoir une allure un peu plus professionnelle. Je réunis les pièces de l'accusation dans un dossier, bien consciente de n'avoir rien préparé. J'ai examiné le contenu, mais les détails me sont sortis de la tête. Je vérifie le nom et me dirige vers la salle d'audience n° 7, en tâchant de me concentrer.

Il s'agit d'un dossier d'accusation et d'une audience préliminaire, et quand on en arrive au stade où l'accusé plaide coupable, un déclic se produit : je retourne dans le moment présent et lis à haute voix l'exposé des faits établi par le ministère public, en espérant que personne ne me demandera d'information supplémentaire. L'avocat de la défense est jeune, il s'emploie à rechercher des circonstances atténuantes qui vont bien au-delà des éléments sur lesquels le juge a accepté que soit établi le rapport préalable à la sentence – « bien qu'il me faille vous faire observer, M. Ketteridge, que je suis disposé à étudier toutes les solutions » – et se contente de se rasseoir et de rester bouche cousue quand le magistrat annonce qu'il en a presque assez entendu pour prononcer immédiatement une sentence.

Je note la date de la prochaine audience et je valide mon accord. Au vestiaire, je retire ma robe, Robert est de nouveau là et nous nous dirigeons ensemble vers le bus. Il ne peut s'arrêter de parler de Patrick, et sa voix use ma résistance au point que je pourrais me coucher sur la chaussée et pousser des cris pour le reste de la journée.

— J'espère juste que ces allégations étaient vraies, me confie-t-il encore, non parce que j'espère que quelqu'un ait été violé, évidemment pas, mais parce que si ces gens l'ont poussé à se tuer alors qu'ils mentaient…

Et tout d'un coup, je sais que si je ne descends pas tout de suite de ce bus, si je ne m'éloigne pas de lui, je vais soit lui foutre mon poing dans la gueule, soit lui gerber dessus. Je me lève, je me fraye un passage, je fais rouler mon bagage sur ses pieds. Je marmonne quelque chose, j'ai besoin d'air et je descends au bout de Waterloo Bridge.

Je reviens sur mes pas, au milieu du pont, je reste là, à regarder l'eau, tout en bas, et en direction de la grande roue du London Eye et de Westminster. La plus belle vue de Londres, m'a-t-il dit un jour. Je me retourne en direction de Blackfriars, et j'aperçois le London Bridge et la Tower Bridge au-delà. Un peu sur la droite, c'est là que Patrick devrait se trouver, dans son appartement, pâle et docile, plaidant son innocence. Au lieu d'être réduit à quelques morceaux de chairs sanguinolentes, quelque part dans une morgue.

Je me retourne à nouveau pour regarder la rivière en contrebas, en me demandant pourquoi il n'y a pas de plaque en bronze vissée sur le parapet, gravée du numéro de téléphone des Samaritains. Il y en a sur les autres ponts. Ce serait aussi utile à Patrick que je l'ai été, en refusant de lui parler ou d'écouter ses explications.

Un homme s'arrête près de moi, et je me rends compte qu'il m'observe. Sur le moment, je lui lance un regard furieux, puis je comprends qu'il s'inquiète. Je suis restée ici trop longtemps, à fixer l'eau.

— Ce n'est pas ce que vous croyez, dis-je, et je m'éloigne, la tête dans les épaules.

En un regard, il m'a témoigné davantage d'égard que je n'en ai prodigué à Patrick.

Dès que j'entre dans le cabinet, j'aperçois Pauline.

— J'ai proposé à Alexia de prendre quelques jours de congé, m'annonce-t-elle. Ce n'est absolument pas sa faute, mais elle s'en veut énormément. Nous allons devoir veiller sur elle, nous assurer qu'elle se fasse aider par un psy.

— Tout ça est épouvantable. J'espère qu'elle va surmonter cette épreuve. Si tu penses que c'est opportun, tu lui transmettras mes meilleures pensées et tu lui diras qu'elle a mon entier soutien ?

Pauline opine.

— Je le ferai. Elle s'inquiétait de ce que tu allais penser. Je lui ai assuré que tu serais de son côté, mais elle n'en était pas sûre. Elle semble un peu hostile à ton égard, à vrai dire, mais c'est une période difficile.

Je me suis toujours perçue comme une alliée – et maintenant, je réalise la profondeur de mon ignorance, les dégâts que mon stupide égoïsme a pu causer. Ensuite, une autre réflexion me vient à l'esprit.

— Je vois bien pourquoi elle a pu penser ça, mais j'ai beaucoup appris, ces derniers jours. Elle peut compter sur moi, s'il te plaît, fais-le-lui savoir. Mais Pauline, il y a une chose sur laquelle je m'interroge. Dernièrement, j'ai reçu des SMS anonymes. Plutôt désagréables. Est-ce que tu penses… ?

Pauline met un long moment à répondre.

— Je n'en sais rien. D'après certains propos qu'elle a tenus à ton encontre, je ne peux exclure qu'elle n'ait rien à voir avec ces SMS. Je lui en toucherai un mot si j'en ai l'occasion. Mais elle est dans un drôle d'état.

— Évidemment. Il n'y a pas d'urgence. J'aimerais juste que ces SMS s'arrêtent.

— Compris, acquiesce-t-elle.

— Merci, Pauline. Et s'il te plaît, dis-lui bien que je lui apporterai tout le soutien qu'elle voudra ou qu'il lui faudra, je répète.

— J'en suis heureuse, Alison. Je pense que nous allons devoir examiner quel soutien le cabinet peut apporter aux stagiaires dans ce genre de situations. Tu y participerais ? Je peux organiser une réunion.

— Absolument.

Après avoir dit au revoir à Pauline, je me terre dans mon bureau aussi longtemps que possible, incapable d'affronter l'idée d'être assaillie par tous ces gens. Je suis tenaillée par une boule au ventre et j'ai les mains qui tremblent. Je prends mon iPhone, je réécoute les messages vocaux de Patrick, pour voir si, au ton de sa voix, je réussis à déceler un indice sur son état d'esprit. Ensuite, je me souviens que je les ai supprimés, machinalement. Même chose pour ses SMS, même ceux qui confinaient à de l'amour, dans la brève fenêtre qui s'est ouverte entre nous, entre la luxure et la mort. L'idée qu'il soit mort semble absurde, mais quand je fouille dans mon téléphone, il n'y a aucune trace de son existence. Pas de photos de nous ensemble, pas de souvenirs partagés.

On frappe à ma porte. C'est Robert. *Oui, je vais au pub, oui, j'arrive tout de suite. Non, je n'en sais pas plus, je n'ai eu de nouvelles de personne d'autre.* Il m'arrête sur le seuil un instant et me serre dans ses bras.

— Je sais que vous étiez très proches, me souffle-t-il.

Je me détache et me rembrunis.

— Je ne suis pas en train de suggérer…, enchaîne-t-il. Il t'a confié des missions intéressantes, quand même.

Je hoche la tête.

Au pub, nous sommes les premiers, assis dans le coin de la salle du rez-de-chaussée que Robert a réservée. C'est la table où nous étions installés le soir où j'ai reçu l'affaire de Madeleine, la nuit où nous avions baisé et où j'avais brisé le cadre de la photo de Matilda. Eh merde, ce n'était que du verre, pas un miroir. Cela n'aurait jamais dû arriver.

Je commande une bouteille de rouge et nous la buvons, mâchoires contractées. D'autres membres du cabinet arrivent, des assistants juridiques, des avocats, l'un après l'autre ils commandent des bouteilles de vin bon marché. Ce n'est pas le moment de se soucier du millésime… Nous sifflons de la piquette. J'ai déjà une bouteille à mon actif et je tiens encore droit, sans avaler mes mots. Certaines personnes ont entendu parler de l'article dans la presse, et c'est une onde de choc qui se répercute dans la salle. Le pauvre conducteur de la rame. Les pauvres femmes. Pauvre Patrick…

L'atmosphère frémit, une brume de lumière enveloppe la salle. Cela ressemble à ces intérieurs du temps où on avait encore le droit de fumer, les ampoules des lampes du plafond luisent dans ce brouillard. Je m'éclipse au premier étage avec Robert, je fume une de ses clopes, et nous ne trouvons rien à dire, ni l'un ni l'autre. Quand je redescends, quelqu'un d'autre a fourni une bouteille de whisky – du Famous Grouse, tout aussi moyen que le vin. J'en bois un verre, puis un autre, apparemment toujours aussi peu entamée par l'alcool. Je regarde autour de la table et la lumière s'est déplacée sur les têtes des gens, elle flotte dans l'air comme une méduse. Sankar se tourne vers moi avec quelque chose de très important à dire mais il garde la bouche entrouverte, et ses paroles restent en suspens dans la pénombre. Chloé passe devant lui et je lève une main dans sa direction, elle me fait signe à son tour et s'assoit à l'autre extrémité de la table, puis je me tourne vers Sankar mais il a refermé la bouche et Robert m'a servi un autre verre de whisky, alors je le bois et je ne songe plus à parler.

Il subsiste encore ce frémissement, un calme que rien ne justifie, vu les circonstances. Le suicide de Patrick a permis de temporairement expier ses péchés et quelques anecdotes émergent ici ou là, un personnage plein de défauts, mais que nous aimions tous. Nous nous balançons au rythme de l'émotion partagée, en nous racontant des épisodes sur le comportement de Patrick lors de ses audiences ou ses relations avec ses clients, chaque histoire différente et pourtant se fondant toutes en une seule.

— … ce gang, ils avaient tous sa carte de visite… C'était l'une des pièces à conviction produites contre lui…

— Quand il a dit au juge de district Connot d'aller se faire foutre, à Greenwich. Tu aurais dû voir la tête du juge.

— … un de ses clients l'a menacé avec un couteau, tu te souviens de ça ? Et lui, il s'est contenté de se marrer, jusqu'à ce que le type réalise qu'il se comportait comme un taré et qu'il lâche son arme…

Quelqu'un d'autre a apporté sa contribution à notre approvisionnement en whisky mais on s'attaque maintenant à un Lagavulin, et les vapeurs tourbées me prennent à la gorge. Les histoires d'anciens combattants n'arrêtent plus et, la soirée se prolongeant, l'humeur devient larmoyante. Je me lève pour aller aux toilettes, encore convaincue de ne pas être saoule, mais mes jambes manquent se dérober sous moi et je m'effondre à moitié sur les genoux de Robert. Il me lance un regard et me hisse pour m'aider à me relever, en riant. Je marche d'un pas prudent vers les toilettes pour dames mais cela me semble bien loin, plus que je ne l'avais remarqué précédemment, et tout autour de moi les murs basculent. Une fois installée dans un box, aux toilettes, je reste assise un moment, mes collants autour des chevilles, la tête dans les mains, en espérant que si je ferme les yeux, tout va s'arrêter de tourner.

— Alison. Alison ? C'est toi qui es là-dedans ?

C'est Chloé. Je me lève, remonte mes collants et l'appelle.

— Oui, je suis là. J'arrive.

Être à l'écart des autres m'a un peu éclairci l'esprit. Mes yeux me font mal et je pince mes lentilles de contact pour les retirer. Je vois flou, mais au moins mes yeux ne me piquent plus.

Chloé m'attend près des lavabos. Elle vient me serrer dans ses bras, un peu gauchement. Le parfum qu'elle porte m'étoufferait presque, à la fois sucré et écœurant.

Un parfum fort, mais je m'y habitue, et je finis par sentir l'odeur âcre de la transpiration, comme si elle ne s'était pas lavée depuis deux jours. Je m'arrache doucement à son étreinte. Dieu sait ce que moi-même je dois sentir à cet instant. Je fouille dans mon sac à main et je sors mes lunettes, les pose sur mon nez.

— Terrible. C'est tout simplement terrible, fait-elle.

Je hoche la tête, en signe d'acquiescement.

— Au moins il n'aura pas souffert, ajoute-t-elle. C'était sûrement rapide. Le pauvre conducteur, quand même…

J'essaie de ne pas visualiser la scène à nouveau.

— Pourtant, nous devons être courageux et aller de l'avant. C'est ce qu'il aurait voulu.

C'est un aspect que je suis plus volontiers capable de gérer.

— Tu en as parlé à Madeleine ? dis-je, et je prononce ces mots avec une clarté étonnante.

— Oui. Elle était extrêmement peinée. (Chloé se regarde dans le miroir, s'applique du rouge à lèvres puis se tourne vers moi avec ce qui se veut être un sourire. C'est plutôt un rictus et je vois bien les efforts que cela lui coûte. Je ne commente pas les traces de rouge à lèvres sur ses dents.) Elle veut venir nous parler dès que possible.

— Très bien.

— Je vais la faire venir au bureau et nous pourrions éventuellement en discuter au préalable. (Elle se tamponne encore une fois le nez). Mon Dieu, quelle tête épouvantable.

Et elle se frotte les dents avec le doigt.

— C'est très dur, tout ça…

Face au miroir, je relève mes lunettes sur ma tête, j'essaie d'essuyer les traces de mascara qui maculent les poches sous mes yeux. Mes yeux qui sont aussi injectés de sang que ceux de Chloé. Le bleu de mes iris est noyé derrière une pellicule liquide, mes cheveux me retombent sur le front, raides et ternes. Je tourne le robinet et m'asperge le visage, histoire de me réveiller un peu, de me débarrasser de la douleur diffuse qui s'est logée entre mes tempes.

— C'est tellement triste… Il avait tant de choses à apporter, tant de choses à vivre. Enfin, si seulement il avait été capable de mieux se contrôler. Ça lui aura été fatal. C'était un bon patron… Je devais bientôt devenir associée à part entière, en plus.

Le malheur m'épuise, la tristesse de Chloé, mon propre sentiment de culpabilité. Je n'ai qu'une envie, rentrer à la maison, me doucher pour effacer le whisky et les clopes, m'asseoir Matilda sur mes genoux et lui lire une histoire, m'abreuver de son odeur, vierge de tout chagrin, de toute trahison, de tout mensonge. Mais c'est bien la dernière chose qu'il me serait autorisé de faire. Je ravale la boule que j'ai dans la gorge et j'étreins encore une fois Chloé, en essayant de ne pas trop inhaler l'odeur nauséabonde de son parfum.

— Nous ne connaissons pas encore toute l'histoire, je réplique.

— Allons, Alison, fait-elle, sans avoir besoin d'en ajouter davantage.

Je ne supporte plus rien de tout ça.

— Je crois que je vais y aller. La journée a été longue.

Elle me prend dans ses bras et m'attire de nouveau contre elle, puis nous tourne toutes les deux vers le miroir.

— J'ai vraiment une sale tête, se plaint-elle. Surtout à côté de toi. Même avec tout ce qui se passe, tu as encore l'air ravissante.

Je grimace. Nous ne regardons manifestement pas le même reflet – nous avons l'air aussi fatiguées l'une que l'autre.

— J'ai l'air cassée, je rétorque.

Je ne sais même pas comme je fais pour tenir encore debout.

— Non, Alison. Je le pense vraiment. Tu as un visage unique. Patrick répétait tout le temps que tu étais très belle. (Elle m'attire encore plus contre elle, avant de me relâcher.) Oh, et maintenant, quelle importance… Je te vois au bureau demain.

Je sors des toilettes et récupère mon sac. Le groupe se réduit désormais à quelques personnes, Robert et Sankar se soutiennent l'un l'autre, Mark est à leur côté, l'air considérablement moins éméché. Je leur fais signe de la main et je m'en vais, en montant les marches lentement pour éviter tout risque de trébucher. Je suis surprise qu'il fasse si noir lorsque je quitte le pub, à la lueur orangée des réverbères dans la nuit, mais ensuite je vérifie mon téléphone et je constate qu'il est presque huit heures.

Je continue de monter en haut de la rue, un pas après l'autre, mon sac pèse sur ma hanche. J'essaie de marcher droit mais je suis ivre, plus ivre que je ne le devrais. Trouver les mots pour réconforter Chloé a puisé dans mes dernières ressources, les éclairages de la rue dansent au-dessus de ma tête et les reflets ternes des éclairages sur le trottoir devant moi, encore mouillé de la pluie qui est tombée. Je rentre à l'hôtel, je me blottis dans le lit, sans ôter mon tailleur et, juste avant de sombrer, réalise que je n'ai même pas essayé de contacter Carl de la journée.

22

Le lendemain matin, j'arrive chez Saunders & Co. à dix heures. Chloé me conduit dans ce qui était le bureau de Patrick.

— Tu penses qu'elle devrait plaider coupable ? me demande-t-elle, allant droit au but.

— Je pense que ce serait renoncer un peu facilement. Je me contenterais de plaider l'homicide volontaire, bien que je ne pense pas que le ministère public soit très réceptif à cette idée. Nous devrions leur écrire quand même, pour tester leur réaction. Je sais que Madeleine a exprimé des réserves au sujet du témoignage de son fils.

— Exact.

Elle feuillette les documents devant elle, y trouve un exposé des faits et le parcourt. Elle est assise à la table de travail de Patrick. Le désordre habituel a été rangé, et le plateau du meuble dépoussiéré. En temps normal, il laissait les stores de la porte et de la fenêtre baissés, et là ils sont entièrement relevés. Jamais cette pièce n'a été aussi lumineuse.

— Crois-tu toutes ces histoires qu'elle raconte au sujet de son mari ?

— C'est crédible. Elle a des cicatrices. Et la déposition du médecin va dans ce sens.

— J'imagine qu'elle est bouleversée par ce qui est arrivé, remarque-t-elle, et elle se frotte les yeux.

Ses cernes noirs sont encore plus prononcés que la veille. Mais je m'abstiens de faire une remarque. Je sais que je n'ai moi-même pas meilleure mine.

— Au moins, il avait un plan, lâche-t-elle.

— Un plan ?

— Patrick m'avait choisie pour traiter ses dossiers, afin de s'organiser au cas où il lui arriverait quelque chose. Il a pris cette décision il y a environ un an. Mais je ne crois pas qu'aucun d'entre nous aurait pu prévoir ça.

Elle baisse la tête et respire profondément, en se frottant à nouveau les yeux.

— Non, dis-je, consciente de la platitude de ma réponse.

— Toute cette dernière semaine… (Elle inspire encore une fois à fond et lève les yeux vers moi). Crois-tu à ces allégations ? À ce qu'il aurait fait, selon leurs dires ?

Ses yeux se font soudain perçants, et je ne sais pas quelle est la réponse juste.

— On ne peut jamais être sûr avec ce genre de choses…

Chloé secoue la tête.

— Alison. Tu peux me répondre franchement. Nous savons l'une et l'autre quel genre d'homme était Patrick.

Je ne suis toujours pas certaine de comprendre ce qu'elle attend de moi. Je hausse les épaules, me sentant désarmée.

— Je ne pense pas que ce soient des inventions, reprend Chloé. Hier soir, j'avais envie de me comporter comme si tout cela était acceptable, comme si nous pleurions simplement la disparition d'un ami. Mais à mon réveil ce matin, je savais que ce n'était pas le cas.

Je sais ce qu'elle entend par là. La soirée d'hier était pleine de tourbillons, de flux et de reflux, de moments de rire avec mes collègues et avec les siens, qui se le remémoraient, de moments où je me remémorais ce qu'il avait dit et fait.

— Je n'en sais rien. Mais tu connais la réputation de Caroline aussi bien que moi. Je ne vois pas pourquoi elle aurait inventé une histoire pareille. Rien ne justifie de s'infliger une telle épreuve, franchement.

J'ai parlé les yeux baissés, les mains croisées sur mes genoux. Quand j'ai fini, je les lève vers elle.

— Je suis d'accord avec toi, approuve-t-elle. J'ai envie que ce ne soit pas vrai, mais… Et puis il m'a confié quelque chose, mardi après-midi.

Je n'ai même pas songé à lui demander si elle l'avait croisé, avant qu'il ne se jette sous le métro.

— Je suis désolée, j'étais dans tous mes états. J'aurais dû te demander si tu l'avais vu.

— Je n'ai pas réussi à mettre la main sur lui de toute la matinée de mardi, me répond-elle. Je ne sais pas ce qu'il fabriquait.

Je ne commente pas. Il est venu me trouver, je l'ai rejeté. Ce n'est pas une réalité que j'ai envie de formuler avec des mots.

— Il y avait deux ou trois points sur lesquels je devais le questionner, à propos d'autres dossiers. Mais je me suis débrouillée. Et il est arrivé en fin de matinée. Nous avons eu une longue conversation et nous avons examiné chacune de ses affaires, sans exception.

Elle se met à sangloter, essuie son visage mouillé de larmes.

— Je suis désolée, ce doit être très dur, dis-je, ne voulant pas interrompre le flot de ses paroles.

— Non, c'est bête. C'est juste de penser à quel point il était sérieux, organisé…

— Organisé ?

— Il tenait à ce qu'aucun de ses clients n'en pâtisse. Il a veillé à m'informer de tout, ensuite il m'a dit au revoir. Il m'a remerciée de tout mon soutien, de tout ce que je faisais pour l'aider, il a essayé de me prendre dans ses bras. Et avant qu'il ne franchisse la porte, il a ajouté qu'il était le seul responsable. Il avait toujours su qu'il était une grosse merde, et maintenant le reste du monde le savait aussi.

L'énergie déployée par Chloé pour achever cette phrase l'a vidée de toute maîtrise d'elle-même. Elle pleure sans retenue. Je songe à la dernière fois que j'ai vu Patrick, combien il avait l'air mal en point, et moi, je lui ai tourné le dos.

— Tu sais le pire, Alison ? Le pire de tout ? poursuit-elle, en ayant du mal à respirer entre deux sanglots.

Je secoue la tête.

— Je n'avais aucune envie de croire Caroline Napier. Bien sûr que non. J'ai travaillé pour lui pendant des années. Il s'est toujours conduit avec moi en parfait gentleman. Mais après ce qu'elle a révélé… ça l'a fait baisser dans mon estime. Et il a dû le sentir.

Je n'ai pas réagi quand il m'a serrée dans ses bras. J'étais la dernière personne à laquelle il adressait la parole, sa dernière amie, et je n'ai même pas réagi quand il m'a prise dans ses bras.

Je baisse la tête. Je ne peux lui donner l'absolution qu'elle attend. Moi aussi, face à son dernier baiser, je suis restée impassible. Mais c'est lui seul qui est descendu sur ce quai de métro, lui seul qui a décidé de sauter. Et c'est lui seul qui a profité d'Alexia, une jeune fille qui avait la moitié de son âge, lui seul qui, lorsque Caroline lui a dit non, a décidé de ne pas en tenir compte.

— Tout est sa faute, Chloé. C'est lui qui a commis cet acte, lui qui a tout envoyé balader. Pas toi, pas Caroline Napier.

— À moins…, commence Chloé, avant de s'interrompre.

— Qu'est-ce qui est sa faute ?

C'est Madeleine qui a parlé. Chloé et moi tressaillons toutes les deux, avant de nous ressaisir aussitôt.

— Bonjour, je lance, en me levant pour aller à sa rencontre.

Je lui tends la main, et elle la serre dans la sienne. Je l'accompagne en salle de conférences, tandis que Chloé marmonne quelques mots de bienvenue derrière nous.

— Évidemment, c'est pour nous tous un choc terrible, Patrick qui m…, fais-je.

— Ne dites rien, m'interrompt Madeleine. Cela m'est insupportable. Je sais ce qu'on raconte à son sujet mais avec moi il a toujours été charmant.

Maintenant, je la regarde, je découvre son visage, encore plus tiré que d'habitude, les yeux rouges. Les siens, les miens, ceux de Chloé… Toute la cohorte des femmes de Patrick, toutes pleurant sa mort. En quelque sorte.

— Je sais. C'est terrible.

— Et c'était vraiment un suicide ?

— C'est ce qu'ils affirment, mais naturellement il n'y a pas encore eu d'enquête, ni de rapport du médecin légiste.

— J'ai lu l'*Evening Standard*, mais ces accusations ne peuvent tout de même pas être vraies, si ?

Sa voix est tremblante, mais j'y perçois une tension, une légère agressivité qui ne m'incite pas à m'étendre davantage.

— Pour le moment, je ne sais rien de plus.

— Vous devez sûrement avoir une idée.

Elle ne lâche pas prise.

— Sincèrement, non, Madeleine. Je suis sous le choc, comme tout le monde.

Elle ouvre la bouche, la referme. J'en ai assez de ses questions.

— Nous devons surtout penser à votre affaire, je change de sujet.

— Je me moque de mon affaire. À quoi bon ?

— Vous le savez très bien. Songez à tout le travail que Patrick a accompli… Il n'aimerait pas vous voir renoncer.

L'impatience me gagne. Si le reste d'entre nous est capable d'aller de l'avant, pourquoi Madeleine aurait-elle plus de mal ? De nous tous, c'est elle qui l'aura connu le moins longtemps. En fait, elle ne l'a même pas vraiment connu.

— J'imagine, oui. Mais sans lui pour me soutenir, je ne me sens plus capable de m'imposer tout ça, avoue-t-elle.

Elle se tord les mains. Il faut admettre qu'elle a l'air sincèrement bouleversée. Pour une fois, sa tenue est négligée, son jeans et son chemisier crème sont fripés et elle a une tache sur le col.

— Je serai là, et Chloé aussi.

— Cette Chloé me déplaît. Elle ne comprend pas. Elle n'est pas là depuis le début. Patrick, lui, il m'a vue en prison, quand j'étais au plus bas.

Je me sens traversée d'un éclair de colère. Je ne suis pas suffisamment payée pour m'occuper de ce genre de chose. Elle conserve le même avocat, un cabinet parfaitement compétent, même si ce n'est plus le juriste initialement chargé de son dossier.

— Écoutez, Madeleine. Je mesure bien que tout ceci est un coup dur pour vous, mais il faut se montrer pragmatique. La défense, c'est-à-dire nous, doit présenter son exposé des faits à la fin de la semaine. Je travaille sur votre affaire depuis le début. La mort de Patrick nous attriste beaucoup, mais en réalité cela n'affecte en rien votre situation.

— Je n'arrive pas à croire que vous ayez si peu de cœur. Venant de vous, surtout, j'aurais attendu un peu de compréhension, s'indigne-t-elle, apparemment déterminée à exploiter toute la dimension dramatique de cet événement.

Ensuite, elle fond en larmes, en silence, et son visage se fripe. Ma colère s'efface, cède la place à un sentiment de honte. Je devrais me montrer plus compatissante.

— Je suis désolée. J'essaie juste de faire face. C'est difficile pour moi aussi.

Elle se redresse dans son siège, semble reprendre une contenance.

— Je suis navrée, moi aussi. Je ne vous aide pas. Je n'ai pas envie d'aller étaler toute ma vie devant un tribunal, en particulier pour ce qui concerne James. Je ferais n'importe quoi pour le protéger, n'importe quoi.

— Nous n'y serons peut-être pas obligés. Il subsiste une petite possibilité que l'accusation accepte que nous plaidions l'homicide volontaire. Vous devriez vous entretenir avec leur expert psychiatre, mais s'ils aboutissent à la même conclusion que la nôtre… Et sinon, le témoignage de James n'est pas sujet à controverse. Nous n'avons aucune intention de le soumettre à un pénible contre-interrogatoire.

— Je n'ai pas envie qu'il soit interrogé du tout, réplique-t-elle. Que ce soit par nous ou par quelqu'un d'autre. L'idée qu'il puisse apporter des éléments de preuve me fait horreur.

Je prends mon cahier et je tourne les pages, me ménageant ainsi un moment pour réfléchir à ce que sera ma réponse.

— Je sais qu'il est témoin de l'accusation, mais les éléments qu'il est susceptible de nous apporter seront utiles. Sa déposition étaye l'hypothèse de la violence conjugale. Et naturellement, l'agression de son père qu'il a subi le jour d'avant est un élément crucial. Donc…

— Tout cela me rend très malheureuse, proteste-t-elle. Cela va l'anéantir, de témoigner contre sa propre mère. (Elle secoue la tête.) Je ne peux pas, je n'ai pas envie qu'il y soit contraint. Je ne veux pas qu'il ait à mentir.

— Pourtant, il dit la vérité. N'est-ce pas ? (Je change de position sur ma chaise. Je ne comprends pas tout à fait. Je la regarde fixement, et elle soutient ce regard un instant avant de baisser les yeux. Son visage change d'expression. J'insiste.) Madeleine ?

Elle prend une profonde respiration.

— Je n'ai pas envie que James ait à témoigner. Je dois le protéger, répète-t-elle. Je pense qu'il vaut mieux plaider coupable.

— OK. Je comprends. Je veux juste que vous réfléchissiez avant. Vous voulez protéger James, c'est normal. Être convoqué devant un tribunal, c'est intimidant. Surtout pour un enfant. Mais…

— Assez. Assez ! J'ai pris ma décision ! s'exclame-t-elle en s'extrayant de son siège, puis elle tourne le dos à la pièce, et regarde par la fenêtre.

Chloé entre dans la salle de réunion, mais son arrivée laisse Madeleine sans réaction.

La pièce est silencieuse et je remarque peu à peu les bruits des rues, les sirènes et les Klaxon, le grondement d'un avion. Madeleine reste devant la fenêtre, le regard perdu, au-delà du châssis maculé de crasse, vers les toits et les cours en contrebas.

— Je suis navrée de vous voir à ce point bouleversée, dis-je. Mais étant donné que nous avons travaillé dans l'idée de plaider non coupable de meurtre, et que nous avons préparé votre défense sur cette base, il est important que nous examinions en détail tout ce que cela implique. J'ai besoin d'avoir la certitude que vous compreniez bien tout cela.

Elle se tourne face à moi, le visage écarlate. Elle se déplace si vite que je tressaille, craignant qu'elle ne soit sur le point de me frapper. Au lieu de quoi, elle tire la chaise à elle et se rassoit. Quand elle reprend enfin la parole, c'est d'une voix aussi dédaigneuse que celle de Carl dimanche.

— Je comprends parfaitement tout cela, reprend-elle. Et Patrick le comprenait, lui aussi. Mais il n'est plus là.

Je me tourne vers Chloé, et son visage exprime autant la confusion que le mien.

— Il était la seule personne capable de maîtriser l'ensemble de cette affaire, continue-t-elle. Sans lui, il n'y a plus d'espoir. Alors expliquez-moi ce que vous voulez, exposez-moi tout ce que cela implique et ensuite je plaiderai coupable, d'accord ?

J'obtempère, en lui apprenant que si elle plaide coupable de meurtre, elle ne sera pas en mesure de pleinement invoquer des circonstances atténuantes, le remords que je pourrais exprimer en son nom n'aura qu'un effet limité, nous ne pourrons pas resituer son acte dans le contexte de violence conjugale, parce que je serai trop restreinte quant à ce que je pourrais soumettre à la cour. Je parcours les formulaires juridiques, que je lui résume l'un après l'autre, mais j'ai l'esprit ailleurs. Les formules qu'elle a employées, ses propos relatifs à sa volonté de protéger son fils… Le rôle de Patrick dans ce procès et son insistance pour me confier sa défense au lieu d'un confrère plus expérimenté. Je sens un déclic, une révélation qui est là, presque à ma portée, mais tout au fond de moi je n'ai aucune envie de savoir, aucune envie de poser la question. Tout ce que je veux, c'est qu'elle me réponde qu'elle a compris les explications qu'on lui a fournies et qu'elle contresigne le procès-verbal de plaidoirie.

En tant que mère, j'espère que c'est une situation dans laquelle je n'aurai jamais à me trouver. En tant que mère qui s'adresse à une autre mère, je sais que la meilleure chose à faire est d'abandonner, de laisser Madeleine se soumettre à ce sacrifice maternel. Mais je suis son avocate... Je sais qu'il y a un élément qui m'échappe. Je m'arme de courage.

— De quoi protégez-vous votre fils, Madeleine ? (Elle lève les yeux, stupéfaite.) Voulez-vous juste l'empêcher de témoigner, ou y a-t-il autre chose ?

Chloé est debout derrière elle, l'air non moins stupéfaite, une main levée, comme pour m'arrêter. Pourtant, je continue.

— Quel a été le rôle exact de Patrick ? Parce que tout cela n'a aucun sens, là tout de suite, et j'aimerais comprendre ce que nous sommes en train de décider exactement.

Le visage de Madeleine se fige totalement. La fureur dans ses yeux est telle que, dans une autre histoire que celle-ci, je serais sans nul doute aussitôt changée en pierre. Je soutiens son regard, refusant de battre en retraite. J'ai enduré pire que ça : Carl, Patrick, la totale. Je ne vais pas me laisser dominer par ma cliente, même si on m'a induite en erreur depuis le début.

— Je vais vous poser encore une question. La réponse que vous me fournirez sera la dernière que j'exigerai de votre part. Après ça, nous procéderons en tout point selon vos instructions. Je veux que vous réfléchissiez très attentivement à ceci et à toutes les implications qui en découlent, je lâche d'une voix froide.

Elle me fixe encore un moment, puis son regard retombe, et elle acquiesce d'un hochement de tête.

— Est-ce vous qui avez poignardé Edwin, ou est-ce James ?

Le silence dans la pièce s'étire plus longtemps que tous les silences que nous avons pu vivre auparavant. De nouveau, j'entends les bruits de la circulation, plus proches, la respiration de Chloé, le raclement de mes pieds sur le sol et mes collants qui accrochent chaque fois que je croise et décroise les jambes. Chloé se gratte le bras et le bruit est aussi fort que celui de la moto en bas dans la rue. Seule Madeleine est complètement immobile, tellement silencieuse que l'absence de bruit et de mouvement devient presque palpable. Je tourne la tête et le craquement de mon cou crépite dans mon oreille comme un coup de feu. Je compte les battements, un, deux, trois – elle garde le silence. J'ai envie de parler, mais en même temps j'ai envie de ravaler les mots que j'ai prononcés, de les rattraper et de me les fourrer de force dans la gorge. Je retiens mon souffle.

J'ai l'impression que ce silence va m'étouffer, mais ensuite Madeleine relève la tête. Elle soutient fermement mon regard et cette fois c'est moi qui dois détourner le mien, le corps parcouru d'une bouffée de chaleur, mue par le désir de quitter cette pièce, de m'éloigner en courant, de faire comme si de rien n'était. Elle inspire et je sens mon rythme cardiaque accélérer, mes ongles se planter dans mes paumes.

— Oui, avoue-t-elle. Oui, James a poignardé Edwin. Son père. Edwin m'a battue une fois de trop, il a fait du mal à James une fois de trop. C'est mon fils qui a craqué, pas moi. Mais, en tant que mère, *que suggérez-vous que je fasse, maintenant* ?

Ces derniers mots sont comme un sifflement, mais ils percent l'air aussi fort qu'un hurlement.

Une fissure dans le silence et l'édifice s'effondre. Chloé rejoint la table et s'assoit, je recule dans ma chaise et prend une profonde inspiration. C'est ce que je m'attendais à entendre. C'est la seule explication qui ait un sens.

— Je l'ai dit à Patrick, continue-t-elle. Je l'ai dit à Patrick, quand il est venu au poste de police. Il savait. C'est pour ça que, lors de mon interrogatoire, j'ai invoqué le droit au silence. Nous tentions de trouver une issue.

— Il était prêt à égarer les juges ? s'étonne Chloé.

— Il ne voyait pas les choses ainsi. Il savait que j'avais besoin d'aide.

Chloé et moi échangeons de brefs coups d'œil. Il est évident maintenant que Patrick se trouvait dans une impasse bien plus redoutable qu'aucune de nous deux ne l'avait suspecté.

— Je ne suis pas disposée à en faire autant, dis-je. Maintenant que la chose a été formulée, elle ne peut plus être tue. Nous allons donc devoir examiner les différentes options.

— Allez-y. Mais je sais qu'elles sont toutes foutrement épouvantables, s'écrie Madeleine.

Sur le moment, je reste choquée – elle ne jure pour ainsi dire jamais.

— Vous pouvez plaider coupable de meurtre, je lui explique, comme je vous l'ai déjà dit. Vous ne bénéficierez que de circonstances atténuantes limitées et vous serez condamnée à perpétuité. Vous pouvez plaider non coupable et même si nous n'avons pas la latitude de vous proposer une autre ligne de défense, nous pouvons renverser la charge de la preuve. Cela signifie que nos adversaires devront présenter leurs éléments de preuves et tenter de bâtir un dossier convaincant contre vous. Tout ce que je serai autorisée à faire sera de relever leurs éventuelles erreurs factuelles. Je ne serai pas en mesure de leur suggérer un scénario alternatif. Par conséquent, si l'accusation ne réussit pas à monter un dossier convaincant, cela pourrait, mais pourrait seulement, déboucher sur un acquittement. Ou alors vous avez la possibilité de plaider coupable et d'aller au procès, sur la base de ce dont nous avons débattu précédemment, sauf que Chloé et moi ne serions plus à même de vous représenter. Ou alors rien ne vous empêche de nous donner l'autorisation d'introduire cette nouvelle pièce au dossier, ce qui compléterait l'exposé des faits de la défense, en nous fondant sur le fait que c'est votre fils qui a commis ce crime, et non vous. Et de le soumettre à un contre-interrogatoire sur ce point. Le jury risquerait de ne pas vous croire, mais cela constituerait une possible stratégie de défense.

Je lui expose tout cela calmement, dans l'ordre, soulagée de réussir à préserver encore un peu de professionnalisme en pareille situation. Mais l'horreur de ce que vit Madeleine me bouleverse.

— Que feriez-vous, Alison ? me demande-t-elle. Que feriez-vous à ma place ?

Je secoue la tête.

— Je n'en sais rien. Je suis désolée, mais je ne peux pas vous répondre. J'ignore ce que je ferais.

— Chloé ? insiste-t-elle, mais Chloé fait elle aussi « non » de la tête.

Pendant un autre long moment, Madeleine reste silencieuse, avant de reprendre la parole.

— Vous parliez de plaider coupable d'homicide volontaire. Qu'est-ce que cela entraînerait ?

Un autre silence. Chloé me lance un regard et c'est la plus longue conversation muette que nous ayons jamais eue.

— Vous déclareriez à la cour ce que vous nous avez appris, ce que vous avez déclaré au psychiatre. Mais ce que vous venez de nous révéler à l'instant, vous ne pourriez jamais le répéter.

Des auréoles de transpiration se forment sous mes aisselles, il fait trop chaud dans la pièce, l'air est devenu étouffant.

— Si je décidais cela, me représenteriez-vous ? demande-t-elle. Même si…

Et je sais ce qu'est la réponse juste. Je sais quelle obligation professionnelle s'impose à moi. Je n'ignore pas que si je lui donne mon accord, je romps avec la règle la plus fondamentale du code de conduite des avocats. Ce n'est pas mon rôle d'interférer avec la justice de cette façon. Mais songer à cette violence, à cette peur, à cette colère, à l'immense chagrin dont elle a dû souffrir, et dont son fils a souffert, et penser à tous les hommes, à toutes les époques, qui ont pu s'en tirer à bon compte avec ce genre de comportements de merde, tant et tant de fois…

— Nous pouvons essayer, suggère Chloé. Nous pourrions déjà voir s'ils acceptent, sans aller au procès. Mais si ce n'est pas le cas, si vous voulez éviter le risque que James doive témoigner, alors vous devrez plaider coupable de meurtre. Et en assumer les conséquences.

Chloé ressent la même chose que moi, je le sais. Au moins, à cet égard, nous sommes sur la même longueur d'onde.

— Ce sera très difficile, admets-je. Mais nous allons essayer de vous sortir de là.

Madeleine repart peu après. Elle semble épuisée, mais elle a un air moins abattu. Elle nous a transmis son stress, à Chloé et à moi. On fait le débriefing dans le bureau de Patrick.

— C'est un cauchemar, je lance à Chloé.

— Oui. Tu as voulu savoir. Je pense parfois que c'était l'une des grandes forces de Patrick.

— Quoi ?

— De savoir quelles questions il valait mieux ne pas poser. C'est un dicton éculé : ne jamais poser une question dont vous ne voulez pas connaître la réponse.

— C'est sûr…

Je glisse mon cahier et mon stylo dans mon sac et me lève. Je suis épuisée, moi aussi, maintenant que j'ai cessé de me concentrer sur l'affaire Madeleine. La réalité de ma propre situation s'impose à nouveau à moi.

Chloé rassemble les papiers et les attache avec un ruban rose, avant de rester brièvement les yeux dans le vide. Elle prend la liasse de papiers, puis la dépose lourdement sur une pile, au bord du bureau. Ensuite, elle prend une autre pile, l'examine avant de la repousser, si fort que les deux entassements de papiers tombent par terre.

Elle se retourne, attrape sur l'étagère derrière elle une photo de Patrick, prise le jour de sa remise de diplôme.

— Regarde-le, non mais regarde-le. Il avait tout pour lui, le métier, l'expérience, mais cela ne lui suffisait pas. Il fallait qu'il flirte sans arrêt avec les femmes, qu'il les baise, qu'il les pousse dans leurs retranchements. Il aurait pu tout avoir, mais ce n'était qu'un sale violeur, un enfoiré comme les autres.

Elle lance la photo contre le mur en face d'elle, le cadre rebondit contre le bureau avant de glisser au sol sur la masse de papiers étalés.

Je suis si choquée de ce qu'elle vient de dire, si estomaquée d'entendre cela de sa bouche, que je ris, d'un rire sonore qui s'échappe de moi avant que j'aie pu m'en empêcher. Je me plaque la main sur la bouche mais elle a entendu.

— Non, c'est bon. Vas-y, rigole. C'est risible, putain. Je suis conseil juridique, et tu es avocate à la cour, nous serons bientôt toutes les deux au sommet de nos carrières, et nous nous laissons engluer dans ces conneries ? Il nous impose une situation où nous allons tout risquer sur le plan professionnel parce qu'il a accepté une affaire foireuse. Ça me met tellement en rogne.

Ensuite, elle contourne le bureau et ramasse les papiers, les remet en ordre, les aligne soigneusement. Puis elle récupère la photographie. J'ai l'impression qu'elle va la jeter dans la corbeille à papier, mais elle l'observe un moment, avec un rictus, avant d'ouvrir un tiroir et de l'y ranger. Je suis encore debout, immobile, près de la porte, sans trop savoir vers quoi nous nous dirigeons.

— Alors, euh…, maintenant, il se passe quoi ? dis-je.

— Nous allons devoir nous y coller. J'ai un tas de clients auxquels il faut que j'apprenne que leur avocat est mort et, maintenant que Madeleine a ouvert la boîte de Pandore, on va devoir revoir sa défense.

— Je ne nous ai pas facilité la tâche…

Chloé soupire.

— Tu as fait ce qu'il fallait, m'affirme-t-elle. Il y avait clairement des incohérences dans ce qu'elle racontait, et tôt ou tard, ça serait ressorti. Nous avions besoin de connaître la vérité, avant même de réfléchir à ce que nous allions en faire. Surtout sans Patrick pour maintenir la cohérence de l'ensemble. Mais ça m'inquiète pour les autres dossiers, quand même, je me demande ce qu'il a aussi pu mijoter en coulisses avec d'autres clients.

— On a du pain sur la planche.

Elle hausse les épaules, hoche la tête. Je fais de même. Malgré tout, il subsiste une affinité, le sentiment d'avoir évolué, de former une équipe. Nous avons vécu trop de choses, pour finalement tout gâcher.

— Je pense qu'on peut y arriver, dis-je. Je pense qu'on peut s'en sortir. Mais si ça se sait, si nous trompons le tribunal de manière aussi flagrante… Je ne suis pas certaine de pouvoir continuer à exercer mon métier d'avocate.

Chloé réfléchit un instant à mes propos.

— Je suis sûre que beaucoup le font déjà.

— Pas moi. Nous prenons l'éthique au sérieux, tu sais. Ce n'est pas le serment d'Hippocrate, mais c'est important. Si l'affaire était moins grave… Mais si je me lance dans un truc pareil, je n'ai aucune envie de continuer à plaider. C'est le prix à payer. Tu me suis ?

Elle me regarde, comme si elle était sur le point de rire.

— C'est très noble de ta part, ironise-t-elle.

— Je sais, je sais. Mais je le pense vraiment. J'en ai assez de rompre mes promesses. J'ignore ce que je vais décider, mais je trouverai quelque chose. Je ne peux pas me contenter de mentir devant la cour et ensuite de faire comme si de rien n'était.

Lentement, le sourire de Chloé s'efface de son visage.

— Je comprends ton raisonnement. Tu pourrais toujours t'associer à moi comme conseil juridique ? Tu n'aurais plus à plaider.

C'est mon tour de m'esclaffer.

— Mon Dieu, tu es si pragmatique.

— Oui, mais je n'aime pas l'idée de voir ton talent se perdre. Je vais avoir besoin de quelqu'un pour m'aider à nous sortir de cette situation. Et si tu n'as pas envie de plaider, je le ferai. J'ai passé l'examen pour obtenir mon droit de plaidoirie, mais je ne m'en sers pas trop. Ou alors, au pire, on peut toujours envoyer quelqu'un d'autre du cabinet.

Sur le moment, absorbée par cette idée, je n'esquisse pas le moindre geste. Je réfléchis. Des horaires réguliers, un bureau dans le centre de Londres. De la visibilité.

— Tu sais, ce n'est pas une mauvaise idée. Ce n'est pas une mauvaise idée du tout.

Nous nous serrons la main, elle m'attire à elle, me serre dans ses bras.

— On en reparle bientôt, promets-je en m'en allant, toujours en tirant mon sac à roulettes derrière moi.

23

À mi-chemin de Kingsway, je me rends compte que mon sac est freiné, qu'il ne roule pas librement. J'écarte quelques personnes et m'arrête devant une entrée d'immeuble voisine d'un pub. Là, je retourne le bagage sur le trottoir pour l'examiner. Un gros chewing-gum écrasé s'est englué autour de l'axe d'une des roues. C'est gris, visqueux, répugnant, tout collé avec des poils et de la cendre de cigarette. Même une crotte de chien serait plus facile à retirer… Je pourrais au moins l'enlever avec de l'eau. Je ne sais pas ce que je dois faire. Je me souviens d'un truc qui consiste à congeler les vêtements, mais un sac à roulettes, c'est différent. Il n'est pas vraiment neuf, ce sac, mais il est en assez bon état, chewing-gum mis à part. Je ferme le zip des roulettes, jurant, dents serrées, et je continue de marcher jusqu'au cabinet, en le portant dans mes bras.

Dès que j'arrive au cabinet, je me dirige vers mon bureau et je pose le sac sur le sol. Je déballe le contenu, je trie les papiers comme j'aurais dû le faire depuis des semaines. C'est dans un bordel pas possible. J'ai transporté des vieux documents de travail et des rapports juridiques, des paquets de cigarettes vides et même un emballage de sandwich, un bout de laitue bruni sur les contours. Je jette tous les papiers dans le broyeur des pièces confidentielles et je pique le chewing-gum avec un tournevis que j'ai trouvé dans le fond d'un des tiroirs de mon bureau. D'abord, ça résiste, et puis tout l'ensemble se démonte, le tournevis m'échappe des mains et la roue se détache entièrement.

Je ramasse le sac et tente de le faire rouler – c'est irrégulier, mais ça ne fonctionne pas trop mal. Ça fera l'affaire. Ce n'est pas parce qu'il n'est pas parfait qu'il faut le balancer pour autant. Je m'assois à mon bureau et parcours les dossiers de plaidoirie, mes notes sur l'affaire Madeleine. Chloé a raison, c'est le foutoir. Ses déclarations sont incohérentes, les réunions avec elle éprouvantes et surchargées d'émotions. Mais dans sa position, aurais-je agi autrement ? Je la crois quand elle nous parle du comportement violent d'Edwin à son égard, et je comprends sa volonté de protéger James. Cela risque pourtant de ne pas suffire. Quelle que soit l'issue, James est en position précaire, soit sa mère finit incarcérée à vie, soit il est traduit en justice à son tour, confronté à la police, aux services sociaux et aux tribunaux, alors même qu'il n'est qu'un enfant, âgé de seulement quatorze ans. Je m'imagine le soumettre à un contre-interrogatoire, l'accuser d'avoir poignardé son père à plusieurs reprises, et l'acidité me remonte dans la gorge. Même si elle s'en sort en plaidant coupable d'homicide volontaire, et non de meurtre, elle ira, certes moins longtemps, mais néanmoins en prison. Il n'y a aucune bonne solution.

Madeleine a usé de la formule « en tant que mère ». C'est une phrase qui ne mène jamais à rien de bon, généralement imposée pour justifier un raisonnement particulièrement conservateur ou répressif. J'ai moi-même toujours tâché d'éviter de me penser comme une mère. Mais à cette minute, je fais sciemment l'effort de me mettre à sa place. J'aimerais croire que je m'en serais tenue à mon histoire, si j'étais Madeleine, que j'aurais continué de mentir, de risquer une peine d'emprisonnement à vie. Je me rends compte que je suis en colère contre elle, furieuse qu'elle n'en ait pas fait davantage pour le protéger.

J'examine plus attentivement ma propre colère. J'ai beau considérer qu'elle a échoué – qu'en est-il de mes propres actes ? J'ai échoué *en tant que mère* tous les jours, tous les mois de la vie de Matilda, ou c'est du moins ce qu'affirmerait Carl. Et si je suis sincère, c'est aussi ce que je pense. Mais je l'ai toujours aimée, même si je n'ai pas toujours été une bonne mère. Je serais capable de changer, pourtant. J'ai déjà commencé à être plus présente, en faisant la cuisine, en allant la chercher à l'école, en ne sortant plus boire pour échapper à tout le malheur qui m'assaille. Même si j'ai tout foiré, il n'est peut-être pas trop tard. Matilda semble m'aimer, c'est à peu près certain, et je sais combien je l'aime, son absence est une douleur lancinante, tenace face à tout le reste.

Et qu'en est-il de Carl, de son rôle de père ? Est-il aussi bon parent qu'il l'imagine ? Me mettre à la porte, ce n'est pas agir dans l'intérêt de notre fille – c'est parce qu'il la veut rien que pour lui. Au lieu de les oblitérer, je m'efforce de me remémorer tous les propos qu'il m'a tenus, toutes les fois où il a essayé de saper ma relation avec Tilly. Il m'a même privée de la chance de lui donner un petit frère ou une petite sœur, il m'a imposé le supplice de croire que nous ne pouvions pas avoir d'autre enfant. À cette pensée, la colère m'envahit. Je me souviens de ce que Madeleine nous a dit au sujet de son mari abusif, quand il lui avait fait avaler cette pilule à son insu. Ce qu'a fait mon propre mari n'est pas si éloigné. Elle et moi, nous avons laissé nos maris nous dicter de quoi nous devions nous sentir coupables, nous faire porter la culpabilité d'échecs qui leur incombent à eux.

Je ne vais pas laisser Carl m'exclure. Jusqu'à ce jour, j'ai été une mère de merde, mais ça va changer. Je vais veiller à ce que Tilly reçoive tout l'amour et toute l'attention qu'elle mérite, sans conflits et sans ces guerres d'usure silencieuses. Je vais lui résister, me battre pour offrir ce que j'ai de meilleur à ma fille.

Je quitte le cabinet et cours vers le bus, en laissant mon sac au bureau. D'ordinaire, Carl ne reçoit pas de patients le mercredi, donc il sera très certainement à la maison. Avec Matilda à l'école, nous pourrons parler tranquillement. Le bus reste coincé dans la circulation, à hauteur d'Angel, et je sors précipitamment, en me dirigeant vers le métro. Maintenant que j'ai décidé de me battre, toute indécision et toute inquiétude levées, je revis.

Je sors à la station Archway, et j'arrive à notre maison, ma maison. Je suis sur le point d'entrer avec ma clé, mais je m'abstiens. Il est plus poli de l'informer de ma présence, c'est plus convenable. Je sonne et j'attends qu'il vienne ouvrir. Pendant quelques instants, je ne perçois aucun bruit, je sonne encore avant d'entendre des pas lourds descendre l'escalier. Il ouvre et me regarde, en silence.

— Carl, je veux te parler. C'est possible ?

Toujours rien.

— Je sais que tu es en colère, mais il doit y avoir un moyen d'arranger ça. Je refuse de te laisser agir de la sorte.

Après un autre long temps de silence, il répond.

— Tu plaisantes, j'imagine.

— Non, je ne plaisante pas. Je ne corresponds peut-être pas à ta conception d'une mère parfaite, mais je suis capable de me comporter en mère correcte. Matilda m'aime, tu le sais. (J'élève de plus en plus la voix. D'un geste, il m'invite à baisser le ton, mais je continue.) Tu ne peux pas me mettre dehors comme ça. Je n'ai pas résisté, mais maintenant, si. Je refuse de te laisser briser notre famille de cette manière… Nous devons en parler, voir s'il n'y a pas d'autre issue possible.

Il regarde autour de lui. Je sais ce qu'il pense, les voisins, comment ils prendront le fait que je sois là, à lui crier dessus, devant chez nous. Il esquisse un geste, comme s'il allait fermer la porte, et je glisse aussitôt mon pied à l'intérieur.

— Si tu ne veux pas d'une dispute sur le pas de la porte, Carl, laisse-moi entrer. Parce que je ne m'en irai pas.

Je pousse sur le battant, de tout le poids de mon corps, je donne un coup d'épaule, il recule, et lâche prise. Je tombe lourdement sur le sol du hall d'entrée. Au lieu de me tendre la main pour m'aider, il me regarde avec une expression de pur mépris. Il ne subsiste plus rien de l'ancien Carl. Je me relève, me masse l'épaule, et reste debout dans l'entrée. Au moins, je suis chez moi.

— Je pense que tu ferais mieux de venir par ici, suggère-t-il, en me désignant le salon d'un geste, comme si j'étais une inconnue, comme si ce n'était pas la maison où nous avons fait l'amour, où nous nous sommes disputés pendant toutes ces années. Je lui emboîte le pas, en longeant le mur de la main, me remémorant le contact du papier peint et du plâtre, le trou que j'ai creusé la fois où nous avions essayé de tirer une nouvelle commode dans la maison, la rambarde que j'ai repeinte en bâclant le travail. Il me désigne le canapé en face de la télévision, sans rien ajouter, et pendant que je m'assois, il sort de la pièce et revient avec son ordinateur portable. Il le branche sur le téléviseur.

— Tu veux une tasse de thé ? me propose-t-il. Un verre d'eau avant que nous ne commencions ?

— Non merci, je ne veux rien.

— Tu es sûre ? Allons, je vais te chercher un peu d'eau.

Il sort de la pièce et revient avec un verre. Je le prends et bois une gorgée. Il allume la télévision.

— Qu'est-ce que tu fais ?

Il se tourne vers moi, le visage triste.

— Je n'avais aucune envie d'en arriver là, Alison, mais tu ne me laisses pas le choix. Tout comme pour la vasectomie.

— Tu ne voulais pas en arriver où ?

— Regarde, c'est tout.

J'obtempère. Mais je ne comprends pas ce que je vois. La télévision montre un écran d'ordinateur. C'est un Mac, il y a des fenêtres ouvertes, un fond d'écran – une photo de Matilda qui joue dans le jardin. C'est ce qui s'affiche dans la première fenêtre que je ne comprends pas.

— Carl, qu'est-ce que c'est ?

Ma voix laisse filtrer la panique.

— Allons, qu'est-ce que ça peut être, à ton avis ? Tu le sais parfaitement.

Il a raison. Je le sais. Mais je n'arrive pas à y croire. C'est une vidéo de notre hall d'entrée, du hall d'entrée que je viens de traverser. Elle est prise depuis le sol, en contre-plongée et depuis le côté de la porte.

— Je vais revenir en arrière, au cas où tu aurais manqué quelque chose.

Je lève les yeux vers lui et je le vois sourire, l'air narquois.

— Pourquoi tu ne me décris pas ce que tu vois ? J'adorerais entendre ce que tu en penses ?

— Pas la peine, réussis-je finalement à lâcher.

— Alison, explique-moi ce que nous regardons.

Il y a tant de malveillance dans sa voix que cela m'est difficilement supportable. Il met la vidéo sur pause et s'assoit à côté de moi dans le canapé. Ensuite, il m'empoigne la mâchoire, ses doigts me pincent le menton. Il relance la vidéo, quelques secondes. Les deux personnes à l'écran s'enlacent, s'embrassent, se séparent.

— Qui est-ce, Alison ? Dis-moi, qui est-ce que tu regardes ?

Ses doigts me serrent si fort qu'il m'est difficile d'ouvrir la bouche pour parler. Il me fait mal.

— C'est moi. Et c'est… c'est Patrick.

— Qui est Patrick ?

— C'est mon confrère, il est conseil juridique.

— Et il a l'air de t'en conseiller des choses. C'est celui qui vient de mourir ?

— Oui. Mais comment le sais-tu ?

— Tu ne vas pas tarder à le découvrir. J'ai entendu circuler une petite rumeur comme quoi ce serait un violeur. Tu es au courant ? ironise-t-il.

J'essaie de secouer la tête, mais il me la maintient trop fermement.

Il poursuit.

— C'est drôle, c'est partout dans l'*Evening Standard* pourtant. Enfin, bon. Continue de me raconter ce qui s'est passé. Pourquoi ne me décris-tu pas ce que tu portais ?

Je n'ai plus envie de regarder l'écran, mais il m'empêche de bouger la tête. Je me regarde, sur cette image figée.

— Je porte un bas de survêtement et un T-shirt.

— Tu n'as pas fait trop d'efforts, hein ? Enfin, au moins, l'accès était facilité, comme nous allons le constater très rapidement. (La cruauté dans sa voix est terrible, je ne l'ai jamais entendu s'exprimer ainsi.) Qu'est-ce qui va se passer, là, maintenant, Alison ?

— Patrick, Patrick… Il m'arrache mon T-shirt.

— Ah oui, c'est ce qu'on voit, en effet. Pourquoi ne me racontes-tu pas un peu ce que tu portais dessous ?

J'essaie de bouger la tête, mais il ne lâche pas prise. Son autre main vient se placer autour de mon cou et il serre. J'étais déjà oppressée, le souffle court sous le coup de la panique et du stress, mais maintenant je ne peux plus respirer du tout. Je sens mon visage virer à l'écarlate et je porte mes mains à mon cou, je tente d'écarter la sienne. Il ne bouge pas, cela dure encore quelques secondes, puis il me lâche.

— Je recommencerai plus longtemps la prochaine fois, me prévient-il. Raconte-moi ce que tu portes dessous.

Je tente de respirer, de retrouver ma voix.

— On dirait que tu as un chat dans la gorge. Bois un peu.

Il me tend un verre d'eau et j'avale d'un coup.

— Réessayons. Qu'est-ce que tu portes, dessous ?

Il est inutile de résister plus longtemps.

— Rien. Je ne porte rien.

— Comme c'est commode, pour le gentleman qui te rend visite. Et que fait-il maintenant ?

— Il tire sur mon bas de survêtement.

— Non, pas ça. Avant ça. Parlons un peu de ce qu'il fabrique avec le haut.

J'ai envie de baisser la tête, pour sombrer en moi, me laisser glisser sous le sofa et rester couchée là, jusqu'à la fin de ma vie, sans être dérangée. Je suis venue me battre, et je suis tombée dans un cauchemar. Il referme à nouveau la main autour de ma gorge.

— Il joue avec mes seins.

— C'est exact. Tu vois quand tu veux. En réalité, ça me donne une idée.

Il me repousse vers le fond du sofa, sans relâcher la pression autour de ma mâchoire, et déplace sa main libre, pour me soulever mon haut. Je le regarde agir, je tente désespérément de déceler une trace du Carl que je connais, mais il semble être quelqu'un d'autre. Barbe-Bleue vient de tomber le masque.

Il recule.

— À la réflexion, souffle-t-il, je pense que je m'en fous. J'en ai assez vu pour que ça me dure une vie entière.

Il me remet en position pour regarder la suite de la vidéo. Je suis assise, immobile, prête à lui décrire ce que nous regardons. Ici, Patrick m'a déshabillée, ici, il m'a retournée, ici, il s'introduit en moi par-derrière. Mais il ne le réclame plus. Quand c'est fini, Carl me lâche et va s'installer dans le fauteuil. Je me masse la mâchoire.

— Où est-ce que tu t'es procuré ça ? je demande finalement.

— Ça n'a aucune importance, me rétorque-t-il. Mais la qualité n'est pas mauvaise. Tu ne trouves pas ?

Je ferme les yeux, j'essaie d'effacer ces visions de mes seins et de mon cul, des mains de Patrick sur moi.

— C'est arrivé qu'une seule fois.

Il hoche la tête comme si je venais d'émettre une observation mineure au sujet de la gestion communale. Il clique sur son ordinateur.

— Ce sont en effet les seules images que j'ai pu me procurer jusqu'à présent. Mais tout ceci laisse à penser que cela s'est produit bien plus d'une fois.

La page qui s'affiche ensuite à la télévision est pleine de sauvegardes d'appels et de SMS, de moi vers Patrick, de Patrick vers moi. Il clique sur l'un d'eux et me montre le texte entier, un rendez-vous dont nous convenons après une audience.

— Assez concluant, tu ne trouves pas ?

— Co… Comment… ?

— Ah, eh bien, je n'étais pas mécontent du résultat, en réalité. C'était après cette soirée où tu étais tellement bourrée que tu as fini la nuit au cabinet. Tu te souviens ?

Je hoche la tête. Je me souviens.

— Et quand tu avais cassé ton écran… ?

J'acquiesce encore.

— Ils sont très serviables, les gens de ces boutiques de téléphone, surtout quand ils viennent en aide à un papa inquiet au sujet de sa fille adolescente un peu rebelle. Ils m'ont montré très exactement comment je devais procéder pour traquer tout ce que tu faisais. Chaque appel, chaque message, chaque e-mail. Tout.

Je fouille dans mon sac à main et j'en sors mon portable. L'appareil paraît parfaitement normal. Tout comme Carl, qui a remis son masque de normalité. Je retire la coque de protection et je tapote le dos du combiné.

— C'est un iPhone. Tu ne peux pas bidouiller un iPhone.

— Apparemment, c'est ce que tout le monde croit. Mais de toute évidence, on peut.

Je retourne l'appareil dans mes mains.

— C'est illégal, Carl. C'est illégal. Tu ne peux pas t'introduire dans les téléphones des gens comme ça. Ce n'est pas une preuve recevable.

— Qui te parle de preuve ? Je ne compte pas présenter ça devant un tribunal.

— Qu'est-ce que tu veux, alors ?

J'ai les mains si froides que j'ai du mal à tenir le téléphone. Je le pose sur la table basse et je frotte mes mains l'une contre l'autre, le visage tendu.

— Si tu ne fous pas le camp, si tu ne nous laisses pas tranquilles, Matilda et moi, j'envoie cette vidéo par e-mail à tous les contacts de ton carnet d'adresses.

Tes seins à l'air, ton pubis, ton avocat conseil qui t'enfile par-derrière pendant que ton mari et ton enfant sont absents. Je pense que cela provoquerait un certain émoi, pas toi ?

— C'est du chantage. Tu me fais chanter !

Je tends la main vers son ordinateur, mais il le retire, hors de portée, et le brandit au-dessus de sa tête en riant.

— Oui, probablement. Mais est-ce que tu irais voir la police ? Les actes ont des conséquences, je te l'ai déjà dit. Je peux te détruire, Alison.

Je tends de nouveau la main vers l'ordinateur, avant d'admettre la futilité de ce geste. Je me rassois dans le canapé.

— Depuis combien de temps étais-tu au courant ? dis-je, en me recroquevillant dans le coin, en me faisant aussi petite que possible.

— Depuis que j'ai hacké ton iPhone, me répond-il, et le ton terre à terre sur lequel il évoque ses propres agissements enfonce le clou de cette réalité plus nettement encore que tout le reste. C'est à ce moment-là que j'ai su pour de bon. Mais j'avais déjà des soupçons bien avant. Je sais quand tout a commencé, évidemment. Tu as eu une conversation particulièrement assommante à ce sujet. (Il parcourt la liste des appels. Je regarde la souris se déplacer en bas de la liste, à l'écran.) Ah, oui, ici.

Il double-clique sur une date et le son de ma voix et de celle de Patrick emplit la pièce. Je me plaque les mains sur les oreilles. Carl s'esclaffe.

— Je pensais bien que tu ne serais pas capable d'affronter la vérité, me jette-t-il.

Je continue de secouer la tête, je veux refouler tout ça.

— Tu n'oserais… Je sais que tu n'oserais pas. Je suis la mère de ton enfant.

— J'ai réfléchi, et très franchement, j'en ai conclu que cela n'avait aucune importance. Aucune importance pour toi du moins. Matilda surmontera ce désagrément. Ce sera moins néfaste pour elle que de t'avoir dans sa vie.

— Je ne comprends pas comment tu peux m'infliger ça. Nous nous sommes aimés, autrefois.

— En effet, mais plus maintenant. Tu me l'as très nettement signifié. Et je te considère comme un être nuisible, un être nocif, Alison. Tu es d'un tel égoïsme. C'est presque de l'ordre du narcissisme. Matilda doit pouvoir te sortir de sa vie, et je ferai tout ce qui est en mon pouvoir pour que ce soit le cas.

Le choc de la situation commence à s'estomper. Je ne peux pas me frotter les yeux et faire disparaître tout ça. Je savais que j'avais mis Carl en colère, mais je n'avais aucune idée de l'ampleur de sa haine à mon égard, pas jusqu'à cet instant. Je regarde l'écran, qui révèle tous mes appels à Patrick, tous mes messages.

— Pourquoi ne m'as-tu pas parlé de tout cela dimanche ? Pourquoi as-tu gardé ça en réserve ?

— Je ne pensais pas que ce serait nécessaire. Je croyais que tu avais compris quelle mauvaise mère tu étais. Tu as perdu Matilda. J'espérais que tu ne ferais pas d'histoires.

— J'ai peut-être perdu Matilda, dis-je, en me levant. Mais c'est vers moi qu'elle a couru en premier, l'autre jour. C'est toujours moi qu'elle veut. Je ne suis peut-être pas bonne à grand-chose, mais elle m'aime. Tu ne peux pas la priver de moi.

— C'est pour le mieux, Alison.

Il débranche le câble qui relie la télévision et l'ordinateur. Je suis sur le point de bondir à nouveau sur le portable, mais il surprend mon regard, et il rigole.

— Tout est sauvegardé, prêt à être envoyé. Peu importe que tu me prennes mon ordi, tu ne peux pas effacer les fichiers. S'il arrive quoi que ce soit, pouf ! tout part. Envoyé à toutes tes connaissances, à tous les gens que tu as pu croiser.

— Carl, s'il te plaît…

Mais il est trop tard. Il sort du salon, ordinateur sous le bras.

— Je dois aller chercher Matilda à l'école, maintenant. Je vais devoir te demander de partir, si tu veux bien.

Je le regarde, mais ses yeux sont vides, ils ne reflètent que la lumière de la fenêtre au-dessus de la porte. Il n'y a rien derrière ces yeux-là, aucune trace d'amour ou d'affection, rien de ce que nous avons longtemps partagé. J'avance vers la porte en titubant, je l'ouvre. Il fait clair dehors, bien plus clair qu'à l'intérieur, et mes yeux me piquent et pleurent.

J'ai atteint le portail à présent, et il me crie quelque chose au sujet des clés, mais je me retourne et je cours, mes semelles martèlent le trottoir, et l'air chargé de gaz d'échappement me prend à la bouche, à la gorge. Un taxi passe, je le hèle, je lui demande de me conduire à Covent Garden, et je me blottis sur la banquette arrière, en espérant qu'il ne me suivra pas. Je regagne l'hôtel sans que rien ne vienne m'en empêcher.

Dès que j'entre dans la chambre, je sors machinalement mon téléphone, mais l'idée que Carl est en train de me surveiller m'arrête dans mon geste. Je l'éteins et le fourre sous une pile de vêtements. Le poids de la journée m'a rattrapée, maintenant, et je ne songe qu'à une chose, à mon extrême fatigue, à la seule chose que je puisse faire désormais, me recroqueviller sous les couvertures, disparaître à la vue de tous. Je retire mes chaussures, me glisse dans le lit, et le sommeil vient me libérer des horreurs de cette journée.

24

Je me réveille lentement, la tête lourde. Un liséré de lumière filtre à travers les stores et dehors, les rues sont animées. Je tends la main vers mon portable, mais elle ne trouve rien, et je me remémore, souvenir après souvenir… Tout s'effondre. Je replongerais presque la tête sous la couette pour me rendormir, mais cela ne résoudrait rien. Je trouve ma montre et je suis sidérée de constater qu'il est si tard, presque neuf heures. Je me lève et me douche, debout sous le jet d'eau, j'essaie de clarifier ce qui s'est passé la veille.

Jamais je n'aurais cru que Carl serait capable de me traiter de la sorte, mais je sais maintenant que si, il ira jusqu'au bout. J'ai déjà vu cette résolution dans ses yeux : quand il a tenu tête au chien qui menaçait Matilda une fois, au parc – elle avait trois ans –, quand je me suis fait harceler par une bande de jeunes dans le métro, des années auparavant. Il n'avait pas flanché à l'époque, et il ne flanchera pas plus, cette fois-ci. Du matériel d'espionnage, quand même. C'est sournois, même s'il se sert de sa dévotion envers Matilda pour s'en justifier. Même si j'avais vraiment une liaison. Je sors de la douche et je me sèche, j'enfile un jeans.

La vidéo qu'il m'a montrée hier défile dans ma tête. J'essaie de me montrer plus analytique, de comprendre comment il a réussi à faire ça. Il a dû cacher une caméra quelque part dans l'entrée. Je réfléchis à l'angle de prise de vue. C'était filmé d'en bas, en contre-plongée, quelque part au pied de l'escalier. Je regarde autour de moi, dans ma chambre d'hôtel. Une caméra pourrait être dissimulée n'importe où, ici. Elle pourrait se nicher à n'importe quel endroit. Il pourrait même y en avoir plus d'une. Ma tête cogne.

Dès que je suis prête, je me rends à l'Apple Store de Covent Garden. J'ai enveloppé mon iPhone dans une chaussette, des fois que mon mari ait réussi à s'infiltrer dans l'appareil photo-caméra intégré. J'entre dans le magasin, je me fraye un passage au milieu de la foule d'étudiants étrangers, et je cherche quelqu'un qui porte un T-shirt Apple. Une femme, la vingtaine, s'approche de moi, trois anneaux à l'oreille droite et cinq à l'oreille gauche. Je les compte, ça me calme, et quand elle a fini de me demander si elle peut m'aider, je lance, en espérant ne pas paraître trop cinglée :

— Je pense que quelqu'un a installé un logiciel espion dans mon téléphone.

Je lui tends ma chaussette.

— Qu'est-ce qui vous pousse à croire ça ? Il y a un problème avec votre iPhone ? s'étonne-t-elle, sans me prendre la chaussette.

Je me rends compte que ça doit paraître un peu curieux et je sors l'appareil. Elle le saisit, l'inspecte.

— Il y a un moyen de dire si on y a touché ?

— Pas vraiment, me répond-elle. Pour moi, il a l'air parfait.

— Il a parlé de jailbreak et d'installation d'un logiciel espion.

— Qui a parlé de ça ? s'enquiert-elle, en examinant le combiné, puis moi, d'un œil attentif.

— Quelqu'un, c'est tout. Pouvez-vous vérifier ?

— Ce n'est pas vraiment mon domaine. Mais si vous voulez bien patienter, quelqu'un au Genius Bar serait sans doute en mesure de vous aider. Je peux vous organiser un rendez-vous.

— Je n'ai pas le temps d'attendre un rendez-vous.

Elle pose de nouveau le regard sur l'iPhone.

— Vous savez, j'ai lu des choses sur la question. Je ne peux pas vous garantir que cela réglera le problème, mais si vous procédez à une réinitialisation complète du système, ça devrait le nettoyer.

— Vous pouvez m'aider à faire ça ?

Elle hoche la tête et me désigne un tabouret. Elle effectue quelques tâches dans le téléphone et me le rend, aussi vide que le jour où je l'ai acheté.

— Vous savez le configurer ? me demande-t-elle, et je fais oui de la tête.

— Je pourrais utiliser un ordinateur portable, s'il vous plaît ?

Elle me déverrouille celui qui est devant moi.

— Vous pouvez utiliser celui-ci. Si j'étais vous, je modifierais mes mots de passe. Tous. Surtout ceux de votre téléphone.

— C'est exactement ce que je vais faire.

Mon code PIN a toujours été la date de notre anniversaire de mariage. Pas étonnant que Carl ait pu le craquer aussi facilement.

Pendant que les applis se chargent dans mon portable, j'ouvre mon compte e-mail en ligne et change le mot de passe. Dès que c'est fait, j'appelle mon opérateur et je demande s'il est possible de changer aussi de numéro. Un SMS arrive pendant qu'ils me mettent en attente. Je bascule sur haut-parleur.

Tu peux m'empêcher d'accéder à ton compte mais ça ne change rien. J'ai encore la vidéo.

Il ne signe pas mais ce n'est pas nécessaire. Et soudain, j'ai un déclic, une chose que j'aurais déjà comprise hier soir si je n'avais pas été autant sous le choc, aussi fatiguée.

C'était toi ?

Il me répond peu après.

Quoi ?

Je sais déjà ce qu'il en est mais je veux en avoir le cœur net.

C'était toi qui m'envoyais ces SMS anonymes. Pourquoi tu as fait ça ?

J'envoie le message et, en même temps, une voix se fait entendre : j'ai un interlocuteur au sujet de mon numéro de téléphone. Je lui réponds que c'est inutile, ça ira. Je sais d'où vient le problème, maintenant. Carl m'envoie une réponse.

Tu le méritais.

Je remercie la jeune femme de l'Apple Store et je m'en vais. Je songe à bloquer le numéro de Carl, mais à quoi ça servirait ? Tout le mal a déjà été fait.

Je traverse Covent Garden, je passe devant le Swish, le club, devant la ruelle où je me suis collé de la merde sur la main, il y a des semaines de ça. Je traverse Kingsway. Autour de moi, tout le monde est en tenue de travail, serviette dans une main, gobelet à café jetable dans l'autre. Le trafic est embouteillé, une longue file de véhicules qui s'étire jusqu'à Aldwych et je me faufile entre les bus. Ensuite, c'est Holborn, là où Patrick a décidé de mettre fin à ses jours. Que ressentait-il alors ? J'espère ne jamais le découvrir. J'ai perdu Carl, Patrick, et ma réputation ne tient qu'à un fil, mais penser à Matilda me permet de tenir le coup.

Je suis maintenant dans Lincoln's Inn Fields, le grondement de la circulation est atténué par la végétation. Je me rends au café et j'en bois un, assise en terrasse. Il fait froid, mais le ciel est lumineux et j'ai besoin de ce silence et de ce calme. Je lève les yeux vers les toitures de Lincoln's Inn et je me souviens d'avoir dîné là-bas, des chandeliers et du porto, la chapelle où prêchait John Donne. À l'époque, mon visage se reflétait dans l'œil de Carl, et le sien dans le mien, nos cœurs étaient unis et sincères, ainsi que je l'ai longtemps cru, mais à présent ces reflets sont aussi déformés que dans un miroir de fête foraine. Je tape « droit de la famille » et « accords pour garde d'enfant » dans Google, mais je m'interromps, je pose le téléphone sur la table. Je sais que légalement, Carl a tort, qu'aucun juge ne m'interdirait d'avoir la garde partagée de Matilda, mais je sais aussi qu'il mettra sa menace à exécution dès que j'opposerai la moindre contestation. Ces pensées conflictuelles sont si épineuses que j'en ai mal à la tête.

— Alison.

Le son de mon nom attire mon attention. Je regarde autour de moi.

— Alison.

Sur le moment, je ne vois pas qui c'est. Il y a un peu de vent, j'ai les cheveux dans les yeux.

Elle s'avance et me prend le bras. J'écarte mes cheveux de mon visage et je vois qu'il s'agit de Caroline Napier. Le temps d'un instant, un gouffre s'ouvre sous mes pieds, je suis au bord, sur le point de basculer. Ensuite, je retrouve mon équilibre. Elle ne sait pas que je sais. Tout va bien.

— Caroline. Salut. Désolée, j'étais à des années-lumière.

— Je t'ai remarquée et je ne voulais pas te déranger, mais j'ai vraiment besoin de te parler.

Je l'observe plus attentivement. Elle n'a pas l'air bien, ses cheveux sont gras, elle a la peau marbrée, le menton boutonneux. C'est comme regarder dans un miroir.

— Est-ce que tout va bien ? dis-je, en espérant paraître plus professionnelle, plus détachée que je ne le suis.

— Ça va, commence-t-elle par me répondre. Non, en fait ça ne va pas. Pas du tout. Ça t'ennuie si je m'assois ?

J'ai envie de refuser, mais je n'arrive pas à m'y résoudre.

— Bien sûr que non. Je prenais juste un café.

Elle s'installe en face de moi, son écharpe serrée autour du cou. Elle porte des mitaines et elle trace une ligne dans l'eau renversée sur la table devant elle.

— Tu te demandes sûrement pourquoi je tiens à te parler, glisse-t-elle.

— Eh bien, euh, oui, un peu.

Je regarde autour de moi, les jardins, je me concentre sur un petit garçon qui tient un ballon, tout sauf dans sa direction.

— Tu vois, le fait est, Alison… Mon Dieu, que c'est difficile à dire… Le fait est que je sais. Et je sais que tu sais. Il allait te le dire.

Le gouffre est de nouveau béant face à moi, mais je plante mes yeux dans les siens.

— Je ne sais littéralement pas de quoi tu veux parler.

On pourrait tailler de la glace dans mes mots.

— Allons, nous n'en sommes plus là, plus maintenant. Je pense que Patrick nous l'a clairement fait comprendre en se jetant sous ce métro.

Je ne peux m'empêcher de tressaillir.

— Que t'a-t-il dit ?

Il ne sert à rien de nier.

— Que vous aviez une liaison. Que tu représentais la relation la plus importante de sa vie. (Elle secoue la tête, apparemment déconcertée par cette idée.) Il avait l'air très seul quand il m'a dit ça, mais sur le moment je crois que je ne m'en suis pas rendu compte. J'étais trop ivre…

— Mon Dieu…

— Je suppose qu'il t'a raconté qu'il n'avait rien fait, que ce n'était pas ce que tout le monde croyait ?

Je ne réponds rien, mais j'incline la tête, en signe d'acquiescement.

— J'ai dit la vérité. Mais je ne pensais pas que ça l'affecterait à ce point, m'avoue-t-elle. Si j'avais eu la moindre idée de…

— Tu l'aurais quand même dénoncé à la police ?

Elle baisse les yeux sur ses mains et tire sur un brin de laine. Elle porte une alliance, un simple jonc en argent.

— Oui. Je l'aurais dénoncé. Enfin, je crois, ajoute-t-elle. C'était tellement sujet à interprétation, ce qui s'est produit. Mais il me semblait juste de prévenir la police et j'en ai parlé après coup avec mon thérapeute : il était clair que si j'estimais qu'il y avait eu viol, c'était qu'il y avait eu viol. Les actes ont des conséquences… Patrick savait à quel point j'étais vulnérable, avec tous les problèmes liés à mon mari.

Je désigne sa main.

— Tu portes toujours ton alliance.

— Mon mari est très compréhensif. Il voit bien maintenant quels dégâts il a pu causer, que l'alcool, mes comportements inhabituels, tout cela n'était qu'un appel à l'aide. Il se sent vraiment coupable de ce qui m'est arrivé… Il est revenu à la maison.

— Alors vous n'allez pas rompre ?

— Je n'en sais rien. Mais nous allons entamer une thérapie de couple, ensemble.

— Bien. C'est une bonne chose, dis-je. (J'ignore si je dois lui poser la question, je suis partagée, mais je ne peux m'en empêcher. Je respire à fond.) Tu veux bien me parler de ce qui s'est passé avec Patrick ?

Elle baisse la tête.

— C'était autant ma faute que la sienne, je suppose, admet-elle. Je me suis saoulée. Personne ne m'a obligée à boire tout ce vin, personne ne m'a obligée à entrer dans ce jardin. J'avais envie de l'embrasser, j'avais envie d'aller plus loin. Et puis je n'ai plus eu envie. Mais il a refusé de s'arrêter. Il était ivre, lui aussi. J'ai dit non, et il ne m'a pas écoutée, et après ça, je n'avais plus le choix.

Je lui tends la main et, au bout de quelques instants, elle la prend dans la sienne. Ses doigts sont froids. Elle continue.

— Et on nous a arrêtés. C'était le moment le plus humiliant de ma vie, d'être ainsi traînée au poste de police. J'ai dormi là-dessus, et, à mon réveil, je savais ce que je devais faire. J'ai porté plainte pour viol.

Sa main refroidit aussi la mienne, et je la retire doucement.

— J'allais me rétracter, presque au moment où je l'ai fait. Mais ensuite j'en ai rediscuté avec mon thérapeute. Il m'a démontré que j'avais eu raison. Si je pensais qu'il y avait eu viol, alors c'était un viol. Et les actes ont des conséquences. Je sais que je n'arrête pas de répéter cette phrase, mais c'est l'une des préférées de mon thérapeute, et il a raison.

Le froid de mes mains remonte dans mes bras, gagne tout mon corps. Mes pieds sont enracinés dans le sol. Mes oreilles bourdonnent. Une pensée terrible et fugace m'assaillit. Mais non, je la rejette, ce n'est pas possible.

— Ça a dû être horrible, fais-je remarquer.

— Ça l'était. Vraiment. Et ensuite, d'apprendre que Patrick s'était donné la mort. Mais je crois que cette autre fille s'est aussi manifestée. Et c'était partout dans la presse. Sa carrière était terminée.

Elle porte la main à sa bouche, ses épaules se voûtent. Je reste assise telle que je suis, je fourre mes mains dans mes poches. Je ne commente pas.

— Oh, je suis désolée, Alison. Tu n'as pas à m'écouter parler indéfiniment. Tu n'as pas l'air très bien, toi non plus. Ce doit vraiment être difficile pour toi aussi.

Il se peut qu'elle mente, mais je sais exactement quel genre d'individu était Patrick. Et je ne crois pas qu'Alexia ait menti, pas une seconde. Il était toujours à l'extrême limite de l'acceptable, même avec moi, voire il la brouillait carrément.

— En effet, c'est dur. Mais je suis d'accord avec ton thérapeute… Tu as agi comme il fallait. Les actes ont des conséquences, c'est vrai.

Et en prononçant ces mots, je me rends compte de ce qui m'avait échappé. Je connais cette phrase. Elle m'a été dite pas plus tard qu'hier. Elle continue de parler, mais ma tête vibrionne.

— Je vais préserver mon mariage, je peux te le dire, enfin si j'y arrive. Je n'arriverais pas à affronter tout ça seule.

— Personnellement, je risque de ne pas avoir le choix. Mon couple vient de se briser.

— Je suis vraiment désolée, me répond-elle.

— Tu sais, une thérapie me ferait du bien. Ça pourrait être exactement ce qu'il me faut, ce qu'il *nous* faut. Comment s'appelle ton psy ? Il a l'air bon.

— J'ai sa carte, attends. (Elle soulève son sac à main, fouille dedans, sort son portefeuille. Elle en tire une carte, qu'elle me tend.) Il est tellement bien… Je suis certaine qu'il pourra vous aider.

— Merci, dis-je. (Je récupère la carte et je la glisse dans la poche de mon manteau sans la lire.) Je vais vraiment y songer.

Elle consulte son téléphone.

— Je ferais mieux de filer. On m'attend à Southwark. On pourrait se revoir ? Pour déjeuner ?

Je hoche la tête, je réponds oui. Bien que j'en doute. Elle m'effleure l'épaule au passage et je la regarde s'éloigner.

Je reste assise encore un moment à cette table avant de rejoindre le cabinet. Je suis partagée un court instant entre le désir et la peur de savoir. La réponse figure sur ce petit rectangle de carton dans ma poche. Je veux l'ignorer, faire comme si de rien n'était, mais je ne suis pas sûre de supporter encore très longtemps cette prétendue normalité. Dès que je suis dans mon bureau, je m'assois à ma table, et je respire plusieurs fois, profondément.

Je vais perdre ma fille. À bien des égards, je l'ai déjà perdue. À moins que je ne puise en moi un peu de volonté. Je sais que j'ai mal agi avec Carl, mais ce qu'il m'a infligé n'est pas moins épouvantable – me mentir, m'espionner et me torturer derrière l'écran protecteur de l'anonymat. Ai-je envie que ce genre d'homme élève ma fille ? Et si j'allais la récupérer à l'école, si je m'enfuyais avec elle ? Si nous partions pour l'Écosse, dans l'une des îles du Nord, il ne la retrouverait jamais. Nous pourrions partir en Nouvelle-Zélande, en Australie – j'ai déjà vérifié, en tant qu'avocate, j'aurais l'autorisation d'émigrer. Mais il m'en empêcherait. Il détient la menace suprême, qu'il peut brandir à tout moment au-dessus de ma tête.

Encore une dernière respiration, et le moment est venu. Je sors la carte de ma poche et je la lis. Je la relis. Je la pose sur la table, alignée parallèlement au bord. Je pose les mains à plat, de part et d'autre, avant de les refermer, de serrer les poings, si fort que mes phalanges blanchissent. Il est temps de se battre. Et de gagner.

25

Les mots sur la carte dansent devant mes yeux.

Carl Bailey – Psychothérapeute
Thérapie de couple / Addictions sexuelles

Il était donc le thérapeute de Caroline. Il était le thérapeute de Caroline Napier et, du propre aveu de ma consœur, c'est lui qui l'a convaincue de porter plainte pour viol contre Patrick. Quand elle a évoqué ce qui lui était arrivé, Carl savait exactement qui était Patrick et, au lieu de rester objectif, de se récuser en raison d'un conflit d'intérêt, il n'a rien dit. Alors qu'il avait une bonne raison de nourrir de l'aversion envers Patrick. Il ne fait aucun doute qu'il devait jubiler, et que sa motivation première n'était pas de soutenir sa patiente. Je me rends compte de tout ce qu'il sait, de la portée de son emprise, et une sensation glaciale s'empare de moi.

J'empoigne mon sac avec sa roulette cassée, parqué dans un coin de la pièce, et je le balance sur le sol. Je l'ouvre et j'inspecte la doublure, à la recherche de déchirures ou de trous. Fébrile, je le retourne et j'examine l'intérieur. Et je trouve ce que je cherchais. Un orifice, tout en haut, assez petit pour passer inaperçu, mais suffisamment large pour remplir sa fonction. Je remets le sac à plat et j'arrache la doublure, en tirant dessus à deux mains. Et c'est là, petit, noir. Un témoin lumineux rouge clignotant. Une caméra. Une caméra miniaturisée. Je la sors du logement qui a été fabriqué pour elle et je me rue hors de la pièce.

Je sors du cabinet en courant, je bouscule Robert au passage, je claque la porte au nez de Mark. J'écarte des piétons, à droite, à gauche, je fonce vers le bus. Quelqu'un me crie dessus, mais je l'ignore. Il n'y a pas de bus, mais il y a un taxi.

— Archway, s'il vous plaît, je lance, et il démarre.

J'appuie de mes deux pieds sur le plancher, comme pour forcer le taxi à rouler plus vite.

Je me moque de savoir ce qu'il détient sur moi. Des photos compromettantes, une vidéo ? Et alors ? Et alors, bordel ! Patrick était mon conseil juridique dans ce dossier, pas mon adversaire. Nous étions deux adultes consentants. Il y a des Millennials partout dans le monde qui s'exhibent sur les réseaux sociaux – je peux encaisser. Il est hors de question que je laisse Carl élever ma fille. Je suis compliquée, égocentrique. J'ai menti et je l'ai trompé, les heures que j'aurais dû consacrer à Matilda, à jouer avec elle, à lire avec elle, à être sa mère, je les ai passées à boire et à fumer. Mais je ne suis pas tordue. Être au courant de ma liaison depuis tout ce temps sans rien dire, m'avoir espionnée et s'être ainsi vengé de l'homme qui baisait sa femme, c'est un comportement de malade mental.

Je peux presque voir Carl se pencher vers Caroline Napier, plein d'attention et de sollicitude. « Comment s'appelle-t-il, déjà ? lui aura-t-il demandé. Oui, une situation terrible. Absolument, un viol. Absolument. » Il a dû se marrer intérieurement en songeant aux dégâts qu'il réussirait à provoquer. Il ne pouvait pas savoir qu'une autre femme avancerait des allégations similaires… mais cela lui était égal. Carl n'agissait pas en moteur de la justice, il voulait faire du mal, en tirant en coulisse les ficelles de mon existence.

Dans Highbury Corner, nous sommes ralentis et je m'efforce de dominer mon impatience. Il ne sait pas que j'arrive. Il se peut même qu'il ne soit pas là. Mais s'il est sorti, je vais l'attendre, et quand il arrivera je vais lui dire d'envoyer cet e-mail. Je vais lui annoncer que je reste à la maison et qu'il ne peut pas me mettre dehors, que je vais continuer d'être la mère de Matilda et qu'il ne peut pas m'en empêcher. Je vais lui expliquer que je vais le dénoncer à son ordre professionnel pour malhonnêteté et pour avoir omis de signaler un conflit d'intérêt, je vais le dénoncer à la police pour fait de chantage, pour avoir installé un logiciel espion en toute illégalité dans mon téléphone, et pour m'avoir filmée chez moi à mon insu. Il a placé une caméra cachée dans mon sac à roulettes. Dans mon putain de sac à roulettes, le seul et unique accessoire dont il pouvait être certain que je le garderais toujours avec moi. Et Dieu sait combien d'autres caméras il a semées dans la maison.

Le taxi s'arrête, je donne l'argent au chauffeur par la vitre de séparation, et sors en vitesse. Je me démène avec les clés de la porte d'entrée. Ça ne veut pas s'ouvrir, parfait, c'est parfait, mais je ne vais pas me laisser démonter, je vais rester assise ici sur le pas de la porte, à attendre qu'il revienne de l'école avec Matilda, et je vais la protéger de lui, je vais entrer, refuser de la laisser seule avec lui, plus jamais, ah non, c'est bon, la clé fonctionne à présent, elle tourne dans la serrure, la porte s'ouvre, je suis à l'intérieur. Je la claque derrière moi.

J'entends un cognement sourd, puis c'est le silence, l'air est imprégné d'une forte odeur de fumée de cigarette. De la musique passe au salon.

Je glisse un œil par l'entrebâillement, mais je ne vois pas Carl.

Les rideaux sont tirés, la pièce est dans l'obscurité. La seule lumière provient de l'écran de la télévision, de nouveau connecté à son ordinateur portable, que je discerne vaguement, posé sur la table basse. Mes yeux s'adaptent à la pénombre, à l'écran. J'observe plus attentivement, j'essaie de discerner ce que je regarde.

La femme à l'écran semble morte. Un homme la déplace d'abord dans un sens, puis dans un autre, la cale à plat ventre sur le lit. La caméra zoome par l'arrière, le corps de la femme remplit l'écran. Elle est presque nue, seulement vêtue d'un soutien-gorge et de porte-jarretelles. Pas de culotte. À l'arrière-plan, de la musique, un tempo rythmé qu'il accompagne en giflant son derrière nu en cadence avec la musique, doucement au début, puis plus fort. Il rit. Je connais ce rire. C'est celui de Carl.

Sa main apparaît devant la caméra, les doigts en éventail. La pénétration commence, l'objectif resserre de plus en plus le cadre.

Les muscles de ma mâchoire se contractent. Des images défilent devant mes yeux, un flot d'images aussi rapide que le sang dans mes oreilles. Je me couvre le visage des deux mains, puis je m'oblige à les retirer. J'ai besoin de voir.

Assouvi, Carl soulève la femme du lit, il lui prend les bras, les place autour de ses épaules. Il se met à valser, à la balancer d'un côté de l'autre, et sa tête bascule. Elle est morte et il chante, bada-bada-bada-ba-bada bada-bada-bada-ba-bada…

Je ne peux détacher les yeux de lui.

La chanson s'achève et il la repose, les jambes grandes ouvertes, la tête pendante au bord du lit. Elle est morte. Elle doit être morte.

Elle ne peut pas être morte.

Elle ne peut pas être morte parce que c'est moi sauf que ça ne peut pas être moi parce que je suis ici, pas là-bas, sur l'écran, et il ne se peut pas que j'aie été là-bas parce qu'il a fait certaines choses que je ne l'aurais jamais laissé faire et c'est la chambre d'hôtel de Brighton mais je ne me souviens de rien pas un seul moment et pourquoi je n'étais même pas capable de lever la tête et encore moins de pleurer comme je pleure maintenant, en me griffant le visage avant de m'étreindre les deux bras autour de ma poitrine et de me balancer, de me balancer jusqu'à ce que je sois de retour en moi, ici, en sécurité, au moins saine de corps, car pour ce qui est de l'esprit ça s'emballe.

La musique est forte. Elle sort de la chaîne stéréo, pas de la vidéo. C'est trop fort, insupportable. Je m'avance un peu plus dans la pièce pour éteindre, et tâcher de me ressaisir. C'est alors que je le vois.

Carl.

Il est là.

J'inspire, j'expire, j'inspire à nouveau, je me calme. Je ne suis pas morte. Je suis en vie. Je suis un témoin. Je suis témoin de ce qu'il m'a fait, au moi qui n'est pas moi à l'écran, à la poupée molle qu'il manipule, le pantin.

J'allume la lumière. Et je vois que la scène a mal tourné. Je devine que ce n'est pas la première fois qu'il fait ça, sauf que cette fois-ci, il s'est raté.

C'est lui le pantin, à présent, à moitié nu, tombé du canapé, la tête formant un angle grotesque dans un nœud coulant, la corde attachée à la bibliothèque derrière lui. La bouche est tordue, déformée, il a un truc entre les dents. J'avance d'un pas. Son visage est violacé, ses yeux exorbités, un mouvement réflexe à peine perceptible est le seul signe qu'il soit encore en vie. Il pousse de ses deux bras sur la table basse, comme pour se ménager une prise, mais il n'est pas assez près pour stopper la strangulation.

Je ne suis pas morte, me dis-je. *Je suis en vie, j'ai le contrôle. Fini le marionnettiste*.

Il gémit, un borborygme désespéré. Je regarde à nouveau l'écran.

S'il me quitte des yeux, rien qu'un instant.

J'attrape la table basse et la tire vers moi, l'écarte de lui. Il tend encore une fois les bras, mais il perd des forces. Il s'effondre, retenu par le nœud coulant, écrasé par la force de gravité. Je sens la fumée de cigarette, un cendrier renversé sur le sol, des mégots et de la cendre sur le tapis. Le tout nimbé d'une odeur prenante d'agrume – je vois les quartiers d'orange sanguine sur la table basse, le morceau qu'il s'est fourré dans la bouche.

La vidéo défile en boucle, c'est son trophée. Je songe au nombre de fois où cela a pu se reproduire, toutes ces soirées où je croyais avoir perdu connaissance parce que j'avais trop bu.

Il règne maintenant une odeur de merde dans la pièce. Le visage de Carl est passé du violacé au bleu.

Le temps s'écoule. Je m'assois sur le fauteuil et j'attends. Ce ne sera plus très long. Ensuite, je vais appeler une ambulance, la police.

Plus que quelques battements de cœur…

Cinq mois plus tard

— J'ai rêvé de papa la nuit dernière, me confie Matilda en mangeant son petit déjeuner.

— Ah oui ? C'était quel genre de rêve ?

— C'était un beau rêve. On marchait sur la plage et on faisait un château de sable et il me disait qu'il devait partir mais qu'il reviendrait bientôt.

Je contourne la table et je la prends dans mes bras.

— Il me manque, fait-elle, sa voix étouffée tout contre moi. J'aimerais que ça soit possible de le voir dans la vraie vie.

— Je sais, mon cœur, je sais.

On m'a expliqué que cela se passerait ainsi, des bouffées de chagrin, d'autres périodes plus normales. Je passe avec elle presque tous les moments où elle n'est pas à l'école, et elle commence à surmonter cette épreuve.

Nous marchons ensemble vers l'école.

— Cet après-midi, tu vas rentrer à la maison avec Salma, dis-je. Je viendrai te chercher à six heures. OK ?

— J'aime bien aller chez Salma. J'aime bien leur chat. On pourrait avoir un chat ?

J'ai failli répondre non, par réflexe. Mais ensuite je me souviens. C'était Carl qui se montrait à ce point hostile à l'idée d'avoir un chat. Je m'accroupis à côté d'elle.

— Je crois que c'est une super idée. Laisse-moi me renseigner. On devrait peut-être en chercher deux, qu'ils puissent se tenir compagnie.

Elle rougit de plaisir et me donne un baiser.

— C'est vrai ?

— Je pense qu'on serait capables d'offrir une jolie maison à quelques minous.

Après avoir déposé Tilly, je me dirige vers Holborn. Chloé est déjà au bureau, elle trie des papiers.

— Prête ? me lance-t-elle.

— Prête. Et je suis sérieuse, c'est la dernière fois que j'ouvrirai la bouche dans un tribunal.

— Oui, oui, je sais. Tu me l'as déjà dit.

— Je te jure, je suis sérieuse. Je ne le referai plus jamais.

Nous nous dévisageons, jusqu'à ce qu'elle s'avoue vaincue, en riant.

— C'est bon. De toute façon, la seule raison pour laquelle je t'aime, c'est ta capacité surhumaine à gérer la paperasse.

Je sais que cela ne lui pose aucun problème. Elle adore plaider à la cour et moi je suis plus que ravie de m'occuper du suivi des dossiers. Je travaille beaucoup depuis la maison – en réalité, c'est une véritable aubaine. Je peux être présente pour Tilly, tout en continuant à être payée correctement.

— Tu flottes dans ce tailleur, remarque Chloé.

Je tire sur la ceinture de ma jupe. Elle a raison. Depuis le jour où j'ai démasqué Carl, j'ai perdu presque treize kilos. Depuis que j'ai laissé Carl mourir…

Il m'a privée de sommeil, privée de toute envie de nourriture. Nuit après nuit, je suis restée assise près de Matilda, en la regardant dormir, en me repassant ces deux dernières années dans ma tête, en me demandant ce que j'aurais pu faire pour changer le cours des choses. Je me suis tant de fois demandé si je n'aurais pas dû le deviner, tant de fois demandé ce qui m'avait échappé. Je n'avais jamais vu les ombres qui l'animaient, en tout cas pas avant qu'il ne soit trop tard. Ce que je ne saurai jamais, c'est depuis combien de temps cela couvait avant que cela ne prenne peu à peu forme et n'émerge de l'obscurité. Pendant tant d'années, j'ai cru qu'il m'aimait, et je ne pourrai jamais lui demander s'il m'a un jour aimée ou, au contraire, si sa haine des femmes a toujours existé.

L'arrivée de Madeleine me tire de ma rêverie. Je lui propose un café mais elle fait non de la tête. Elle reste à la porte du bureau, une valise à roulettes tout près d'elle.

— Vous avez tout apporté ?

D'un geste, elle désigne le bagage.

— Oui, je suis prête.

Chloé et elle s'embrassent et nous sortons marcher toutes les deux en direction de l'Old Bailey. Lorsque nous approchons du tribunal, je tends le cou pour apercevoir la Justice, qui se dresse au sommet de la coupole. Certaines de ces statues ont les yeux bandés, mais pas celle-ci : elle pèse les preuves, avec impartialité, et elle brandit une épée.

— Allons-y, fait Madeleine lorsque nous pénétrons dans les lieux.

— Est-ce que ça va aller ? Vous êtes satisfaite de ce qui va se décider ?

— Je le suis, oui. Et puis, Alison, je vous remercie. Pour tout ce que vous avez accompli dans cette affaire, pour tout votre soutien.

Nous nous dirigeons vers le couloir des cellules de garde à vue et elle se présente au gardien.

— Je vous retrouve en salle d'audience.

Il y a un mois, Chloé m'a téléphoné. J'étais à une séance de natation, je regardais Tilly nager le crawl. Je me suis éclipsée hors de la piscine pour prendre l'appel.

— Ils acceptent la peine négociée, m'a-t-elle annoncé, avec une excitation perceptible dans la voix.

— Quelle peine négociée ?

— Madeleine. Ils vont accepter la peine négociée, a-t-elle répété.

— Tu plaisantes… Sérieusement ?

— Sérieusement. Ce merdeux de Flynn, l'avocat de l'accusation… Il a été suspendu pour conduite en état d'ivresse. Ses dossiers ont donc tous été réattribués. Le nôtre est allé à Alexandra Sisley… Tu la connais ?

— Oui, dis-je, gagnée par le soulagement. Ah, le kharma…

— Elle est très raisonnable. J'ai été son conseil juridique sur deux dossiers dans le passé. Enfin, quoi qu'il en soit, elle a tout examiné. Je t'ai mentionné leur rapport psychiatrique, qui est très positif, n'est-ce pas ?

— En effet.
— Eh bien, tout est réglé. Tout ira bien.

Alexandra Sisley plaide la première. Elle passe les faits en revue, comme convenu entre nous, en ajoutant qu'« il apparaît clairement à l'accusation que la défenderesse était la victime d'une relation violente ».

Je me retourne vers Madeleine. Elle pleure, je le perçois aux légers soubresauts de ses épaules, mais elle reste digne. Alors qu'elle risque une peine de réclusion, elle a plus belle allure que jamais, le visage plus rond, le cou moins décharné. Elle sait que James ne risque rien, c'est ce qui a dû la soulager de cette tension.

C'est maintenant mon tour de me lever. Le mot « coupable » que Madeleine vient de prononcer en réponse à la lecture de l'acte d'accusation d'homicide volontaire résonne encore dans ma tête. Tout au long de mes remarques, le juge acquiesce, et je conclus :

— Comme vous le savez, Votre Honneur, la notion de la perte de contrôle dans une affaire de meurtre s'appuie sur un texte de loi encore relativement récent. Un texte dont ma cliente sait gré au législateur. Elle sait tout comme moi, qu'à une autre époque, Votre Honneur, vous n'auriez eu aucune latitude, et elle aurait très certainement été condamnée à perpétuité. Mais l'évolution de la loi vous autorise à prendre des dispositions plus clémentes. Ma cliente sait qu'il n'existe pas d'autre solution qu'une peine d'emprisonnement. Elle se présente aujourd'hui devant la cour prête à une pareille issue. Mais je conjure Votre Honneur de prendre en compte tous les événements qui ont conduit la défenderesse à commettre ce crime, et à la condamner à une peine aussi légère et aussi proportionnée que possible, qui intègre l'ensemble de cette série d'événements et pas seulement les actes de ma cliente ce soir-là.

Lorsque je me rends en cellule après le prononcé de la sentence, Madeleine pleure pour de bon. Elle se précipite vers moi, en essuyant son nez qui coule sur l'épaule de ma robe d'avocate. Cela m'est égal.

— Cinq ans, fait-elle. Cinq ans ! Alors que je risquais la prison à vie.

— Cela vous convient, alors.

— Cela me convient. J'ai vu James deux heures, hier, m'explique-t-elle.

— Comment va-t-il ?

— Il va bien, lui aussi. Il me dit que son papa lui manque quelquefois, mais que parfois il est content qu'il ne soit plus là…

— Il va vivre chez Francine, quand il ne sera pas au collège ?

— De temps en temps. Mais il a un très bon ami dans son établissement, les parents ont proposé d'accueillir James quand il en a envie. Je les ai rencontrés… La maman est charmante. Des chiens, des chats, des chevaux, un grand paddock et des bois tout autour de la maison. Le genre de demeure familiale que nous aurions pu avoir…

— Vous vous créerez votre propre foyer, dis-je. Vous et James. Vous serez sortie dans moins de trois ans, si vous vous conduisez bien, si vous faites profil bas.

— Oui. Et comment allez-vous, votre fille et vous ?
— Très bien, nous allons très bien nous aussi.

Madeleine est au courant, bien sûr. Il n'y a personne qui ne sache pas, parmi ceux qui me connaissent ou qui m'ont connue. La nouvelle de la mort de Carl s'est répandue comme une traînée de poudre. « UN NOUVEAU STEPHEN MILLIGAN », proclamaient tous les gros titres[1]. Pourtant, la police n'a pas diffusé l'intégralité des détails.

Je suis revenue sur cette journée des milliers de fois, tâchant de comprendre ce que Carl avait dans la tête quand il ajustait son nœud coulant, découpait son orange, allumait sa cigarette. J'ai cherché, lu tous les articles que j'ai pu trouver à ce sujet.

Asphyxie autoérotique. Une méthode pour augmenter l'excitation sexuelle en réduisant l'apport en oxygène du cerveau.

La corde l'étouffait, juste assez mais pas trop. Carl n'était pas du genre à prendre des risques. En mordant dans l'orange qu'il avait dans la bouche, l'acidité lui faisait reprendre ses esprits avant que ça ne tourne mal.

Un jeu sexuel plus courant qu'on ne croirait.

Plus mortel qu'on n'imaginerait.

Il aura suffi que je claque la porte, qu'il sursaute, et bascule. Et finisse pendu.

---

1. En 1994, le député conservateur Stephen Milligan était retrouvé mort dans son appartement, en bas et porte-jarretelles, un flexible électrique autour du cou, un sac poubelle sur la tête, un quartier d'orange dans la bouche, une asphyxie autoérotique qui avait mal tourné. *(N.d.T.)*

La police a emporté son ordinateur. Les policiers m'ont demandé si je voulais visionner d'autres vidéos qu'ils avaient découvertes me concernant, mais j'ai refusé et je leur ai simplement demandé de les effacer, si possible. Ils m'ont informée qu'il y avait d'autres vidéos, d'autres femmes. Ils ont enquêté sur les hommes de sa thérapie de groupe. Ils ont procédé à d'autres arrestations. Au fond, je n'ai aucune envie de savoir.

— C'est exactement ainsi que vous l'avez trouvé ? ont-ils demandé quand je les ai conduits dans la maison.

— Oui, ai-je répondu.

— Ces caméras, vous étiez au courant ? m'ont-ils encore demandé quelques jours plus tard, en désignant tous les endroits où étaient cachées des caméras, dans les murs, derrière les livres et les photographies. Même un mug thermos, celui qui était toujours posé dans un coin de la cuisine, était en réalité une caméra cachée.

— Non. Je l'ignorais.

C'était la vérité.

Et ils ont peut-être eux-mêmes visionné les enregistrements, peut-être ont-ils un horodatage. Ils ont peut-être compris que j'étais arrivée plus tôt. Un peu trop tôt. Un moment seulement. Peut-être ont-ils vu une marque dans le tapis, la table basse n'ayant pas été remise à son emplacement initial.

Possible.

Mais ils ne m'ont jamais posé la question.

— Maman, maman !

J'arrive chez Rania, et Matilda court dans ma direction.

— Tu t'es bien amusée ?

— Oui !

— Merci de l'avoir invitée, dis-je à Rania. Elle adore jouer avec Salma.

— C'est super de l'avoir. Elle nous a annoncé que vous alliez avoir des chats ?

— Oui, dès que j'aurai pu m'organiser. Avec un peu de chance, d'ici deux semaines. Il faudra venir leur rendre visite.

— Je serais ravie.

Nous nous éloignons dans l'allée, elles nous font au revoir de la main et nous nous dirigeons vers la maison.

— Tu as faim ? je demande à Matilda une fois à l'intérieur.

— Un peu. On a des oranges ?

— On en a, oui.

J'en prends une, la pose sur une assiette. Je lui tends un couteau de cuisine pour qu'elle la pèle. Je la regarde tailler dans la peau, tracer soigneusement un cercle autour du sommet, traversé de deux autres en croix. Ses mains font des gestes lents et réguliers. Elle se débrouille toute seule, maintenant.

Cette fois, elle ne se coupe pas. Cette fois, il n'y a pas de sang.

Remerciements

Je dois de grands mercis à beaucoup de monde : à mon agente Veronique Baxter pour sa foi immédiate et constante en ce livre, et à Henry Sutton, qui m'a guidée avec perspicacité et m'a apporté son soutien inconditionnel. Une immense gratitude envers mes brillants éditeurs, Kate Stephenson chez Wildfire et Lindsey Rose chez Grand Central Publishing et à leurs équipes, ainsi qu'à Alex Clarke et Ella Gordon. À Jason Bartholomew, Nathaniel Alcarez-Stapleton et l'équipe des droits dérivés d'Hachette, et plus encore pour leur travail phénoménal, qui a permis de vendre le livre à tant d'éditeurs étrangers. Vous m'avez tous offert la chance de réaliser le rêve d'une vie, et je ne saurais assez vous remercier.

Merci à l'université d'East Anglia (Lettres modernes) et au module de *Creative Writing* en Fiction policière, à Laura Joyce et Tom Benn, et à la promotion 2015, Caroline Jennett, Trevor Wood, Kate Simants, Geoff Smith, Suzanne Mustacich, Merle Nygate, Marie Ogée, Jenny Stone, Steven Collier et Shane Horsell.

Je suis très reconnaissante envers Dan Brown et Helen Hawkins pour leur suggestion de titre inspirée.

Daniel Murray et Richard Job se sont montrés extrêmements patients et généreux en m'apportant des réponses à mes nombreuses questions en matière de procédure judiciaire – s'il subsiste des erreurs, ce sont les miennes. Je n'ai jamais été une grande avocate…

J'ai aussi reçu le soutien de mes amis et mes premiers lecteurs : Sarah Hughes, Pinda Bryars, Louise Hare, Maxine Mei-Fung Chung, Anya Waddington et Petra Nederfors. Katie Grayson, Sandra Labinjoh, Norma Gaunt, Susan Chynoweth-Smith, Russell McLean et Neil Mackay m'ont permis d'aller de l'avant, en m'offrant du vin et des encouragements, Amanda Little et Liz Barker, du grand air et de l'exercice, Jaynee San Juan et Viktoria Sinko, leur énorme soutien. Du fond du cœur, merci à tous.

Et merci à ma famille. À mes parents, qui m'ont communiqué depuis toujours un amour de la lecture et une fascination constante pour les thrillers et la littérature policière, à mon frère, qui a été une forte source de motivation. À mes beaux-parents, qui ont été adorables. Et, surtout, à mon mari et mes enfants, mes piliers, qui m'ont apporté cette respiration essentielle, loin des malheurs et des dysfonctionnements de mon univers fictionnel. Enfin, mille mercis à Damien Nicol et Matt Martys, pour m'avoir tant encouragée. Sans vous, je n'y serais pas arrivée.

Cet ouvrage a été composé et mis en pages
par ÉTIANNE COMPOSITION
à Montrouge.

Imprimé en France par CPI
en octobre 2020
N° d'impression : 3038799

Pocket – 92 avenue de France, 75013 PARIS

S29549/01